迷情兴安岭

MiQing
XingAnLing

袁玮冰 著

内蒙古文化出版社

图书在版编目（CIP）数据

迷情兴安岭 / 袁玮冰著 .—呼伦贝尔：内蒙古文化出版社，2018.2

ISBN 978-7-5521-1419-5

Ⅰ.①迷… Ⅱ.①袁… Ⅲ.①小说集－中国－当代 Ⅳ.① I247

中国版本图书馆 CIP 数据核字（2018）第 028167 号

迷情兴安岭
袁玮冰 著

总 策 划	丁永才　崔付建
责任编辑	丁永才
出版发行	内蒙古文化出版社
	（呼伦贝尔市海拉尔区河东新春街 4 付 3 号）
印刷装订	三河市华东印刷有限公司
开　　本	710 毫米 ×1000 毫米　1/16
印　　张	22　字　数　360 千
版　　次	2018 年 2 月第 1 版
印　　次	2020 年 5 月第 2 次印刷
书　　号	ISBN 978-7-5521-1419-5
定　　价	48.00 元

版权所有　翻印必究

目 录

天　鹅 / 001

红　毛 / 021

大　鸟 / 044

穿越H5N1封锁 / 071

枣红马 / 079

遥远的山村 / 127

迷情兴安岭 / 140

温谷图野人之谜 / 162

山地的黎明 / 196

雷击火 / 230

冻　雨 / 250

荒原情 / 277

暴风雪 / 301

天　鹅

一

这是一片多么明净的天空啊，那样的湛蓝，那样的广阔，那样的辽远……

天鹅大鹄和伙伴们在飞越了那条雄伟的大岭之后，就看到了这样的天空。

那条大岭让它们费尽了周折——它们经过松辽平原的上空一路向北并没有感到吃力，平流和上升的地气推托着身子，翅膀的频率不需要过快就可以轻巧地飞行。

接近那条大岭，失去了平流的推送，境况迥然不同。绵延的山岭残雪皑皑，凉气从森林里爬升到天空中，冷暖气流相撞，形成了一道厚厚的瀑布，阻碍了它们的飞行。那是著名的大鲜卑山，它们迁徙途中必须飞越的山岭，宽度足足有三百公里。

尽管在大岭上空飞翔很艰难，但明净的天空和清新的空气令迁徙的天鹅心旷神怡。

翻过大岭，它们就看到了那片草原。放眼望去，青草还没有泛绿，枯黄覆盖着原野，不见了山岭，没有了丘陵，辽阔被蓝天割断，枯黄的草原缓缓流入云际……

大鹄知道，途中的歇息地就要到了。

每年大鹄和伙伴们都要沿着这条路线迁徙。春天，来到大岭西部草原深处的水塘里小憩几日，然后继续北上，越过那道铁丝网，飞往遥远的西伯利亚。那里湖泊恬静，没有人烟；那里水草丰美，衣食无忧，它们在那里繁衍后代。秋天，又按来时的路线返回。一年又一年，它们以同样的方式延续着天鹅家族的香火，创造不朽的传奇！

排头的天鹅传出信息：歇息地就在前面湿地的水塘里。整个队伍开始盘旋、滑翔并依次向湖面俯冲。

静谧的湖面热闹起来。长途跋涉过后，终于有了歇息的机会，天鹅们感到了无比的惬意和轻松，刚一着陆，就开始划动双蹼去寻找自己的亲人，或者伸长了颈子用独特的声音去呼唤走散了的伙伴。

大鹄提醒身后的老鹄：准——备——降——落——

老鹄的身子弱，一直跟在大鹄的后面，这样飞翔起来，能够省下些许力气。大鹄带领老鹄又盘旋了一圈儿，然后保持着一条流线，开始俯冲，空气里传来了羽哨声，转瞬间，大鹄和老鹄已经接近了水塘。咫尺之间，它们忽然又张开双翅，两腿伸向前方，宽大的脚蹼推着水面，惯力溅起了片片水花儿，荡漾的湖水已经稳稳地托住了大鹄和老鹄的身子，像两只小船儿。

二

草原上的夕阳，是如此的美丽。温柔的光线像一把大扫帚把遮挡草原上空的云霭清扫得一干二净，空旷的原野在傍晚的宁静中就像铺开的一张偌大的地毯。湖面光灿灿的似乎满是金箔。

大鹄和老鹄来到了湖边的草丛中，这里避风，也能给夫妻的嬉戏提供一个安静的场所。

和那些在湖水中游来荡去的伙伴们相比，大鹄觉得，自己和老鹄的身体确实不如从前了。过去无论迁徙多远，只要来到水中，它们一定会如漆似胶地亲昵一番。

老鹄最喜欢做的，就是把喙伸到大鹄的翅膀下面去，一张一合不停地衔弄肋部的绒毛。用不了多久，大鹄的激情就会被老鹄撩拨起来，转而主动地梳理起老鹄健美的长颈子。两个优美的脖颈开始在一起摩擦、缠绕。大鹄就会不自觉地把一种声音通过颈子输送到老鹄的耳朵里：我——受——不——了——了——

老鹄的诡计成功了，它抽出自己很有弹力的颈子压住大鹄的背：宝贝——让我怎么收拾你——呢——老鹄的声音是沙哑的，但却带着铜质和强悍。大鹄知道老鹄的鬼主意就要得逞，却故意快速滑动掌蹼，挣脱开来：你——你逮不着——我——

欲火烧身的老鹄，展开翅膀，蹼掌快速划动，追赶过去，气流吹皱了水面。

远远跑开的大鹄洁白如雪，身子是那样的轻盈，浮在起伏的水面上，就像天空中飘动的云朵。它咯咯笑着，把甜美的声音送给追赶中的老鹄：你过来呀——来追我呀——

老鹄有足够的耐力，它像一个逆水行舟的渔翁，运足全力，撑篙勇进。随着哗啦啦的水声，转眼就来到了大鹄的眼前。大鹄的笑声更加爽朗：老——鹄——算你狠——

老鹄似乎什么都没有听到，它只有一个念想。它硕大的身子一下子扑上去：小精灵——你跑啊——跑——啊——

老鹄如愿以偿了。

大鹄的身子被老鹄压在水下，但它的脖颈还在水上：老鹄——你——慢——些——啊——

是的，这一时刻多么美妙啊。

大鹄和老鹄眼巴巴看着湖水中成双结对的伙伴们追逐嬉戏，各得其乐，几对年轻的伴侣已经按捺不住，众目睽睽之下开始交媾了。毫无底气的老鹄把长颈子伸到大鹄的耳畔：亲——咱们——休息——

三

早晨，太阳懒洋洋地爬出了地平线。阳光抚摸着整个草原。空气很凉爽，湖边的枯叶败柳上凝结着细碎的冰凌，微风袭来，草叶和柳枝上的霜凌在阳光下泛着诡异的光亮。

湖水早已失去了宁静，湿地的水面开始沸腾。寄居的天鹅中有的像一条条小船儿，荡漾在湖心；有的成双成对在浅水中嬉戏；有的曲颈向天呼朋引伴；有的意犹未尽，缠绵撩情……大鹄和老鹄来到了浅水处，寻找水草的根茎。其实，隆冬刚过，这个时候的根茎一点也不鲜嫩、肥硕，但这个季节哪有比这更好的食物呢？

水草旁，大鹄把埋在湖水里的根茎一根一根地啄起来，吞到嘴里，根茎顺着弯曲的脖颈，滑进嗉囊。

老鹄如法炮制，它的喙坚硬厚实，虽然看上去它有点年老体迈，扁喙灰暗粗糙，不像年轻伙伴们的喙细腻而泛着光亮；它身上的羽毛也不再洁白、蓬松、光滑，显得干燥、灰暗、皱巴巴的。但老鹄的进食却是凶狠的。它把半生练就的刚柔并济的长颈子伸进水草的根部，稳、准、狠地一啄，再一啄。水草根部的软泥就浑浊了周围的水域，折断的根茎像昏厥的小鱼儿晕晕乎乎飘向水面，老鹄从水中抽出颈子，一下子衔住灰白的根茎，长颈子一甩，将喙中的食物抛向大鹄：宝贝——接住了——它的脖颈里呼出了一股气流，接着颈子又插进水草里……

大鹄在老鹄这样的百般呵护中一路相亲相爱走来，有多少个年头或者多少个日日夜夜？它们谁也数不清，反正大鹄记得那是好远好远的一天，它们天鹅家族从西伯利亚的一个湖泊里开始向南迁徙。

那一个初冬来得特别急，它们的队伍刚刚出发不久，天气骤然巨变。气温下降，雪花飘落，有些出生不久的天鹅跟不上队伍南迁，不得不降落到草原上的湖泊里歇息。大鹄接近三岁了，可它体质孱弱，身子瘦小而耐力不足，稀里糊涂跟随着降落的天鹅群滑翔到湖水里。结果它发现爸爸妈妈已经随着大队的天鹅群南下了。天啊，这可怎么办？出生到现在，大鹄这是头一次离开父母。沮丧、孤独、害怕……它不知所措，无望地伸长脖颈呼喊着：爸爸——妈妈——

大鹄一遍又一遍地呼喊，回答它的是阴沉沉的天空中飘落下来的大片大片的雪花儿。

天空越来越暗，雪花也越下越密集。伙伴们三三两两地钻到浓密的水草深处。大鹄不敢——母亲从小就领着它们姐妹一起生活，并告诫它们，独个儿千万不要到水草纵深处，就是没有什么野兽的侵袭，密集的水草也会绊住双蹼。

大鹄徘徊在一丛高密的水草旁，惊慌失措，瑟瑟发抖。这时，它眼前的水面现出了一个倒影，让它心惊肉跳，仔细辨认，还好，是一只天鹅优哉游哉地向它游来，转眼，那只天鹅就来到大鹄的面前，停止了划动的双蹼。

干吗这么伤心沮丧？趾高气扬的天鹅看着它。声音却非常好听，带着金属的磁性。

大鹄怯生生地端详着它：爸爸妈妈扔下我，它们飞走了……

对面的家伙嘎嘎笑起来：就为了这呀，我也和你一样，爸爸妈妈早就不要我了。

那为什么呢？你不想你的爸爸妈妈吗？我离不开它们，想它们啊！大鹄哽咽起来。

你看，你看，你不能这样。那只天鹅降低了声调，边说边把健硕的颈子伸到大鹄的脖子下面，抬起了大鹄的脖子。

大鹄警觉地躲开：你——不许你这样！大鹄的双蹼划动了一下水面，身子轻巧地躲过那个健硕的颈子。

你别怕。我和你说：你要记住——我们天鹅家族要想发展壮大，延续香火，就必须离开父母，独立生活。我们得靠自己的力量去博得一片属于自己的天空！

大鹄低头看看自己瘦弱的身子和单薄的羽翅：凭自己的力气？这怎么行啊。

你不必担心，有我，我会帮助你！那个同伴划动了一下双蹼，身子靠近大鹄。

你？大鹄仔细端详起眼前这个特殊而热心的同伴儿：这是一只雄性天鹅。体魄健壮，精神饱满，羽毛洁净泛着光亮，傲慢的颈子高高挺立，充满了弹性；两只黄豆一样的眼睛明亮又充盈着善意、厚道与温情。它叫老鹄。

老鹄自信而坦率：放心，我会保护你！

大鹄的身子抖动了一下，瘦弱胸脯里的那汪热血一下子鼓满了血管儿，使它周身燥热，羽毛蓬松。它舒展开腰身，扭了扭身子，单细的颈子在空中一甩，留下了一道美丽的弧线。

你说的是真心话？大鹄的双眼盯着老鹄。

老鹄勇敢地梳理了一下大鹄的颈子：我们天鹅家族每一个成员都不会撒谎，我们追求纯真的爱情，一旦相爱，就会海枯石烂，地老天荒，形影相随，白头到老！这是我们的祖训，你忘了？

是的，怎么能忘？大鹄的爸爸妈妈也经常告诫它们姊妹：天鹅是世界上最高贵最善良的禽鸟，只要彼此结合，就会相守一生，忠贞不渝。

大鹄耳畔回荡着爸爸妈妈的声音，刹那间，它觉得自己长大了。

老鹄的爱抚，大鹄没有躲避，老鹄的喙沿着大鹄的脖颈，从上到下梳理着，时而张开，时而合拢，咯咯地响个不停。大鹄觉得整个身子痒痒的，很舒服，蓬松的绒毛也温顺下来。

老鹄的爱，大鹄没有拒绝，欣然应允。一股气流顺着大鹄细长绵软的颈子冲出：我——爱——你！

几乎同一时刻，血液在两只年轻的天鹅周身沸腾，四只翅膀协调扇动，它们欢呼雀跃。

陌生而恶劣的境遇里，两只天鹅心生爱怜，信任、鼓励、同道同生的理想，催生了它们比翼齐飞的强烈欲望。风生翅下，吹皱了平静的湖水，微波游走，涟漪荡漾开来……冰凉的湖水见证了火热的爱情！这就是大鹄和老鹄的初恋。

四

晨曦在天鹅喧嚣忙碌的进食中悄悄流过。太阳当空的时候，大鹄、老鹄和成群结队的伙伴们开始在水面上享受早春阳光的温暖。

大鹄和老鹄悄悄游到一片草丛旁，这里湖水比较浅，阳光直直地照射着水面，湖水温暖而平静。其实，对大鹄和老鹄来说湖水的冷暖倒不是关键所在，它们只是想寻找一片比较安静的地方。湖心的大片水域里聚集着几百只天鹅，嘈杂又拥挤。湖岸上各色各样摄影的人，肩扛手端着不同的机器在寻找最佳的拍摄地点。天鹅们在湖水中向东游去，岸上那些摄影爱好者就会钻进乌龟壳儿一样的小车里向东追逐；天鹅们在湖水中向西游去，岸上的人们又会向西追逐。如此的骚扰和惊动使天鹅们惶惶然，不得安宁。这片土地上的人类乐此不疲的精神让大鹄和老鹄混沌不解。

所以每每迁徙到这个纬度之间的湖泊沼泽歇息时，大鹄和老鹄就会格外谨慎，它们找一块比较肃静的水域，进食休息，养精蓄锐。

阳光融融，微风从水面上划过，枯萎的水草飒飒作响。老鹄和大鹄亲昵地蹭着头。老鹄抽出嘴巴，梳理着大鹄身上的羽毛：我怎么觉得有一种不祥的预感呢？老鹄好听的声音似乎有些沙哑。

你怎么啦？大鹄抖落一下双翅，嘴巴仍在老鹄头上蹭着：你担心什么呢？

老鹄的喙和大鹄的喙在一起磕碰了几下，传出咯咯的声响。大鹄专注地看着老鹄。是的，老鹄那双洞察秋毫的眼睛，现在变得那么迷离、黯淡、无神，它真的有点老了啊！

老鹄看出了大鹄的心思，它扭过脖颈，目光透过潾潾的湖水飘向远方。

久远的画面浮现在老鹄的眼前，那幅画面很血腥。

那时，天鹅家族北迁的栖息地并不遥远，迁徙跨越的纬度远没有现在这样靠近极北地区的广袤土地。甚至它们都不用费力去飞越那条绵亘几百公里的大鲜卑山。它们在那里的湖泊和沼泽地里繁衍生息，季节跨度很长。

渐渐地，它们的家园遭到了人类的袭扰和破坏。每到春季，总有一些人络绎不绝地来到水草深处寻找禽鸟的蛋卵。他们挎着筐或者提着桶，在蒹葭飞花的芦苇荡里穿梭往来。天鹅的巢穴遭到破坏，蛋卵被无情地取走，天鹅的希望瞬间破灭了。

老鹄和大鹄是聪明的。它们的巢穴建在湖心一块水草茵茵的弹丸之地上，浩浩湖水，湛蓝莫测，不坐船，是无法接近的。离它们不过二十米远的地方，是一块绿洲，那里住着一对天鹅，那是一对老夫妻，老鹄和大鹄与它们是多年的好伙伴，它们在以往的岁月里共同迁徙，共同生活，结成了深厚的友谊。悲剧首先发生在那对老夫妻身上。

一个拣拾禽鸟蛋的孩子发现了老夫妻的巢穴。孩子兴冲冲地扒开浓密的水草，发现了孵卵的天鹅，他红红的小脸蛋在正午阳光的照耀下，显得喜庆而惊讶：爸爸，快过来，这里有一窝天鹅蛋！孩子向身后纵深的芦苇荡里喊着。他的头发乱蓬蓬，汗水模糊的额头上沾着草叶儿。笑嘻嘻的口中，空着两枚门牙。

其实，天鹅妻子正在孵化身下的五枚蛋卵，突来的惊扰，使它立即站起来，鼓胀开翅膀，伸长了脖子，用特有的声调呼喊、报警。它并不打算马上放弃巢穴。

小男孩的目光被天鹅母亲身下的几枚光滑的蛋卵吸引着，他迫不及待地想跨过脚下的塔头，可是他的个子太矮了，塔头把他绊了一跤，没等到爬起来，头上已经传来了唿哨声。

站立起来的小男孩并没有意识到眼前的险境，他正兴高采烈地想得到窝巢里的那几枚蛋卵。

附近的老鹄首先听到了邻居的求救声，它是一个血性汉子，它不能见死不救。老鹄从自己的领地里腾空跃起，俯瞰到了即将要发生的一切。它毫不犹豫地俯冲而下，坚硬的扁喙像一根钢钎，直捣孩子的头顶。咣当一声响，孩子嚎叫起来，双手死死抱住头颅，身子翻倒了。老鹄一鼓作气，收拢起两只宽大的翅膀，再次扑向侵略者。它有力的扁喙啄住了小男孩的嘴角，用力一甩头，小男孩的嘴角流出了鲜血，鬼哭狼嚎般地怪叫起来：老爸——快来——爸爸，快来救我啊！

随着附近芦苇的晃动，一个高大的身影钻出苇塘，来人斜背着一杆鸟铳。他浑身湿漉漉的，手中拎着沉甸甸的水桶，里面装满了鸟蛋。

咋啦儿子？你咋啦？那个男人跟跟跄跄跑过来。

大鹄正从他的头顶上飞过。

小男孩捂着滴血的嘴巴：它——它——它——小男孩哭哭咧咧地指着飞走的老鹄，它叨我……

男人小心翼翼地放下水桶，迅速地去摘肩上的鸟铳。

盘旋的老鹄看在眼里，它要把女邻居解救出来。千钧一发之际，老鹄又奋不顾身地俯冲而下，这次，它的速度更加迅猛，动作也更加凶狠，它的耳畔响着呼哨：赶——快——离——开！它对女邻居发出警报。

惊慌失措的女邻居低头看了看正在孵化的蛋卵，不情愿地一声悲鸣，急速地扇动起翅膀。

就在男人摘下鸟铳的刹那间，老鹄已经来到了他的头顶。男人把攥在手中的鸟铳正要举起，说时迟那时快，老鹄硬邦邦的扁喙已经狠狠地啄向男人高耸的鼻梁，双蹼也扑打在男人的脸上。男人双手捂脸，鸟铳掉到了草丛里，满眼的泪水打湿了脸颊。

老鹄趁机腾空而去。当男人再次抓起地上的鸟铳时，老鹄已经爬升得很远了。不幸的是，老鹄飞翔的速度抵不过鸟铳铅弹的追逐，随着一声轰隆，老鹄觉得有好多小雨点打在了自己的尾部，气流让它的身子抖动了一下，身后的天空中，一些折断的羽毛像大片大片的雪花儿摇摇晃晃地飘落下去。

　　老鹄没有立即逃遁，它在芦苇荡上空盘旋、俯瞰。男人坐在草丛中，鸟铳靠在肩上，正在抽烟；小男孩用脚踢着邻居巢穴里的蛋卵。老鹄清楚地看到，破碎蛋卵里的天鹅雏已经孵化成形，几汪血水滩在巢穴周围，可怜的小生命就这样无情地被扼杀了。

　　老鹄回到了自己的巢穴。鸟铳的铅弹除了打掉它尾巴上的一些羽毛外，还有一粒钻进了臀部的肉里。

　　大鹄被老鹄豪迈的英雄壮举感动着，它含着泪水为老鹄梳理着那些伤残的已被染成了红色的羽毛。

　　大鹄心痛地看着老鹄：咱们得离开这个鬼地方。

　　老鹄目光坚定：等到孩子们出生，能够起飞的时候，咱们就走！

　　至此，老鹄的身子每况愈下。

五

　　老鹄收回目光。

　　从那以后，天鹅家族的成员们就很少在大岭以南沼泽湖泊里筑巢繁衍了。它们飞越大岭，一直向北，再向北，直到遥远的西伯利亚。那里人烟稀少，没有人惊扰它们，那里才是天鹅家族繁衍、生息、壮大、延续的天堂。

　　老鹄还记得，巢穴遭到破坏失去了幼仔的天鹅夫妇，在第二年迁徙途中双双毙命的悲惨情景。

　　温暖的阳光下，上百只天鹅排着"人"字形的队伍一路向北飞行，它们快乐地扇动着翅膀，集体的羽翼在一个拍子里共振，唿哨声在空气中传播得很远。而且每个天鹅的气管里都发出同样的叫声——klo-klo-klo，好听而又有节律。首尾还不定时传出联络信号的声响——ga-ga-ga，像忧郁的号角。

天鹅夫妇由于不用牵挂幼仔，便主动担当了先锋，它们排在队伍的最前列。

颉颃起伏的队伍来到了一个村庄上空。村庄的房子大都粘泥涂壁，蒿草盖顶，篱落稀疏。正是中午，收工的农人三三两两吸着纸烟，扛着农具返回村庄；一个驴车优哉游哉地走出村口，车辕上坐着头戴草帽的老头，很瘦，嘴里叼着长烟袋；一头牛不知躲在哪里，哞哞地传出了叫声。农舍的炊烟袅袅上升，显然有几家炉灶里塞入了湿树枝，空气里饱含了新鲜的苦涩和一种说不出来的味道。

天鹅队伍避开村庄，队形向南靠去。村庄的南面是起伏的山岗，树木还没有返青，但枝条上已经拱出了嫩芽儿，正午的阳光照射着这些芽苞，星星点点的绿意相互映衬着，俯瞰下去，树林已经焕发出了盎然的生机。

大地回春的时刻，也正是万物充满希望之时。空中，天鹅队形严谨、豪迈、扶摇统一，它们的翅膀扇动得更加激情澎湃。是的，希望在温暖的阳光里，在怀春的大地里，在奔涌的血管里……天鹅家族正在为它们不朽的生命而歌唱——klo-klo-klo——

而就在这时，老鹄看到山岗的树林边缘突然涌出了一股烟尘，淡蓝色的，接着传来了沉闷的枪声。老鹄在瞬间的惊愕之后，立即向队伍发出警报：提——升——高——度——

枪响过后，领头的天鹅突然收拢了翅膀，像一个巨大的冰雹，身子重重地砸落下去，它被猎人的偷袭打中了。它的妻子悲鸣着冲出队伍：天啊，你怎么啦！妻子奋不顾身扑向坠落的丈夫。

丈夫大头冲下，喙中堵满了血沫子，一声不吭，只顾坠落。

猎人再次扣动扳机，咚地一声闷响，可怜的天鹅妻子，长长的脖颈里咕噜了一声"啊——"。它断送了自己的飞行，四肢抽搐，翅膀再也无法张开了，身子翻滚着，像一个旋转的皮球，追随着它的丈夫英勇赴死……

六

惨痛的教训使天鹅家族逐渐聪明起来，迁徙时，它们提升高度；繁衍时，它们远离人烟。

当然这些都成了老鹄遥远的记忆。那么，老鹄现在还担心什么呢？那就是自己的身体了，岁月无情地流淌，身子逐渐衰弱下去，嵌进臀部的那粒铅弹不时折磨着它，使它的健康每况愈下，四季变化也能带给它一些身体上的不适；突变的天气更会让它心惊胆战，伤痛加上高烧每每让它生不如死。

但这些老鹄似乎适应了，习以为常了。可这一次迁徙途中的间歇，老鹄的感觉的确不爽。大鹄察觉到了老鹄的反常，来到老鹄的身旁，盯着发呆的老鹄：亲，怎么了？又要变天了吗？这天气挺好的啊。

老鹄亲昵地和大鹄蹭了蹭颈子：没什么，只是感觉空落落的。

在亲昵的动作里，大鹄感觉到了老鹄脖颈的变化。虽然羽毛包裹着外表看不出什么，可是里面的肌肉明显地萎缩了。大鹄可知道老鹄的那条颈子是多么优美，既丰满富有弹力，又灵活乖巧，还带着一股野性。老鹄想做爱的时候，经常用那条长长的脖颈把大鹄揽进怀里，想挣脱或者逃跑，简直就是痴心妄想，大鹄只好乖乖地任老鹄健硕的身子爬到自己的身上来，水面的浮力，让它们的动作更加和谐而又有节律。

大鹄梳理着老鹄的羽毛，从它的颈子，再到它的后背、尾部直到它的腋下……大鹄用心地梳理着。这是过去老鹄经常给它做的事情啊，现在它也要为老鹄多做一些了。

老鹄被感动了，它喃喃地吐着沙哑的声音：亲，谢谢你。老鹄看着可爱的伴侣。回想起它们初始相见时的情景。

那时的大鹄远不像现在这样洁白丰满雍容可人，单细的颈子，瘦弱的身材，灰色的羽毛刚刚泛白，简直就是一只丑小鸭。

老鹄从回忆中缓过神儿，心里甜蜜蜜的，它把自己的头贴向大鹄：亲，你真美丽，真漂亮！

大鹄愣住了：这个老鹄，今天怎么啦？它寻思着，喜滋滋地把自己的头用力撞向老鹄：亲，是你夸我，爱我，宠我啊！

老鹄嘎嘎笑着：你不是也这样夸我，爱我，宠我么？

老鹄和大鹄几乎同时萌生了那个念想，耳鬓厮磨过后，老鹄终于笨拙地爬上了大鹄的身子，晃动的身体，溅起了一圈圈涟漪，波纹向远方扩散……

它们还不知道附近的草丛中有个贪婪的家伙手握一张弩，正匍匐着向它们靠近。

警觉的老鹄似乎感觉到了什么，它迅速从大鹄身上滑落下来：有情况！老鹄伸长了脖颈，四处逡巡。很快，它发现了草丛中闪动的人影：快离开这里！老鹄向大鹄发出警报，随即拼尽全身的力气，用它长长的颈子，一下子推开了身旁的大鹄。

大鹄还沉浸在喜悦里，老鹄的警报让它懵懂，当老鹄拼命把它推开的时候，它才意识到了眼前的危险。它急速地张开翅膀，划动起双蹼。老鹄紧随其后，鼓胀起双翅，掌蹼荡漾起水花儿。

这时它听到了风声。一支箭钻出草丛，向它奔袭。还没等老鹄收拢翅膀，急速的箭镞已经不偏不倚地扎进了老鹄的左翅膀。老鹄顾不得疼痛，惊慌失措地在湖水中踉跄。草丛中又飞出两支箭，但老鹄已经远远地逃开了，两支箭镞望尘莫及，划过两道弧线过后，就像风刮来的两根水草，有气无力地落在湖水中。

老鹄来到开阔的湖心，翅膀上还带着那支箭，鲜血在受伤的翅膀上像一粒一粒红豆顺着羽毛滴落到湖水里。

大鹄在老鹄的身边转来转去，它伤心、无助、痛苦：这是怎么啦？招谁惹谁啦？它去梳理老鹄受伤的翅膀，黏稠的血液粘在喙上，它把扁喙伸到湖水里，将血渍涮去。

老鹄忍着剧痛，在大鹄面前，它永远是那么阳刚和坚强：你试着，你看看能不能把那支箭拔掉！老鹄信任地看着大鹄。

这能行吗？大鹄有点胆怯：恐怕……你受不了的……

身上带着东西，这怎么行啊。你把它弄掉！老鹄斩钉截铁。

大鹄鼓足勇气：要是受不了，你就——你就喊一声。大鹄告诉老鹄。

老鹄挺直脖子：来吧！

大鹄叼住那支箭杆儿，老鹄浑身抖着，但它一声不吭，鲜血一股一股从伤口里向外涌着。大鹄继续用力，再用力，终于，大鹄的身子瘫软下来，它气喘吁吁：不行啊，那箭镞有倒戗刺儿。

老鹄一动不动。大鹄仔细看去，老鹄已经昏厥过去，奄奄一息了……

七

几日春风吹过，湖岸边的草原开始泛绿，湖中枯黄的水草在湖水的浸润和春风的作用下，逐渐瘫软、倒伏，代之的是那些悄没声地从水中钻出湖面的新生命。这些水草要比草原上的那些绿草生长的速度快，它们一夜之间就疯长起来，转眼，湖岸的四周已经绿意盎然。

歇息过后的天鹅们，又要开始北迁了，这里只是天鹅家族迁徙道路上的一个落脚点。

老鹄显然无法再随着队伍迁徙了。肿胀的翅膀上还带着那支箭，流血过多，它筋疲力尽；连日的高烧更让它一阵阵混沌不醒。大鹄带着老鹄隐藏在一片芦草中。伙伴们已经联络好了北迁的时间——明天早晨，它们就将奔赴遥远的西伯利亚。

大鹄竭尽全力为老鹄调理着膳食。是的，眼下的老鹄是多么需要营养和照顾啊，好在春天水草的根茎正在蓬勃发芽，鲜嫩而汁水丰富，一些软体水生动物也从淤泥中钻出来，还有一些小鱼小虾来到浅水里悠闲嬉戏或者寻找一些浮游生物。

大鹄抓住一切机会为老鹄提供这些佳肴。它和老鹄商量好了，今年就在这里繁衍生息了。尽管老鹄劝大鹄随伙伴们一同迁徙，但大鹄能走吗？它们天鹅夫妻都是生死伴侣，它们不会挑剔对方的美丑；不会嫌弃对方的穷富；更不会喜新厌旧，移情别恋。它们心存的只有相互的尊重，相互的真诚，相互的爱恋，相互的忠贞不渝，一息尚存，永不分离！也许，它们是世界上唯一的遵守诺言、一诺千金的禽鸟；也许它们的祖先来自天堂，是上天的使者，所以它们被称为神鸟——最美丽、最善良、最纯真、最高贵……

大鹄是不能丢弃老鹄的。

早晨，朝霞满天。大团大团的雾霭在湖面上飘来荡去。天鹅们的划水声穿过浓雾从水面上传出。此起彼伏的联络信号，打破了湖水的宁静。

伙伴们一拨又一拨从湖面上爬高、腾空，在湖面上空盘旋等待，最后，湖面空旷了，湖水宁静了，天鹅队伍又排成整齐的队形在缤纷灿烂的朝霞中，伴着独特的klo-klo-klo的声音，渐渐消失于遥远的地平线。

老鹄和大鹄恋恋不舍地目送着伙伴们渐渐远去。湖面上浓雾已经散去，湖水中还浮游着不少体型稍小一些的水鸟，它们开始在湖泊四周的水草中游来荡去，寻觅浅水中可以捕捉的鱼虾。

大鹄除了精心照料老鹄，还要抓紧一切时间去搭建自己的巢穴。它选择了一块地势较高比较干燥的地方，确保涨水时窝巢不被浸泡。那里水草浓密，四周是连接成片的芦苇，窄窄的水道一边连接着湖水，一边连接着巢穴下面的草地。这是一处绝妙的栖息地，老鹄费了好大的力气来到巢穴旁，对大鹄赞不绝口。

春天真的来了。春风刮来大片大片的乌云将草原包围。云层低低地笼罩着湖面，密密麻麻的雨点落下来，平静的水面上盛开了无数的花朵，花朵转瞬即逝，马上变成一个又一个小涟漪，涟漪拥挤着，碰撞着，飘出淡淡的水雾，雾霭里传来了雨滴敲打湖面悦耳的声响……

大鹄把老鹄拢在身边，它的身下正孵化着四枚卵，可能是身体、环境、心情的缘故吧，今年春天，它只留下了四枚卵。以往的春天它最少要留下五枚，最多的几年，都是七枚蛋卵呢。

老鹄的身子极其衰弱，它伏在窝巢的右边，这样，孵化中的大鹄就会张开它的右翅膀，遮住老鹄受伤的左翅膀，雨水就不会淋到伤口。老鹄的伤势很严重，那根箭镞还牢牢地扎在它的翅膀上，死亡似乎在悄悄逼近。

八

雨后，清新的草原上飘动着白雾。尤其是湖泊里大团大团的浓雾恋恋不舍地从一丛丛水草中漫步到另一片苇塘里。

在湿漉漉的浓雾中，老鹄醒来了，它用颈子掀动着大鹄盖在它伤口上的翅膀。

大鹄醒了：怎么了？大鹄扭动了一下脖子。

老鹄：我饿。

是啊，连日的大雨，它们已经好些日子没有痛痛快快进食了。

大鹄从窝巢中站起来：亲，来吧，你照看一下这几个小家伙，我去弄点吃的。大鹄的身子离开窝巢。老鹄无奈地把身子挪到窝巢里。一只勇敢健硕的天鹅几千公里的飞翔都不在话下，现在连觅食都成了麻烦，多么悲哀呢？老鹄很酸楚。

大鹄晃动着丰腴的身子离开窝巢。

我说，不要到岸上去，千万别拣拾岸上的食物！老鹄有气无力地告诫大鹄，它气喘吁吁，脖颈无力地耷拉下去。

大鹄转回身，看着衰弱的老鹄：别担心，我不离开湖面。它沿着涨满湖水的水道，寻找浅滩。

老鹄迷迷糊糊地趴在巢穴上，四枚蛋卵是那样的温暖，它们融在一起，使它的身子也渐渐暖呼呼的。

老鹄又想起了那可怕的一幕。

那一年秋天，它们从北方向南迁徙。干旱使大片的沼泽干涸，好多湖泊也不见了踪影。先期到达的一批伙伴不得已降落在一片稻田旁边的水塘里。这些疲惫又饥饿的天鹅们发现了岸上人们撒下的玉米粒和谷物，纯真善良的伙伴们蜂拥而上，结果，它们吃下的东西里拌有农药，那批天鹅和几百只禽鸟相继毙命。

当老鹄它们迁徙到这里时，老鹄看到池塘岸边停着一辆农用车，几个人笑嘻嘻地往车斗里扔着被毒死的禽鸟。

一群乌鸦落在池塘岸边高大的杨树上呱呱地叫着，这些以腐食为主的家伙在幸灾乐祸，它们冲着空中的天鹅群高叫着：落下来啊，有胆量落下来啊，落下来就有人吃你们天鹅肉！

老鹄愤怒地将一泡排泄物甩向乌鸦群。伙伴们斜形排开继续向远方而去……

大鹄给老鹄带回来好多吃的，有小鱼，还有水中的软壳动物，更多的是一些肥嫩的根茎。

从此，老鹄的任务就是孵化身下的那四枚卵。

日升日落，老鹄感觉到身下的蛋卵温度在升高，它知道那是蛋壳里的小家伙已经长毛了。它不能总趴在窝巢里了，那样会把没有出壳的小家伙们捂死。

有一天，大鹄又去觅食了。窝巢里的蛋卵不时传出微弱的叫声，有两只蛋壳里的小家伙已经急不可待了，咄咄地叨起了蛋壳儿。老鹄的心情格外好，它们南迁北往的就为了这一天。老鹄自豪地在窝巢旁蹒跚，它受伤的半个翅膀是麻木的，上面的羽毛几乎脱落殆尽，外露的皮肉就像一块干姜，皱巴巴的，没有血色，没有光泽。老鹄觉得这些都不重要了，它能够倾注全部的就是窝巢里的那四枚蛋卵，它盼望着那蛋壳里的生命早早到来，那鲜活的生命里流淌着它和大鹄的鲜血，这就是希望，就是延续，就是它们天鹅家族生生不灭的传奇啊!

老鹄沿着水道,想去看看外面的湖水,它多久没有看到外面的世界啦?当老鹄笨拙地划动双蹼,就要走出芦苇荡的时候,膀子上的箭镞被几棵芦苇挂住了,它焦急起来,不管怎样交替着划动双蹼,身子还是死死地一动不动。这时,老鹄似乎听到了巢穴蛋壳里小生命在呼唤,而且,蛋壳也被啄得砰砰响,它浑身涌来了一股神力,身子前倾,脚下用力。

奇迹出现了——它的半个翅膀连同那支箭镞,被几棵芦苇留下了。它目眩了一会儿,感到身子轻松了,折断的翅膀处并不怎么疼痛。其实,被箭镞损伤的翅膀,那下半部分早已发炎坏死了。

老鹄兴奋不已,匆匆地沿着水道,返回了窝巢。

九

四只小天鹅争先恐后钻出了蛋壳,它们颈子很短,绒毛稠密,三只是灰色的,一只是褐色的,似乎还有杂纹。

几天后,小家伙们已经能笨拙地奔跑和相互地嬉戏了。大鹄在前,老鹄断后把它们领到水道里,三只笑嘻嘻地跟在后面,而另一只胆怯地不断惊叫。

肃静!大鹄对孩子们说:现在让你们见识见识。

孩子们都闭了嘴,学着父母庄严的样子,昂着头,脚下不停地划动。

老鹄的身子异乎寻常地好起来,它可以任意地去寻找可口的食物填充嗉囊,还带领孩子们在浅滩处捕捉那些晒太阳的小鱼小虾。现在孩子们太小,还无法自己去叼啄水草的根茎,老鹄就把水下鲜嫩的根茎翻到水面上来,孩子们就喊喊喳喳地你叼一口,它啄一块,吃饱喝足后跑到岸上的草滩里,享受日光的照耀。

老鹄的身子虽然好起来,但它再也无法带领孩子们去飞行了。它残缺的半个翅膀不管怎样扇动,身子都没办法离开水面。它为此而悲伤、难过。

当大鹄带领孩子们在湖面练习飞行本领的时候，它佯装若无其事，也一同来到湖面上，观看它们的表演。大鹄起飞时的滑翔和爬高看上去优雅翩翩，但技巧和速度在老鹄的心里还有些欠缺。老鹄就忘记了自己残缺的翅膀，想给孩子们做个示范。它抖擞起精神，挺直身子，前倾，快速滑动双蹼，身后的湖水掀起了一道细微的浪花，终于，老鹄的身子离开了水面，那支完好无缺的翅膀舞动起来，遒劲有力，气流在那规律扇动的翅膀下产生了一种推举之力。而那支残缺的半截翅膀就截然不同了，尽管扇动如初，却无法形成气流，更无法产生托力。它的身子刚刚离开水面，还没有来得及爬升，整个身子就像一架被击落的飞机，歪歪斜斜一头扎在湖面上。

孩子们幸灾乐祸，嘲笑老鹄：嘿，老爸，你——可——真——笨——看我们的——

孩子们在湖水中滑动起稚嫩的身子，依次爬升到空中，在老鹄和大鹄的头顶盘旋。

老鹄沮丧透了，它绝望地嘱咐大鹄：这个任务只有你去完成了。

大鹄脖颈朝天，严厉地批评孩子们：不许——用——这样的口吻——和老爸说话！

盘旋中的孩子们吐了吐舌头，闭上了喊喊喳喳的嘴。

大鹄和老鹄一样难过，老鹄的现状不容乐观，南迁的日子就要来临了，老鹄是没法儿启程的。因此，在有限的日子里大鹄在老鹄面前极其卖力地培训孩子们的飞行技巧：爬升的高度啦，飞行的体态平衡啦，以及如何排队和变换队形，还有长途跋涉中的呼吸技巧，尤其是群体飞行中联络信号的规律、声调等等。大鹄用这些来掩饰内心的痛苦和烦躁不安，因为它一静下来就会想到老鹄，一想到老鹄，大鹄就会心如刀绞。

十

一场霜冻过后，草原的生机顿时衰败下去。草叶黄了，秋风扫向芦苇塘，飞花落满了湖面。一队又一队南迁的天鹅落下来，平静了好久的湖面上热闹非凡。

老鹄和大鹄的孩子们真高兴，来到那些小伙伴们的身旁玩耍、嬉戏，互唠家常。在它们看来，这些小伙伴们真了不起，它们跟随着自己的父母从遥远的西伯利亚一路飞到这里，这是多么了不起的飞翔啊！它们跃跃欲试，勇气倍增，它们也要和这些小伙伴们一道从这里起飞南迁，去寻找美好幸福的越冬之地！

就在那个夜晚，老鹄悄悄把大鹄叫到隐秘处。它老泪纵横：明天最后一批队伍就要出发了，不能再耽搁，带上孩子们走吧。

不——我——我不忍心离开你！大鹄拥着老鹄，泣不成声。

老鹄用颈子把大鹄拢得紧紧的：必须把它们带出去，这是你的责任和使命！

可你怎么办啊？大鹄矛盾着，伤心至极。

为了孩子们健康成长，为了天鹅家族兴旺发达，带它们离开。这是最后的机会，我死去了，不足挂齿。

大鹄浑身抖着，泪珠像空中的雨水，不停地滚落……

清且亮的早晨。

队队天鹅从雾气弥漫的湖面上起飞了，它们依次爬升、拔高后在湖面上空划了个半圆，然后一字排开向南飞去。

孤独的老鹄无语凝噎，绝望地目送着远去的天鹅群。忽然一个影子在身旁的湖水里一闪，是大鹄离开了队伍飞到老鹄的头顶：亲爱的，永别了！大鹄凄苦地向老鹄道别。

老鹄泪如雨下，目不转睛地盯着大鹄再次汇入天鹅群。这次真的是永别了啊，老鹄挺直了脖颈，拼尽最后的力气呼喊：多——保——重——

寒流一如既往地袭击了湖面，凝固在湖心里的老鹄玉雕一样不屈地昂首挺胸，弯弯的脖子像一个巨大的问号，直面苍穹……

红 毛

1

一团火球在胯间炸响,凶猛的气浪夹裹着浓重而刺鼻的火药味,将红毛轻巧的身子抛起来又重重地摔下去。

一阵痉挛……

一股皮毛被灼焦的煳味……

像以往遇险一样,就地打个滚儿,弓起腰身,然后箭一样弹射出去。身后又是一声爆炸,但在红毛如风似雾的逃遁里,那"闪电"对它早已望尘莫及了。

从这枪声和对自己影踪如此熟悉的程度,红毛猜想:这次突袭一定又是那个猎手干的!不会错。跃过一个大雪包,它用余光扫了一下开枪的人。

这是一个中年猎手,个儿不高,瘦精脸。一根"管子"攥在手中。此刻,猎人咆哮着在没膝的雪地里笨拙地向前跳跃。随着他的蹿跳,头上的两个帽耳在扇动。一团一团的白雾从他嘴巴里喷出来。

这次的确不幸:红毛被打中了。铅弹击中了一条后腿,使它逃脱的速度缓慢下来,以致爬上山梁,依然可以看到那个猎手如甲虫一样跟着它的脚印向山顶蠕动。

红毛知道不能再这么明晃晃地逃下去。雪白的林地上红豆一样洒下了它的鲜血，身后那个猎手正在穷追不舍。它知道这是个什么样的猎手——嗜血如命！许多同伴都在他耐力无比的追赶中丧失了性命。

红毛匆匆钻进一片矮树丛，树丛上的雪球砸下来，淹没了它的足迹。

在一个阳光融融的树洞下，它歇息下来。这是一棵老桦树。粗短的树干，翘着黑红的外皮。树洞从一米多高的树根部延伸到树腰，空空荡荡，像巨鳄张开的嘴巴。黄糟糟的树心不知被什么虫儿钻爬过，留下了杂乱的小孔眼儿。此刻，这老树拼命吮吸着冬日阳光的紫外线，树洞里少许的霜雪融化了，缕缕白气飘出来。

红毛浑身抖着，被打中的后腿开始恢复知觉，疼痛遍及周身。这一枪打在了它的左后腿上，伤口流出的血凝成了坨儿。

血，流得太多了，红毛感到疲劳无神、心衰力竭。它又痛苦，又难过，又悲伤，又愤怒。在强大、孤傲、冷酷无情的人类面前，它既不会呼风唤雨，又不会撒豆成兵，仅有的那点本领，目前又无法施展——要是往常，它会用比猎人快几倍的速度跑到那个山村，钻进那座草房……

红毛熟悉那个村子，熟悉那座草房。村子不大，深深地陷落在大山脚下。村子的西北角有一座粘泥涂壁的草房。这草房的前前后后它都了如指掌。它知道从什么地方进去，也知道从什么地方出来。它会用自己身上喷发出来的激素去刺激猎人的神经脆弱的女人，因为猎人的女人对它身上的激素太敏感。

可这次，红毛无论如何也动弹不得了，后胯疼痛难忍。它勉强扭回身，想用舌头去治理伤口。伤口被血块冰疙瘩遮盖着，只好用牙齿去啃咬。

血疙瘩被啃碎了，它看清了自己的伤口：这次不是皮肉伤，左腿骨折了，白森森的骨头茬扎在肉里。

完啦！它绝望地嚎叫一声，抬起头，两颗绿豆似的眼睛茫然地望着苍穹：天空暖洋洋的，或明或暗的几朵白云，有的透着光亮，有的被光亮包围着缓缓移动。在这光晕、云朵和蓝天里,它看到了自己的亲人——它们的生命早已化作了蓝天白云……恍惚中,红毛进入了朦胧的回忆。

多久以前的事儿了?反正是个秋天。大片的麦田已经收割完了,硬挺挺的麦茬像一片片森林在秋阳里泛着金黄,那是一个好季节。

它随着父亲、母亲来这里觅食。

父亲,雄壮而剽悍。它浑身的绒毛是一色儿的火红,油汪汪的皮毛在秋日的阳光下闪闪发亮;眼睛像两粒明珠,深邃、晶亮,透着尖利、冷峻。它的黑嘴巴上掺杂着白毛,可以看出父亲所经历的雪雨风霜;它的嗅觉和听觉是那么灵敏,碰到什么风吹草动,父亲会像一道闪电,迅速地避开危险。

因此,父亲赢得了母亲的爱情。

只是父亲一只前腿折掉了一节,走路有点跛。梅花状的爪印后面有一个圆圆的印痕。母亲说,这是父亲的骄傲。

一个雪天。

父亲正年轻,它像往常一样借着星光外出觅食。

多么平静的夜晚啊!当父亲在一个冰窟窿里饱餐了一顿柳根鱼,按原路返回的时候,不幸碰翻了猎人的踩夹。右小腿被夹住了,它拼命地挣脱。踩夹被一条链子牢牢地拴在附近的一棵小树上。父亲围着小树绕了半宿,它左冲右突,用嘴咬,用爪儿挠,怎么也无法挣脱这个羁绊。

疲劳,痛苦,绝望。它躺在雪地里等待着猎人的到来。只要到了早晨,遛踩夹的猎人就会发现它。如果发现它还没断气儿,就会把它扔进一个袋子里,然后把它和袋子朝一棵粗树上猛抡……它看到过这种场面。有个伙伴就是这样被猎人折磨死的。

想到这儿,父亲真有点不寒而栗。父亲猛地爬起来,结果它站不稳了。那条被夹住的腿由于时间过长不通血液,冻僵硬了。父亲用嘴巴触摸着那条僵腿,然后用牙齿咬了咬,毫无知觉。

夜空有点发白。星星累了,一个接着一个悄悄在隐退。清冷而又明亮的早晨啊，多么可怕！

父亲突然有了一个大胆的念头：把夹住的半截僵腿弄掉！虽然从此它会成为一个跛子，一个失去完美、失去雄健的黄鼬，可是为了活命，为了逃出去，必须得这么干！这想法要像撕咬田鼠那样凶残冷漠，像追逐飞鸟那样执拗勇敢，像咀嚼柳根鱼那样心安理得……尖尖的牙齿慢慢撕开了小腿的毛皮。虽然感觉不到疼痛，当咀嚼小腿筋骨的时候，尚未完全冻僵的神经送给它很多的痛苦。

父亲就这么凭着坚强、勇敢，凭着果断牺牲的精神逃了出来。从那以后，父亲总结了一条经验：在这个世界上，无论多么熟悉的路都不能重复去走。

绝不重复！而它的同伴大都在循规蹈矩中白白地丧失了性命……这就是英雄的父亲！

然而，在那片金黄的麦田里，父亲仍旧没躲过灭顶之灾。

正当它们在麦地里寻找田鼠的时候，土岗子后面突然出现了一个猎手。这绝对是一个偶然的巧合，彼此同时愣住了。机警的父亲一声长啸，从儿子身旁猛地跳开，几纵就跑到了儿子对面。儿子趁机顺着麦茬扑向母亲并一同钻进麦秸垛。麦茬遮不住父亲的红脊梁。猎手的那根"管子"随父亲的纵跳在不时点动。"管子"冒出火来，父亲被打中了，惯力使它向前冲了十几米，一头栽了下去。

母亲冲出去，被父亲发现了。它嚎叫一声愤怒地爬起来，顽强地向前踉跄。可是父亲的动作迟缓，行动艰难，不一会儿猎人就跑到了它的跟前。父亲又猛地转过身子往回冲，正和猎人撞个满怀。它不顾一切跳将上去，一口咬住猎人的手套。猎人机灵地甩掉手套，枪托砸向父亲的腰身。父亲向前爬动了几下，终于在猎人"管子"的猛击下倒了下去，再也没有爬起来……

儿子和母亲目睹了这一惨剧。惊骇和愤怒使他们母子无所适从。母亲依偎着儿子，身子像风中摇动的小树：记着，别放过这个猎手！母亲的牙齿动了一下，送给儿子一个心灵的暗示，大颗的泪珠从两只小眼睛里滚落下来。

猎人兴高采烈地用一根细铁丝从父亲的鼻孔穿过去，挂在"管子"上。猎人下山了。随着猎人得意的步伐，父亲的身躯在"管子"上来回晃动。阳光照耀着父亲火红的皮毛，也照耀着父亲的那条跛腿——天长日久，跛腿触磨得光秃秃，此时也正泛着光亮。

由于鼻孔被吊着，父亲整个面孔迎着明亮的苍穹。它和母亲随猎人来到了一座草房前，找到一个鼠洞钻进屋子，躲在油灯照不见的角落。

惨剧在继续。

父亲被吊在一根柱子上。猎手喜气洋洋地衔着一支旱烟正在剥父亲的皮。猎手挽着袖口，拿着寒光闪烁的刀子切开了父亲的嘴巴，然后是麻利地撕、拽。一会儿，父亲的头皮就被剥了下来。猎手又叨起刀子，油腻的手一只扯着头皮，一只攥着骨肉，哧啦一声——皮肉在分离……

父亲的头骨被砸碎了，失去了往日的风采，血肉模糊；眼珠毫无遮掩，暗淡、浑浊，没有生机和活力；白森森的利牙倔强地咬在一起毫不松动——父亲在向猎手示威！

母亲再也无法忍受，翘起尾巴，抬起一条腿，将满腔怒火从胯间"哧"地发泄出去。

这种激素对体魄健壮的猎手来说毫无侵袭作用。猎手依然叨着旱烟，眯缝着眼睛欣赏着父亲那身珍贵的火红的皮毛。

但猎手的女人却在炕上嚎叫一声，将自己的头颅向泥墙撞去……这天夜晚，它和母亲对猎手家进行了无情的报复：咬断了二十只母鸡的喉咙。从这天起，它和这个猎手结下了血仇；从这天起，它开始走向成熟，真正体验到了血腥，学会了怎样躲避灾难。它和父亲一样，背上披散着油汪汪的红毛。

2

母亲带领着它顽强地活了下来。这时，它已经不是那只弱小的黄鼬了。它继承了父亲的慓悍，强壮的身子骨里蕴藏着无穷无尽的力气；飞快的速度像一阵风；它机智、灵敏，从不失误。而且，它开始独立生活，并开始恋爱了。

那是一只身材瘦小、嘴脸俊俏的雌鼬。它们爱得很深——野花烂漫的山岗、错落起伏的塔头甸子、湖畔、田野、森林、柳丛，都会看到它们的身影。它们彼此相随，从不分离。然而在一个绿茵茵的夏季，它们双双病倒了。

这是一个多雨的季节。天空阴森森的，没有阳光，没有温暖。云层是铅灰色的，像浸透水的海绵那样。雨水湿淋淋地往下滴着。河湾里涨满了水，塔头甸子里涨满了水，田间鼠洞里灌满了水。

它们病倒在山坡上。发烧，口渴，乏力，又赶上俊俏的黄鼬开始妊娠。红毛凭着身子的强壮，每天勉强支撑着去寻找一些食物。山上可食的东西很多，鼠类们因多雨也大多集中在山上，可它身子太虚弱了，很难捕捉到它们。这样它只好每天到水边去，捕捉那些笨拙的青蛙。妊娠的妻子吃不下这些东西，静静地趴在那里，身子越来越虚弱。

红毛无可奈何，每天围着自己挚爱着的那个瘦小的身子转，透过皮毛，它感到那弱小的身子越来越消瘦，真难过！

有一天，它发现自己皮毛下面冒出了好多豆粒大小的红包。尤其是那条美丽的尾巴上布满了这样的疙瘩。刺痒，继而是火烧火燎的疼痛。

红毛真怕失去这条美丽的尾巴。这是一条怎样的尾巴呀！没事儿的时候，它常常把尾巴竖起来，直挺挺的，尾毛在阳光下微微晃动，看上去像一串儿偌大的芦苇花儿；有时候，它又会把尾巴卷起来，紧紧收缩再突然甩出去，像仙女的长袖，在空中划出美妙的弧线；当飞跑起来的时候，这条尾巴又会蓦地变得那么刚硬，和脊梁拉成一线，宛若古战场上将军挥动着的狼牙棒……

就是这条妙不可言的尾巴上长满了脓包，多么惋惜和痛苦啊！

最让他难过的，还是那娇小的妻子。它嘴脸被痛苦扭歪了，牙齿咬得咯咯响，脓包无处不在，俊俏的脸上也布满了疙瘩。

红毛伸出舌头，用口腔分泌的唾液替那瘦小的身子治疗，当舌头舔在那俊俏的脸庞上，黄鼬看到同伴那深陷的眼睛里涌出了泪水。

"红毛……我好难受……"妻子用眼神在跟它对话。

"别——咱们——能熬过去。"它同样用眼神回答。

"我……真的，挺不住了……"

"能行，得坚持！"

"可惜咱们的仔儿……"妻子流出了眼泪。

"别瞎想！能熬过去。"

"那你……赶快给我弄点吃的……"

如果是往常，它会毫不犹豫地冲向田野，迅雷不及掩耳就能捕捉回几只田鼠，可是这次它的确有点担心、动摇。它怕满足不了妻子的需求了。它爬起来，长长地出了一口气，迈着颤巍巍的步子走下山坡。

草甸子里都是水。被撵上山坡的小动物们都很贼性，换了一个栖身地，一有风吹草动，早已逃之夭夭。寻找了好一会儿，它终于发现了一只田鼠。那家伙离它不远，正从一堆草叶里拱出来，看到眼前的天敌，惊呆了。

红毛大喜过望，猛扑过去。田鼠醒过神儿，一骨碌，躲开红毛的利爪。怒火从红毛胸中窜起，它又继续扑两次，连连失手。最后，它只好眼巴巴看着灰脊梁上带着红道道的、肉乎乎的田鼠逃掉了。它身子太虚弱了，失去了追扑的能力。

它悻悻来到水边儿，逡巡了好一会儿，红毛发现缓缓流动的水面上，有一只麝鼠仰着头，拖着鳗鱼一样的尾巴在游动。晃动的长尾掀起粼粼波纹，荡漾的水波传过来，渐渐消失在岸边。

它的心里又涌出喜悦。不错，如果顺利的话，它和那奄奄待毙的妻子就有救啦！它沿着河岸小心翼翼、如饥似渴地跟踪着那只游动的麝鼠。它必须等那麝鼠靠近岸边的时候，才能突然发动袭击，过早地惊动了那只麝鼠，那家伙就会机灵鬼似的一头扎到水里，沿着水底溜之大吉。

一堆柳丛挡住了它的去路。它只好屏住气跳跃绕过柳丛。就是这么短暂的瞬间，麝鼠在它的眼里消失了。空荡荡的水面上，只留下支离破碎的波光。

麝鼠消失了。

水波消失了。

红毛的希望也随着河水缓缓漂走了。

就在这时，在柳丛的暗影处，那只麝鼠又出现了。灰色的皮毛很光洁，平短的嘴巴上，几根钢硬的胡须针一样挺立着。麝鼠正在追逐几条惊慌失措的小鱼儿。

这正是一个好机会！红毛迅速将身子缩在一起，后腿胯聚涌来一股神力，然后猛地将身子弹出去。调整前爪，瞄准目标。

以往，它会准确无误地扑到麝鼠身上，牢牢地抓住那浑圆的腰身，扼住脖颈，撕开喉咙，喝尽鲜血，最后再去享受那些骨肉。可这次体力太差啦，弹力不够，它只抓住了麝鼠那只坚硬而又滑腻的长尾巴。

麝鼠熟练地一个猛子扎下去，速度之快之迅猛，使红毛连眨眼的工夫都没有。它被拖入水底。这是一只雄性麝鼠，肥壮、结实，性子暴烈。眼下，这家伙宛如游泳冠军，拖着红毛飞快地游动，想一下子甩掉这个突然袭击者。

红毛紧咬着那条尾巴。这是它和妻子的希望。逮住这只麝鼠，它们就可以美美地饱餐一顿，让精力恢复，好与病魔抗衡。

麝鼠感觉到尾部的疼痛，加快游动，在水草密实的水底穿跃。

红毛的耳朵里灌满了水，只感到眼前忽而是绿色的东西闪过；忽而又是黄的，也有黑的。麝鼠那光滑丰腴的脊梁就在它的眼前，只是那条可恨的尾巴太长了，伸出去的爪子够不着它的身子。

黄澄澄的水底，鱼儿看见了它们便四下逃遁。这时，麝鼠将它拽到一团黑乎乎乱麻一样的东西前，没等它辨认清楚，身子就重重地撞在了黑团上。这是一个大树根，七弯八扭像龙爪。麝鼠从一个缝隙钻过去，将红毛的身子留在了另一边。

红毛受不住了。在水下，它可不是什么英雄，再加上身子那么虚弱。于是它咬紧牙关，"咯嘣"一声，咬断了那家伙的尾巴，随之它的身子慢慢浮出水面。它叼着麝鼠一截尾巴，狼狈不堪地爬到了岸上……

红毛终于倒下了。

昏昏沉沉中，母亲似乎来到了眼前。母亲瘦了，但身子骨硬朗如初，像没长大的时候一样，母亲精心照料着红毛，为它觅食……

不知过了多久，它终于醒过来了。母亲真的就在它的眼前。它激动得热泪盈眶——感谢你，母亲！

母亲把经历告诉红毛：这是一场少有的灾难，一旦染上很难幸免。这次红毛烂掉了尾尖，而它的妻子则永远地离开了它。当红毛从死亡线上重新爬起来的时候，它的妻子留给它的，是炎炎烈日下的一摊脓水，和一堆惨白的小巧的骨架儿。妻子从这片山岗上消失了。

痛苦、失望、悲伤、难过，红毛为妻子的离去而失魂落魄……

母亲沉痛地告诉它：在这个世界上，它们黄鼬的生命宛如一根枯草棍儿，任何力量都可以随意将其折断，将其毁灭。

3

春阳毫不费力地融化了所有的残雪。然后是干燥，是闷热。大自然里的水被蒸发得所剩无几。林中的积叶开始卷缩，叶尖和叶柄对着翘起来，卷成一个筒儿。山坡上便堆满了这些小筒儿。

天空惨白。骄阳在一丝云朵也不曾遮挡的蓝天里肆虐地释放着它的热量，使整个森林、整个草原、整个世界枯干燥热。

太阳落山的时候，它和母亲醒来了。这是觅食的最好时间，出了洞穴，它们就听到了强大的引擎响，是空中传来的。一个银白色的、如蜻蜓状的东西正迎着它们飞来。

红毛带领母亲钻进了那片枯黄的干草甸子。这时，它的胆略和智慧与母亲不相上下，生存的磨难和阅历也不比母亲逊色多少。可以说，它已经是一只完全成熟的黄鼬了。它可以和森林及草原上所有的动物争斗，有时也和一心想要它性命的猎人嬉耍一番，以此来捉弄一下人类的智慧。

那是冬天的事。有个猎手一直跟踪着它和母亲。踪迹毫不掩饰地告诉猎手：这是两只无与伦比的黄鼬。猎手从落雪就发现了它们，一直跟踪着。无数次的较量，它们也无数次地挫败了猎手的凶恶企图。

狡猾的猎人终于发现了它们的洞穴，在洞口布下了天罗地网。猎人在洞口下了九盘踩夹，接着，在一个个跳跃步间的距离上又下了九盘踩夹。一切安排妥当，猎人离去了。在猎人的想象里，天一亮，两只皮毛上乘的黄鼬准会躺在他的踩夹旁。

猎人错了。他面对的是黄鼬家族的精英！

母亲还没醒来，红毛就来到了洞口。不用看，单凭嗅觉，它就知道发生了什么事儿。于是，它用前爪将洞口四周的积雪一点点扒开、松动。不一会儿，第一盘踩夹暴露出来，乌黑的铁架在松软的雪粒中恶毒地张着嘴，圆圆的小踩盘伸着脖儿引诱着它们去踩碰。

它衔起一根硬草根儿，在那小小的圆盘上轻轻一触，"叭——"飞起一片雪粒。第一道险情清除了。然后他凭着视觉和嗅觉很快判断出周围踩夹的位置，以此类推，逐一摧毁。最后又在洞口的踩夹上撒了泡尿。

猎人，哼！任你怎么去失望好了。从这以后，猎人不再用踩夹对付它们。

过了好久。它们又在沟塘子里见到了一个非常奇特的小木箱。箱子的一头是死的，另一头没有任何遮挡。它和母亲好奇地观赏着。这时，它发现了一只麻雀——被火烧过的麻雀，满身散发着油香，躺在箱子里。

"又是圈套。"母亲盯着木箱。

"老早我就看出来了。"

"赶紧离开。"

"可那只麻雀多香。"

"不行，会丧命的！"

"绝对不会。"它边说边从容地走近木箱。它观察了一圈儿，开始审视那只麻雀，有根细铁丝拴在麻雀的脖子上，一头从木箱的一个孔洞里伸到外面去。

"这就是机关。"它寻思。于是它叼起那只糊巴巴的麻雀。忽然身后"轰隆"一声响，退路被封死了，半点缝隙都没有。它不慌不忙咬掉麻雀的头，叼起麻雀身子。

它记住了那个小小的圆孔，那儿正透着一丝亮光。

母亲在箱外悲泣，埋怨它的鲁莽。

它开始用尖利的牙齿去扩大透亮的圆孔。木板很糟，一点儿也奈何不了它坚硬的牙齿。一会儿，那小小的圆孔就有鸡蛋大小了。它憋足一口气，将身子收缩，再收缩，它的脑袋探出了木箱，接着就是身子。

它就这样在母亲心目中成熟了，长大了……

轰鸣声越来越大，震颤了整个山谷，连它和母亲栖身的地方也跟着震荡起来。

像蜻蜓的玩意在峡谷里盘旋了一圈儿，缓缓地落在一块平整的草地上。一个门儿打开了，跳下了许多人。后来才知道是森林里着了火，那"蜻蜓"正空运扑火的人类。

它和母亲又目睹了那玩意儿的起飞。那旋转的翅膀把周围的干枝枯草吹荡得呼呼响，剧烈的轰鸣声让它和母亲撕心裂肺。

后半夜，大火漫过了山头，半个夜空通红。红毛和母亲并没有意识到处境的危险，根本就不知道大自然遭受了多么大的浩劫。

洞穴里沉闷而燥热，喘息困难。似乎空气被一个气筒抽干了，喉管干瘪，上气不接下气。

它们向洞口爬去。眼前一片豁亮。山头似一支火把，山谷如一条火龙。热流从山头移到山谷。又从山谷推到山头，火势形成了气旋，气旋又控制着火势。

魔鬼一样的气旋通天立地，挟着无数巨大的火球在旋转，在移动，肆无忌惮地将烈焰播撒到另一个山头和峡谷，另一片森林草地。

它和母亲惊悸得不知所措，如此巨大的灾难，它们还是头一次遇到。它们虽然都经过山火，像烧麦茬地啦，打防火道啦等等，可那都是小面积的燃烧，还会引起它们的好奇，远远地欣赏着窜动的火苗儿呢。

可这次方圆百里都在燃烧，它们被围在其中，若不是洞穴保护了它们，那么无论如何是逃脱不了这场厄运的。

它守着洞口，朝外边呆呆地望着。

火头已经过去，只剩那些干枝枯树在燃烧。在它的眼里，整个世界噼噼啪啪窜跳着火苗儿。高大黢黑的树干上，蓝烟缕缕升腾。有时树枝燃烧着从空中砸下来，溅起的火星飞进了洞口，随着"嗞啦"一声，难闻的燎毛味儿钻进鼻孔。

它们只好缩回洞穴，里面仍是燥热、憋闷。地下的冻土融化了，洞子里充满了水汽，水汽浸湿了皮毛，皮毛裹在身上，湿漉漉的，真难受！

山火已经过去，烧得地上像个大火盆，落不得脚。它们几次想冲出去觅食，可最终又不得不退回来。正当红毛和母亲饥肠辘辘感到绝望的时候，上苍却破天荒地给它们母子送来了礼物。

乌云遮盖了白惨惨的天空，毛毛细雨毫不间歇地落在了山火过后满目疮痍的大山和峡谷。

它们终于可以觅食了。

火迹地里一片死寂。动物们能逃的逃了，逃不掉的大都葬身火海。在一片烧毁的林子边，它们发现了一具野兽的尸体。那是一头野猪，或者是一只刚休眠醒来的棕熊。这家伙个头挺大，头上的肉皮已经开裂，肚子鼓胀得像一座山丘。

它和母亲饱餐了一顿，又跑到峡谷的沟子里喝足了水。母亲用舌头梳理着儿子脊背上被火星烧焦的绒毛，有点哽咽，抽动着嘴巴上的几根长须。它为它们母子能够在如此巨大的灾难过后仍然活着而深感自豪、骄傲！

除了那具腐尸，它们在山上什么也没有找到。迁徙！这是所有动物的本能。它们顺着山坡走进峡谷，又从峡谷走过草原，再越过人类修筑的铁道线。远山已经泛绿，回首望着黝黑而毫无生机的火迹过后的山峦，心里空荡荡的，好像失落了什么。

母子俩朝那片葱绿走去。

4

这是一片田野。当它和母亲游荡到这里的时候，农人已播完了种。这里地阔无边，平坦如砥。山火过后，许多小动物都聚集到这里。

它们在这里栖下身来。在这里，它们不用颠沛流离，也用不着提心吊胆。在这里，它们只是优哉游哉地消磨着日子。它们可以随意钻到哪一个鼠洞，把那些被麦粒养肥了的胖乎乎的田鼠们堵在里面，想享用哪只就毫不费力地抓过来吃掉，然后将那洞穴当作自己的栖息地。

这真是一个乐园！

可是，在这片广阔的田野上，接连发生着一桩桩怪事。田鼠们无声无息接二连三地在田野上死去，也有各式各样的飞鸟啄食播种过后裸露的麦粒，来不及拍起翅膀就悄无声息地栽倒下去。也有大一些的鸟儿，像野鸭、大雁什么的，成群结队地从空中盘旋而落，没等啄食多久，便就支撑不住，一声哀号，告别了同类，永远留在了这片土地上。

它和母亲无法解释这种现象。它们很纳闷儿。

有一天，它们在一个洞子里堵住了一只老田鼠，这家伙看上去饱经风霜。老家伙气管不好，嘴里咕咕噜噜，上气不接下气，长胡子掉得稀稀拉拉，随着嘴角的拉动，露出了残缺的牙齿。

"咱们相遇，这是劫数。你让我把话说完，好不？"老田鼠嘴里泛着白沫沫。

"哈，老家伙，耍什么滑呀？进到我的肚子里，你可就省心啦。怎么样？走过来！自己走过来！"红毛戏弄着这只老田鼠。

"听我说，我说的是实话。碰不上你们，我也该完蛋啦。知道吗？聪明的种田人在种子里拌了农药——是剧毒，吃了这样的种子，谁都活不了多久，包括吃了田鼠的你们。"

"骗人！你的家族为什么还没死绝？你，不是也活得这么自在吗？老家伙，骗鬼去吧！"

"听我说。我禁止子孙们吃这种麦粒，让它们秋天拼命积攒食物，直到够一年消耗的。那时的麦子毒性小，但天长日久吃下去也会中毒。毒性达到一定程度，都得死！"

"笑话，那么人类呢？吃了这些麦子的人类，为什么还活得那么滋润？"

"人类？人类就不中毒吗？毒性在他们身上发作得缓慢，但寿命照样会减短！"

"人类绝顶精明，会做这等蠢事？"

"聪明？"老田鼠眨眨绿豆一样浑浊的眼睛。"因为人类聪明，所以人类迟早会被自己毁灭。看到田地里那些死去的无辜的生灵了吧？人类只许自己活在这个世界上！他们任意妄为！砍伐森林，破坏草原，荼毒生灵，污染环境，制造大当量炸药。人类在干吗？他们把我们的地球破坏得乱七八糟，又想入非非准备迁徙到别的星球去搞破坏！人类患了疯病，同类也互相歧视，你看不上我，我看不上你，互相大动干戈……"

老田鼠累坏了，嗓音嘶哑起来。

"跟我啰唆这些有什么用？你我都是人类以外的小生灵。"红毛显然被感动了，声调低下来。

"我是说，我只是凭良心提醒你们，离开这里，秋天再回来，不然就会死无葬身之地……"老田鼠说完，身子瘫软下去。

"别听它的！"母亲毫不怜悯地按住老田鼠。"我们没有能力去管人类的事，知道吗？只有填饱肚子才有生存的可能。我们不能有思想。孩子，我们一旦有了思想，痛苦就会缠上我们。让肚子鼓起来才算咱们有本事。"

"咱们黄鼬家族还不如老鼠吗？"

"说对了。老鼠可以和人类争夺，它们失去了一个却又能涌出一大群。它们的繁殖能力是无与伦比的。如果不是那么多天敌去对付它们，那么地球的确会被他们占领。而至于我们，孩子，我们没有那个本事。"

母亲的话在红毛耳边嗡嗡响着。它捕捉过数以万计的老鼠，从没有怜悯过，也没想过什么。可这只老鼠却给了它沉重的打击：它似乎也有了什么思想。看到母亲津津有味地嚼碎了老田鼠的脑袋，它有点惋惜，因为那颗不大的小头颅里盛装着的思想和智慧，转瞬间就被母亲咀嚼得粉碎。

老田鼠血肉模糊的脖颈上有鲜血淌出来。母亲马上叼住脖颈吮吸那紫黑的血液，最后母亲彻底消灭了老田鼠，就连一点毛渣都没剩下，然后伸出带刺的舌头麻利地在自己的唇上舔来舔去，似乎在回味鼠肉的醇香。

红毛的眼睛潮湿了，转身出了洞穴，它第一次感觉到：这世界是如此的不公平！

老田鼠的预言实现了。

没过多久，母亲的身体就迅速衰弱下去。常常四肢乏力，口内发粘，两眼模糊。最后趴在洞子里再也爬不起来了。如果像老田鼠所说的那样，母亲是无可挽救的。这不是什么流感发烧，头疼脑热，这是中毒！而这种中毒现象是人类自己也无法克服和解决的，一旦发作，只有死亡！

它捕捉鲜活的田鼠，咬断血管，让血液流进母亲的嘴里，可母亲最后连吞咽的力气都没有了。眵目糊粘乎乎、黄澄澄堆在眼角，呆滞的目光盯在一处，瞳仁不再活动，只有胸脯还在微弱地起落……

死亡终于把母亲从它身边拉走了。亲人先后离它而去使它悲痛，使它愤怒，也使它无可奈何。红毛出了洞子，挥泪用土把洞子封死。

山青了，麦苗拱出了地表。田野生机盎然的时候，红毛感觉到的却是绝望和失落。回山里去，红毛想。于是，不用作任何思索，它又告别了麦田，迎大山而去。

5

这是一个无法描述的寒冬。小雪过后，气温急骤地降下来。整个冬天，天空都是灰蒙蒙的。千山鸟飞绝，小动物们不到肚子饿时不露踪影。它们蜷缩在窝里，用体温与寒冷抗衡。

它只好沿着砍柴人的车辙准备冒险到山村里。路上，它和一个拾柴而归的老者不期而遇。

老者的狗皮帽耳系在一起，缩着脖儿，抱着膀儿。一根木棍插在怀里，腰间紧束一条绳子。不知是棉裤太肥还是腿有什么毛病，随着牛车轱辘的转动，两条罗圈儿一样的弯腿向前挪动着。

红毛本想逃避，但看到这么一个糟老头，身上又没有什么可怕的玩意儿，红毛就放下心来。于是，它搬起路边一块薄薄的大饼似的牛粪顶在头上遮挡着。

老者发现了，停住脚，凝视着。红毛紧张起来，抬起右胯将一股袭人的气味释放出去。老者没有任何反应，但他张开了霜雪挂满胡须的嘴，口中念念有词儿，突然跪在雪地上，捣蒜一样磕起头来。

红毛把遮眼的牛粪往上抬了抬，偷眼看去，觉得老者的举动挺有趣儿。

老者嘴里一边嘟囔着，一边解开怀，从贴身处拽出一个塑料袋。

它马上嗅到了馒头的香气。老者从怀里拽出个馒头，恭恭敬敬地把馒头放在路边，又虔诚地磕了几个头，双手抱在一起向它作揖。最后，老头儿抬起赶牛的木棍，一溜烟地向走远的牛车跑去。

红毛一下子掀掉牛粪，冲上车道，抱住馒头大吃起来。

它就这样在那个傍晚，远远地跟着老者的牛车进了村。

红毛的肚子饱了，肚子饱了就好奇。它要认识认识那个老头儿。

这个村子它是熟悉的。红毛记起来了，父亲就是在村头那座草房里被剥的皮。

它觉得那老者不会伤害它，而且他的举动也的确稀奇古怪。它就偷偷地钻进了老者的土屋，跃上一根裸露的房梁，蹲在那儿。

屋里暖洋洋的，充满了一股烟草的干辣。几个精瘦的老人围着一根白蜡坐在一起。烛光跳着，使老人们饱经风霜的脸忽明忽暗。

"那个皮子顶着一块牛粪，身上没有一根杂毛，一色的火红。"

拾柴的老者把松弛的眼皮抬起来，灰黄的眼珠子流露着恐惧。他叼着一根纸烟，吸一口，让大团的蓝烟在口中打个旋儿再吐出来。

"这可真是大仙下凡。活这么大岁数，没见过这号皮子。"

"咋办？山上的皮子都给咱村整净了，大仙记恨啦！"

"咱得供奉，给大仙消火解气儿，不然还了得？"

老人们七嘴八舌，神秘兮兮地商量着。有个老者不经心地抬起头，扫了房梁一眼，突然发现了红毛，蓦地惊叫了一声。

老者们沿那人落魄的眼神望去，也都战栗起来。

红毛知道人们发现了它，纵身从房梁上跳将下去。红毛从几个老人头顶闪过，迅速从门缝里消失了。梁上的尘土纷纷落下来，掉在几个老者头上。他们顾及不了那么多，跪下去，冲红毛消失的方向磕头……

红毛成了村子里的宠物。人们敬仰它，供奉它，尤其是上了年岁的老人们在村子里游说。他们不允许任何人去惹它，伤害它。他们把山村的贫穷和自身所制造的灾难，统统归结为它喜怒的结果。它可以不分白天还是黑夜，想到哪里吃东西就去哪里吃东西。有时候，心情烦躁起来，它也索性跑到什么人家的鸡窝里，将鸡头撕掉，喝净血液。

人们对它在这里生存认可了。它可以招摇过市，为所欲为。没人敢对它的皮毛有什么奢望，只对它敬若神明。

红毛只是不敢到村头的那座草房里去。因为那里老远就可以嗅到一股雷火味。而且那草房对它来说总是那么阴森森的，仍充满了杀气。

可红毛还是被那草房吸引着。它想再看一看草房内是不是还是那个老样子，那个仇人是否还在。

它开始接近那座草房。久违了！它在草房四周转悠。毕竟它是一只黄鼬，在人类过分的纵容面前，它的头脑开始发热。这天，红毛终于按捺不住内心的好奇，沿记忆的路线纵身跳进天棚，钻进屋子。

屋子里热气缭绕。猎手在土锅台上忙着什么，腾腾蒸气缠着他，看不清面目。

猎手的女人躺在炕上，直挺挺的，一块毛巾遮住她的额头。

炕沿上落坐着几个妇女。躺在炕上的女人面容枯黄，神情倦怠。有个年岁较大的女人在地上手舞足蹈着，口中念念有词，上蹿下跳，哼着忽高忽低的怪调子。忽然，她咋咋呼呼、装模作样地将嘴里含着的一口水喷到病女人脸上。

此时，红毛气味难闻的液腺又鼓胀起来。它知道病女人的神经是极其脆弱的，只要它稍微把气味放出去一点儿，这病女人的神经就会被麻醉，神经就会错乱。它就会任意地摆布她，折磨她——以前它经常这样干，它曾用这种办法去报复猎手！

有一次，猎手在山上追了它几天，毫无收获。它就在一个夜里跑进了猎手家。猎手的女人赤条条的，奶白的身子被一个粗黑的壮汉搂抱着。那是猎手的女人同一个庄稼汉在偷情。粗黑的身子时缓时急地扇动着，女人在呻吟。

它躲在角落里。人类美好的情爱揭开了它痛苦的伤疤——它想起了死去的俊俏的妻子。

呵，那和谐的日子，那美妙的日子，那投入的日子，那销魂的日子呀……它悲伤至极，不敢追忆。一切都是过眼云烟。自从失去了相爱的伙伴，它就走进了孤独。

望着炕上的男女，它的愤怒从胯间喷射出去。

女人嚎叫一声不再呻吟，男人毫无察觉，加紧了动作。可惜女人只有出的气儿，没有进的气儿了。

从那以后，它没再进这座草房。

这次，它还想折腾一下那女人，但看到那女人干黄的脸和带死不活的苟延残喘样儿，它放弃了这个想法。

饭熟了。猎手放好炕桌，扶起病中的女人。大家把桌子围住。清一色的野味：飞龙、山兔、野鸡，肉香袅袅。它迅速跑向锅台。

以往的经验是：农户们的锅台后，有它的牌位，它想享用什么，就到那儿去取。可这次它看到的是一个大锅坐在炉子上，里面的饭菜都已端上桌子。锅里仅剩下少许的开水，咝咝响着，锅台上是狼藉的炊具和杂七杂八的草棍儿，它又回到屋子里。

人们正大口大口地喝酒吃肉。它忍无可忍，抬起右胯。腺细胞内分泌物像一团幽灵，悄悄地向吃饭的人们袭去。

病女人昏死过去。与此同时，人们发现了它，慌作一团。

猎手去操那根"管子"。

红毛趁机逃掉了。

由于它的出现，猎手开始在村子里到处寻找它。

有一天夜晚，它正想外出觅食，刚大摇大摆地露出头，就发现一团火焰迎面而来。它知道是怎么回事儿了，是那猎手的"雷电"向它开了火儿——这猎手真狡猾！他用羊油擦了那根"管子"，以至它事先没嗅到半点火药的味道。

就在它伏身的刹那间，雷火在它头顶炸响。它抓住猎人的第二枪未响起的这个空儿，勇猛地迎着猎人突围出去。从此，它的耳朵里便永远留下了轰鸣声。

躲在一个角落里，它暗暗想：从记事起，它的家族就和那个猎手争斗，确切地说是和人类去争斗。最终只剩它孤单的一个了。人类强大的力量是无与伦比的，凭他们的力量和智慧想毁灭任何一种动、植物都是轻而易举的事，这是人类的荣耀和伟大！但让它不能理解的是，人类干吗不利用其特有的优势去与其他生灵和睦相处、共享其乐呢？尤其是那些对人类没有任何危害的生灵！

那天，它带着满脑袋轰鸣声，带着对人类无可奈何的沮丧，也带着失败的苦恼，更带着求生的美好渴望，又悻悻回到了被大雪封住的皑皑山林。

6

大山绿了又黄，黄了又绿。它在这崇山峻岭中颠沛流离，苦难而又顽强地生活着。岁月的洗礼、生存的磨难早已使它泯灭了情爱，泯灭了除食欲以外的任何欲望。即便如此，他依然得小心翼翼地出外觅食，因为不时有猎人的跟踪和赶山人的打扰，让它不得安宁，惶惶不可终日。

红毛有时趴在洞子里孤独而又悲伤。

孤独中，红毛觉得自己有了思想。种族即将绝灭的原因，就是它们生长了一身好皮毛。人类之所以凶残地大肆捕杀它们，也正是看中了那身皮毛而绝非皮毛里面裹着的同人类本身一样具有的血肉。当然，这是对黄鼬，而对其他动物却不是如此。它亲眼看见过一只飞奔的雪兔被猎手的"闪电"击中。雪兔四脚朝天，鲜红的热血缭绕着一团雾霭，从雪白的胸脯流向林地。尽管这驰名的兴安雪兔有如变色龙一样能随季节变化而改变色彩，但仍然避免不了被捕杀的厄运。这些小家伙们致命的弱点，就是它们的踪迹会大方而又明晃晃地暴露在身后，最终留给猎人——但不尽然，它也看到过有只飞龙鸟高傲地挺着胸脯在松枝上鸣叫，那"闪电"突然飞来，这鸟便石子儿一样从树梢上跌落下来……

想着这些，它对人类看中自己的皮毛又有点茫然而不可解。那么人类真的像老田鼠说的那样，发疯了么？可能是，也可能不是，但有一点可以肯定：人类的欲望包罗万象，仅仅为了满足其中的一个，他们就可以大开杀戒……

疼痛让它停止了回顾。红毛知道，这一次就是它生命的终结。猎人很快会发现它，也会将它拴在"管子"上，将它带回村里向人们去炫耀：呶，这家伙终于让我逮个正着。这身皮毛！我的妈呀，你一辈子都没见过这样的皮子吧……然后，那单刃的剥皮刀也会从它的嘴巴上切下去……

夺走了生命，又要去了皮毛。如果能像人类那样，皮毛是一件衣服，那它会毫不吝啬地脱下去，谁需要就送给谁好了。

红毛决定：不让猎人得逞，什么也不让猎人得到！它想起了身后的树洞。对，跳进去，让鲜血在那儿流尽。

它勉强爬起来，拖着不听使唤的后胯，艰难痛苦地抠着粗糙的老树皮向树洞爬去。

这是一棵老桦树。它生长在不很密实的白桦林中，树干粗壮而矮短，树冠毫无生气，干巴巴地将一片天空戳得支离破碎。习惯上，森林中的动物们称这类树为霸王树。

红毛好不容易爬到了树洞的边缘。跳进去，它就会与这个世界永远地别离了。它蹲在树洞外，无望的眼睛重新审视面前的世界。一地雪白，没有任何野兽的踪迹；山岭上的树像倒插的一把把扫帚，空寂，无聊，没有生机。这是一个不值得留恋的世界！

这时，它感到树洞里辐射出一股温热，还有股臭烘烘的气味传出来。它开始打量这黑黝黝的树洞，结果发现有一头棕熊蜷缩在里面。由于它的惊动，棕熊正抬着头，用疲惫的眼神盯着它。

它们互相审视着。以往，它们只是远远地打个照面，然后各自走开，这般近在咫尺的时候的确不多。红毛努力振作精神，尽量显出些威风。

"伙计，走开！"棕熊的嘴巴张合了一下，不耐烦地眨了眨小眼睛。

红毛没有力气回答，还是那样看着棕熊。它觉得这家伙真是幸福，忙碌半年，余下的时间打发给蹲仓——在一个春天，刚蹲仓出来的一头黑熊和它相遇了。那庞然大物晃晃荡荡地向它扑来。它决心戏弄这家伙一会儿，慢慢地与之兜起圈子，弄得黑熊痛苦不堪。因为这熊舔食了一冬的大熊掌，弄得前掌鲜血淋淋，不敢沾地，最后只好一屁股坐下去，望着它呜咽……

"你真清静。"它鼓足力气与棕熊对话。

"别这么说，这里像个坟墓。"

"对了。我被猎人打中了，伤得好重……"

"什么？"棕熊抬起身子，尖利的耳朵竖起来，牙齿磨得咯咯响。"你的踪迹会引来猎人！"

"别担心。我进行了巧妙的伪装。"

"倒霉的家伙！别自以为是了，那么机灵干吗躲不过猎人的'闪电'？快滚开！"

"让我去哪儿？"

"能滚多远滚多远！反正别把我搭上。"棕熊喘着粗气。

的确，它不能连累了棕熊。可是，这家伙干吗这么蛮横？红毛的自尊心受到了极大的伤害，泪水涟涟涌出来。它掉过头，从树洞口滚落下去……

当它醒来，身上已盖上了一层薄薄的雪花。山林里很静，能听到簌簌的落雪声。它抖落掉皮毛上的雪花，抬头看看头顶。天阴沉沉的。既然还活着，就必须找一个栖身地。它四处搜寻，终于发现不远处有一棵倒地的雷击树，树杈上有一个尚算完整的偌大的鸟巢。

到那里去!

雪还在落。

不知过了多久,它觉得自己的身子开始凉起来,四肢麻木冰冷。它知道自己就要完蛋了,无非是眼下还有一息尚存。

朦朦胧胧中,它听到了嘈杂的声响。它勉强睁开小小的双眼,看见几个猎人正围住那个大树洞。它快要停止跳动的心又一下子加快了速度。

有个猎手握住一根长杆子向树洞里猛捅,一下、两下……突然从树洞里传出一声凄厉的哀号,打雷一样。树洞另一侧还有个猎手蹲在雪地上,虎视眈眈地端着闪亮的"管子"。

"冲点捅!"那人喊。

杆子又拼命向树洞里捅去。

"呜——"随着一声惊天动地的哀鸣,棕熊猛地从树洞里冲出来。

树洞旁那个汉子手中端着的"管子"震颤了一下,接着是电闪雷鸣。

跌跌撞撞的棕熊没来得及站稳,就惨叫一声笨拙地栽倒了。强壮的身子压倒了树洞旁的几棵小树,霜雪纷纷落下来。

血,喷泉一样从棕熊的前腿畔喷射出来,洒向林间雪地。

棕熊死了。

红毛感觉到自己胸口里的心脏越跳越缓慢,呼吸也越来越困难。恍惚中,它觉得鸟窝里的身子长出了翅膀,慢慢飞升起来,越飞越高。它看到了那个老田鼠,接着是一群田鼠和黄鼬……

它还看到了一个硕大的太阳。悠远、广阔的蓝天下是温和碧绿的芳草地,鸟儿在筑巢,鱼儿在戏水,蜜蜂在花丛中采蜜,各式各样的小生灵优哉游哉地舒活着筋骨……

忽然,红毛的脑袋里一阵鸣响,美好的画面在它的脑海中消失了,最后的感觉是:从鸟巢中飞升起来的身子,又轻飘飘地落在了白茫茫的雪地上。

红毛终于看见了爸爸,看见了妈妈……

大　鸟

一

沙尘暴。

短时风力8至9级，瞬间风速每秒17至33米，最低能见度为零。这是入春以来受蒙古高原西路及北路冷空气的影响而出现的第三次沙尘暴天气。

这是一条大峡谷，强劲的风裹着泥沙从谷口吹进来。山谷两旁的缓缓坡地是刚刚播种完的一望无际的麦田，风连拉带拽地将光秃秃的地表土搅起来扬向天空，落不定的尘埃在广袤的天空中游移、飘荡，充塞了整个山谷。

漫过无际的麦田，风又把它那无形有力的长爪伸向山顶的树林，被风扼住喉咙的一棵棵大树无法逃逸，一顺水地弯曲了身子在那里哀号、哭泣。"呜——呜——呜"，千百棵大树一起呜咽，隆隆的轰响翻江倒海，声音响彻峡谷的上空。

于强和宁晓亮被外面的风沙和震耳欲聋的响声吓坏了。两个人蜷缩在桦木杆子搭成的长铺上等待和挨延。他们焦躁不安，盼望沙尘暴尽快停止。在城里，他们谁也没有这种感觉，遇到这种天气，只会看到满天昏黄，或者从塑钢窗子的缝隙里透进一些尘埃落在光滑的大理石窗台上。

现在却截然不同。昏暗将蓝天割断，风沙打得窗子乒乓作响，加上林子里发出来的鬼哭狼嚎的声音，简直让人心惊肉跳。

他们是昨天来到这里的。

于强的爸爸是海萨尔牧管局下属雅克萨农场里一个生产队的头儿，他播种着十二里沟整个峡谷里的上万亩麦田。于强小时候经常跟爸爸来这里。在他的记忆里，每到春季播种完后，就会有很多鸟儿落到麦地啄食裸露的麦粒。啄食过后的鸟儿有些勉强飞走了，有些就会原地拍打着翅膀团团转。这时你就可以任意去捕捉。

他俩筹划了好长一段时间。昨天终于瞒过家长，偷偷蹓出了城，沿着向北的沙石路欢歌笑语向麦点而去。半路上，刮起了大风。起初风不很大，只是西部的天空从上到下拉上了一道黑幕。他们骑在自行车上，借着风的推力，车辘辘在山间土路上飞快地转动。

真带劲儿！随着自行车在土路上的颠簸，两个少年的心在上下起伏。长期生活在城市，枯燥的课堂学习桎梏着他们的快乐，一走进田野，广阔的天地，自由的空间，尽管大地还是一片沉寂，但他们的心里已经感觉到了春天的气息——北方，冰雪融尽之后，湿地的枯草下面，鲜嫩的草芽在悄悄地萌发。河柳枝头灰白的毛毛狗不知不觉地顶掉原来暗红的盖头。蚂蚁们从土穴里钻出来，在茸茸蓝淡的毛骨朵花儿的下面，争来抢去地舒活着筋骨。而那些鸟儿呀——是啊，春天回归的野鸭会觅食在水塘里，偶尔的惊动，他们就会把体态沉重的身子在水面上滑动起来，然后"扑啦啦"向空中飞去，翅膀急剧的扇动会使平稳的气流骚动起来，随着大鸟的爬高，空气里会留下羽翅的哨音……

美好的东西鼓舞着他们的激情，在越来越凶猛的风沙中，他们没有丝毫返回的念想，相反他们仿佛乘上了一只快艇。快艇一往直前划过汹涌的气流，越过谷口，爬上缓坡，直奔目的地。

二

　　麦点上空无一人。长筒屋子的南北两边是桦木杆子搭成的大长铺，上面是厚厚的干草。麦点上的人早已撤到其他的地方。北方，大面积耕作的农场都是这样，播种时人们来到麦点上忙碌一番，农闲时又都撤到山下。

　　山高路远，没人去麦点上破坏什么，更没谁去麦点上偷取什么。于强和宁晓亮躺在铺上，随身带来的矿泉水喝完了，早春的屋子里阴森、湿冷。

　　于强从大铺上爬起来："咱们把炉子点着。"他把铺上的干草抱起一抱放到铁炉子前——这是那种装汽油或柴油的大铁桶改造的铁炉子。把油桶的一个圆面弄下来，侧面打个洞按上炉筒子，北方野外作业点上大都使用这种廉价、简单、实用的铁家伙。它散热极快。

　　于强把干草塞进炉膛，然后点燃一块桦树皮，随着火苗的跳跃，桦树皮丝丝响着，开始卷曲。于强把手中的一团火扔进炉膛，干草燃起来了。但外面的风过大，抽力极强，干草的燃烧速度非常快，炉膛里只是"轰"地亮了一会儿，那些干草就像一团烧红的细铁丝，转眼就变成了灰白的一团。

　　于强和宁晓亮迫不及待地将双手放在铁炉子上，那里有了些许温热。

　　"风小了，咱们去弄点柴火？"宁晓亮的眼睛和他的名字一样亮晶晶的，他矮墩墩、胖乎乎，看上去是那种很机灵的孩子。

　　的确，透过窗子已能看清远处的坡地，山顶怒吼的林子不知啥时已经歇息下来。哦，大势已去的沙尘暴啊！于强和宁晓亮豁然开朗，思维的天空中已翩然飞来了那些鸟儿——那种背羽灰黑，颈部和胸部都是暗红的野鹁鸽。那年于强的爸爸在山头的石缝中逮住一窝幼雏，带回家中饲养起来，最后竟和家鸽没有什么两样。还有那些蓝点颏、红点颏，专门在麦地边沿的桦树枝上蹦来跳去，它们叫声婉转、清澈，如深谷中的溪流。还有极北朱顶雀——这是北方最为常见的一种小鸟。它们结伴大群而来，又一团而去，北方人叫它"苏雀"。上冬时节，如果你能抓到一只放到滚笼里——那是用竹条或细铁丝编织起来的一种带有拍子的捉鸟的笼子。拍子上面拴上谷穗，这笼子里的鸟儿就会为主人拼命地呼朋引伴。大批的鸟儿听到叫声云集而来，看到谷穗，鸟儿们就会争先恐后地跳到拍子上。结果，很多鸟儿就成了主人的囊中之物。而笼子里的鸟儿这时会更加欢呼跳跃，空中的鸟儿就会循规蹈矩地落入火坑。

这就是北方的苏雀。

天空依然是灰蒙蒙的，但风停了。山谷里格外宁静。树林摇累了，互相搀扶起手臂，集体酣睡了。风沙扫过的麦田里，细小的沙粒淤积成千条万条鱼鳞皱。

于强和宁晓亮满怀希望走出屋外。于强展开双臂，面对宁晓亮很得意也很自信地炫耀起来："小亮，你信不信？风停了，鸟儿们该回来了！"

"嘿，那才叫棒！"宁晓亮同样充满了信心。因为于强从不说谎，过去他每次到父亲的麦点上都会用小笼子给和他要好的同学捎回几只小鸟，那些小鸟有红脑门儿的，也有红肚皮的，叫声脆响而迷人。

三

"咱们是不是先找点水喝？"宁晓亮细长脖子上的喉管滑动了一下："我渴了半宿了。"

于强打量了一眼同伴，又抬头望了望四周的田地，他知道谷底有一条小溪。"跟我来。"说着他抬脚向谷底走去。

宁晓亮看着大步流星的于强，紧跑几步跟上去。

"于强，你说这回咱们都能抓住什么鸟儿？花脖子，还是红肚皮？"

"那可没准儿，说不定还能逮住一只长脖老等呢。"

"真的？要是那样，送到动物园去，而且……"

于强没吭声，他想起那年暑假，他和爸爸来到了麦点。那时整个山谷还没有完全被开垦出来，谷底有一片湿地，那里栖息着很多水鸟。于强在一个浓雾的早晨偷偷来到了那片湿地里。就在前一天傍晚，橘红的晚霞中，两只大鸟滑翔飞机一样在空中盘旋过后，悄无声息地落在了湿地的草丛里，那大鸟嘴巴直直的，脖颈长长的，腿棒细细的，那是灰鹤，孩子们叫它"长脖老等"。

湿地的早晨并不宁静，蜷缩在水洼里的什么水鸟用尖硬的嘴在梳理零乱的翅膀，长喙不停地咬合，传来一阵阵响声，或者一只刚刚睡醒的水鸟发现了游弋的水虾抑或小鱼，立即猛扑过去，弄得水面传出哗啦啦的声响。于强在一片水草中发现了前一天傍晚落下的那两只灰鹤，不，那分明是三只鹤，两只成年鹤，另一只是幼仔。那小鹤夹在两只大灰鹤的中间，细长的脖子扭回来，搭在自己的背上，两只大灰鹤察觉了什么动静，警惕地抻长了脖子向四周搜寻。

于强的心咣当咣当跳着，他还是头一次这么近距离去欣赏大自然中的野鸟，而且呈现在眼前的是和他自己的个头差不多高的大灰鹤。他专注地盯着水草中的三只鹤，丝毫没有发现脚下踩着的塔头已经缩进了水中，塔头一歪，他"扑通"一声掉进了水里。

灰鹤发现了他，其中一只伸长脖子，怪叫了一声，两只细脚运足力气，身体向空中一纵，翅膀张开了。尾翼张开了，那翅膀猛烈地在空中扇动了几下，腾空而起；另一只灰鹤的两只细腿在水中急速地划动了几下，斜刺里向空中飞去，细脚慢慢地向尾翼靠拢，再靠拢。

小灰鹤被惊呆了，显然它还不会飞。它在大灰鹤的警告中，慌慌乱乱地向一片密集的水草中钻去。于强的好奇心鼓胀起来——抓住它！他不顾一切向小灰鹤扑去。脚下的水草软绵绵的，早晨湿地里的水真凉。他在湿地里奔跑，他要抓住那只幼鹤！

两只大灰鹤在空中盘旋着，鸣叫着，湿地里的很多鸟儿被惊动起来，有些叫着飞向天空，有些在水中噼噼啪啪向深草中游去，尽量远离险境。

　　小灰鹤就在眼前，它浑身胖乎乎、毛茸茸，真可爱。于强憋足一口气向小灰鹤靠近，这时他似乎感觉到有一股气流向自己袭来，他缩回身子，下身完全浸在了水中。两只大灰鹤预感到自己幼仔的危险，不顾一切地从空中俯冲而下，用它们的长翅拍打着于强的脑袋。于强抓了几把水草扬向灰鹤，大灰鹤又急速向空中飞去，它们在更高一点的空中盘旋、鸣叫。

　　小灰鹤被一片密集的水草挡住了，它的头和脖颈钻进了水草，身子却在外面蠕动，这是一个好机会。于强加快了脚步。

　　空中的大灰鹤像一束炸弹，收紧了翅膀呼啸着冲向于强。于强赶紧拽了几根水葱，这是水草中比较坚硬的一种，他向空中挥舞着水葱，灰鹤在离开于强几米远的头顶突然张开翅膀，鸣叫一声，又向空中飞去。

　　小灰鹤就要钻进草丛啦，于强将精力从空中收回，他正看到小灰鹤肥硕的屁股在草丛里抖动。他冲过去，身子溅起的泥水弄得满头满脸，但他还是靠近了那片草丛。草丛淹没了小灰鹤。于强镇静了一会，发现了一片攒动的水草，那是小灰鹤在惊慌地逃跑。于强顺着攒动的水草，追上去。终于，他抓住了小灰鹤那细长的腿，他将小灰鹤抱在怀里，透过湿淋淋的外衣，他感觉到小灰鹤全身在战栗。嘿，小家伙，别害怕，我不会伤害你，我要把你送到动物园去。于强心里叨咕着，用手摩挲着小灰鹤的脊背，向岸边走去。

　　天空中，两只灰鹤还在不断地盘旋，它们一圈又一圈地在于强头顶飞来飞去，并不停地悲鸣。于强因为得到小灰鹤而心花怒放，他连蹦带跳地向麦点跑去，当他看到两只灰鹤还在空中盘旋时，他将手中的小灰鹤向空中扬了扬，"拜拜，老灰鹤！"他丝毫也感觉不到两只灰鹤失子的切肤之痛！

四

其实于强是在逗宁晓亮玩儿，那片湿地早就干了，而且成了麦田。他这次领宁晓亮来没指望能抓住什么大鸟，就是常见的苏雀或者草原百灵这就足够了。

干旱的春天里，谷底流淌的小溪干涸了。于强简直不敢相信，这是一条怎样的小溪呀！它怎么能干涸？怎么能消失得这么快？站在窄窄的河床上，于强感到非常失望，顺着谷底向上望去，那里的河床似乎还能显现出一片湿润，顺河床上去，也许能找到泉眼。于强听爸爸说过，这小溪的源头就在半山腰上。

"走，找泉眼去。"于强对失望的宁晓亮说。

"泉眼？"宁晓亮又来了精神，"泉眼在哪儿？"

"山坡上。"于强又迈动了步子，踩在坚硬干涸的河床上，他的心里真不是滋味，莫明其妙，小溪，你干吗不流了？水，你跑到哪去啦？他心里懊恼着。

他还记得在小溪里钓鱼时的情景。那时，这条山谷里水草茂盛，一条小河弯弯曲曲顺山谷而下。小河被河柳和蒿草掩映着，溪水明亮清澈，水面上不时漂过柳叶或者野花野草的落叶。在偶尔的拐弯处会有一片小河滩，流水淙淙，卵石跳动，成群的小鱼儿在水面上晒太阳，见到人影就会"轰"地一下逃到上游的深水里。

麦点上有现成的鱼钩，于强抓几只小青蚂蚱把它们挂在鱼钩上，在清澈见底的溪水中，能清楚地看到水底的鱼钩。几只小鱼围着鱼钩游荡，这是北方河水中常见的那种"小柳根"，身子细长，圆滚滚的。一只小鱼用嘴拱了拱青蚂蚱，另一只用尾巴扫了扫鱼钩，它们不是那种贪得无厌的家伙，溪水中的鱼饵很多，它们一点儿也不会愁吃愁喝，见到落水的蚂蚱它们只是把玩、嬉戏。小鱼越聚越多，碰得鱼钩东摇一下，西晃一下。这时从溪水的暗影处慢慢地游弋出一条筷子长短的大鱼，对那些聚集的小鱼们来说，它是水中之王，它的两腮在有规律地一张一合，尖尖的背鳍晃动一下，尾巴一扫就来到了小鱼们的身旁。小鱼们散开了，青蚂蚱暴露在大鱼的眼前，它用上唇顶了顶青蚂蚱，青蚂蚱游移了一下，大鱼又不慌不忙地调过头，张开嘴，把口腔中的水吐出来，一口就将青蚂蚱吞进口腔中。也许它的动作太鲁莽了，也许是那锋利的鱼钩位置不偏不倚，反正那大鱼在水中一滚，使岸上于强手握的钓竿一抖。于强看到阳光下，那大鱼的白肚皮一闪，他再也抑制不住心中的喜悦，手中的钓竿猛地往岸上一甩，鱼儿落在了岸上的草丛里。他跑过去，看到那条出水的大鱼正在草丛里乱蹦，他把一根扒了皮的细柳条儿从鱼鳃穿入从鱼嘴穿出。不一会儿，他就钓了两串鱼。

  他还记得，那中午的阳光火热而灼人，汗津津的母亲要洗个冷水澡。于强和爸爸妈妈一同来到谷底，在一片小沙滩上，他们脱去外衣，跳到没膝的溪水里，在和煦的阳光下，蚊子和小虫们是不敢出来打扰的。父亲的肌肤黝黑而强健，和母亲白皙丰满的身子形成了强烈的对比，母亲走到父亲身边，将滑腻嫩白的肩膀贴在了父亲宽大黑红的肩膀上，她的眉毛向上一挑，于强知道，这是母亲在向父亲炫耀自己雪白的肌肤。父亲斜眼扫了一眼水中的于强，突然弯下腰掬起一捧水扬到母亲身上，母亲嗔怒着毫不让步，两个成熟的男女在水中打起了水仗。水珠四处飞溅，水花翻来滚去，于强双手拍着水面大喊大叫着："好哇，打得好，太好喽！"

  最后，父亲和母亲都显得筋疲力尽，他们双双躺倒在溪水里，看到倒在水中的父母，于强也如法炮制，自己也仰面朝天倒下去。这时，他看到了高远的天空，阳光下的天空白惨惨的，几朵云彩上不着天，下不着地地挂在天空中，它们悠悠地游动着。于强盯着其中的一朵白云，他琢磨着，那朵白云像一只兔子，不，好像是绵羊。也不是，像马。不，骆驼。反正什么也不是，它就是一朵白云！于强这么想着，回头看看爸爸和妈妈，他看到父亲的手从母亲的胸脯上移开了,母亲的唇也离开了父亲的面庞,他一下子从水面上跳起来:"好哇,你们俩在干好事!"他随即又哈哈大笑着,再次扑进水中。

他的心里甜蜜蜜的,在家,当然是在雅克萨的家里,每当父亲要和母亲在一起时,他都要问为什么非得父亲和母亲在一起,而不像小时候晚上把他争来抢去地抱在怀里,父亲就会笑眯眯地拍着他的屁股:"儿子你大了,我们不能和你在一起做好事!"于是他就会自己躺在床上,一个人慢慢进入梦乡,只要父亲和母亲在一起,他们就做"好事"。比如你拧我一下,我捏你一把,或者我吻你,你吻我,或者……哦,快乐的小溪,迷人的小溪,更令人难忘的小溪啊!

五

沿着河道向上走,河床是湿润的。于强和宁晓亮离开河道沿麦田而上,播种过后的麦田像棉花一样松软,他们身后留下了一串深深的脚印。

"强哥,咱们是不是歇一会儿?"宁晓亮非常佩服于强的耐力,也佩服他知道的东西那么多,在同学们中间,他和于强是最要好的。本来这次他们还准备和另一个同伴一起来,但那伙伴突然宣布不来了,原因是他向自己的父母透露了这次行动计划,结果伙伴的父母制止他参与活动,并承诺,暑假带他去外地旅游。于强和宁晓亮没有因为同伴的退出而减少兴致,他们决定按原计划执行。俩人就这么来到了麦点。

宁晓亮从来没有走过这么远的路,在他的记忆里,除了有一次去姥姥家外,这是第一次出远门儿,他跟在于强身后,气喘吁吁,脚底板生疼、发胀,这真让他受不了。刚开始,他想和于强商量,是不是趁着风停的时候抓紧回到城里去。可是于强像一根永不疲倦的发条,浑身上下有一股使不完的劲儿,看着他的执着和耐力,他又不好意思张口。干吗呀,你,晓亮你干吗那么嘎巴,尿叽?他心里想,他怕于强瞧不起他,他更怕回到学校里，当着众伙伴的面于强埋汰他。于是他心一横，既来之，则安之。但他的体力远不是于强的对手，他实在是迈不动步子了，嗓子眼儿像吸进了辣椒面，丝丝痒痒的，真难受，软绵绵的两条腿直发抖，一点也没有勇气再向山坡迈进。此时，他什么面子也不顾了，一屁股坐下去，"强哥，我走不动了，歇一会儿。"平时嘴硬都叫于强，只有这时他才叫"强哥"。

于强回过头，抹一把脸上的湿润："怎么样？到野外来玩儿，我是老大，服不服？"

宁晓亮点点耷拉着的脑袋："真行，我算佩服你啦。你说说，那泉眼还有多远？"

于强的目光顺河床扫去，潮湿的河道像一条弯曲的蚯蚓，延伸到半山腰，消失在一个起伏的山岗后面。"也许就在山的后面。"

"你敢肯定？"宁晓亮咽了一口唾沫，脖子向上抬了抬。

"不会错，就在那里，一定在那里！"于强信心百倍，看到蜷缩一团的宁晓亮他心里直发笑，平常他们在学校的时候，每当他给那些伙伴们讲野外故事的时候，大家就欢呼雀跃起来，一个个都信誓旦旦地表示，如果有朝一日，能去麦点，大家好好体验一下，比试一番，看看哪一个是熊蛋！

但事实并不像城里孩子们想象的那样简单。有一句话说得好：心有余而力不足。环境的适应，意志以及耐力，孩子们是无法从更深层去理解的。

"这回我要是能亲自抓一只长脖老等，就不算白来。"宁晓亮坐在地上嘟嘟囔囔，他的心里仍然充满了希望。他看着于强："那样的话，回去在咱们那帮哥们儿里，你是老大，我就坐第二把椅子，怎么样？"

其实宁晓亮根本就没反应过来，于强是在和他开玩笑，这是早春，麦粒刚刚播种到田地里，天寒乍暖，灰鹤不会在这个季节来这里栖息繁殖。再说，这里的湿地已变成麦田，环境的破坏和自然条件的变化，使灰鹤永远不会再降落到这个谷地了，小灰鹤已经成为历史和童话。然而对宁晓亮来说，少年稚嫩的心中，美好的东西就在眼前，那些东西唾手可得，马上就可以梦想成真。

　　宁晓亮如此热衷这件事，他还有一个想法，就是也能亲自抓住一只小灰鹤，也把它送到动物园去，也给它取个自己的名字：亮亮。于强把他亲自抓到的那只小灰鹤送给了市动物园，动物园的阿姨给它起了个名字：强强。好多次伙伴们一起去动物园看它，铁网笼罩着假山假水，在一个水池旁，小灰鹤已经长大成熟，它的长嘴从幼小的柔软粉红已变成尖硬铁黑，浑身的茸毛被灰白的羽毛替代，一些黑色的硬硬的羽毛扇子一样长在它的尾巴上。伙伴们在欣赏灰鹤的同时，也对于强另眼相看，充满了敬意，他们也多么希望能够有一只属于自己的灰鹤呀！

　　而对于强来说，每当来到动物园，每当看到那只健康成熟的灰鹤，在欣赏和自豪的同时他又觉得那只灰鹤太冷漠，太无情，一点也不感谢自己。不管他什么时候来到灰鹤的身旁，灰鹤都会用同样一种不屑一顾的眼神，干巴巴地扫视着笼子外面的观赏者，绝不多看他一眼。在灰鹤看来，它虽然不愁吃喝，整日优哉游哉，但海阔凭鱼跃，天高任鸟飞，野鹤无粮天地宽啊！它骨子里承载着野性的基因，坐享其成的恩赐和奖赏扼杀了它向往自由、翱翔蓝天的翅膀，于是它在铁丝编织的笼子中，像一个年老的渔翁，身披蓑衣，呆呆地立在水池旁，它在观望、等待、挨延……

　　于强望着它，头脑中又会出现那天晚上的图画：晚霞如血，两只灰鹤像两只飞机，穿过天边的云霞，慢慢地滑落在湿地里，轻盈的身子划出两道优美的曲线，那是两只多么美丽的灰鹤！如果这只灰鹤不被他抓到这里来，如果它在父母的呵护下长大成熟，它也会和它的父母一样，结一个伴，双双在空中盘旋、滑翔，去比翼展翅，去享受自由的快乐和幸福的生活！

　　于强也有一种失落感，他不知道自己当时为什么冒着被大灰鹤啄伤的危险去捕抓一只小灰鹤，也不知为什么把小灰鹤又送给了动物园，让人观赏，这一切他说不清楚。

"我跟你说，你别想再做灰鹤的梦啦。"于强看到宁晓亮的精力已经恢复，认真地跟他说。

"撒谎！你说咱们能抓到长脖老等，可你……"

于强得意地做个鬼脸，笑了笑："我在鼓动你能跟我一起来麦点，来看看这里的山水，还有麦田什么的……"

"行了！骗子。也是，我真蠢！长脖老等怎么会这时候下蛋呢。"宁晓亮拍着自己的后脑勺："算我笨蛋，那你说咱们能抓住什么鸟儿？"

"这山上有的鸟儿都能抓住。"于强仍然有把握地说。

"可你看这山上，好像一声鸟叫都没有，真是'千山鸟飞绝'啊，我担心咱们这次连狗屁都弄不回去，那可就惨啦，哥们儿，反正你是头儿。"宁晓亮有点幸灾乐祸，"你答应分给哥们儿的鸟，人家可连笼子都做好啦，你看着办！对了，这回咱们要抓就抓一些能多养些日子的鸟，别养不了半年几个月的就死去，怪吊胃口的。"

于强也在琢磨，每次从麦点上捉回去的鸟，养不了多久就接二连三地死去，不管你怎么精心呵护，那些小鸟在笼子中都活蹦乱跳不了几天，他也弄不清楚这是为什么。一个同学的爷爷也养了两只鸟，是在草原上捉来的，几年了，那鸟的叫声依然清脆迷人，那是两只看上去外表并不美丽的草原百灵。他问过那老爷爷，老爷爷告诉他：那些在春天吃过裸露麦粒的鸟儿们都活不了多久，因为那些麦种里拌有农药，麦子长出之前，药力不会减退，不论什么东西吃了，毒素都会在体内聚集起来，久而久之毒性开始发作，鸟儿们就会死亡。老爷爷跟他说话时显得气愤又无奈，摇着头，叹着气："早早晚晚，人类将用自己的双手，把自己扼杀得一干二净。"于强当时丈二和尚摸不着头脑，老爷爷是老糊涂了吧，他有些莫名其妙。老爷爷还告诉他，人类在改变自己生存状态的同时，拼命地发展科学，而科学的最终目标是什么？你说说是什么？老爷爷问于强，于强想起来了，航天英雄杨利伟刚返回地球，各大新闻媒体，正在宣传他的事迹。于强不加思索地告诉老爷爷：科学的最终目标是探索宇宙；是在天上找一个能住人的地方。老爷爷又抬了抬老花镜,拍拍他的肩膀,呵呵笑着说:"你还小呀,人类将地球折腾得面目全非,又异想天开,梦想到天上去,现在的花样病为什么那么多?哼!南方人什么不吃?猪、狗、蛇、虫、果子狸、猴脑,连老鼠都是稀罕货,啧啧,结果得'非典'了吧?还有'森林脑炎'。"说着老爷爷指指鸟笼子,"鸟儿是草爬子的天敌,它们的减少,那些东西才能出来叮人,才兴风作怪,咱大兴安岭,自古到今,什么时候有草爬子叮死过人的?岂有此理。对了,小家伙,发现了没有,热带地区正在流行禽流感!妈了个巴子的,还有咱们高寒地区,怎么那么多人得脑血栓?全是他妈酒精勾兑的高度酒弄的!癌症知道不?那是绝症,现在得病的人咋那么多?嗯?"老爷爷喋喋不休,东一耙子,西一扫帚,他的例子举不胜举。于强看到老爷爷愤愤的样子,觉得挺可笑:干吗想得那么多呀?地球、人类,这些不都是好好的吗?他怀疑同学的爷爷是不是有神经病。这时同学喊他走,他也正想趁机离去,老爷爷却一把抓住他:"对了,你知道现在世界上每年有多少种鸟类灭绝吗?"于强愣了愣,摇摇头,他真不知道。"我告诉你,孩子,现在世界上,每年有200多种鸟类在灭绝!200多种!傻孩子,记住!"

于强点着头,他必须得离开老爷爷了,因为同学已等得着急了……

六

终于找到了泉眼。泉眼在山坡上的一片凹地里,泉水已不外流,只有一洼清水。宁晓亮渴坏了,他三步并作两步跑过去,水洼四周的泥土浸透了水,陷住了宁晓亮的脚,可他顾不了那么多,他拿起空可乐瓶子,把它按到水里,泉水涌进塑料瓶,一阵气泡冒出来,宁晓亮将瓶嘴儿插进口中,一阵豪饮,大喘着气,又将瓶子灌满水递给了于强。

于强喝了几口泉水,突然停住了,他觉得有些不对劲儿,那泉水似乎有点什么味儿,苦溜溜,又有点涩。

"你喝这水有味吗?"他问宁晓亮。

"我没觉得。"宁晓亮说。

"我觉得有点苦涩。"

"是不是可乐瓶子的事儿?"宁晓亮接过瓶子又喝了几口,咂咂嘴:"是有点味,管它呢!"他又俯下身子将瓶子灌满水。

走到山岗上,于强仍觉得嘴里有一股奇怪的味儿,什么味儿呢?他仿佛在什么地方嗅到过这种味儿,他最终想起来了,春天爸爸播种的时候,麦种里拌的农药就是这种味儿,那是一种毒性很强的农药,好像叫什么"3911"农药。播种时,拌药的农场工人都得戴好口罩、套袖以及皮手套,稍有不慎,极容易中毒。他还记得爸爸农场里有一位叔叔中了毒。那是一位很年轻的叔叔,个子不高,胖乎乎的,他就是播种时不慎中了毒,由于抢救不及时,死去了。爸爸说中毒的叔叔死去的时候很惨,满脸发青,口吐白沫,周身痉挛,最后窒息死亡。于强还记得那个叔叔的模样:大眼睛,两个虎牙,总是剃着光头,姓吴。于强还记得那年夏翻的时候,吴叔叔领他出夜班时的情景。

太阳已经落山,山坡上的林间草地透出凉爽,高大的"802"拖拉机后面挂着五铧犁,他坐在宽大的驾驶室里,透过驾驶室的玻璃,他看到五铧犁一字排开,随着拖拉机的轰鸣,锋利的犁铧像一艘艘战舰,急速地切进青草地。月光下,犁铧不时露出草地,犁尖闪着清冷的光芒,被翻开的草地是湿润的,犁铧过后能嗅到草香和泥土的芬芳。休息的时候,吴叔叔摘掉了五铧犁,开着拖拉机把他带到靠近林子边的草地里,夜幕中,吴叔叔打开了大车灯,雪亮的车灯像两只怪兽的眼睛,把草地照得如同白昼。很快,灯光里笼罩住几只鹌鹑,它们掩在草丛里,在刺眼的灯光下,不知所措,个个把头埋进身子,缩做一团。吴叔叔领着他跳出驾驶室,将那蜷缩的鸟儿捉住,放到事先预备好的笼子里。于强那一晚上真是格外地高兴。吴叔叔领着他捉了很多鸟儿。在一片桦林旁,他们还看到了几只狍子。灯光扫过林间草地时,几只狍子突然从深草里站起来,它们伸长脖子，尖立的耳朵转动着，搜寻着。灯光下，它们的眼睛发着蓝光，像流萤。随着拖拉机的靠近，狍子们开始向林子里撤退。吴叔叔加大了油门儿，宽大的履带随着发动机的轰鸣排山倒海一样向狍子们倾轧过去。狍子们轻巧的身子在草地间纵跃了几下，就钻进了林子。密集的树林将拖拉机挡在外面，树影婆娑的灯光里，于强看到了几只白屁股……

就是那个吴叔叔，他在第二年的春播里，拌农药时不小心中了毒。

听爸爸说，吴叔叔中毒的农药不是普通的"呋虫啉"，而是毒性强得多的"3911"，这种农药拌过的种子，埋在地里是要经过几场雨水以后药效才会消失的。

现在于强就觉得嘴里有一股那种农药的味道，他把宁晓亮手中的瓶子拿过来，拧开盖子尝了尝，那水挺凉快，又似乎什么味儿也没有了。

"你到底觉得这水有什么味儿没有？"于强对宁晓亮说。

宁晓亮接过瓶子"咕咚"喝了一大口，品了品，摇摇头："刚才好像有点苦，现在什么味儿也没有，咋啦？这水咋啦？"

于强拧上瓶盖子："我怕水里有农药。"

"农药？净扯淡！咱们快去弄点烧柴回屋子里等鸟儿吧。"

山顶的倒木横七竖八。

于强、宁晓亮开始捡拾地上的干树枝。走进林子，宁晓亮感到格外舒畅，他从来没有走进过真正的大森林。在城市的公园，或者宽敞的街道两旁，能见到的都是一些枝条低垂、婀娜秀气的树木。而真正的大山和森林，他还是头一次见到。脚下春雪融后，地上堆积着褐色的厚厚的树叶，从麦地的边缘往里走，树林茂密起来，清一色的白桦树直插天际。虽然早春的天气依然很凉爽，但树梢的枝头已变得暗红，生命的芽孢悄悄在梢头上凸鼓起来。宁晓亮按捺不住内心的激动，他敞开喉咙直面大森林呼喊起来："哎……哎……"像平静的湖面投进了石子，声音在寂静的大森林里传播开去。宁晓亮又把两手拢在嘴巴上："我们——是——共产主义——接——班——人——"他兴奋地唱起来。紧接着，林子深处也传来了"我们——是——共产主义——接——班——人——"。大自然简直太奇妙了。宁晓亮还想继续表演下去，于强气喘吁吁地来到他身旁，把肩上的一捆干树枝扔在了宁晓亮的脚下："怎么样，你捡了多少？"他用袖子擦一把脸上的汗水。

"你哪儿弄的？"

"你说什么？"

我说："捆树枝的钢丝绳。"宁晓亮看着于强扔在地上捆绑树枝的拇指般粗细的钢丝绳。

"这有什么奇怪，麦点上拔树用的。"

"拔树？"

"是啊，你不懂吧。"于强看着惊讶的宁晓亮，暗地里笑了，他当然知道这钢丝绳的来历。他看着钢丝绳，耳畔似乎又传来了拖拉机的轰鸣。

麦点上的工人们正用钢丝绳捆住一棵棵小树，随着拖拉机油门儿的加大，小树们被一棵棵连根拔起。较粗的树是很难拔的，随着拖拉机的启动，钢丝绳勒进了树皮，大树还是纹丝不动。加大油门儿，随着排气管子冒出的一股股黑烟，履带掘破山坡的草皮，树身渐渐弯曲，树根却牢牢地抓住大地。一边是人类创造的机械的力量，一边是根植大地的自然的伟力，两者僵持着。油门儿在加大，马达在轰鸣，履带在一寸寸向前，再向前；树根紧紧地固守着大地，坚持，再坚持！突然"嘭"的一声，拇指般粗细的钢丝绳折断了，一头抽在树的身上，另一头抽打在拖拉机的履带上。

工人们不会就此罢休，他们将折断的钢丝绳扔在林子边。用油锯把大树放倒，再一鼓作气，用丁字镐把埋藏地下顽固的树根刨出。山坡就这样被开垦出来，麦地向山头挺进。

于强停止了回忆。"晓亮，你看这片树林和别处的林子有什么两样？"

宁晓亮看看周围的林子，"没有啊。"

"这片林子都是死树。"于强说。

"死树？胡扯！"

"看看这些树皮。"于强走到一棵笔直的桦树下，用手拍着光滑的树身。

"真的，树皮呢？我知道了，大树是靠树皮把营养和水分输给树冠的。可谁把这些树皮扒掉了？于强，这是谁干的？"

"工人呗，麦点儿上的工人干的。"于强说。

是的，休息时麦点儿上的工人就会到树林里去扒桦树皮，下点儿时背回家里，用它生火做饭。于强还记得那年暑假，跟父亲到麦点儿时的情景。天空像着了一把火，无论是阳光下还是阴凉里，人都无法藏身。一个叔叔领他来到了山顶的树林里，浓密的树林遮住了阳光，湿淋淋的空气浑浊而闷热。那叔叔手拎一把砍杆子用的大斧子。这是北方林区常见的那种大斧子，薄薄的斧柄，斧刃锋利。林区人砍伐碗口粗细的树木从来不用油锯呀、刀锯呀什么的。从小树的左边砍两斧子，再从小树的右边砍一斧子，小树就会轰然倒地。那叔叔来到一棵光滑的小树下，举起斧子，用锋利的斧刃在树身上一划。于强看到斧刃划开的树皮在自动开裂。那叔叔扔下斧子，用手拽住开裂的树皮，围着树身一转，"耆"的一声，树皮像一张报纸，拎在那叔叔手中。剥掉皮的树身上一下子涌出了很多水珠，水珠马上汇聚在一起，形成了一条条小溪流。那叔叔抹一把黑脸，蹲下去，用舌头接住溪流在那儿吮吸。于强看到那叔叔的脊背被汗水浸透了，皮带扎紧的腰间洇湿了一大片。真好玩儿，于强转到树的另一边，学着那叔叔的样子，用舌头截住树身流出的水，那水有点儿涩，还有点儿甜。但马上树身就干燥起来。周围热烘烘的空气看到水珠便一哄而上，转眼，水珠就被蒸发得一干二净……

于强呆呆地站在桦树下，仿佛他又看到树身渗出了小水珠。他的喉管儿抽动了一下。

"你想啥呢？"宁晓亮看着发呆的于强。

于强咧咧嘴："我想这些树皮。"

"得了，咱们赶快回屋子里去，点着火，等鸟儿吧。"宁晓亮拽起了于强的手。

他们抬起捆好的树枝走下山坡。

炉火呼呼响着，屋子里热起来了。于强和宁晓亮都感到很疲倦，躺在大铺上，他们的脑海里闪现着激动人心的图画：翩然飞来无数只鸟儿在麦地里啄食……

于强觉得脖子上有点发痒，用手一摸，那里长了一个肉瘤，像豆粒儿。

"晓亮，看这儿长个啥？"

宁晓亮欠起身，"咋啦？"

"这儿长个啥？""不知道，一个肉疙瘩。""是不是草爬子？"

"我不认识。"宁晓亮说着跳下床。

"你仔细看看——哎，你，你别硬拽，完了，完了！"

的确是一个草爬子，宁晓亮毫不费劲儿就把那只草爬子拽了下来。其实，于强知道怎么对付这东西。爸爸曾经跟他说过，如果被草爬子叮咬了，最好的办法就是点燃一支烟，用烟火烧烤草爬子的屁股，草爬子感到疼痛，就会把叮进肉皮里的头缩回来，或者用针去扎它的屁股。如果用手去拽，它的头就会死死叮住皮肉，力量过大，就会导致草爬子身首分离，它的头就会永远留在叮住的皮肉里。一到阴天下雨，留住草爬子头的皮肉就会红肿、刺痒。这是一种节肢动物，也叫蜱，吸食露水或者动物的血，春夏之交最为猖獗。它可以传播森林脑炎，被带有病毒的草爬子叮咬后患森林脑炎的人，药物很难治愈，康复者全靠自身的免疫力。康复者的血清很珍贵。把康复者200cc的血清输给被带有病毒的草爬子叮咬的人，患者很快就能康复。但这种身上携带病毒的草爬子极少，只占几万分之一，而且和普通的草爬子相比，个头小，色彩鲜艳。于强就是被一只携带病毒的白色的草爬子叮咬了。

他从宁晓亮手中接过鼓溜溜的草爬子,他愤怒地盯着宁晓亮:"都是你——它脑袋留在我脖子里啦!"他的眼圈发红,眼泪在眼圈儿里转。

"可我不知道,也不懂。"宁晓亮看着暴怒的于强,他有点儿不知所措。

草爬子躺在于强手心儿里,像一滴白色油漆。于强气急败坏地把草爬子放在床头的木杆子上,用拇指狠狠一捻,草爬子碎了,拇指染上了鲜红。

宁晓亮看着白色的草爬子和红色的血,他的胃里一阵痉挛,什么东西在往上返,他开始呕吐。于强把水瓶子递给他:"怎么啦,你?"

宁晓亮喝口水漱漱嘴:"我,我难受。"说完他又开始呕吐。

于强从床上跳下来,捶打着宁晓亮的后背。

其实两个孩子还不知道,他们喝的泉水里确实有农药。这种毒性很强的农药早就被禁止使用了。只是农场库存了很多,所以麦点儿还在偷偷使用。宁晓亮的身体不如于强,所以他先发作起来。

随着宁晓亮不断呕吐,他的脸色渐渐变白。

"晓亮,你先上床躺一会儿。"于强扶住宁晓亮,把他扶到床边。

"我好像……感冒了,浑身难受。"他坐在床沿上,身子颤抖着。

"先躺在床上歇一会儿,好一点儿,咱们往回走。"于强果断地决定。

"不,我能行……等一等……咱们还得抓鸟呢……"他的嘴唇开始发青。

于强从挎包中拿出一个面包,递给宁晓亮:"吃点儿东西,浑身有了劲儿,咱们往回返。"

宁晓亮接过面包,此时他才觉得胃里的确有点空。现在他真想吃一顿锅包肉,或者糖醋排骨。他张开口刚想咬一口面包,胃里又是一阵痉挛,几口苦水从胃里涌上来。

七

　　自行车在山间土路上蹦跳。于强在前，宁晓亮在后，他们开始往回撤。对于强来说这次来麦点儿真是出尽了丑，点儿太背了。本来他以为这次领宁晓亮来，也会像往常来麦点儿一样，抓住好多鸟儿。可这次不仅没有抓住鸟儿，连鸟儿的影子都没有看见，而且弄得如此狼狈不堪。回去怎么向伙伴儿们交代呢？好在晓亮能证明一切。出城就碰到了沙尘暴，风又一直刮个不停。他想，晓亮也会替他说话的，谁让这次到野外碰到这么个倒霉的天气呢。这么想着，他心里稍微松了口气。

　　宁晓亮骑在自行车上，他浑身绵软无力。他有点恨于强。麦点儿上哪里像他说的那样山清水秀啊。满天的飞沙，漫山遍野的黑土，没有水，更不见一只飞鸟儿。这真令人沮丧。本来，他以为这次跟于强来麦点一定会抓住好多好多的鸟儿，回到家里也分给伙伴儿们几个，让他们对自己也刮目相看，可偏偏这次什么也没弄着。他不甘心就这么回去，也许风沙太大，鸟儿们被吹得飞远了吧。他还想再等等。说不定什么时候鸟儿又会成群结队地飞回来呢。可是他的身体让他沮丧，他很难受，而且呕吐不止，他还发现视觉有点模糊，眼前的东西不时变成双影，重重叠叠的，时好时坏。

　　现在他骑在自行车上，两臂渐渐开始发软，身子向车把上靠去。顺着山坡，车轱辘在麦地中间的小路上飞快地旋转，他努力使自己身子保持平衡。身子几乎贴在车把上，此时，他听到自行车带起的风在耳边呼啸而过，他还似乎听到车轱辘急速旋转辐条发出的嗡嗡声。那声音像惊动了花丛中采蜜的蜜蜂，嗡地飞去，又嗡地飞来。随着车子的颠簸，他的大脑里一会儿变成了黑天，一会儿又变成了白天。突然他的眼皮像拉上了一道黑幕，身子完全失去了控制，自行车驶出小路，向松软的麦田里冲去，

"轰"的一声响,他连人带车摔倒在地。

于强回过头,正看到宁晓亮的自行车像一只被掐去头的大蜻蜓,毫无目的地砸向麦田。他慌忙跳下自行车,向宁晓亮跑去:"晓亮,晓亮!"他边跑边喊。

宁晓亮仰天倒在地上,自行车压住他的一只手和一条腿。于强把自行车翻过去,抱住宁晓亮的头。

宁晓亮铁青的脸上沾着泥土,他的两眼紧闭,嘴唇发紫。嘴里向外吐着白沫。他已经抽死过去。

于强的心"悠"地一下提了起来,"晓亮——晓亮——你咋啦?你醒醒——"他抓住宁晓亮的手。宁晓亮的手死死握着拳头。于强把宁晓亮平放在地上,他开始按宁晓亮的人中穴,使劲儿,再使劲儿。

"哼——"从宁晓亮吐着白沫的口中传来了微弱的声音。

于强继续按着宁晓亮的人中穴,好一会儿,宁晓亮握成拳头的手松开了,一股热流缓缓从他口中喷出来。好半天他抬起了疲惫无比又沉重无比的上眼睑。

跪在地上的于强看到苏醒过来的宁晓亮,一下子抱住了他的头:"你醒啦,晓亮!吓死我了!"他的热泪扑簌簌掉下来,砸在宁晓亮脸上。

宁晓亮的双手揽住于强的脖子:"强……强哥,都是我不好……"

"不!不是你,是我,是我不该带你来!"于强哽咽着,"都是我不好……"他的泪水又滴在宁晓亮的脸上。

泪水的温热透过宁晓亮的脸颊开始在他体内传送。他感到血管里有什么东西一下子响起来。他曾听到过那种声音——那是好久以前的一个春天,爸爸带他去了一座北方城市。离那城市不远的地方有一条很出名的大河。好多人站在岸边观看开河。河心有溪水在流淌,靠近岸边,冰面麻麻点点。阳光照耀着河面,冰窝把阳光折射回来,使岸边冰面上的麻麻点点闪耀着奇异的光芒。不知什么时候,传来了隆隆的响声,起始那声音仿佛来自天边,又似乎来自遥远的地心。随着隆隆的声响,岸上的人们一起把目光向上游望去。

大河上游，由远而近滚来一个巨大的冰球，冰球带着呼啸，雷霆万钧，气势磅礴，以排山倒海之势，顺河道隆隆而来。岸上的人们开始骚动。面对如此壮观的场面，人们有点儿惊骇，更有点儿不知所措。

这时冰球携带着奇怪的轰响，从人们眼前急速而下。宁晓亮紧握着父亲的手，看着远去的滚滚冰球，他仿佛置身于一个战场，他听到了飞机的轰炸声、坦克履带的碾压声、炮声、枪声、军号声、喊杀声、呻吟声……这是那条大河开河时的声音。那条大河很出名，它包围了祖国版图鸡冠部位的大半部分，它的名字叫黑龙江。

现在宁晓亮血管里就有了黑龙江开河时的那种感觉。他觉得自己的血液正在一泻千里，不可阻止。

"强，强哥……都是我不好！走！咱们一起走！"宁晓亮一股疾劲儿坐起来，他还想挣扎着站起身，他的脑海里又炸响了一个雷，闪电在他眼前一划，希望的火花破灭了。他又昏死过去……

于强的两条腿再也迈不动了，他背着宁晓亮艰难地走出了麦田。在那个山脚的坡地上，他慢慢把一直昏睡的宁晓亮放在地上。然后自己仰天倒下去。地上很凉，躺了一会，黏稠的汗水在他热烘烘的身上消失了。

山坡上的小路弯弯曲曲拐过山脚消失了，离山脚不远就是通往林区的沙石路。如果来到沙石路上，那么过往的车辆就会发现他们。于强望着高远的天空心里琢磨着。

早春的天空很高很远，淡淡的天空中有几朵棉花糖一样蓬蓬松松一团一团的白云。轻盈的云朵在慢慢向大山割断的天边游动。于强盯着游动的白云，忽然间他觉得运动的不是白云，而是身下的大地，他自己就好像躺在河里的木排上一样，河水驮着木排慢悠悠、慢悠悠顺流而下。如果真是那样，那该多好啊！要是那样，他就会把宁晓亮也弄到木排上，再把木排一直顺着河流放到他们所住的城市里。这条河从他们的城市里穿过，跨河两岸虹桥上川流不息的人们就会发现他们，他们就会得救啦。嘿，那简直妙不可言。这样想着,他心里一阵轻松,再抬起眼皮,天空的云朵早已跑得无影无踪。天空还是那么高,还是那么蓝。失去了参照物,无论是天空还是大地,又都显现出各自的静止状态。这悄无声息的静寂,让人担心和惊惧,仿佛一不小心就会有撼天动地的声音响起来,而那声音简直能将人间万物击得粉碎。

于强也终于感觉到自己的身体也出现了毛病。开始,他的胃部感觉到一阵阵痉挛,几次都差一点儿吐出来,但他忍住了。后来他又感觉到一会儿冷,一会儿热,脑袋胀得好大好大,里面一阵阵轰响,就像个地球一样,里面的岩浆沸腾不止,稍有不慎,岩浆就会喷出,火山就会爆发。每当脑袋里轰鸣过后,就会有清鼻涕淌出来。他心里很明白,他不能停下,坚决不能停下来。宁晓亮病得很厉害,如果他再倒下去,两个人的处境就会很危险,他想。于是他咬紧牙,背着宁晓亮一直蹒跚到这个山脚。现在他真是一点力气也没有了,他的四肢就像被人卸掉了一样,很随意地扔在小路上。

一只蚂蚁爬上了他的手臂,这是他们来到麦点儿碰到的唯一有生命的小动物,他咧嘴笑了笑:小蚂蚁,你好哇?

这是一只黑蚂蚁。它正顺着他的手臂向上爬,他想把它掸下去。可他的另一只手说什么也不愿意抬起来。反正是一只黑蚂蚁。他想,要是红蚂蚁的话,嘿,那家伙咬人可厉害了。但红蚂蚁可以泡酒喝,据麦点上的叔叔们说,红蚂蚁泡的酒,祛风壮骨,强身健肾。麦点儿上的叔叔们下班后就去草甸子里抓红蚂蚁。他们用柳条儿做成像羽毛球拍子一样的东西,上面拉上麻丝,然后把蜂蜜抹在麻丝上,见到蚂蚁窝的地方就把那特别的工具放到蚂蚁窝上,如法炮制,安放好十几个那样的工具后,再拎着一个水桶,桶里放些散白酒,然后把粘在麻丝上的蚂蚁们往水桶里一磕,蚂蚁掉到桶里,在里面挣扎了一会,就被白酒麻醉了。工人们把桶里的蚂蚁拎回麦点,再把食堂的大锅涮得干干净净之后,用火烧热了,把蚂蚁们倒进大锅,烘干,再晾晒,这些蚂蚁就可以泡酒了。这就是红蚂蚁。

于强用疲惫的眼神一直盯着那只黑蚂蚁,蚂蚁细瘦的腿支着它肥硕的身子爬动得很快,转眼间,那蚂蚁就爬到了他的臂肘处,他盯着它。蚂蚁爬到一个褶皱里停下来,将细腿紧紧抓住褶皱的皮肉,它开始摆动头上的触角。

于强依然一动不动地盯着那只蚂蚁,恍惚中,他忽然觉得那只蚂蚁变得又高又大,这大蚂蚁正张开它黑洞洞的嘴,用它锋利的门齿无情地撕扯着他的皮肉。他感到一阵目眩,脑袋里轰然作响,眼前的一切都消失了。

八

水塘。水草。水鸟。

宁晓亮终于在一片水洼旁看到了一只大鸟儿。这真令他万分激动。那是一只什么鸟儿?不是灰鹤,是一只白色的丹顶鹤!水塘淹没了它长长的细腿,洁白的翅膀上长着几根黑色的翎羽,它高傲地扬着脖子曲颈向天,红色的额头像一团火,不,那分明是一轮初升的朝阳,也不是,更像黄昏长河的落日!宁晓亮乐坏了。哈哈,我也要有一只大鸟啦!这是一只丹顶鹤!怎么样,于强?怎么样,伙伴们?这就是亮亮!看到没?丹顶鹤——亮亮!先别声张啊,你别跑,宝贝你千万别跑啊!他站在水塘边上,大鸟离他很近。现在他看到那只大鸟转过身向水塘中间迈着双腿。他着急了,不顾一切跳进水里,还好,没有弄出多大水声,大鸟还是缓缓地向水塘里移动。越着急他的两条腿就越迈不动,好像用绳子捆住了一样。看着若即若离的水鸟,他索性扑到水塘里,池塘里的水真凉啊,他哆哆嗦嗦用手划着水,大鸟对他的追赶毫不理会,仍然慢慢悠悠地走在他的前面。

两条无用的腿像两根湿木头,沉重而毫无知觉。他拼命划着两只手。他不能让眼前那只大鸟跑掉,他一定要抓到那只大鸟!大鸟离他越来越近了,以至他能看清大鸟张嘴时上下喙里密实而尖细的牙齿,还有大鸟黑亮的眼睛中反射着的水塘涌动的波纹。他的心咣当咣当蹦跳着,不能再等啦！他张开两臂，一下扑到大鸟身上。被扑住的大鸟以一股特有的神力腾空而起，他紧紧抱住大鸟，大鸟展开双翅驮着他直冲云霄。紧张、惊惧、灵魂出窍。他死死抱紧双臂，但大鸟还是从他怀抱里挣脱了，它像一道闪电，急速离他而去。他又张开双臂，想去追赶大鸟，但身子却像一块石头，无情地向地面上砸下去……

睁开眼睛，四周一片漆黑。宁晓亮做了一个梦。这是哪儿？他尽量回想自己昏睡前的一些情景。他记得他和于强从麦点上已经骑着自行车往回走了，可眼下……

天空像一把大蓝伞，星星缀在伞布上。四周起伏黝黑的大山将伞布装点成不规则的锯齿。

他想起了，从麦点出来后，自己摔倒了，是的，他摔倒后再也没有爬起来。可于强呢？于强怎么会把自己扔在这儿，一个人溜走了呢？他不会的，绝对不会！也许他回家找人去了吧。一定是这样的，不会错！

他感到自己的睫毛湿漉漉的，那是早春的寒冷在那里结成的霜花。他想用手去揉一揉，但他发现自己的手是麻木的，怎么了？他双手放在一起搓了搓，双手都是麻木的。他动了动双腿，腿上还有感觉，但他不知道自己的脚在哪儿。他不由自主地打了一个冷战，心里一阵抽搐。他扫了扫黑黢黢的四周，周围空寂而阴森，他又把目光投向天空，天空的大蓝伞上，星星们不知疲倦地眨着眼睛，偶尔有一颗流星从伞布上划过，拖着长长的尾巴，消失在伞布下面的黑暗里。

一种恐怖笼罩着宁晓亮。小时候，姥姥跟他说过，天空中有流星划过，就会有一个人死去，多可怕呀！

他不敢再看天空，更不敢向黑暗的周围巡视。他把眼皮重新合起来，他这才发现眼皮是硬硬的，凉凉的，麻木的。料峭的春寒侵袭着他，他知道自己一息尚存……

当晨曦的第一抹阳光照在宁晓亮的身上时，他终于发现了躺在他身边不远的于强。真有点奇怪，他干吗也躺在这儿呀！

"于强——"他哆哆嗦嗦喊了一声。但更令他奇怪的是，自己的声音连他自己也没有听到。他把身子翻过来："于——强——"他的牙齿不住地磕碰着，声音无力而微弱。于强没有丝毫反应，直挺挺地躺在那里。

宁晓亮吓坏了，他不顾一切地向于强爬去。于强眉头紧锁，鼻孔和睫毛的霜花已经融化了，变成了一颗颗细小的水珠，从他微弱的鼻息中，半天才能看到有一股白气儿喷吐出来。

宁晓亮好不容易爬到了于强身边，一阵眩晕。他的上牙打着下牙，身子蜷缩在一起。他真后悔，如果自己不坚持要跟于强来麦点，也许这次旅行就不会实现。

他和于强还有另一个伙伴是最要好的同学，爸爸能不能从同学那里打听到他和于强的踪迹呀？要是那样可就好了，家长们就会开车来寻找他们。把他们的自行车放到后备厢里，人坐在车里，优哉游哉地回到家去，挨骂是必不可少的，至于能不能再挨一顿揍，可不敢说。

他还记得好多年前，他挨过父亲一顿揍。那是爸爸领他去接远道来的舅舅。车还没有进站，他闲不住，自己要去玩耍，爸爸告诉他不许远走。车站里的人很多，乱哄哄的，看到有很多人向站台走去，他也随着人流来到站台上。当时，他还觉得自己很聪明：他看到有一个火车头正对着自己出来的门，他就牢牢地记在心里。爸爸就坐在那门旁边的椅子上，顺那门回来就可以找到爸爸。在站台上玩耍了一圈，再找火车头时，那火车头早已不翼而飞了。从候车室通往站台有三个一模一样的大门，客流如潮，人头攒动，熙熙攘攘中，他再也找不到出来时的大门了。他开始哭，有好心人把他送到公安执勤室，后来是广播找人，再后来是爸爸和下车的舅舅一同来到公安执勤室，爸爸被执勤民警训斥一顿后，把他领回家。回家后，爸爸的皮带把他的屁股抽肿了，他两天不敢坐板凳……而这次，只要能回到家，打呀、骂呀，都无所谓，只要能回到家里就行，他心里想。

宁晓亮把自己的脸贴在于强的脸上，他感到于强的脸像一尊牙雕，冰冷、坚硬、滑腻，只有鼻息处散发着点点温热。"于强，你醒醒！于强，你咋啦？"他呻吟着。

　　太阳升起来了。阳光暖融融地抚摸着两个少年。宁晓亮抱着于强的头，痛苦无望地挨延着。忽然他听到了一种声音，什么声音呢？他简直不敢相信自己的耳朵，好像是马达声，他抬起头，沿山坡的小路望去，小路的尽头有光线一闪，他看到一辆绿色吉普车向他们开来。哦，他的心一热，那一定是大人们从同伴的嘴里得知了他和于强的下落，来寻找他们了。宁晓亮激动地用麻木的手拍打着昏睡的于强："于强，强哥！你看你看有车向我们开来了。你快睁开眼睛看看啊！"

　　迷迷糊糊中，于强吃力地慢慢抬起眼皮，他迟钝的眼神扫了扫宁晓亮，再顺宁晓亮手指的方向望去，小路上真的有一辆绿色吉普车向他们开来。车子颠簸着，宽大的前挡风玻璃反射着朝阳的光芒。于强的双眼里涌出了潮水，迷蒙中他分明看到一只绿色的大鸟在柔和的阳光里正迎着他飞翔。真让他激动。

　　哦，大鸟……

穿越 H5N1 封锁

当那些戴着口罩、身穿防护服的防疫人员从东街开始捕杀各家各户家禽的时候，小宝已经飞快地跑回家。

几天前，小城里的居民都接到了通知：附近的农区已经发现了禽流感，防疫部门要求所有家禽必须圈养起来，并且强制性注射疫苗。

小宝家的鸽子当然不能例外，打完疫苗后全部圈进了房脊里。如果让它们像往常一样自由自在地飞来飞去，说不定哪一天它们也会染上禽流感。现在政府部门又下了紧急通知，小城内所有的鸽子及家禽必须全部杀掉，并做好无害化处理。

小宝无论如何也不会相信自己家的鸽子会染上H5N1病毒。纯粹是胡说八道！禽流感，那是发生在其他国家里的事情。像什么马来西亚、泰国，或者是南美的一些什么国家才会有禽流感。新闻里虽然报道了中国也发现了禽流感，安徽还发现了两例人禽流感传染者，而且已经死亡。可那距北方这座小城有多么遥远啊！小宝毕竟还小，他不知道他所居住的小城周边地区已发现了禽流感。像莫力达瓦、扎兰屯等等……

父亲正在和爷爷商量如何处置家里鸽子的事。小宝家的鸽子是爷爷饲养的。多少年了？小宝不知道，反正小宝从记事那时起，爷爷就饲养它们。爷爷告诉他那些鸽子的名字。什么瓦灰呀、凤头呀、点子呀等等。小宝记不住，在他的眼里，那些鸽子就是家养的飞鸟，它们整日地飞来飞去，一点也不愁吃愁喝，爷爷在自家的院子里撒上瘪麦子，这是爸爸特意从麦点上弄回来的。还有院子里特意为鸽子修筑的水槽。

　　小宝他家的鸽子是小城颇有声名的，不少学校的运动会，或者社会上什么大型的庆典活动，就会有人来联系租借鸽子的事儿。每当这时，爷爷都是非常爽快地答应来人的需求。爷爷虽然人老眼花，两眼灰黄而无光泽，但这时，小宝就会发现爷爷的两眼有了光亮，声音也不那么瓮声瓮气了。

　　"小宝，快来帮爷爷装鸽子！"爷爷把铁笼子放到房脊下面的水泥台上。很多懂事的鸽子就会自动地收拢翅膀钻到笼子里去，有一些资历较浅或者看不出眉眼高低的鸽子就得由小宝去把它们从屋脊上抓进笼子。小宝很愿意做这种事儿。他不但可以允许进入到鸽子居住的地方，还能把刚下的鸽子蛋偷偷拿走几个，到同学们中间炫耀一番。有一次，他下梯子时不小心，把偷藏的两只鸽子蛋挤碎了，跑到没人的地方掏出来一看，黏稠的碎蛋里已经有了鸽雏，其中一只还在不停地蠕动。他的心里很难受。从那以后，他不再去偷鸽子蛋了，他觉得弄坏一个鸽子蛋，就等于害死了一只小鸽子。但他也不会白白地去抓那些不听话的鸽子，鸽子脱落的绒毛会扑进鼻孔，不小心还有粪便会粘在身上，这时他就会和爷爷讲筹码：

　　"五元。"爷爷说，"干不干？"

　　"不干，少！"

　　"十元！"

　　"不干！"

　　"小兔崽子，真黑！十五元，不干，雇人了！"

　　小宝就会乐滋滋地把钱接过来。有一次竟和爷爷砍价到二十元。用这钱他买了一本《安徒生童话》，真棒！

　　小宝常常因为爷爷养的鸽子自豪骄傲。在那些大型的活动中，每当主持人宣布会议开始，鸽子们就会腾空而起，几百双翅膀一起扇动，凝固的空气中传来了瀑布一样的响声，这一时刻，天空中飞翔的不是鸽子，而是精灵。它们漩涡一样在会场上空盘旋，上百支鸽哨一起鸣响，空气在颤动,会场上一片欢腾。它们就像一群训练有素的战鹰,围绕会场一周后,就一呼百应地离开会场,向自己的窝巢飞去。哨声渐渐远去,时隐时现,宛若天籁之音。

鸽子们这一切的有序行为得感谢那只鸽中之王——凤头。它是一只健壮的鸽子,白洁的羽毛一尘不染,头顶一撮红缨。它极其聪明而敏锐,鸽子们见到它都毕恭毕敬,不知是爷爷特殊的训练,还是这只凤头鸽子具有先天的诸多本领。它能够辨别方向,不管离家多远,它都能把鸽群带回家里。而且它还非常善解人意。有时候小宝去同学家玩,就把这只鸽子带上,到了同学家,他就把一张写好的字条拴到鸽子腿上,把它放飞出去。凤头鸽子就会飞回家里去,落在窗前用嘴去啄击玻璃。爷爷会循着响声来到窗外,把鸽子腿上的字条解下来,看着字条,捋着胡须笑起来,脸上的皱纹变成了核桃皮:"这个小兔崽子,还真能添花出彩!"

还有暑假那次,爸爸带他去十二里沟麦点儿。小宝把凤头也带到了野外。那真是一趟长途旅行。汽车出了小城一直向东南方向驶去。十二里沟,的确名不虚传。山谷幽深而狭长,爸爸的麦点儿就安扎在谷底的最深处。到了麦点儿,小宝就给母亲写了一张字条,然后把字条拴在了鸽子腿上。

凤头从小宝手中飞出来,并未急着离去,而是在小宝的头顶扇动几下翅膀,又落到了他的肩头。它仰头看看天空,又扭头望望幽远的山谷。它大概是在观察地形,或者是在认真辨别方向。一会儿,踩在小宝肩头的鸽子双爪一用力,紧接着张开翅膀,冲霄而上。起初,鸽子在青山的映衬下很醒目,它洁白的身子在两面大山夹起来的狭长天空中是那么轻盈,那么矫健。渐渐它又像一只放飞的风筝,在山谷的上空滑翔、远去。在飞往谷口的过程中,它由一只蜻蜓变成了一个小黑点儿,最后消失在天空里。

放飞凤头后,小宝很后悔,这么远的路程它会不会迷失方向?它能找到家吗?半路上碰上山鹰或者猛禽什么的怎么办呢?小宝心里空落落的。如果凤头出了什么差错,爷爷能饶过他吗?就是爷爷不责怪他,到哪里还能找到一只像凤头这样美丽、聪明的鸽子呀！真不应该带凤头来，太蠢！

就是这次去麦点，他发现了那个山洞。那是一个被遗弃的萤石矿。很多野鸽子在山洞里飞进飞出。早晨，几百只野鸽子鱼贯而出，各自享受着自由的空间；傍晚，它们又浮云一样聚集在一起回到山洞。在麦点的两天时间里，小宝每天早晨和傍晚都要来到山洞旁，来观看这些鸽子，这真是一个自由的世界，野鸽子的天堂！

当小宝怀着惴惴的心情从麦点回到家里时，他第一眼就看到了房脊上的凤头。它站在高高的屋脊上，正翘首弄姿地迎接他的归来。他忐忑的心一下子落了地。

凤头，你真可爱；凤头，你真伟大；凤头，你真让我佩服得五体投地呀……

而眼下凤头和它的伙伴们，就要因为禽流感的传播被宰杀！什么狗日的禽流感？H5N1病毒，你干吗生长在这些禽类的身上啊！这些闻所未闻、听所未听的病毒，真可恶！

可恶，可恶，可恶！凤头不能杀，绝对不能杀，坚决不能杀！N5N1病毒爱传染谁传染谁，谁让人类只顾自己，不能很好地和地球上的动物们和睦相处！破坏生态，乱捕乱杀，一点也不珍惜，弄出这么多鬼怪病毒，活该！自作自受！听到要宰杀鸽子消息的小宝心里乱糟糟的，他真担心凤头和爷爷所有的鸽子被宰杀掉。他要保护凤头和其它鸽子们，他要采取行动！

小宝错了。这是政府行为，政府的命令。

小宝从门缝里看到爷爷摊开两手无可奈何地摇了摇头，浑浊的老眼里蒙上了一层沮丧和绝望。

"那就杀吧，可惜了凤头。唉，对了，把小宝支出去，别让他看见杀鸽子，血糊糊的，吓着他。"

完了！本来小宝指望爷爷能拒绝这件事，可现在，一切希望都没有了。

怎么办？小宝偷偷溜出屋子。他正好看到凤头从空中翩然降落在房脊上。他像往常一样，把右手食指打个弯儿放到嘴里，用力把嘴里的气流吹出去。一声尖利的呼哨使房脊上的凤头振奋起来。它抖落一下双翅，爪子在房脊上一弹，俯冲而下，落在小宝肩头。小宝把凤头抱在怀里。

凤头，我不让他们伤害你，我不允许他们杀死你。小宝来到房后打开书包，把书掏出来，再把凤头放进书包里……

太阳落山了。小宝终于来到了十二里沟父亲的麦点上。出城的时候，他是坐的出租车，防疫人员给外出的车辆喷洒着消毒药水。他坐的车也不例外。到了山脚，他才下车，自己向山谷里走去。麦点的房门都钉死了。小宝犹豫了片刻决定把凤头放到那个废弃了的有野鸽子飞来飞去的萤石矿里。也许它们会相处得很好，小宝想。等到禽流感过去，他再来把它带回家。

小宝在洞子里没有看到野鸽子，但偶尔能听到洞子深处野鸽子咕咕的叫声，山洞很空旷。落山的太阳被一片黑黑的云层遮挡着，光亮从云层边缘挤出来。山谷里呈现出朦胧景象。

小宝捡了很多干树枝抱到山洞里。他知道晚上是无法回家了。只有等到天明。

天空被厚厚的云层盖住了，山洞里一片漆黑。小宝的心头袭来了一丝恐惧。这是他事先没有想到的。他赶紧拿出准备好的火柴把树枝点燃。

火光照亮了山洞，透过光线，小宝看到了洞外正飘落着雪花，这是北方初冬的第一场雪。小宝把手放进书包里摸摸凤头。凤头的脑袋在他的手里蹭了蹭，又用嘴啄了啄他的手心。小宝放心了，他把连衣的帽子戴上。真有点冷。外面的雪越下越大，雪花蓬松而紧密，一串接着一串从空中飘落下来，就像秋天苇塘里被风吹落的苇絮。眨眼间，大地已经白色苍茫。

小宝往火堆里扔了几根木棍儿，火苗亮起来，光线照耀着凹凸的洞壁，岩石犬牙交错，冷不丁抬起头，阴森的石壁麻麻拉拉的，在跳跃的火光照耀下部分岩石的轮廓像一只巨大的狮子头。小宝有些胆怯。他把目光收回来望着火堆，橘红的火苗跳动着。他想起了爷爷还有爸爸妈妈——现在家里人一定在找他，肯定会折腾得天翻地覆。那怨谁呢，谁让那些人要杀他的凤头呢？只要凤头不被伤害，他这一宿怎么过都值得！

外面的雪仍在下。洞子里的小宝已经有了睡意。上山那一段路，他连跑带颠的，现在才感到累了。他沉沉地合上了双眼。

小宝被冻醒了。当他睁开眼睛，他感觉到鼻子、脸蛋还有手脚什么的都是冰凉冰凉的。他眨了眨僵硬的眼皮，这才发现洞外已是天明。

怎么了？昨天进洞时宽大的洞口像一个满月，而眼下一场大雪那洞口却像一个月牙了。小宝惊讶地跑到洞口，用手扒开胸前的雪墙。

啊！外面的世界真精彩！天已经放晴，太阳静静地挂在空中，柔和的光线照耀着狭长的山谷，山谷里一片洁白，两旁的大山蜿蜒伸向远方，像两条巨蟒。

小宝激动地爬出山洞。好深的雪呀，他向前迈动了几步，雪淹没了他的大腿，融化的雪花冰冷刺骨，他迅速跑回山洞。

完了，这么深的雪，可怎么回家呀？他焦急地跺着双脚，钻进裤腿子里的雪融化了，小腿像站在了冰河里。

这的确是近几年来罕见的一场大雪。

小宝试探着重新来到洞外，向山下挪动了十几米，马上就受不了啦！雪一个劲儿地往裤腿子里灌，他没法坚持走下去。

回到山洞，小宝彻底绝望了，怎么办啊？小宝几乎要流泪了。通知爸爸来救自己，小宝突然冒出一个念想。对，让爸爸开车来接自己好了。

对，让凤头去报信。就这么办。他打开书包，把凤头抱在怀里，用铅笔写了一张字条：爸爸，快开车到萤石矿山洞来接我。他把字条别在鸽子腿上。

不行。让凤头飞回去，防疫人员看见它怎么办？他们会杀了它，那些家伙绝不会饶过它的！小宝犹豫着。这时他的裤角已经冻硬了，两脚像猫咬似的，麻酥酥的，有点不听使唤。

火堆里有几块火炭儿冒着丝丝的青烟，小宝又往火堆里扔了一些干树枝，灰堆里传来了噼噼啪啪的响声。

小宝把有些麻木的双手放到嘴上，想用热气温暖一下，可是这热量太微弱了，根本无济于事。

只有让凤头去报信了，不然的话，再坚持下去自己就会冻死在这里。小宝只有这一条路可走，没有别的选择！

他抱着凤头来到山洞口，用嘴亲了亲凤头的尖喙，凤头抽出硬喙在小宝的脸上蹭了蹭，小宝拍了拍凤头的身子，快去报信吧，我的宝贝。可你千万千万要保重啊！

小宝双手捧起凤头，凤头抖落一下羽毛，回过头，明亮的眼睛扫了扫小主人，毫不畏惧地张开翅膀，飞出山洞。

白雪的大山，白雪的峡谷，洁白的鸽子在湛蓝的天空里快速地扇动着翅膀。

小宝望着渐渐远去的凤头，他的眼前被凤头头上的那束红缨感染了。他觉得那一撮小小的红缨是一面飘扬的旗帜，更像一团熊熊的火炬。小宝眼前一片湿润……

当凤头像一架飞机从山谷里飞回小城的时候。防疫人员很快就发现了它。

他们用高倍望远镜跟踪着它。当凤头循着熟悉的路线滑翔降落在自家窗前的时候，它已经筋疲力尽了。但它没有忘记自己的使命，它用喙拼命敲打着玻璃。

小宝的爷爷颤抖着打开纸条，他老泪纵横：嘿，我找到我的孙子啦！他捏着字条跟跟跄跄地向屋子里跑去。

急促的马达声戛然而止。几个防疫人员冲进院子。凤头还没有等到老主人给它什么奖赏，一个防疫人员不容分说扑上来，一把抓住它。凤头不知道发生了什么事儿，那个抓着它脖子的防疫人员，两手一拧劲儿，凤头已经身首两处了。由于用力过猛，凤头的脑袋掉到了雪地里，防疫人员把它的身子装进一个黑色塑料袋里，扔到车上。

　　凤头的喙插在雪地里，它头上的红缨在微风的吹拂下不时飘动着，像一团火。

枣红马

一

也许那天晚上该着黄涛出事，本来他是第二班，站白天的岗。可是小岭子那边七匪抢粮站，武装工作队的人马赶过去增援。黄昏了，队伍还没有赶回来，黄涛就这么站了第一班岗。

天黑。风大。雨急。

马圈里的手提灯飘摇着，它被吊在一根棚梁上。风吹过来，它的身子不时晃动，宛如一个被吊起来的人，脚下映出一团黑黑的影子。灯捻子嘶嘶啦啦地响着，像炒菜的油锅里蹦进了水珠儿，不时爆响一下，使那忽明忽暗的光亮照耀着腥膻的马圈。

马圈里的几十匹马挤拥在一起，在这漆黑的雨夜里，这些从四面八方被收集在一起的马儿们都把耳朵立起来，不时转动一下，搜寻着除了马圈外的风声雨声，抑或是否还有自己主人的声息——这些马是从附近的老百姓手中收缴来的，他们大多是俄罗斯人。这些人占据了小城郊外的林间草场，放牧着自己的牛羊。他们在中国的土地上过着俄罗斯人的生活。

这里刚刚解放不久，武装工作队得到上级指示：收缴牙克萨城外所有个人的马匹。这样做，一是为了让这些马匹装备剿匪部队，再者，很多狡猾的土匪白天装模作样扮成老实守法的居民，夜晚却骑着马袭扰刚刚解放了的村庄。骚扰过后,他们骑上马消失于草原深处或者高山峡谷,来去匆匆,很难抓住踪影。

雨还在下。挤进黑夜的云层不知从哪里来,更不知道到哪里去,反正它们带来了足够的雨水。雨丝匀速地从天空中落下来,草地里传来了沉闷的声响,前后左右都是这种声音,令人烦躁,更令人无所适从。

黄涛站在哨位上——这是一个用四根桦木杆子擎起来的小棚子。它坐落在一块高地上,左下坡是营房,右下坡是马圈。

雨丝抽打着草棚,落在棚子上的雨水渗进棚顶的干草里,在经纬杂乱的干草下面汇积成大颗大颗的水珠,水珠落下来,砸在黄涛的雨衣上,传出"吧嗒吧嗒"的声响。

在这样的时刻,黄涛格外小心,不是天气有多么恶劣,而是去小岭子的武装工作队到现在还没有音信,真让人担心。如果不是他的腿伤刚好,或者这几天他不再发烧,他也会去小岭子,那样,他就不会这样担心了。

一阵风吹来,雨丝斜打在他的身上,冷风从雨衣纽扣的缝隙钻进来侵袭到他的腋下,使他打了个冷战。他鼻子有点痒,要打喷嚏,很难受。如果是白天,他会抓住这个机会,面对太阳抬起头,让阳光欢快地扑向面孔,无形的光线刺着鼻眼,使什么神经被阳光激怒了,让你抽脸搐眉,这时的胸肺就会鼓胀起来,像打开的气袋,气流毫不客气地冲进鼻腔,在那里翻了几个筋斗后又一头冲出鼻孔,不知是砸向地面,还是飞入空中。这一切过后是短瞬的轻松和说不出来的舒服。

可在这漆黑一片的雨夜,黄涛却无可奈何。天空像个大锅底,只有马圈的吊灯吐着带死不活的光亮,光亮是柔和的羞怯怯的,或者说是胆小怕事的,在这偌大的锅底下,马灯柔和橘黄的光芒只能照耀着有限的空间。

黄涛无法得到马圈吊灯昏黄光芒的恩赐,鼻孔里一阵阵发痒,眼里要流眼泪,嘴里想流口水,还不住地打哈欠——那滋味简直不亚于走在大街上尿急的行人。他把怀里抱枪的手拽出来,揉揉鼻子,搓搓脸。就在这时,他眼角的余光似乎看到从营房的拐角处有一个人影向他飘来。他一激灵,立即警惕地掉转枪口。那的确是一个人影,那影子不是黑色的,而是白色的。随着白色影子的临近,他听到了被雨水淋湿裙裾的拉动声。

"什么人?"他把枪口对准白影。

白影停顿了一下:"别开枪!我是玛莎。"一个女人柔细的声音随着雨丝飘过来。白影仍然向他移动。湿漉漉的草地传来扑棱扑棱的声响。

"站住!"他厉声喝唬着。

白影停住了。

他突然打开手电筒,耀眼的白光中,一个女人脸色苍白,哆哆嗦嗦地站在光柱里。这是一个俄罗斯姑娘,她手擎一块油布,下半个身子被斜斜的雨丝抽打得湿淋淋的。

"你——到这里干什么?"电筒的光柱直射着姑娘的脸。

她的一只手遮挡着光亮,嘴里唏嘘着:"我来,我来看看我家的马。"姑娘的油布被另一只手擎着,光瀑中的雨丝直泻到她的身上。

"不行!赶快离开,这是命令!你真想看的话,你可以明天来找我们队长。现在请你立即转过身去,赶快离开这里!不然的话……"

姑娘没有动,在刺眼的光柱中,她还是倔强地向前迈动了两步:"我跟你说,当兵的,我家要是没有那马,奶子就运不出去,我们家全指望着那马生活呐,您能不能开开恩,把我家的马还给我。您看,黑灯瞎火的,我来这儿也真不容易……"姑娘哀求着。

"站住,别动!"他的枪口几乎要抵住女人的胸口了。他的心咣当咣当跳着,在这漆黑的雨夜,一个年青的俄罗斯女人突然来到哨所,这是极其不正常的。

雨丝还是在静静的黑夜里不停地垂落着,四周的草地回应着雨滴拍打草叶的声响。那响声从不同的地方传出来,汇集在一起,绵绵软软,一个韵律地轰响着,令人窒息、沉闷、烦躁不安。

他把手电筒的光线稍稍偏离姑娘的脸庞,他看到姑娘被雨水淋湿的衣服紧紧裹住她的胸脯,那里圆滚滚的,隆起的乳峰将衣服撑胀得十分光滑。长长的睫毛不时扑闪一下，一绺一绺浅黄色的头发披散在她的脑后。她的牙齿很白，鼻子尖挺。

他的心里一阵躁动，但他还是果断地用枪口抵住她的胸脯："你……赶快离开！"

姑娘用手扒拉开枪口："求求你，当兵的，我真的求求你，只要把我家的马还给我，你说，要我怎么报答你都行！"姑娘的身子贴在他的雨衣上。

一股奇异的味道扑进他的鼻孔，什么味道呢？是野草的香味，还是花朵的馨香？是驿道骏马奔驰过后抛下清新的粪蛋留下的特有芬芳，还是广阔的草滩上羊群过后留下的阵阵腥膻？他说不清这是一股什么味道。

姑娘冰凉的手已经伸进他的雨衣帽里，摸在他的脸上。他如梦方醒，一把推开几乎钻进怀里的女人："快走开！不然我报警啦！"说着他掏出哨子。

姑娘愕然地后退了一步，愤然地："当兵的，你这么无情无义？"

这时，黄涛似乎感觉到有一股什么声音从身后传来，急速的、尖利的、呼啸的……他想回头看个究竟，但这想法几乎是在脑子里一闪念，一个炸雷就在他脑后响起来。这闷雷来得太突然了，像沉稳的火山突然爆发，像风平浪静的印度洋突然发生了海啸。轰鸣在他脑海里一闪，他的大脑里一片空白。他瘫软下去……

二

天空像一片蓝色的大海，星星们跳进海水里沐浴着，一会儿浮上来，一会儿又沉下去。

雨停了，草地一片沉静。

黄涛醒来了，他睁开沉重的眼皮，油汪汪的天空映进他的眼帘。

怎么了？我干吗躺在这儿？他用露水打湿的手抹了一把脸，这才发觉自己的脑袋炸裂了一样疼。他想坐起来，用两手支撑着草地，可身子刚刚离开草地，他就眼前发黑，心里一阵恶心，身子又向一面倾斜过去。他又栽到了。晕晕乎乎中，他觉得自己的身子似乎离开了草地，也像那些星星们一样跳进了偌大蔚蓝的天空里，目眩中，他的身子一动也不敢动。

太阳还没有升起来，天边已透着光亮。雨后的草地里氤氲着大团大团的浓雾，当这些雾霭像仙女的纱裙撩拨着黄涛面颊的时候，他真正醒来了。他仔细回忆着昨天晚上发生的事儿——在值班时，一个俄罗斯姑娘来到了哨所，接着他就被人袭击了。是谁袭击了自己？是那个俄罗斯姑娘吗？好像不是，似乎是别的什么人。反正他被人打倒了，失去了知觉，直到现在。

他一下子记起了自己的身份，更想起了自己的职责。哨兵，他应该站到岗位上去！他一骨碌翻过身，脑袋里还是混糨糨的，他用右手摸了一下后脑勺，黏稠的东西粘了他一手，那是血。他用左手捂住伤口，右手撑着草地站了起来，趔趔趄趄地向营房而去。

完了！马圈的两扇大门敞开着，那是两扇用铁丝将木头杆子拧在一起做成的大门，结实而沉重，马群的碰撞和夜晚的大风是不会让它开启的。马圈里空空荡荡的，从牙克萨附近收缴来的马匹已经跑得一干二净，马圈一片泥泞，凌乱的蹄窝里汪满了积水，成团的马粪蛋被雨水浸泡得再也拢不起来，像没有勾芡的丸子，一堆堆松散在雨水里。只有几匹武装工作队的马还拴在那里。也只有那几匹马，才使得整个寂静的马圈有了一点点生机。

黄涛想起了夜晚里来到哨所的那个俄罗斯姑娘，是的，不会错，一定是那个臭女人干的！或者她勾结了什么人——一定有同谋！而且他的枪也被抢走了。这如何向队长交代呀？不行，他一定要找回被放跑的马群！一定要找到那个坏女人！

他知道那个俄罗斯姑娘住在哪儿——出牙克萨城向北，过了海拉尔河，再绕过黑山头，馒头山下面就是她家的牧场。

上次他和队长收马时到过她家。一个俄罗斯老太太和那个姑娘玛莎领着一群"老勃带"阻止他们收缴她家的马匹，但队长毕竟是队长，还是强行地把她家的马匹牵走了。俄罗斯老女人跪在地上痛哭流涕，她双手拍打着草地，不住地磕头，向队长乞求放过她家的马匹。玛莎跑上前，拉着队长的缰绳："你可怜可怜我们，没有马，我们的奶子无法送走，这让我们怎么生活呀？"

　　队长一抖缰绳，他的长脸阴沉沉的，马鞭一挥："执行命令！"

　　黄涛把收缴的马匹拴在一起，他正要上马，玛莎扑过来，她拽住了自己家那匹马的缰绳。那是一匹枣红马，棕毛鬃鬃，身段匀称，毛色亮光光的，像一匹紫红的绸缎，它雄健的脖子高昂着，四个蹄子雪白。这的确是一匹出色的枣红马！

　　玛莎拽住枣红马的缰绳，她的头发披散着，两只眼睛泪水涟涟。"当兵的，你不能牵走这匹马，你不能！"她的目光带着渴求和企盼。黄涛有点不知所措，他有点同情这个俄罗斯姑娘了，可是他是军人，他必须执行命令。他看着眼前这个无助的姑娘，用下颌示意她向队长请求。

　　这时，从木刻楞房子里走出一个身材魁梧、体格健壮、一身俄罗斯军人打扮的男人。但一眼就可以看出，他是一个中国人。他的两手插在马裤兜里，一声不吭地来到队长跟前，皮靴在草地上跺了跺，咳了一口痰，吐在队长的脚下。他两眼向外凸鼓着，眼泡微肿，右脸宽阔，左脸从耳根到下颌爬上了一条蛇一样的疤痕。"我看你像个当官的，我想和你通融一下。你看，你能不能把这匹马留下。我另外给你弄几匹，或者给你几根金条！怎么样？"疤脸男人把脸仰起来，他的两眼直视着冰冷的队长。

　　队长用拿马鞭的手摸了一下腰间皮带上的手枪，很硬气地迎上去："你很有眼力，我是工作队队长，我要告诉你，我的任务是把牙克萨周围所有的私人马匹全部收缴，有一匹缴一匹，有两匹缴两匹，没有上级的命令，谁的马也不能留！"

　　疤脸男人不屑地笑起来，由于疤痕的作用，他的嘴在笑声中向一旁歪过去。

"这是你的好主意？"

"我不过是在执行命令！"

"狗屁命令！"疤痕男人从裤兜里抽出右手，指着队长，"哈达林沟，黑熊沟，土匪就藏在那里，你们不去那儿找他们算账，却平白无故地到这里来耀武扬威，骚扰老百姓，还要抢走他们赖以生存的马匹。你们是什么人的军队？我看跟土匪没什么两样！"

"住嘴！"队长用马鞭指着疤脸男人的鼻尖，"你——是什么人？"

"问我吗？"疤脸男人用右手的食指把队长指向自己的马鞭扒拉开，"方圆百里，你打听打听，哪一个不知道我金炮手，金爷！告诉你，日本鬼子，老子跟他们干过，看到没有？老子脸上这条伤疤就是日本战刀留下的；国民党，老子也照样跟他们玩过，这手指就是让他们的马刀砍掉的。"他把左手从裤兜里拽出来，在队长面前晃了晃。他的左手掌上只有大拇指、食指和中指，小手指和无名指不知跑到了哪里。"而那些土匪，听到我金爷的名字也得礼让三分。至于你们这些人，老子把自己的队伍，全都给了你们的林总——林彪。知道不，金爷我面对面跟他喝酒、谈判，最后把几百号兄弟全都给了他。老子怕受约束，没跟他去。再说，这里有我的……还有我的草场！看在林总的面子上，金爷我不跟你们一般计较，不然的话，我金炮手是个什么样的人物，二两棉花你可得纺（访）一纺（访）！怎么样？把这匹马留下，给金爷我个面子！"金炮手又把两手插进马裤兜里，仰着脸儿，盯着工作队队长。

队长绷紧的脸松弛了一下，他的马鞭在空中举起来——这是队长的习惯动作，队员们见到这个动作，就会做好战斗准备。

队员们拉响了枪栓。

僵持过后，队长走上前，用马鞭拍了拍金炮手宽厚的肩膀："我看你也是条汉子，而且跟我们林总还有过码。跟你说，收缴这些马匹正是林总的命令，你不会不执行吧？老兄，我说话算数，只要你给我们一个方便，到时候消灭了土匪,我第一个把马匹还给你,怎么样?"

队员们的举动,金炮手都看到眼里。为了一匹马,和这些荷枪实弹的军人大动干戈,是大可不必的,再说,好汉不吃眼前亏,他现在是两手空空啊。

"就这么定了?"金炮手直视着队长的两眼。

队长细长的眼睛也眯成了一条缝:"就这么定了!"

"好!玛莎,松开手!"

"不!你——"愤怒中,玛莎的手依然拽着枣红马的缰绳。

"松开,玛莎!把手松开!"金炮手的脸涨红了。左脸的疤痕像一条紫色的蚯蚓。

玛莎哀伤地松开手,她扑在俄罗斯老女人的身上抽搐起来。

黄涛的心理慌慌乱乱的。土匪固然是可恶的,而且必须得消灭他们。可是这样的收马行动是不是有点太那个……他骑上马,牵着收缴来的马匹,即将离去的时候,回头望去,看到金炮手的两手握着拳头,愤怒的脸扭歪了。

可以肯定地说,这件事一定是那个金炮手干的,绝对不会错!黄涛想。那天收缴枣红马的时候,黄涛就看出了金炮手蠢蠢欲动的心理。现在果然不出所料。但黄涛没有想到,那个金炮手这么快就找上门来,而且胆量这么大,竟连他的枪也一块儿抢走了。

太阳升起来了,橘黄的阳光透过浓雾,照耀着清晨的草地。黄涛踉踉跄跄地站了起来。他不知道是什么东西击中了他的脑袋,是铁棒呢还是木棒?或者石块?反正他的头很疼很胀,他向营房晃去。

工作队的炊事员发现了黄涛,急忙招呼留守人员,大家七手八脚把黄涛弄到了营房里。

大家听了黄涛的介绍,都很焦急。有人提出来立即去追赶被抢走的马匹,但被一个受伤的工作队员制止了。

去小岭子那边增援的队长还没有回来。驻地现有的队员,除了几个病号、伤员，还有几个文职人员外，警卫人员不过一个排。队长不在，现在他们不能轻举妄动。一切都要等待队长回来再做处理，只有这么办。

焦急的等待中，队长终于率领武装工作队回到了驻地。土匪们很猖狂，抢劫了粮站，打死了几名部队看守人员。当队长率领武装工作队人员赶到小岭子时，土匪们已经逃之夭夭。队长一面派人追赶，一面处理后事，最后徒劳而回。

当队长得知收缴的马匹被抢走时，他大发雷霆。队长当着全体武装队员的面把黄涛骂得狗血喷头。的确，一个哨兵，半夜三更让一个女人靠近自己，而后遭到袭击，马匹又被抢走，这无论如何也是说不过去的。黄涛没有申辩，也没有解释。他下定决心，一定要找回那些被抢走的马。

"这件事儿更说明，"队长说，"眼下的形势是十分复杂的，土匪无孔不入，我们要更加百倍警惕，严阵以待，随时准备迎击土匪的侵袭。另外，时机成熟的时候要配合剿匪部队主动出击，将牙克萨周围的土匪彻底消灭！"

最后，队长批准了黄涛的请求，带领几名队员，沿着被抢马匹的蹄印，跟踪侦察，重新收缴被抢的马匹！

三

太阳升起来了，当它把第一抹光辉洒向草原的时候，玛莎骑着自家的枣红马已经趟过了海拉尔河。久雨过后的早晨，大地是那样的宁静。白雾像透明的哈达，曼妙舞动着，献在草滩，或者河圈子里的山丁子、稠李子树上。那些树枝穿透柔软的雾霭，树叶上挂满了露珠。

一个清新的早晨，一个宁静的早晨。

玛莎的枣红马迈着匀称的碎步，它洁白的四蹄有节奏地敲打着草滩，雾霭在它的蹄下让开了一条路。玛莎就在这云里雾里像乘着一叶小舟，绕过黑山头，前面就是馒头山啦。

枣红马的确是玛莎的可爱的坐骑。其实，枣红马真正的主人是金炮手。当年，金炮手是沙俄资本家沃伦措夫的弟弟沃伦佐夫的车夫和保镖。兄弟俩是上个世纪二三十年代沙俄在中国东北著名的资本家。他们先后在哈尔滨、海拉尔、满洲里等地开设了采木公司、乳品厂和酒精厂，用土豆、玉米烧制酒精，作为战时飞机的燃料。两个人看上去都粗壮、强大，但他们极善于经商。他们从一座城市跑到另一座城市，从一个工厂跑到另一个作坊。两个沙俄资本家在中国东北出尽了风头，凭着他们的智力和手段，他们财源滚滚。金炮手就是沃伦佐夫的车夫，当时，沃伦佐夫还不知道金炮手有一身好武艺，而且双手会使盒子枪，百步之内百发百中。

说来很有意思，哥哥沃伦措夫和弟弟沃伦佐夫在中国经营期间，兄弟俩的一些遭遇竟有惊人的相似之处。他们在经商过程中都遭人暗算袭击过，方法、手段也都很相似，并且都是在同一条道路上。结果两个人又都是被车夫救了。那时的车夫也都是贴身保镖，人们称之为炮手。

兄弟两个人在中国的经商之路是亨通的，是胜利者。同时让他们哥俩恼火的是，最让他们喜欢的身边的女人却都跑到了他们手下的"老勃带"的怀里，这让兄弟俩百思不得其解。

最后，哥哥沃伦措夫客死在异国他乡的牙克萨，弟弟沃伦佐夫五十年代初才回到俄罗斯。

金炮手得到沃伦佐夫的赏识是在一次遇险之后。沃沦佐夫和金炮手坐着四轮马车，从大同酒精厂回家的路上，他们遇到了劫匪。四个人，四匹马，四杆枪。劫匪突然从路边的柳毛棵子里窜出来，一起向沃伦佐夫和金炮手开火。子弹冰雹一样砸向四轮马车。两匹马在中弹的初期只是踉跄了一下，强大的惯力使它们又向前狂奔了几步，紧接着，它们的前腿畔，或者身上中弹的洞孔里，宛如突然打开的水龙头，鲜血一下子喷涌出来。马儿的四蹄顿时像千年枯朽的木柱，它们已经无力承载任何重量，哪怕是一缕微风，也会压弯它们的脊梁。两匹马轰然倒地，四轮车也如一只被掐去了头的牛虻，嗡地一下翻栽到路边的塔头甸子里。沃伦佐夫身中两弹，一枪打碎了肩胛骨，另一枪则穿透了肚子。他被甩到一个塔头墩子上，正在呻吟。金炮手很幸运，他坐在车夫的位子上，奔跑的两匹马为他挡住了弹雨。枪响过后，马车就要翻倒的刹那间，他按住车辕子，一个鹞子翻身，跳下马车，滚到路边的塔头甸子里。

劫匪没有遇到任何反抗就顺利得手，他们以为车上的人已经一命呜呼了。一个劫匪窜出来："伙计们，我们得手啦！"

沃伦佐夫虽然中弹，但他的神志还是清醒的，当他看到那个劫匪窜上小路正向翻倒的马车冲来的时候，他咬紧牙关，对着黑影扣动扳机。

柳丛里的枪声又响起来。

金炮手看准机会，迅速爬到沃伦佐夫身边："大掌柜的，您——"

"金，快——"沃伦佐夫吃力地把左轮手枪递给金炮手。金炮手接过手枪，把沃伦佐夫拽到塔头下面。顺着塔头的缝隙，金炮手爬到另一片塔头的下面。

金炮手的机会来了，他是何许人？真正的行伍出身，十五岁就参加了东北军阀张作霖的队伍，一直在奉军第三军作战，跟随郭松龄驰骋沙场，屡建奇功。在张作霖与冯玉祥作战期间，跟随郭松龄倒戈反奉。后来，郭松龄兵败被杀，树倒猢狲散，金炮手和几个弟兄才逃到这人烟稀少的大兴安岭。

现在，金炮手接过沃伦佐夫的左轮枪，他紧张的心情一下子轻松了不少。

柳丛中劫匪的枪声不时响起来，金炮手紧盯着柳丛，每当柳丛里劫匪的枪响过后，他也会随之扣动扳机——噌噌噌噌，金炮手弹无虚发，劫匪们应声倒地。

生死攸关，金炮手从死神的嘴里把沃伦佐夫拉了出来。

沃伦佐夫伤好以后更加信任金炮手，奖给他两把盒子枪，一匹枣红马。并购买了一大批先进的武器，成立了自卫队。金炮手从车夫升为自卫队队长。

现在玛莎骑着的枣红马，就是沃伦佐夫奖给金炮手的那匹马。它虽然已经是一匹老马了，但是它一点也不失当年的风采：它的体态依然是丰腴的；它的线条依然是流畅的；它的鬃毛还是那样随风飘逸，雄风猎猎；而它的毛色是更加的光滑和润泽；它的洁白如雪的四个蹄子还是那样招人耳目；它嘶鸣起来声音依然那样明脆洪亮，如烟如歌；它奔驰起来身影还是那样矫健，体轻如燕，匀速如云。这真是一匹宝马！玛莎喜欢它，玛莎爱它！因此，玛莎要不惜一切代价弄回这匹枣红马。当年就是这匹枣红马把金炮手带到了玛莎的家里。现在，她不能失去它，她更不能失去他。

那是几年前一个夏日的傍晚。太阳像一个巨大的火轮带着浑身的炙热慢慢沉落到广袤的地平线下。玛莎和母亲塔尼亚正在院子里等待牧归的牛群。一团黑影突然从太阳沉落的地平线里冒出来，那团黑影在落日余晖的映照下是那么显眼。黑影在蠕动，黑影在扩大，黑影已经脱离了地平线，正在向他们靠近。玛莎发现了那团黑影，她赶忙招呼母亲："妈妈，您看！"顺着玛莎的手指，塔尼亚发现了那是一匹马。她对玛莎说："是一匹马。"玛莎紧盯着那团黑影，她还没有判断出那是一匹马，她只感觉到那团黑影从地平线下冒出来，脱离了天边，正在急速地向他们滚动。

近了，那的确是一匹马，它浑身湿淋淋的，正带着一股汗香向玛莎家的木刻楞房子跑来。

马显然是经过了长途跋涉，它跑到木刻楞房子前，看到了塔尼亚和玛莎，它慢慢地停下脚步，仰头长啸一声，它的两只眼睛企盼地盯着两位女主人。玛莎欢喜地向这位不速之客跑去，但当她跑到离这匹马几步之遥时，她一下子惊呆了——马背上驮着一个人。与此同时，塔尼亚也看到了那个人。衣衫褴褛，满脸是血，面目全非。正在她们惊愕之时，那匹马再一次伸颈长鸣，而它背上的主人浑身抽搐了一下。

"他还活着。"塔尼亚惊恐地对玛莎说。

"我们快去救他。"

玛莎和母亲向那匹马跑去。

四

雾霭渐渐退去了，真实的大山和草原慢慢恢复了本来的面目。太阳升起来了，光线照耀着万物，大地上到处都是暖洋洋的。

玛莎勒住缰绳，她跳下马背。

"好了，到此为止吧，现在我们可以分道扬镳了，你们把马群赶走吧。"玛莎对她的合伙人说。她有点累了，在雨夜里折腾了一宿，潮湿的衣服像裹尸布一样裹在身上，让人窒息、难受。

"我说，你怎么了？你不是说……"一匹坐骑从马群后面跑到玛莎跟前，来人勒住缰绳。"你不是说跟我上山吗？"

玛莎摇摇头。她的长睫毛扑闪着，瓦蓝的眼睛里透露出一丝茫然。

"你反悔了？"

"我得回家。我外婆，还有……"

"住嘴！你太不讲信誉。我们冒了这么大的风险帮你把马弄回来，你知道回到山上，大当家的会怎么处置我们吗？"

"我不是跟你们说好了吗？马群归你们。杨老疙瘩，你快把马群赶走吧！"

"玛莎，你真幼稚。工作队拿这些马当回事儿，我们要它们有什么用？要不是为了你，我老疙瘩可不会提溜着脑袋去弄这些玩意儿。玛莎，你应该说话算数。"杨老疙瘩跳下马背，冲着另一个伙计喊道："黑子，先把马群赶走，我随后就到。"

慢坡过后，马群消失了。

"你答应过我，找回你的马，我想干什么就干什么，现在，就你和我，我想要你！"杨老疙瘩一把抓住玛莎的胸襟。

玛莎没有反抗，他盯着杨老疙瘩两只喷火的眼睛和他那两片猪腰子似的嘴唇里即将淌出的口水，她蔑视地笑了笑，从牙缝里挤出几个字儿："卑鄙！"

"什么，什么？"杨老疙瘩像一只盘旋许久的鹞鹰突然见到了一只雏鸟儿。他一把抱住了玛莎，随即把她放倒在草地上。"这是你自己答应的，玛莎。再说我惦记着你呢，从我见到你那一天起，我就对你有念想啦！我的亲亲，亲乖乖，快，啊，我受不了啦！"

玛莎的衣裙是潮湿的，它们像树皮一样裹着玛莎的身子。杨老疙瘩则像一个盗墓贼，他一层一层地撕揭着玛莎的衣裙……

那天工作队的人把马牵走了，愤怒的金炮手徒步去了牧群，放牧的人捎来口信，塔尼亚家的两头奶牛得了急病，让他立即去处理。金炮手就这么急匆匆去了草甸子。

他刚走，哈达林沟里的土匪杨老疙瘩和黑小子就骑马来到了玛莎家的木刻楞前。他们是奉哈达林沟土匪头子二瘸子之命去松林车站侦察的。这帮土匪刚刚抢劫了小岭子粮站，他们又想趁热打铁，去破坏松林车站。松林车站的位置十分重要，它南连滨洲铁路，北连岭北线，西与满洲里相接。可想而知，哈达林沟土匪的胃口有多么大。

其实，杨老疙瘩到玛莎家来是多绕了一段路的，他们本来是可以从牧原直插松林车站的，可是杨老疙瘩非要多绕半圈儿，目的就是要看看玛莎。真是天赐良机，杨老疙瘩的机会来了。

玛莎在院子里抽泣着，她为枣红马被强行拉走而难过和悲伤。她坐在院子里的木墩子上，双手抱着头，黄色的卷发埋住了她的脸，瘦削的双肩不时抽动着。她的外婆——那个俄罗斯老太太则靠在大门柱子上，呆滞而茫然地望着远方。

"嘿，玛莎，你怎么啦？"杨老疙瘩拎着马鞭来到了玛莎身边。玛莎慢慢抬起头，她的脸上一片模糊，大眼睛里汪满了泪水。

杨老疙瘩一下子拽出盒子枪："玛莎，是谁欺负你了？你说，是谁？老子给你出气！"

当杨老疙瘩知道工作队的人马刚撤走的时候，他倒吸了一口冷气。如果他和黑子早来一步，那么后果是不堪设想的，他庆幸：一切都是天意！

他决定，晚上帮玛莎把马抢回来。而玛莎也答应他，如果能抢回枣红马，他让她做什么，她都愿意……

杨老疙瘩终于得手了。玛莎雪白的身子目眩着他的双眼，他喉咙里打着呼噜，浑身冒着热汗，饿狼见到羔羊那样，一下子扑了上去。

玛莎一动不动地躺在草地上，对她来说，她觉得这是对工作队的报复。她的枣红马又回来了，这比什么都重要。她不能没有这匹马，她不能失去这匹马。因为这匹马，母亲塔尼亚赢得了金炮手的爱情；也因为这匹马，金炮手在她自己的心中留下了永不磨灭的烙印。

杨老疙瘩骑在玛莎的身上，就像骑着一匹马儿，但是这匹马太不懂得驭手的意图了，无论他怎样勒缰磕镫，身下的那匹马儿就是在原地僵持呆站，不主动，不配合——以往他骑着马儿驰骋在林间草地上，只要他的两脚一磕马镫，他的坐骑就会心领神会，人马合一的他像一只鸟儿，翩跹翻飞，颉颃起伏。但是现在他无法松缰驰骋，骑着这样的马他感到疲劳，感到索然无味，他不得不翻身下马了。

玛莎还是一动不动地躺在草地上。光赤赤的阳光灼吻着她赤条条的身子。一丝风掠过草地，草叶沙沙响起来。她还是一动不动地躺在那儿，卷发堆在她的头下面，绿草围着她的卷发。她的目光望着悠远的天空。天穹是那么高远、空旷，大块大块的白云在慢慢游动。她看到了一匹马，那不是枣红马，那是一块像马一样的云彩，它在广袤的天空里，甩开棕毛，蹬开四蹄，腿拉平了，正在蓝天里奔驰。

玛莎望着悠悠的白云，她觉得游动的是自己。

那也是一个夏日。

金炮手带着玛莎去放牧。他们一同骑在枣红马身上。枣红马是一匹走马，它奔走起来像一阵风。

草地真平坦。枣红马在草地里向天边的地平线奔驰。草穗不时抽打着玛莎的衣裙，风把玛莎的卷发吹起来，撩拨着金炮手的脸庞。玛莎瘦小的身子依偎在金炮手宽阔厚实的怀抱里，那一时刻，玛莎感到无比的幸福和快乐。飞奔起来的枣红马是那样的平稳，它永远是一个速度向前奔跑。坐在马背上的玛莎感觉自己乘上了一叶小舟，随着马蹄"嗒嗒"的声响，脚下的草原在急速后退。

在一个缓坡上，他们下了马。这是一片像毡子一样的草地，柔软的细草密密匝匝，厚厚实实地铺在山坡上。玛莎仰面朝天躺在上面，她感到轻松、惬意，这是一个多么美好的时刻啊！微风过后，沁人的花香和草香钻进鼻孔，而且，玛莎还嗅到了另一种馨香——那是金炮手身上飘来的汗香。她把金炮手拽到自己的跟前，目不转睛地盯着金炮手。他的头发是蓬松的，他的身材是魁梧的，他脸上长长的疤痕带着沧桑和阅历，他的身上散发着令人心醉神迷的气息。她觉得母亲塔尼亚真是有眼力，现在她自己也开始热爱这个男人了。她伸出两臂，一下子揽住了金炮手的脖颈："我爱你啦！"玛莎的嘴像一朵喇叭花儿，向金炮手的脸颊上贴去。

金炮手吓了一跳，他急忙用粗大的双手抓住了玛莎的小手。不错，玛莎长大了，原来瘦小的身子，现在变得丰腴起来，她的眉毛眼睛鼻子和嘴巴已经不是在原来拥挤不堪、稚嫩奶气的面庞上摆开，而是错落有致、大方得体地镶嵌在她的蛋圆的脸上。她的胸部和臀部也不是那么干枯窄小了，像雨后草地上的突然冒出的白蘑，它们开始丰满、肥硕。他从玛莎的身上看到了塔尼亚的影子。她有她的气息，她有她的美丽，她与她有形似，更有神似——她们毕竟是母女呀！

金炮手握着玛莎的手在自己的脸上蹭了蹭，然后把她抱在怀里："玛莎，我也喜欢你，因为你是塔尼亚的女儿，也是我的女儿啊！"

玛莎紧紧抱着金炮手，她激动得泪水盈盈："不！我不管。你是男人，我爱的男人！"玛莎不顾一切地扑在金炮手的怀里，像一个出生的婴儿在寻找母亲的乳头，她在他那长满胸毛的胸膛上亲吻着。惊愕之中的金炮手纂住玛莎的双手，任她怎样在自己的怀里窜动。

……

杨老疙瘩已经穿戴整齐："你得跟我走。"他看着神情呆滞仍还躺在草地上的玛莎说。

"干吗跟你走？"

"你必须跟我走。"

"你的要求都满足了，从现在起，你走你的阳关道，我走我的独木桥。你赶快滚吧。不然——你知道，他饶不了你！"玛莎系着衣裙说。

"废话少说。我是为了你好。昨天晚上是你领着我们去的工作队。你跟那个哨兵有了接触，虽然还不知他是死是活，可是我们抢了他的枪，弄走了他们的马。想想看，工作队的人能饶了你吗？"

"可这些都是你们干的，我只是想跟他们商量商量。"

杨老疙瘩嘿嘿笑起来："我的小乖乖，你也太天真了，你以为工作队的人会相信你的话吗？他们抓到你，一定会按土匪论处的，最起码也会按通匪论处，相信我的话，快跟我上山！"

玛莎疑惑起来，她将信将疑："可我得跟他们商量一下，要不然……"

杨老疙瘩的眼里透出了凶光："金爷的脾气你又不是不知道，他要是知道了你做这样的事儿，他会剥了你的皮！再说，他和我们山上的大掌柜是把兄弟。我们早晚得把他请到山上去。这也是个机会，你到了山上，他绝对会来找你，到那时，我们大家都住在山上，多快活？快走吧，再晚就来不及了。你看，工作队的人上来了。"

玛莎顺着杨老疙瘩下颌指点的方向望去，山脚下海拉尔河渡口处，几个人影在蠕动，显然他们带着武器——枪管儿的烤蓝在阳光的照射下一闪一闪的，远远就能看到。

五

过了海拉尔河，那些杂乱的马蹄印仍然依稀可见。黄涛的判断没错，被盗的马匹一直奔向黑山头方向，看来盗马和抢枪这件事儿，一定是那个俄罗斯姑娘和金炮手干的。黄涛带领四名武装工作队员，不顾奔袭的疲劳和炎炎烈日的暴晒，一路向北跟踪下去。

绕过黑山头就看到了馒头山。在广袤平坦的草原上，突然有一座山峰耸立起来，远远望去，独坐草原的大山，峰顶椭圆，线条圆润、平滑，极像过往的行人不小心掉在路边的一个馒头。因此人们叫它馒头山。

黄涛知道玛莎家的木刻楞房子就在馒头山下的西北角。上次队长带着他们是从东边的小路过去的，现在他们是跟踪着马的蹄印从西边的毛毛道上摸过来的。

蹄印在离馒头山几公里的地方突然岔下毛毛道，又上了另一条毛毛道儿，那是一条通往东南方向的道路。黄涛停下来，他琢磨：也许是玛莎和金炮手为了迷惑他们而故意岔开道，给他们一个错觉。他当机立断：两个队员继续跟踪，其余的人直奔馒头山下的木刻楞。

远远望去，木刻棱房子在蛰气里颤动着，房子的周围很静，黄涛带领队员们靠过去。

俄罗斯老女人在院子里发现了黄涛他们。房门开了，金炮手从屋子里走出来，手里拎着一杆枪，看到来了几个骑马的人，他把那杆枪扛到了肩上。这一切黄涛早就看到了眼里，他示意队员们做好战斗准备。

"嘿，别来无恙啊，怎么，刚牵走了我的马，又来要我的牛吗？它们都在甸子里，需要的话，唉，自己牵去好了！"金炮手把肩上的枪拿下来拄在地上，用嘴吹了吹枪口，那是一杆单筒别列弹克枪。

黄涛盒子枪的机头早就大开着，他跳下马，径直向金炮手迎过去。

"你应该知道我们来你这里干什么。"黄涛盯着金炮手疤痕的脸说。

"很抱歉,我不知道你们要干什么。"金炮手脸上的"蚯蚓"蠕动了一下。

"你应该知道!"

"我不知道!"

"那好,既然你不知道,我来告诉你:昨天晚上,那个俄罗斯姑娘带人抢走了我们收缴的所有马匹,还打伤了我们的人,抢了我们的枪。我们一直跟踪到了这儿。"

"天方夜谭吧!你是说玛莎?她可还是个黄毛丫头。"金炮手有点英雄气短,他无法肯定这事儿是不是玛莎干的,心里没底。

"我亲眼所见,还被打伤了。"黄涛摘下帽子,头上缠着的纱布露出来。

金炮手摇摇头:"这绝不是玛莎干的,是,也绝不是她的主意——你们是不是弄错人了?"他说着,用俄语冲木刻楞房子里喊了几声。

俄罗斯老女人胆胆怯怯地走出了木刻楞屋子,她同样用俄语回答金炮手。

金炮手听完俄罗斯老女人的话,他的脸又愤怒地扭歪了。他什么都明白了:玛莎领着哈达林沟的土匪抢走了工作队收缴的马匹和哨兵的枪——该死的黄毛丫头——他妈的,哈达林这帮王八蛋,咱们走着瞧!他心里堵着气,但又无法发出来。面对眼前的工作队员,他不得不压抑住心中的怒火,强装笑脸,把枪递给了俄罗斯老女人。"对不起,也许,这事儿真和那个姑娘有关。我才了解了真相,"他对黄涛说,"你说对了,但这不是玛莎干的,是哈达林那帮混蛋干的。如果你相信我的话,我会想办法帮你们弄回那些马,怎么样?"

"多谢。那个姑娘没回来过吗?"

"我也正在找她。"

"好吧,既然这样,我警告你:现在的形势很明朗,希望你不要和那些土匪们往来，勾结土匪的人，也就是说，所有和我们作对的人，我们都将严惩不贷，消灭他们！如果那个姑娘回来的话，你最好把她送到工作队去。"黄涛说着，跨上马背，"走，继续跟踪。"

"等等，"金炮手拦住黄涛的马头，"我看，我可以帮助你们。"

"你指什么？"黄涛勒住缰绳。

"那帮土匪一定是想返回他们的老巢，咱们可以抄近路截住他们。"

"你肯定吗？"

"我想不会错。再说，我得赶快去找玛莎。可我让你们弄得没有了代步工具，能不能借我一匹马？"

黄涛当机立断："小荆，把你的马给他。"他冲一个战士喊道，"你在这儿待命，附带观察一下动静。注意安全，完事儿后，我们回来接你。"

一个战士跳下马背，把缰绳递给了金炮手。

山高林稀。粗大的树木都被当年日本的采木公司砍伐殆尽，没来得及运走的原条木材，东一堆，西一堆，从山底到山坡，极目可见。破坏性采伐留下的树桩子，高高低低，遍地都是。

午后的阳光透过树叶照射到林子里，斑驳的阳光使稀疏的树林增加了几许亮度。

金炮手率领着黄涛一行，穿山越岭，涉水跨沟，几经跋涉，终于抄小路登上了哈达林沟对面的大山，越过这座大山，再走过山下那一片偌大的湿地，对面黑黝黝起伏的山岭，就是哈达林。

黄涛他们始终没有看到土匪还有马群的踪影。黄涛开始怀疑金炮手是不是在带着他们兜圈子。他走走停停，拿出指南针，不时在辨别方向。金炮手一声不吭地走在前面，不时磕磕抖缰。胯下的黄骠马浑身湿漉漉的，他全然不顾，仍然信心十足，一往直前。

树林虽然很稀疏，但似火的骄阳还是让林子里沉闷而燥热，大家身上热烘烘的，胯下的坐骑也到了强弩之末了，燠夏的森林令人窒息而绝望。

黄涛决定，原地休息。

金炮手坚决反对："坚持翻过这座山，天黑前就能截住那帮家伙。否则，让他们过了那片塔头甸子，我们只有望洋兴叹了。"他很焦急，他必须尽快把玛莎截回来，如果让她进了二瘸子的老巢，那些混蛋们就有了砝码——哈达林沟的土匪们早就要拽他上山入伙了。

匪首二瘸子和金炮手一样，都是郭松龄的部下，郭松龄反奉失败后，他们一起逃到了大兴安岭，又一起到沃伦佐夫的采木公司干活。金炮手成为沃伦佐夫的红人后，他又把二瘸子推荐给沃伦佐夫。那时候二瘸子的腿还没有瘸。他身材伟岸、高大、风流倜傥，一表人才，加之他思维敏捷、巧舌如簧，很快他就得到了沃伦佐夫的情人香菊的青睐。可好景不长，沃伦佐夫感觉到了他们两人之间的微妙之处，这个表面看上去粗犷、豪放、直率而又大度的俄罗斯男人，却极善于老谋深算，他设了一个圈套。

那天，沃伦佐夫特意带着金炮手和二瘸子起早坐他的四轮马车去乌尔其汗山点巡查，临行，沃伦佐夫嘱咐手下看好家，并交代了近几天的工作。

沃伦佐夫叼着他的象牙烟斗，坐在他的豪华四轮马车上，沿着进沟的沙石路，隆隆而去。

中午，他们到了乌尔其汗。沃伦佐夫要带着金炮手上山场，他吩咐二瘸子把马车送回牙克萨。

二瘸子暗自高兴，绝妙的机会来了！他又可以和香菊云里雾里地厮缠几天了。他一寻思，浑身就开始痒痒。于是，他按着老板的意图，扬鞭催马，车行如飞。

但是，二瘸子做梦也没有想到，傍晚，沃伦佐夫又带着金炮手在乌尔其汗上了海拉尔河里流送原木的木排。

一切都不可避免了。兜了一个圈子，当沃伦佐夫带着金炮手来到香菊的木刻楞房子跟前时，金炮手才如梦方醒，可是，他再也无法把这一消息透露给二瘸子了，此前二瘸子经常向他打探沃伦佐夫的行踪，他没在意。

现在二瘌子只有听天由命了。

破门而入的沃伦佐夫，打碎了二瘌子和香菊小鸟依人的美梦。他把二瘌子从被窝里赤条条地拽出来。二瘌子惊呆了——他们是从天上掉下来的？还没等二瘌子反应过来，沃伦佐夫手中的枪就响了，子弹从二瘌子的左膝盖上穿了过去。二瘌子扑通一声跪倒在地，眼泪一下子掉了下来，他向沃伦佐夫磕头、求饶；同时，他的惊恐、无助、失魂落魄的目光企盼地盯着金炮手。沃伦佐夫的胡子气歪了——他的女人是随便什么人都能摸能碰的吗？绝不能让这条癞皮狗从这间屋子里活着出去！他又怒火万丈地举起枪。

金炮手无法预料事件的结局，但他还是不顾一切地挡开了沃伦佐夫的手枪，然后他也跪在了他的脚下……

最后的结果是，金炮手救下了二瘌子的命。

后来二瘌子当了土匪，而且岭南岭北名声大震，他几次邀金炮手上山入伙，都被金炮手拒绝了。对二瘌子，金炮手有点寒心，因为二瘌子和香菊的事儿，沃伦佐夫对他也渐渐失去了信任。最让他无法容忍的是：正当他和驻扎东北的林彪部队进行谈判、准备解决自卫队归属问题的关键时刻，二瘌子又半路插了一杠子，把一部分自卫队员带到了山上，当了土匪。气恼之下的金炮手决定和二瘌子一刀两断。从此，金炮手不再和二瘌子往来，尽管二瘌子的手下经常下山到他这里替二瘌子斡旋，但金炮手只是装聋作哑，视而不见。后来，二瘌子请他到过山上一次，让他坐第二把交椅，但是对金炮手来说他已经厌倦了打打杀杀，再说，他实在不愿意和二瘌子这些土匪们为伍，于是他婉言谢绝——他决定和过去挥手告别，他要走进民间，走进平静，开始一种崭新的生活……

当黄涛他们出了林子，走出大山的时候，太阳已经卡在了西边山峰的垭口上。金炮手独自登上一个高岗，越过脚下的沼泽地，遥远的草地里有点点黑影在蠕动。土匪们已经安全地走过了沼泽地。由于黄涛决定在林子里休息，使他们错过了截击土匪和马群的机会。

"完了，我们错过了时机，看吧，这些家伙已经到达了哈达林地界，要是冬天，咱们还可以直插过去，堵住他们，可是现在……谁都无能为力！"

"离他们的老巢还有多远？"黄涛在望远镜里已经看到了马群和土匪。他把望远镜递给了金三炮。

金三炮拿过望远镜仔细看起来：十多名土匪正赶着马群浩浩荡荡向哈达林山谷鱼贯而去。显然，杨老疙瘩他们已经得到了其他土匪的接应。望远镜里，他还看到了玛莎，两个骑马的土匪把她和枣红马夹在中间。金炮手放下望远镜，他脸上的疤痕抽动起来。

六

金炮手领着黄涛一行并没有截住玛莎和抢马的土匪。他们不得不回到驻地。

现在工作队得到上级指示：消灭这股顽匪。当工作队长了解了金炮手的情况后，他非常高兴，最后，队长决定让金炮手带路，由黄涛和几个战士接近匪巢进行侦察。

"如果能尽快消灭这股土匪，让整个岭南岭北的人民安居乐业，那么，你是功不可没的，我们相信你的能力，也期盼着你的成功。"工作队长握着金炮手的手说。

金炮手去过二瘌子的匪巢。

那是日本关东军在大兴安岭深处修建的一处秘密战备库，那里的很多大山都被掏空了，各种食品罐头、服装被服、枪械弹药、坦克大炮……应有尽有，就是储备燃料的大油罐，一个就能装下几千吨。

二瘌子是在偶然间发现了这个秘密军事重地的。

那是日本宣布投降后的秋天，当时，人们还不知道日本天皇已经宣布无条件投降。但是，已经知道苏联红军出兵中国对日宣战。因为在牙克萨，已经有很多苏联军队在集结，他们准备向南挺进，一举攻克大兴安岭隧道。

大兴安岭隧道是滨洲铁路干线上的一个重要喉结。它全长3777米，南到博克图，北抵伊列克得，从大兴安岭腹中横穿而过。

苏联军队攻占兴安岭隧道之战为博克图战役，这是一个值得记忆的战役——第二次世界大战由此画上了一个圆满的句号。

当时，日本军队派重兵把守，并在山洞里埋下了上千颗地雷和几十吨炸药，一有风吹草动，整个山洞即刻就会坍塌毁掉。苏联军队了解了情况后，派了一支小分队，从海拉尔向南，越过鄂温克草原，穿过红花尔基森林，悄悄穿插到大兴安岭南麓，迅速抢占了一列装甲车。他们坐上装甲车又沿着滨洲铁路向北方的兴安岭隧道开去。日本守军做梦也不会想到从南方开来的装甲车已被苏联红军掌握，他们还以为是作战部又来送什么作战命令，或者又有什么军事长官巡查隧道。因此，装甲车毫不费力就进入了兴安岭隧道。苏联红军进入隧道后，将装甲车队一分为二，从南北两个洞口突然出击，一举消灭了隧道守敌。这就是第二次世界大战著名的博克图之战。

多少年后，苏联一位军事专家撰写的一本军事教材里还把博克图战役列为经典战例。

当时一个日本骑兵小队正在岭顶巡逻，眼看大势已去，遂骑马北上，越过兴安岭，匆匆赶往兴安岭深处的一个秘密的日军据点，想与那里的日军汇合。在牙克萨附近，这股日军骑兵和金炮手的自卫队遭遇了，几番拼杀，日军骑兵小队几乎全部被歼。金炮手在这次战斗中受了重伤，战斗还没有结束，枣红马就驮着他岔开人群，一阵风似地冲出山谷，向草原上奔去。

二瘸子则率领几个自卫队员向逃进大山里的几个日本骑兵追去。在哈达林沟口，几个日本骑兵神秘地消失了。哈达林山是大兴安岭北麓很著名的山，它的海拔很高，站在它的山谷里向外望，就好像站在黄山上看云海，连绵的山头在云絮里此起彼伏，沧海茫茫，峻岭逶迤。沟口的大山像一个偌大的乌龟头翘望远方。而山头的下面是一个天然湖泊。不知多少万年前，这里是一个火山口，现在它形成了一个天然湖。湖泊的四周杂草丛生，树木林立。湖水一片湛蓝，深不可测。伸进湖水中的山头有一个山洞，洞口一半隐在水里，另一半卧在湖面上，像什么怪兽张开的大口，黑黝黝的，让人望而生畏。

追赶日本兵的二瘸子在湖岸边发现了秘密。一片树林子下面陡立的湖岸边，青青的杂草有明显被践踏的痕迹。而且，二瘸子的同伙还在湖岸不远的树林里找到了拴在树上的战马。看样子，日本兵是在附近隐藏起来了。二瘸子吩咐手下人开始在林子里搜查。就在这时，湖面上传来了一阵马达声，随即，一条橡皮艇从卧在水中的山洞里缓缓向湖面开来，三个日本兵坐在艇上，小艇来到湖心停住了，日本兵在艇上忙碌着什么。好一会儿，坐在艇尾的一个日本兵用日语说了一句什么，于是，三个日本兵将身子伏在小艇上。瞬间，不知从什么地方传来了惊天动地的爆炸声。二瘸子领着兄弟们躲在林子里，此时，他觉得爆炸声把空气都震颤了。

爆炸声是从山洞里传出来的，气浪推动了湖面，平静的湖面上涌起了波澜。湖心的小艇开始摇晃，接着马达声又响起来，小艇转眼来到湖岸。三个日本兵仓皇跳上岸，又向小艇里甩了几颗手雷，随着几声轰响，小艇七零八落沉入湖底。

二瘸子和兄弟们一直躲在树林里观察动静，他很纳闷儿：几个日本兵在干什么？正在他琢磨怎么处置这几个日本兵的时候，沉闷的、隆隆的马达声由远而近。三个日本兵寻马达声而去。

二瘸子带领兄弟们尾随日本兵来到林子边儿，他被眼前的情景惊呆了。从哈达林山谷里开出来一大队日本兵。坦克车、装甲车、汽车像一条长龙，从山谷深处隆隆向沟口开来。但令二瘸子更加吃惊的是，日本军车上挂着的太阳旗清一色地换上了白旗，士兵队伍的前面，也都打着一面白旗。二瘸子是军人出身，他知道白旗意味着什么——投降！难道日本人投降了吗？

日本鬼子在撤退的时候，炸毁了哈达林这个秘密的军事重地的出入口，企图将大量的军需物资隐藏起来，以图东山再起，或者让其自消自灭。二瘸子和几个自卫队员看到被日本兵炸毁的那个山洞，就是一个水上通道。

聪明的二瘸子一目了然，一个大胆的计划开始在他脑子里酝酿。果然，他后来迫不及待地占据了这个日本人留下来的军事重地，当了土匪，做起了山大王……

那次金炮手去哈达林据点，是在二瘸子再三邀请下，不得不给二瘸子一点面子。因为当时二瘸子带走的自卫队员中，有很多人是不愿意上山的。他们参加自卫队完全是投奔他金炮手的，可是在一个傍晚，二瘸子擅自集合队伍，说自卫队有任务，很多队员就这么稀里糊涂地跟着二瘸子上了山。后来有几个队员想偷着逃出来，可是山洞里除了机关就是暗道，他们找不到出口，结果白白送了性命。二瘸子请金炮手上山，一来他觉得一直欠着金炮手的人情，不说他们当年在郭松龄手下一同共事，单就金炮手从沃伦佐夫的枪口下救了他一条性命来说，他一生一世也是报答不完的。再说，金炮手原本想亲自带领自卫队投奔东北的林彪部队，可他又自作主张呼啦啦带走了一半人马，弄得金炮手无颜面对江东父老，只好把剩下的自卫队员送给了林彪。二瘸子觉得的确对不起金炮手——之前，沃伦佐夫已经解散了自卫队，是金炮手把当年沃伦佐夫奖给他的金条拿出来变卖，充当了军饷，这才拢住了弟兄们。虽然他觉得金炮手现在对他已经嗤之以鼻，不屑一顾，甚至视他为丧家之犬——无论金炮手怎样看他，他还是想把金炮手请上山来，滴水之恩，焉能转首就忘？再说有他在，山上的弟兄们也会顺从得多。这么着，二瘸子派人软磨硬泡才把金炮手请到了山上。

那次上山金炮手走的就是水路。几个弟兄带着他上了一只橡皮艇，小艇穿过平静的湖面，直奔卧在湖面上的山洞而去——被日本兵炸毁的山洞早已被二瘸子修好了。小艇在漆黑的山洞里缓缓向前行驶，又拐过了一条窄窄的水道，水路消失了，四周被犬牙交错的岩壁封锁着。疑惑之中的金炮手听到了一阵奇怪的声响，让他吃惊的是挡在他们面前的巨大岩壁正在向一侧缓缓开启。轰隆隆的声音在封闭的岩洞里格外瘆人。随着岩壁的开启，一条灯火通明的隧道展现在眼前，宽阔的水泥隧道下面仍然是一条地下河流。小艇穿过开启的岩壁，沿地下河流向隧道纵深开去，又拐过几道弯儿，小艇在一堵有台阶的岩石旁停下来，拾级而上，隧道更加开阔。几台挎斗摩托正等着他的到来……

那次，金炮手只在山上住了几日。他谢绝了二瘸子的盛情挽留，毅然决然下了山。下山的时候，二瘸子并没有让他顺原路返回，而是让他走另一条路——旱路。挎斗摩托载着他在山洞里行驶了半个多小时，过了几道大铁门，摩托车才停下来。有人带着他沿一条旋转的铁梯子向上爬去，当他从大山里爬出来的时候，他几乎被冻僵了——山洞的底部还不算冷，可是越沿山洞往上爬，气温就越低，冷风从大山的腹部集中起来，沿一个洞穴吹拢而至，金三炮就在这几乎接近零下的气温中，战战兢兢地往上爬，冰冷的铁梯子粘着他的手脚，抖动的牙齿磕磕碰碰——他就要坚持不住啦！当他的身子艰难而又笨拙地爬出铁梯子，晕晕乎乎中，还没等他辨清方向，身后传来了一声响。他回首看去，洞口已经不见了。他怀着一个军人的敏感和洞察力去分析和判断，他的确什么也没有发现。周围是高大的原始森林，林子下面是千年积攒的绵软褐色的松针。林子里静极了，听不到风声也没有什么鸟叫，远远地可以看到一抹阳光从林梢的缝隙里倾泻而下。忽明忽暗中，翁郁的原始森林里显现出一丝活力。他冰冷的全身被周围的温暖包围了。不知哪一棵千年老树上的枝杈到了寿终正寝的时刻，嘎巴一声脱离了树身，树枝砸在厚厚的松针上，传来"砰"的一声响。平静的空气被震颤了，回响声从森林的不同方向返射回来，在林子里震荡了几次，森林里又恢复了死一般的沉寂。

在山上，二瘸子还领着金炮手游览了好多秘密仓库。有的仓库里是一排排各类的军车；有的山洞里是一尊尊各式各样的火炮；一个山洞里堆满了军需被服，而另一个山洞里却全是肉类罐头和各种食品。让他最感兴趣的是，一个山洞里全是各类枪支弹药，歪把子机枪、三八大盖儿……全是日本产的最先进的枪支。

在一个被打开的木头箱子里，是清一色的王八盒子手枪。他还打开枪套拽出来一支看了看，手枪油汪汪的，泛着烤蓝的柔光。二瘌子慷慨地让他随意选择自己喜欢的武器，他拒绝了。

不错，这是日本关东军在大兴安岭北麓修建的一处秘密军需库。意在深挖洞，广积粮，进军苏联，或者与苏联军队在大兴安岭一线长期抗衡。

二瘌子意外地发现了这个洞天，这里雄厚的物资，二瘌子几百号子人一辈子也挥霍不完。

七

对金炮手来说，他并没有想带领工作队的人马去消灭二瘌子的意思，无非是因为玛莎卷了进去，他不得不采取行动先把玛莎救出来。玛莎是一个善良、执着、单纯而又任性的姑娘。他知道玛莎去工作队要马的目的，她想把马弄回来，完全是为了他，玛莎知道马对他是多么的重要。她把他看成了一个父亲，也把他当成了一个男人。她可以为父亲尽一切孝心，她还可以为一个男人赴汤蹈火！这就是玛莎。

金炮手以一个成熟的男人来观察玛莎，玛莎已经长大了，她的一系列举动再也不是当年那个稚气未脱、童心未泯的小姑娘了。可是这一次，玛莎干得太盲目、也太愚蠢了。和土匪一起抢走了工作队的马匹不说，还打伤了工作队员，抢走了工作队员的枪支，这还了得！对工作队的人来说，这是政治的、敌对的行为。他们不会容忍！

而金炮手心里也非常明白：玛莎的行动和简单的思想行为，已经造成了不可收拾的残局，他要挽救这个局面，他要玛莎回到他的身边。他要看好她，保护她。工作队和二瘌子之间的对立是不会长久的。工作队的身后是强大的人民解放军，他们绝对会以摧枯拉朽之势，扫平二瘸子的老巢。金炮手觉得在牙克萨，一个崭新的局面就要开始了，这是任何人任何势力都阻挡不住的。

识时务者为俊杰，金炮手正是看到了这一点，他要想尽一切办法把玛莎救出来。不然他对不起玛莎的母亲塔尼亚。

那次，他和十几个自卫队员突然与从兴安岭的博克图之战败下阵来的一队日本骑兵相遇，他带领兄弟们与日本骑兵展开了一场血腥的肉搏。

那是怎样的一场厮杀呀。

那些日本骑兵的确训练有术，他们骑着东洋高头大马，高举着寒光闪闪的战刀，一字排开，哇哇嚎叫着向他们冲来，那种来势汹汹和威风凛凛，像一阵飓风，更像一道闪电，令金炮手率领的自卫队员们心惊胆寒。自卫队员的阵脚开始凌乱，但是，这种阵势对行伍出身的金炮手和二瘸子来说是毫不奇怪、司空见惯的。骑兵的第一轮冲击波虽然凶猛，但是这和大海的潮起潮落极其相似，潮头过后就是强弩之末。金炮手和二瘸子各自率领一个小队分散开来。金炮手抱起一挺机枪，向敌人的马队扫射，枪口喷射着愤怒的火焰，日本骑兵在密集火力的打击下纷纷落马。然而，这些日本骑兵是十分顽固和坚强的，那些没有落马的骑兵依然举着战刀，嚎叫着，无所畏惧地向自卫队员们猛冲，就在金炮手换弹夹的瞬间里，一个日本骑兵已经从他的左翼冲过来，强悍的马匹来势迅猛，就像一个火车头，以排山倒海的气势，向金炮手压下来。金炮手本能地调转枪口，扣动扳机，一排子弹扫射出去，打断了日本骑兵的马腿。宛如一座大厦突然坍塌，日本骑兵连人带马"轰"地一声栽倒下去。与此同时，日本骑兵的马刀也劈砍下来。金炮手一扭头，战刀划开了他的左半个脸，又重重地砍在他的肩背上。金炮手感到一阵目眩，鲜红的东西打湿了他的睫毛，他想站稳，但日本坐骑倒地时冲刮了他一下，惯力和战刀的作用终于使他踉跄了几下。他抱着机枪倒了下去。

掉下马来的日本骑兵并没有损伤毫毛，这家伙机灵地从地上爬起来，带着满身泥土,举着战刀向倒地的金炮手冲过去。金炮手的左眼睛已经被鲜血模糊了,但他的另一只眼睛还是看到了眼前的一切。日本兵举着马刀近在咫尺,他想站起来显然已经来不及了。金炮手看清了日本兵的狰狞面目,那个日本兵的两只眼睛凸鼓着,像一头发情的公牛似地喷着火焰,喷着求胜的欲望,喷着不可一世的霸道和激愤。一脸的横肉抽动着,唇上的小黑胡子像一只被惊吓得灵魂出窍的小老鼠,趴在他的鼻子下面,瑟瑟抖动。

金炮手抱过机关枪,将枪托抵在肚子上,这时,他看到日本兵手中血迹斑斑的马刀正闪着寒光迎面向他劈来。他毫不客气地扣动了扳机。嘟嘟嘟……排山倒海般的弹雨迎面射向日本兵。日本兵手中的马刀被子弹打飞了,子弹集束地射进日本兵的脸,就像大风刮掉了头上的帽子,日本兵的钢盔连同他的半个脑壳儿,倏忽间飘然砸向地面,接着他的身子也像一节湿木头,沉甸甸地倒了下去。

金炮手松了一口气。他知道,他的刀伤不允许他继续参加战斗了,他把手指放到嘴里,憋住一口气,打了一个呼哨。他的枣红马就在他身后面的洼地里,它一听到呼哨,就会来找他。可是,他现在的身体太虚弱了,那个呼哨实在不够响亮。他又把手指放到嘴里,可是他再也没有气力把那个呼哨吹响了。他开始浑身发冷,全身抖动得就像狂风中的树叶儿。他知道这是流血过多的缘故,血再这样流下去,他就会立马完蛋!

枪声和马的嘶鸣渐渐离他远去,战场像河水一样已经流向了远方,剩下的是他的痛苦、无望、孤独、恐惧和死亡。金炮手头一次感到自己是那么悲苦和难过。就在这时,一个长长的影子罩住了他的脸,枣红马!金炮手朦胧中看到枣红马就在眼前,他的心里一阵激动,痒痒的,有什么东西就要从眼角里爬出来,那是泪!但是,男儿有泪不轻弹,尤其是英雄的泪!他咬牙把它们咽了回去。

懂事的枣红马驮起金炮手一溜烟似的离开了战场。

当他从伤痛中醒来的时候,他发觉自己躺在一个俄罗斯人的房子里,这屋子是那样的清洁和明亮,四周的墙壁是白石灰粉刷过的,钩针编织的窗帘也是白色的。一个皮肤白皙、满头金发的俄罗斯女人坐在他的床前。这正是塔尼亚。看到他醒来,塔尼亚的脸上绽开了花朵,她用一只手梳理了一下额头上湿漉漉的长发。

是在梦中,还是走进了天堂?他不敢相信这是事实,想翻身,可一动身上像撕裂了一样地疼痛,嗓子里也像一个风洞,干燥得直冒烟。他求助似地看着眼前的俄罗斯女人,她很善解人意,站起身,从桌子上端来一碗水。她用纤纤的细手拿起羹匙,开始一勺一勺地喂他。他孩子盯着母亲那样看着她。她的皮肤是那样润泽,长长的睫毛遮掩着淡蓝色的眼睛,坚挺的鼻子很光滑,调皮而又炫耀地耸立着,两片粉红的嘴唇泛着鲜活和丰腴……看上去,她是一个美丽、漂亮而又心地善良的女人。

小溪一样的流水灌溉了干渴的心田。

"你——你是谁?这是——那里?"他费力而声音低弱。

"你怎么弄成了这样?是谁干的?你已经昏睡四天了。一直高烧不退。"塔尼亚放下水碗,用手巾擦着他的嘴角。

"你的马把你驮到了我的院子里。你到底怎么弄的?"

"日本人干的。"

"日本人?"塔尼亚有点疑惑不解。

"是日本人干的——你救了我?"

塔尼亚摇了摇头:"不是我一个人,我母亲还有我女儿。"她说着用光滑的下颌点了点门口。

他乜着眼睛向门口扫去,并排站在门口的是一老一小两个女人。老者的脸上布满了褶皱,两只深陷的眼睛像两个浑浊的泥坑。女孩显然还不谙世事,亮晶晶的大眼睛里充满了好奇和惊愕。

在塔尼亚的精心照顾下,他的伤逐渐好起来。

他了解到塔尼亚的丈夫原来也在沃伦佐夫的手下工作,是一个非常快乐、也非常能干的放排工，只是他十分喜欢喝酒，嗜酒如命，逢酒必醉。在一次从乌尔其汗顺海拉尔河放排的路上喝多了酒，结果掉到了海拉尔河里，再也没有爬上来。

塔尼亚从沃伦佐夫那里领取了一笔抚恤金来到郊外，办起了一个小牧场以养牛为生。

他认识塔尼亚的丈夫，在乌尔其汗楞场，他还和那家伙喝过酒，那是一个黄头发黄眼睛的俄罗斯男子，酒糟鼻子，眼睛总是直勾勾地盯着你，好像不怀什么好意。在工棚子里拉着手风琴，一个人又蹦又跳。但他做梦也没有想到，这家伙的老婆塔尼亚却是如此的善良和美丽。

他的身体渐渐康复了。

那是一个阳光灿烂的中午。塔尼亚把母亲和女儿打发到草甸子里去看管牛群。并在小木屋子里的一堆河卵石上架起了铁锅。她早早就烧好了一锅热水。他太需要洗一次澡了，由于伤口的缘故，近两个月来他一次澡也没有洗过。身上酸烘烘的，他自己都能感觉到。

水泼在那堆炙热的卵石上，蒸气立即充满了小木屋。

他开始洗澡。小木屋里蒸气缭绕，闷热而潮湿。水蒸气浸润着他的周身，他感到浑身有一种说不出来的轻松和愉快。他用带叶子的小树条抽打着自己的身子，被树条子抽打着的地方痒痒的，似乎还想挨第二下、第三下……

塔尼亚悄悄走进小木屋，她在门旁悄悄欣赏着他。

他是健壮的，他身躯高大魁梧，肌肉丰厚结实。肩膀宽阔而平坦，胸脯像一只斗架的公鸡那样挺立着，两条腿是粗壮的，越往下，那腿上的汗毛越重，粗粗的黑黑的小草一样长满了整个小腿。她还看到了那东西——在草甸子上她看到过这样的奇观：在一片黑黝黝的蒿草中，一只什么鸟儿，搂着自己的鸟蛋，正抬着脖子在那儿东张西望——她心里一阵躁动，多长时间没有那种感觉和体验啦？她的全身颤抖着，她多希望他现在一下子就拥住她，然后把她放倒，揉搓她，撕扯她，和她滚作一团啊。

他一会儿钻进大木盆里，一会儿又站在木盆外面用树条子抽打着身子。塔尼亚不能再等了，她咳嗽了一声："让我来，我来帮你。"

塔尼亚的声音好像是从木盆里发出来的，太突然，吓了他一跳，他本能地用双手捂住下身，然后跳进木盆里。塔尼亚的头发和衣服被蒸气打湿了，她笑盈盈地来到大木盆前。他惊魂未定地用手捋了把脸上的水珠："你怎么进来了？你吓了我一跳呢。"他长出一口气。塔尼亚没说话，她一纵身，穿着衣裙就跳进了木盆里。水花溅了他一脸，他想站起来，可是塔尼亚把他的身子抱住了。"亲爱的，金——我等你好久啦！"塔尼亚翻身坐在他光滑的身上，捧着他的脸亲吻着。

他虽然没有结过婚，但男欢女爱的事儿他还懂，在当兵那会儿，他还去逛过窑子呢。

温热的水中，塔尼亚的身子像一块海绵，一下子把他吸住了。他挣脱了塔尼亚的嘴唇，把脸埋在了塔尼亚的胸脯上。塔尼亚的胸脯是绵软的，他用嘴撕咬塔尼亚胸前的衣服扣子，衣服被水浸透了，扣眼很涩，他的牙齿无法又无奈。他从塔尼亚的身下把双手抽出来，哆哆嗦嗦中解开了塔尼亚的衣服扣子，她的胸脯一览无余。他浑身被男性的荷尔蒙激荡着，他的眼前呈现了小时候，逢年过节时的情景。尤其是过年，母亲就会发好几盆面，给全家人蒸过年的馒头。母亲蒸的馒头是无与伦比的，至少他从小长这么大还没有见到过其他别的什么人蒸的馒头能与母亲蒸的馒头媲美。雪白的馒头暄腾腾的，上面安插着一个亮晶晶浑圆的红枣儿。那时候的孩子是多么的贪吃啊。有一次，他一口气吃了四个。先把鼓溜溜的红枣拿下来，放到嘴里咀嚼着，甜滋滋的，然后再去啃双手捧着的馒头。现在，他从塔尼亚胸脯上看到的就跟从小看到母亲蒸的馒头一模一样。所不同的是，塔尼亚胸前的东西比母亲蒸的馒头更加鲜活、生动、白皙。那上面的两个小东西像熟透了的草莓果儿，胖乎乎，肉嘟噜，好看又好吃。

他从幻觉中回到了现实。塔尼亚正努力把一只奶子送到他的嘴巴里。他的确太饥饿了，就像落地还没有睁开眼睛的被饿得嗷嗷叫的巴儿狗，他一口就叼住了那颗草莓，含在嘴里的草莓圆润而富有弹性，他用舌尖去拨弄它，挑逗它，玩弄它……与此同时，塔尼亚的两手紧紧捧住他的头颅，她的身子在水中抽搐着，挺着胸脯，臀部摇摆着……

他成了塔尼亚家中的一员。塔尼亚对他的关怀是无微不至的，他和塔尼亚的家人相处得也十分融洽。尤其是玛莎，她整天围着他转，就连他去草甸子放牧，她也形影不离地跟着他。

他就这么和塔尼亚一家幸福美满地生活了两年。然而，不幸的事情还是发生了。

日本投降以后的牙克萨地区十分混乱。由于地处偏僻，环境闭塞，一会儿来了国民党的军队，一会儿又来了共产党的军队，再一会儿又来了什么地方武装，民团土匪。各式各样的军队，走马灯似地走了又来，来了又走。弄得当地老百姓人心惶惶，不知所措。

在一个阴雨绵绵的下午，他从牧场回到塔尼亚住所的时候，他被眼前的一切惊呆了。泥泞的院子里布满了杂乱的马蹄印，塔尼亚的母亲倒在雨水里，满脸是血，呻吟着。他跳下马疾步来到塔尼亚母亲的身旁，把她扶起来。从老妇人的嘴里，他了解了所发生的一切：一个国民党的军官带着几个骑兵强行带走了塔尼亚和玛莎。

一股怒火冲天而起。他安顿好老妇人，从屋脊里拽出净面匣子枪，拎起马刀，跳上马背，纵马去追那帮匪徒。

在海拉尔河边，他终于追上了国民党骑兵。为了稳妥起见，他早已把手枪藏在了马鞍子下面，手里只提着那把日本战刀。他绕道迎住国民党骑兵。他们一共五个人。

雨不大，但还是淅淅沥沥地下着。几个国民党骑兵穿着绿色雨披。两个骑兵的马鞍子前面，坐着被绑着的塔尼亚和玛莎。

他提着马刀，像一尊铁塔一样矗立在几个国民党骑兵的面前。

"他妈的，什么人敢拦老子的路？"国民党军官摘掉了雨披的帽子。

"你们为什么随便抓人？快把人放了？"他提着马刀，刀尖直指国民党军官。

"嗐,兔崽子!和老子耍横?你是干什么的?"国民党军官又抬了抬他的大盖帽儿。

"我是那女人的丈夫。"他用下巴指了指塔尼亚,"你们凭什么抓人?想干什么?"

"你他妈胡诌什么?那个姑娘是你的女儿?人家那是纯粹的俄罗斯种!你他妈一个杂种,能生出那么水灵的女人来?"

"这你不用管,光天化日之下,你们竟敢抢男霸女,难道就没有王法了吗?"他说着,两眼迅速地扫了扫几个国民党匪兵。他们中有两个背着长枪,鞍鞯前坐着塔尼亚和玛莎,另两个挎着冲锋枪跟在那个军官的身后。他收回目光,心里盘算着。

"嘿,小子,我看你是条汉子。这样吧,你手里不是拿着一把刀吗?如果你赢了我,我立马放人,要是输了,你乖乖滚蛋!"军官说着,"唰"地一声抽出了军刀。

"此话当真?"

"你当军人说话是放屁吗?来吧!"

"不,金——你不能,你不能这么干!"塔尼亚晃着膀子,她在为他担心。

"别担心,塔尼亚。我心里有数!"他把战刀换到左手里。其实,他并不是左撇子。他冲着那军官喊:"怎么个规矩呀?"

那军官把大盖帽往下压了压:"你随便!"

他拨回马头,一磕蹬,转眼就离开那几个匪兵十来米远。

"嘿,小子,挺内行。可以了,来吧!"那个军官向他挥着马刀。

他并无心和那个国民党军官恋战,他有他的打算。他举起战刀,催马向前,就在他和那个军官跑马相错的时候,他看到那个军官的马刀在他的面前一闪,却又向他的腰间横劈过来。他知道来者不善,正想横刀相迎,却不料那军官的手腕子一抖,马刀又迎面向他劈来。他心里赞叹着那军官的刀术，抡起战刀来了一个"泰山压顶不弯腰"，他是以防守为主的。可是那个军官的刀术的确炉火纯青，那家伙一翻腕子，刀锋直逼他的左臂。就在他抽刀欲挡的空隙里，那军官的马刀像一道闪电，一下子砍在他握刀的左手上。他感到小手指和无名指一凉，它们在锋利的马刀面前，就像被切削的一两棵萝卜一样，转眼就从他握刀的手上滚落下去。他咬紧牙关，与此同时，两匹马错开了。枣红马直奔那两个挎冲锋枪的国民党兵而去。说时迟，那时快，他从鞍鞯下面拽出手枪，随着两声枪响，两个匪兵纷纷落马，他掉转马头，正看到那个军官也在勒缰，没等那家伙转回身，他抬起净面匣子枪"噌噌"两枪，那个军官像个虾米一样，弓着腰，栽落到马下。两个背着长枪的国民党兵正要摘枪，他的枪口已经明晃晃地对准了他们的胸膛。

"伙计们，别做劳而无功的事儿。把绳子解开！"他命令那两个匪兵。

"好汉饶命，好汉饶命。这，这不关我们的事，都是我们连长，都是他的主意呀。"解着玛莎绳子的那个国民党兵说。

玛莎跳下马背，跑过来："好样的，你真棒！"

塔尼亚也跳下马背，她揉着手腕子，对两个国民党兵说："不关你们的事，你们走吧。"

两个国民党兵胆怯地盯着金炮手手中黑洞洞的枪口。

金炮手的眼睛里仍然埋藏着愤怒和仇恨："算你们命大，滚吧！"

两个国民党兵战战慌慌调转马头，松缰磕镫，准备离去。可是，一切都来不及了，长瞄匣子的枪口，已经对准了他们的后背。两声枪响，两个国民党兵一声没吭先后落马。

塔尼亚惊愕地："你这是……"

金炮手吹吹枪口，苦笑了一下："他们活着回去，搬来援兵，我们就要遭殃了。"说着，他跳下马。

"刚才，我真替你担心。"塔尼亚直盯盯地看着他。

"我盘算好了,所以才这么干。再说,我怎么能眼巴巴看着这些混蛋把你和玛莎抢走呢?"

"啊呀,看啦,看你的手!"玛莎惊叫起来。

他这才想起自己的手。他的左手血淋淋的,小手指和无名指已经不翼而飞了。

塔尼亚赶忙掏出手绢,勒住他的手腕子。

他的手开始哆嗦,发热并有了疼痛感。

"快,赶快回到家找大夫去!"塔尼亚蹙着眉头,盯着他的脸。

他把左手抬起来,像欣赏一件艺术品那样,翻过来掉过去,看着残缺而血肉模糊的手掌,轻轻地吹了一口气儿:"别担心,缺了它们,什么事儿也碍不着。走,我们回家去!"

正当他们想跨上马背的时候,塔尼亚倒吸了一口冷气。她看到刚才中枪落马的国民党军官正踉跄着爬起来,两手握着枪,对着他们瞄准。

金炮手也麻利地拽出了长瞄匣子枪。"快趴下!"他一伸手,把玛莎拽倒。

国民党军官手中的枪先响了,塔尼亚的身子摇晃了一下。金炮手不顾一切迎上去,用伤残的左臂揽住她的身子,右手随即一甩,"嗒、嗒、嗒……"他把枪膛里的二十发子弹一口气全部射向了那个国民党军官。国民党军官的身子左右摇摆了几下,终于一头栽倒下去……

八

在金炮手的建议下,经过缜密考虑,剿匪工作队决定派黄涛和金炮手进入二癞子的匪巢,摸清匪情,一举全歼。

他们很顺利地就进入了匪巢。因为山上大多数土匪都认识金炮手,当他们走进二癞子的领地,喽啰们早就把消息传到了二癞子的耳朵里。

二癞子盛情地款待了他们。也没对黄涛产生一点怀疑。金炮手说,这是他近几年新结识的好朋友。席间，他们推杯换盏，谈到伤心处，竟也热泪盈眶。二瘸子劝金炮手上山，金炮手坚决不同意，两个人各不相让。二瘸子把嘴中叼着的纸烟从左边推到右边，眯着眼睛说："大哥，我与你兄弟一场，你对我有恩，我一直没忘，所以这么多年我一直抬举你。此一时，彼一时，听我的，咱们是好哥们儿，不听我的，咱们还是好朋友。现在咱们井水不犯河水，大路朝天，各走一边。自个儿的半斤八两，自个儿掂量着办吧。"二瘸子显然有点恼火，但是他还是显得风度犹存，只是在语言上刺激了金炮手一下。说完，他把嘴中叼着的纸烟吐到了水泥地上，伸出一只脚踩灭。

金炮手是性情中人，二瘸子的话像一柄重锤，字字砸在他的心坎上。说实话，虽然他一直对二瘸子有成见，但是，二瘸子对他确实是关爱有加。那年，他被日本鬼子打伤后，二瘸子派出兄弟们四处找他，当知道他在塔尼亚家中养伤时，二瘸子带领兄弟们轮流守护着他，并给他到处寻医找药。后来，塔尼亚中了国民党军官的黑枪后，不治身亡，二瘸子又披挂上阵，带领兄弟们下山，一定要为塔尼亚报仇。还有，这些年来，从他退出江湖隐居以后，二瘸子也没少照顾他，隔三岔五，只要有兄弟们下山，就一定会给他送来一些生活用品……这一切的一切，他都没有忘记。可是现在，因为玛莎，他却卷入了工作队和二瘸子之间，真让他进退维谷！而且，唉……二瘸子，你他妈干吗要跟工作队的人作对？一唱雄鸡天下白，你怎么还蒙在鼓里？他为二瘸子惋惜，更为他担心和难过。想着这些，他犹豫不决。最后，金炮手在黄涛的示意下妥协了，他说，他要看看玛莎的意思。

二瘸子告诉他，玛莎是不会跟他下山了。她和香菊在一起。二瘸子还向他发誓：玛莎在山上是绝对不会受到半点非礼的。而且如果他不答应留在山上，他就别想再见到玛莎。

二瘸子的态度让他颇感意外，他知道，二瘸子对他已经丧失了信心，现在，二瘸子开始按照自己的设计去完成他的宏伟规划了。

躺在行军床上，他辗转反侧。

塔尼亚被那个国民党军官的子弹打穿了右肺，她临死的时候叮嘱他，无论什么时候都要把母亲和玛莎带在身边，并且，她咽气的时候，双手扣住他的脖子，掰都掰不开。

金炮手信守着塔尼亚临终时的嘱托，他一直与塔尼亚的母亲和玛莎生活在一起。为了玛莎的安全，他无论走到哪里，都要把玛莎带在身边，渐渐，他和玛莎之间有了一种微妙的情感。不是父女，胜似父女，他和她的感情割不断，放不下。

玛莎的泼辣和胆大妄为，好几次，差一点让他愧对塔尼亚。

那是一次醉酒中，朋友们把他送回了家。他吐得一塌糊涂，是玛莎给他脱的衣服。迷迷糊糊中，他梦见了塔尼亚。她脱得精光光的，奶白细嫩的身子正骑在他的身上。是啊，他太爱她了，更想她！他正想迫不及待地把勃起的东西放到她的下身里去。却倏忽间看到塔尼亚的嘴里流出了鲜血——那是塔尼亚被国民党军官打中胸膛时，留给他的悲惨的一幕。他打了个激灵，睁开眼睛，是玛莎骑在了他的身上。他伸出有力的双臂抱住了玛莎，一翻身把她按在了床上，然后用被子把她包裹起来。

玛莎哭了，她挣扎着拽出两手，在他雄健的胸脯上抓挠起来："我爱你——我爱你——我——爱——你——"

还有一次，那是一个艳阳高照的秋天。他们去草甸子上往回拉羊草。

马车晃晃悠悠地走在宽敞平坦的草地上。天高云淡，草场上一片金黄。躺在高高的草车上，轻松，舒服，心旷神怡。玛莎躺在草车上似乎睡着了。她的大半个身子埋在干草里，阳光赤裸裸地照耀着她的脸庞，她就那么毫不遮掩地把她美丽的面部直对着那个一整天冲着她傻笑的太阳。她的皮肤和塔尼亚的一样，越经过阳光的灼晒，越在那奶白的颜色里增加了几分耐看的红晕。她躺在草车上，随着马车的颠簸，她的身子不时在晃动，饱满的额头上沁着一层细小的汗珠，尖巧的鼻子翕动着，虽然双眼闭合着，但那长长的睫毛却不时抽动一下。

他看着她乖巧的样子心里很是畅快,他把鞭杆儿插在了干草里,让鞭杆儿顶着他的草帽,草帽留下的一片荫凉正好遮在她的脸上。她醒了,长长的睫毛像开启的幕帘,她睁开了眼睛。她和他的眼神正好相对了。"你偷看我。"她的薄嘴唇张合了一下,撒娇地说。

他笑了笑:"我怕你晒着。"

"你心疼我?"

"那当然。"

"你来,你躺下来唠一会儿嗑。"她起身拽着他的胳臂。

他在她的身边躺下了。

"我问你,说心里话,不许撒谎。"她侧过身子,脸对着他的脸,"你爱我吗?"

他苦笑了一下:"玛莎,傻孩子,我怎么能不爱你呢?我比任何人都爱你呀!"他用伤残的手,梳理着她淡黄的头发,然后凑过脸来,在她的脸蛋儿上亲了一口。玛莎抱住他的脖子,"你胡说,你爱我,那你为什么不干我?"

"你住嘴!玛莎,以后你再也不要说这样的话!要是别人听见了,你还怎么嫁人?"

"不!我爱你,我不嫁人。我谁也不嫁。我就嫁给你!"玛莎歇斯底里喊着,痛苦地抽泣起来……

是的,玛莎爱他。玛莎是以一个少女的纯情和懵懂的爱情来对待他的。在玛莎的眼睛里,他是一个响当当的男子汉,一个不折不扣的英雄!而他爱玛莎是没有杂念的,在他的眼里,玛莎是一个永远也不会长大的小姑娘。而且,他要信守他的诺言。他向塔尼亚发过誓:他要一辈子保护好玛莎,决不让她受到半点委屈和伤害……

现在,二瘸子摸透了他的脾气,给他下了一道通牒,这是让他骑虎难下,同时也说明:二瘸子已经不把他放在眼里了。何去何从,的确让他大伤脑筋。

这一切，黄涛看在眼里，最后，他给金炮手想出了一个折中的办法。

第二天，他向二瘸子摊了牌。他要和玛莎见面，当面商量一下，如果玛莎同意，他们就上山。

在一个灯火通明的山洞里，他和玛莎见面了。他有点不敢相信自己的眼睛，几天没见，玛莎怎么了？为什么如此憔悴？她的面色是那样苍白；头发是那样凌乱；两只眼睛不再是那么清纯和明澈了，充满了哀伤、忧虑和难过。瞬间的相持过后，玛莎终于反过神儿，她一下子扑上来，泪如泉涌。

他摩挲着玛莎凌乱的头发："你怎么，怎么和他们扯到了一块儿？"他不无埋怨。

"我只是……想把马弄回来。你不能，你不能没有枣红马。"玛莎的泪水已经洇湿了他的胸脯。

"玛莎，你真糊涂，你怎么能用他们帮忙？他们欺负你没有？"

玛莎没有回答。她的抽泣声更大了。

他捧起了玛莎的尖下颌，看到她满脸的泪水，疼爱中他更加疑虑重重："告诉我玛莎，是不是有人欺负你了？"

"那个杨老疙瘩……他，他……他，他奸污了我……"玛莎的身子抖动得像风中的一棵孤草。金炮手把玛莎扶到床边："玛莎，好孩子，我给你做主，你慢慢说！"

当金炮手和二瘸子最后摊牌的时候，金炮手很爽快地答应了二瘸子的要求，但同时，他也提出了条件：他要见一见杨老疙瘩。

杨老疙瘩还没有走进屋子，声音就传到了水泥洞子里："大哥！你找我有事儿？"他大步流星迈进门槛。看到金炮手，他一愣，但还是皮笑肉不笑地咧咧嘴："金爷。"

"对，是金爷找你。"二瘸子叼着烟嘴，吐了一口烟说，"山下的事儿办得怎么样了？"

杨老疙瘩瞟了一眼金炮手，转过脸去，对着二瘸子："大哥，现在风声太紧，我看还得过些时辰。"

"好了，那就等等再办。你先坐吧，看看金爷找你什么事儿。"二瘸子慵懒地将身子靠在了椅背上。

"站起来！"金炮手看着屁股坐在凳子上的杨老疙瘩，压抑着心中的怒火。

二瘸子吓了一跳。

杨老疙瘩惊慌地抬起屁股，怯怯地看了二瘸子一眼。

二瘸子挺直了身子，疑惑地看着金炮手："大哥，你这是……"他把剩下的一截烟屁股磕到烟灰缸里。

金炮手喘着粗气："让他自己说！"

杨老疙瘩定了定神儿，他心里盘算着，一定是他和玛莎的事露了馅儿。他故作镇静地："金爷，这不知您气从何来？"他哈着腰，毕恭毕敬地站在那里，木偶一样。

"放屁！杨老疙瘩，今天你不给老子说清楚，老子要了你的狗命！"金炮手一个健步蹿上来，伸手抽出杨老疙瘩的手枪："老子枪毙了你！"

"慢、慢、慢——大哥，有话好说。有话好说。"二瘸子急忙上前，夺过金炮手的枪，"大哥，你这又何必呢？"

"这个混蛋把玛莎糟蹋了！"金炮手悲愤地说。

杨老疙瘩扑通一下跪了下去，尿唧唧地："金爷，我和玛莎，她，她是自愿的。"

"自愿？你也不撒泡尿照照自己，你以为你是谁？你以为你是白马王子啊？"金炮手一脚踢过去，杨老疙瘩像被推倒的麻袋，翻倒了。

二瘸子把金炮手拽开。他冲杨老疙瘩吼起来："天下女人多的是，你他妈也不看看玛莎是谁？你吃了豹子胆了！啊？玛莎是塔尼亚的女儿，又是我大哥的心肝宝贝，你他妈也不睁开狗眼看看？你自己说吧，你得给玛莎多少补偿？"二瘸子骂着杨老疙瘩，又把金炮手拽到椅子上。"坐下，坐下吧。大哥，先消消火儿，事已出了，你看让这个王八蛋出多少血？"

金炮手气愤难平，他扫了二瘸子一眼，不满地："你看你大哥是缺钱的主吗？"

二瘸子试探地："那依大哥的意思……"

"我要废了他！"金炮手从椅子上跳起来。

二瘸子一愣，但他马上就缓过神儿来："嗨，大哥，这你就过分了。老疙瘩跟着我出生入死，这么多年没有功劳也有苦劳。你这么着，看在老弟我的面子上，你饶他这一回。这次让他多拿点钱给玛莎，也算是一个补偿吧。也他妈给这小子一个教训！"他按着金炮手的肩膀。

"叫你一声老弟，你听好了，他这条癞皮狗才跟你几年？你我兄弟十几年，血雨腥风，枪林弹雨，情同手足，不谈过去的恩恩怨怨，现在，就说现在，大哥受了这么大的侮辱，你却在这儿当说客，你——你还配和我是兄弟吗？"金炮手气得浑身发抖。

"大哥啊，我总这么想：冤家宜解不宜结。为了一个丫头片子，本来就不是你亲生的，却要和兄弟们闹翻了脸，值吗？"二瘸子轻描淡写地说。

"你——你简直是——"面对二瘸子的冷漠无情，金炮手真想大骂他一顿，但是在他的喽啰们面前，金炮手还是忍住了。

杨老疙瘩从地上爬起来，嗖地一下子拽出刀子："大哥，金爷，我老疙瘩对不住你们，我知错了。"他把脸对着金炮手，"金爷，您不是缺两个手指头吗？现在，老疙瘩陪着您！"说着，他把左手垫在木头墩子上，右手的刀子一扬，他左手的小手指头和无名指瓜熟蒂落一般滚落下去。

鲜血打湿了木头墩子。

九

金炮手带领几名换了装的剿匪队员，轻而易举从水路占领了隧道。战斗很快进入白热化。尽管剿匪部队的攻势异常猛烈，但土匪们凭着熟悉的地理环境仍然负隅顽抗。剿匪队员牺牲很大,最后,剿匪部队不得不动用喷火器。

凌乱的枪声在巷道里格外沉闷。火焰烧焦的尸体不时飘来一股糊巴巴的味道。

按事先的约定,金炮手很快找到了玛莎,他保护着她向外撤退。香菊看出了端倪,她掏出小手枪:"姓金的,你想干什么?"她的枪口对着金炮手。在她的眼里,金炮手依然还是沃伦佐夫手下的一个马车夫,抑或是自卫队的一个头儿。她不在乎他,她骨子里就埋藏了那种自高自大和居高临下的傲气。虽然她现跟从了二瘸子,但二瘸子亦非等闲之辈,他是山大王,而她自己则是压寨夫人。

"夫人,您还不知道外面发生了什么事儿,现在解放军已经打进了山洞,您最好和我们一起下山,不然,后果可想而知。"金炮手把玛莎拽到自己的身后。冲着沃伦佐夫的情感,金炮手还是给香菊几分面子的。

"你住嘴!你应该知道你自己是什么人,说话如此放肆!我看你像解放军的探子。"

"说对了,夫人,就是我把解放军领进山洞的。怎么样?现在放下你的枪!赶快跟我下山,还能保你一条活路!"金炮手的净面匣子枪已经毫不客气地对准了香菊的胸脯。

香菊的脸气得扭歪了。她了解对面金炮手的为人,还有他手中净面匣子枪的威力,而她自己手中护身用的小手枪是奈何不了对方的。"你——你——你!你好一条癞皮狗哇!"香菊的手一扬,小手枪飞了出去。

金炮手领着玛莎、香菊在一个拐弯的隧洞口和几个气喘吁吁的大汉相遇了。那正是仓皇逃窜的二瘸子。看到金炮手一行人,二瘸子喜出望外:"是你!大哥,真是天助我也!"他扫了香菊、玛莎一眼,"正好你们都在。我就是来找你俩的,快,咱们从暗道进山!"

香菊窜到二瘸子身旁,上气不接下气地:"瞎了你的狗眼!他,他是解放军的探子!"她对二瘸子吼起来。

一不做二不休,"哒、哒、哒——"没等二瘸子反应过来,金炮手的净面匣子枪就喷出了火舌。

二瘸子的两个保镖应声倒地。金炮手的枪口对准了二瘸子:"放下你的武器!现在整个山洞都被解放军包围了。老二,跟我下山吧!"

呆愣的二瘸子惊愕地看着金炮手:"大哥,你开什么玩笑?下山?下山我还能活着么?赶快跟我从暗道进山!"

"别动!你哪儿都去不了了,还是跟我下山吧。下山,或许能留你一条性命。"

"什么什么?你再说一遍?嘿!我真瞎了眼!我明白啦,算我是王八蛋,现在才把你看透,好!我栽了,但我真没想到,大哥,你就这么冷血?你我兄弟这么多年,老弟对你没有功劳还有苦劳吧?我承认有对不住你的地方,可是我这么多年来一直在弥补我的过错,老弟对你一往情深,我几次三番派兄弟们请你上山,也只是想让大哥活得滋润一点儿,享尽人间的荣华富贵。你不上山却也罢了,可你为什么和兄弟反目为仇啊?早知现在——大哥,你知道,这几年,只要老弟我使一个眼色,想要你的命不是囊中取物吗?真没有想到,大哥你现在变得如此下流和忘恩负义!既然如此,来吧大哥,"二瘸子把自己的手枪撇在金炮手的脚下,"来吧,把我绑了去领赏吧!"二瘸子说着,悲伤沮丧地流出了眼泪。

金炮手没有动,只是长长地出了一口气,他语重心长地对二瘸子说:"老二,现在的牙克萨,不,整个东北,或者整个中国都解放了。你,小小的几百人的队伍,能和解放军坚持抗衡多久啊?识时务者为俊杰,还是快跟我下山。"

二瘸子不耐烦地摆摆手:"下山,下山我只有死路一条。这几年,我的双手沾上了多少人的鲜血,这你不是不知道吧?就在前些天,我还抢了解放军的粮站。行了,别再啰唆了,要杀要剐随你去!来吧!"他挽起香菊的胳膊。

巷道里响起了枪声,也隐隐约约传来了脚步响。

金炮手握枪的手臂垂下来:"行啦,老二,看在你我兄弟一场,你走吧!"

二瘸子转怒为喜,用衣服袖子蹭了一把眼睛:"当真?"

金炮手用枪嘴子一点:"快走!"

"好,大哥!咱们后会有期!"二瘸子双拳一抱,拉起香菊一溜烟似地消失在巷道里。

十

二瘸子和香菊果然从暗道里逃了出来。他们骑着枣红马向森林中逃窜。当他们即将逃进密林深处的时候,枣红马突然一声嘶鸣,腾空而起。将二瘸子和香菊掀到地上。香菊摔断了腿。二瘸子恼羞成怒,拔出盒子枪。

此时正是黄昏,枣红马迎着夕阳飞奔而去。二瘸子的枪响过后,枣红马的身上喷涌出一团血雾,鲜血染红了浓重的夕阳……

在解放军搜山的过程中,二瘸子只身逃进了森林,香菊却当了解放军的俘虏。

香菊供出了金炮手放走了匪首二瘸子。

上级指示工作队:顽固不化、罪大恶极的土匪必须严惩不贷。

立即执行的土匪名单有九人,金炮手和玛莎的名字并没有列在其中。

但金炮手和玛莎都以为自己必死无疑。

经过请求,金炮手见到了玛莎。

"是我,是我害了你。"玛莎泪人一样拥着金炮手。他们的手脚都被铁链子铐着。

"不是你的错,是我辜负了你母亲塔尼亚,是我没有照顾好你。"金炮手的下颌抵在玛莎的脑袋上。

玛莎抬起头,她看到金炮手的眼睛里充满了泪水。这是她头一次看见他眼睛里充盈着泪水——以往他受伤时、痛苦时、委屈时，他都没有流过泪。这一次的打击的确让他痛心彻骨。玛莎知道今生今世不会再看见他第二次流泪了。她跷起自己的双脚，挺直身子，将冰冷的嘴唇贴在了他那被胡茬子覆盖的双唇上。她像羊羔一样试探地吮吸着他那雄性的弹力无比的嘴唇："我爱你……"她喃喃着，再一次抬起脚，用温柔的舌尖舔着他脸颊上的泪滴。咸涩的泪水咽到她的肚子里，她的心里充满了丝丝甜蜜："今生我不是你的女人，来世——来世我一定做你的女人！"她号啕大哭起来。

金炮手什么也没说，他默默地从衣袋里掏出了一个红布包，打开——那是塔尼亚临死前自己从指头上撸下来的一枚金戒指，还有一根金簪。他用瑟瑟发抖的双手，虔诚地把它戴在了玛莎的无名指上，太旷。佘炮手又把它拿下来，重新戴在玛莎的中指上。他又看了看手中的金簪，思索了一会儿，又把它揣进兜里。

"你知道是谁出卖了我？"他摩挲着玛莎的头说。

玛莎困惑地摇了摇头。

"是那个臭女人，香菊，是她出卖了我！"金炮手握着金簪的手攥得紧紧的。

"是她吗？"玛莎的眼睛里喷吐着怒火。

"就是她！"

"不能饶她。绝对不能饶她！"玛莎的嗓音虽然很细，但却带着歇斯底里。

金炮手赞许地拍了拍玛莎的肩膀："你说得好！"

现在，香菊正在牙克萨的一所医院里养伤。他们要去看望香菊。经过工作队的允许，金炮手和玛莎被工作队员押着一起来到了香菊的病房。工作队员给他们的会面时间是十分钟。

寒暄过后，金炮手找准时机，毫不犹豫地把兜里的金簪牢牢地插进了香菊的胸膛。玛莎并没有袖手旁观，她用枕头捂住了香菊的脸，身体牢牢地压在上面……

悲剧产生了。

就在那个早晨,一个清且亮的早晨,金炮手和玛莎的鲜血迎来了牙克萨的黎明。

遥远的山村

一

戴小奕决定参加曹兴安的婚礼，她对丈夫说："兴安真的不容易，终于要结婚啦。"

丈夫知道戴小奕和曹兴安的关系，半开玩笑地："快四十岁的人了，再不结婚，还能犁动田？"

戴小奕狠狠拍了一下丈夫肥厚的屁股："你就知道那点事儿。说真格的，陪我去吗？"

丈夫正在拖地板，直起腰，两手拄着拖把："我去？那你去主持系里的研讨会？"

戴小奕摸摸光滑的额头："我差点忘了。"

他们学院里请来了几个外地的专家，要开一个研讨会，丈夫已经筹备很长时间了。

戴小奕诡谲地耸耸肩膀："可别怪我不带你去！"她向丈夫做了个鬼脸。

戴小奕得到曹兴安要结婚的消息后，心情格外晴朗。毕竟她和曹兴安从小是邻居，又一起读书。当时他们居住的山村里只有小学，小学毕业后要到雅克萨去读初中。曹兴安初中辍学，一直和那个山村相依为伴。

二

火车沿着牙林线蜿蜒挺进,车轮碾动着钢轨,传来了有节奏的轰鸣。这是通往兴安岭北麓林区的唯一一条铁路。

戴小奕望着窗外,高远的蓝天下是连绵起伏的兴安岭。这是一个好季节:七月,山清水秀,景致迷人。满山的绿,满眼的绿。路基两旁,是高挑俊秀的白桦树,恬静懒散地擎着并不浓密的树叶,阳光从稀疏的枝叶间留下了几束光柱。造型较矮,蓬松而又连成一片的是兴安岭特有的一种矮小的乔木——空心柳。它们身挨着身、手牵着手绵延成片。树木的周围是茂盛的林间草地,点缀其间的野花,颜色各异,星星点点,散乱不羁。这些景致随着奔驰的列车,急速地一闪而过。

戴小奕对眼前的一切太熟悉了,她从小在林区长大,对林区情有独钟,但此时此刻,她的脑海里闪现的一直是曹兴安。

是的兴安,小奕为你祈祷,为你祝福,愿你白头偕老!戴小奕的心里在默默祝福,两眼有点发热。不是女人多愁善感,而是……她觉得自己对不起这个发小。从小到大,她愧疚于他!

这个话题从何说起呢?

曹兴安的命运也许就是和那只猫连在一起的,换句话说,也许他们的命运都与那只猫有关。

那只猫叫雪儿,通体白色,没有一根杂毛。

三

戴小奕走出家门,就看见前面晃晃荡荡的曹兴安怀里抱着一个白色的东西。曹兴安的家在戴小奕家的东面,学校在村东头,他们走的是一条路。秋天，有点凉，曹兴安穿着一件大大的皮夹克，那是他哥哥穿过的一件衣裳。戴小奕跑了几步，追上去："兴安，你抱的啥东西啊？"曹兴安回头看见了戴小奕，笑嘻嘻地把一只小猫捧在手里："小猫儿，给李大丫的。你要是喜欢，送给你！"

戴小奕接过那只小猫，那是一只白色的小猫儿，眼睛大而圆，蓝莹莹的，尖尖的耳朵像两只白色的三角小旗。戴小奕用手触摸了一下小猫嘴巴上的胡须，小猫扭了扭脑袋：喵——呜——它叫了一声。

"我喜欢。"戴小奕说。

"那就送给你吧。"

"李大丫呢？你不是答应给她了吗？"

"管她呢，她要是找我……反正你别管啦！"

因为这只小猫，李大丫好长时间不理睬戴小奕。

后来，戴小奕给这只小猫取名为雪儿。

雪儿越发出落得漂亮。它的个头长大了，腰身长长了，它的尾巴再也不是小姑娘没人给梳理的细弱的发辫那样，歪歪扭扭地低垂下来，而是像一个蒲棒，毛茸茸的，弹性十足，随意摆动。它的毛色更加招人喜爱，油汪汪的白。

每当放学回家，雪儿就会跟在她的身后，喵——呜——抬着头，和她对话。戴小奕兴高采烈地放下书包，抱起雪儿。雪儿把两只梅花样的前爪搭在戴小奕的肩头，用它长长的胡须蹭戴小奕的脸，痒痒的。戴小奕拨拉开雪儿的头，用手摩挲着它的身子，雪儿就会温顺地趴在戴小奕的怀里。

写作业的时候，雪儿不情愿地趴在炕桌的下面，时而用它的爪子抓挠着戴小奕垂在炕桌下面的手。戴小奕轻轻捏住雪儿的爪子，在那弹性的梅花似的掌面上一碰，雪儿就会把藏在爪子里面的利爪伸出来，尖尖的弯弯的硬硬的。戴小奕再一按，雪儿便把那利爪慢慢收缩回去。

睡觉的时候雪儿也会不知不觉地钻进戴小奕的被窝里来，趴在她的胸前。雪儿的呼噜声会把戴小奕吵醒，这时候的戴小奕翻个身，把雪儿放在她的身后。

那样的日子里，雪儿陪伴着戴小奕渐渐长大，他们的感情日渐深厚；那样的日子里，没有一只老鼠会咬破戴小奕家的米袋，房前屋后，家鼠野鼠，踪影皆无；那样的日子里，快乐、温馨、和谐，阳光普照。

可是，天有不测风云，厄运不知不觉地降临在雪儿的身上。

四

在林区的树叶几番泛绿、几番飘落的交替中，戴小奕这一届小学毕业生已经离开家乡到附近的小城雅克萨读初中去了。

事情发生在初二的暑假里。

假期里的戴小奕发觉雪儿不像以前那样对她亲热了。白天，雪儿总是无精打采地趴在炕上呼呼睡大觉，夜晚却跑得无影无踪。戴小奕奇怪：是雪儿老了吗？

一天夜晚，戴小奕起夜上厕所，打开灯，她听到了窗子前面的土豆地里一阵躁动，惊愕中，她看到雪儿一闪从黑绿的土豆地里跑出来，一纵跳到窗台上。喵——呜——雪儿叫了一声。戴小奕打开窗子，雪儿跳进来。戴小奕发现雪儿全身湿漉漉的。怎么搞的，是土豆地里的露水打湿的吧？

雪儿疲惫地趴在炕上，舌头梳理着身上的皮毛。

早晨，李大丫的父亲手里拎着两只死鸡站在门口叫阵："老戴，滚出来！"

戴小奕的父亲莫名其妙地迎出去："大兄弟，你这是……"

"自己看！"李大丫的父亲铁青着脸，气急败坏地把手里的死鸡往戴小奕父亲的脚下一掷。

戴小奕的父亲拎起一只死鸡："这……"

"你家白猫干的！"

戴小奕父亲的脸扭歪了，他勉强冲李大丫父亲咧咧嘴："要是这个畜生干的，大兄弟，这鸡我陪！"说完，他抄起一根顶门的棍子，转身冲进屋子。

雪儿趴在炕上，它并不知道发生了什么事情，温热的土炕，给它疲惫的身子带来了恢复体力的好机会，它享受着，养精蓄锐。也正在这时，它突然听到了一声破败的门响，它瞪着双眼，聚焦了闯进屋子的男主人。

男主人的凶神恶煞，让它警觉起来。当戴小奕父亲手中的棍子带着呼哨砸向它的时候，它已经弓起身子，像一支利箭，嗖——它早已从炕上跳到了戴小奕父亲的两腿间。接着，它两只弹力无比的后腿运足了力气，一纵就钻出了门缝，跑掉了。它莫名其妙：男主人干吗这么残酷无情呢？

戴小奕被眼前发生的一切惹恼了，她向李大丫家跑去。李大丫家在她家的西面，距离不过五十米，隔开她们的是乡间的一条土路。

李大丫在小路上截住了戴小奕。她的面目与她父亲狰狞而冷酷的表情没有什么两样，她的个头虽然没有戴小奕高大，但她威风凛凛地站在那里，让充满怒火的戴小奕清醒了许多。

"你爸凭什么……凭什么来找雪儿？"戴小奕上气不接下气地指着李大丫。

"凭什么？"李大丫眯起弯弯的眼睛，目光中透露着狡黠和不屑一顾，"我跟你说吧，我亲眼看到你家的大白猫钻进了我们家的鸡窝里，这一切都是你的错！你知道不？"

"胡说！这么多年来，雪儿钻过谁家的鸡窝？你——大丫，你和你爸，纯粹是血口喷人！"

李大丫的父亲走过来："小奕，我不和你一般见识，你爸说了，他会把鸡陪给我们。至于怎么处置那只大白猫，我看勒死算了，还能得到一张好皮毛，免得再惹是生非！"

"你敢！"戴小奕带着哭腔，"我看你们谁敢？"

回到家，雪儿没了踪影。戴小奕一宿没睡好觉，窗前的土豆地牵扯着她的神经，一闭眼，土豆地里就会传来杂乱的打斗声。打开灯，窗前又恢复了一片宁静，也许，是太牵挂雪儿的缘故吧？她琢磨：这一宿，雪儿会去哪里呢？

当早晨的雾霭渐渐散去，戴小奕在土豆地边，终于找到了雪儿。雪儿静静地趴在土豆地的垄沟里，身子很脏，泥土和一些杂七杂八的叶子粘在它的皮毛上，它正用舌尖舔着胸脯，那里有鲜红的东西使皮毛改变了颜色。

戴小奕跑过去，抱起遍体鳞伤的雪儿。它的腹部有一个很大的口子，血还在流。

戴小奕无法接受这个事实，她伤心得泪流满面："你怎么啦雪儿？是谁这么丧心病狂？"她哆哆嗦嗦掏出手绢，手忙脚乱地包扎在雪儿的肚子上。

泪眼蒙眬中，戴小奕又惊奇地发现：在另一条垄沟里，一只僵硬的黄鼬狰狞地横在那儿，张着嘴巴，尖尖的牙齿白森森的。身上的皮毛被撕得面目皆非，这是从哪儿跑来的黄皮子呢？

戴小奕恍然大悟：雪儿这一阵子，一直都在和这只黄鼬战斗，它是阻止这家伙偷鸡摸鸭，自己才身负重伤的。

雪儿，你真英雄！她的泪水洒在了雪儿的身上……

五

一切都真相大白了。

尽管戴小奕精心呵护着受伤的雪儿，可是它肚子上的伤实在太重了，危及到了肠子。

在一个清且亮的早晨，雪儿静静地死去了。

戴小奕痛不欲生，雪儿在她心目中的位置太重要了，她无法接受这个事实。

曹兴安一直陪着戴小奕，在他的开导下，戴小奕最终同意把雪儿埋葬了。

　　曹兴安赶着自家的老牛车，那是林区比较时兴的一种牛车，有点像草原上的勒勒车，不过，它的四个轮子是带着辐条的胶皮轱辘。

　　戴小奕怀里抱着木头盒子，那是曹兴安做的，里面装着雪儿。在一个山脚，牛车停下了，拐过山脚是通往火车站的乡间土路，另一端，通往他们的村庄。路旁不远，是几棵大树，有柞树，也有白杨树。曹兴安来到那棵最粗、最高的杨树下面，挖了一个坑，把雪儿放在那个坑里埋葬了。

　　不幸发生在回来的路上。

　　戴小奕呆呆地坐在牛车上，回忆着雪儿曾经给她带来的那些无尽的快乐和幸福的时光。就在这时，曹兴安突然嘟囔了一句："坏了，跑蜂了！"

　　戴小奕顿觉身下的牛车开始颠簸，她惊惧地死死抓住车厢。拉车的牛狂奔起来，尾巴竖起，四蹄生风。

　　摆弄牲畜的人，遇到这种情形也无可奈何。多么温顺的牲畜，突然遭遇了牛皮蝇或者成群的黄蜂，牲畜为了躲避叮咬都会拼命地奔跑。

　　戴小奕不知什么时候已经被甩到了草地上，她不顾浑身的疼痛，心惊肉跳地爬起来，冲着消失在尘土飞扬里的牛车高喊："曹兴安——松开缰绳——"

　　牛车在雾霭里像失去了方向的小汽车，噼噼啪啪，左右摇晃着滚下了坡际。惊魂未定的戴小奕跟跟跄跄地向前追赶着，下了坡地，远远就看见了曹兴安。他半躺半坐地抬着身子，回头张望："小奕——你没事吧？"曹兴安呼喊着。

　　戴小奕跑到曹兴安跟前，看到灰头土脸的曹兴安额头上渗出了大颗大颗的汗珠，他咬着牙，眉头紧蹙："小奕，我的左腿……好像不听使唤了……"

　　曹兴安在戴小奕的搀扶下，吃力地站起来，可是左腿不敢着地了。前不着村，后不着店，可怎么办呢？曹兴安四周张望了好一会儿，咬紧牙，用左臂揽住了戴小奕的右肩膀，他拄着右脚向前蹦，一蹦、再蹦……两个人搀扶在一起，向村子里挪动。

曹兴安是不幸的。他的左膝盖骨粉碎性骨折了，由于雅克萨小城医疗水平有限，还有家里经济拮据，曹兴安在小城的医院住了不到两个月，腿伤还没有彻底治愈就回到了家乡，以致后来韧带坏死，左腿打不了弯，像一截木头。

曹兴安不能再去雅克萨读书了，只能辍学在家里帮助父母干一些力所能及的活儿。

而这时，戴小奕的哥哥把他们一家全都接到了小城。戴小奕没有机会再回家乡了，她和曹兴安只能用书信往来。

后来，戴小奕考上了大学，他们的书信依然频繁。毕业后戴小奕被分配到北方一所比较有名的本科院校，工作的繁忙和交际的扩大，使戴小奕很难抽出时间主动给曹兴安写信了。

有一次，她连续接到了曹兴安的来信，抽空给他回了一封信，告诉他：以后别写信了，费时也费事，电话联系，并随信给曹兴安寄去了一部手机，那时的手机还很奢侈。

戴小奕哪里知道，离开家乡几年，那里并没有多少变化，打手机需要登梯子上到房顶才有信号，这对曹兴安来说，比登天还难。

那以后，她再也没有接到过曹兴安的来信。

余下的时间，她开始恋爱、结婚、生子……孩提时代的友情被时光的河水冲刷得寡淡了许多。但是对戴小奕来说，她忘不了曹兴安，也不能忘了曹兴安，所以她这次才义无反顾地前来参加曹兴安的婚礼。

六

列车缓缓驶进了小站，这是兴安岭北麓林区的一个会让站。上下车的旅客并不多。

戴小奕激动着走出了车厢。久违了，小站。久违了，我的故乡！这时，她看到有个左手握着鞭子，一瘸一拐的人向她走来。戴小奕兴高采烈地迎着那个人跑过去：曹兴安——兴安——

曹兴安拖着那条无法打弯的左腿站在戴小奕的面前。戴小奕想拥抱他，可是曹兴安傻呵呵地咧着嘴，伸出手：小奕，真的是你啊！

两个人的手紧紧地握在一起，摇动着。

戴小奕打量着曹兴安，有点心酸：她急切想见到的那个快乐的少年被无情的岁月折磨得如此陌生，又如此木讷。当年单薄的身子变得成熟了，可显得那么臃肿又笨拙，脸膛黧黑粗糙，眼角的鱼尾纹很深。头发是精心剪过的，几丝白发藏在鬓角里并不难辨。那胡髭分外显眼，黑黑的，粗粗的，像一条偌大的毛毛虫粘在唇上。

一件浅黄色的半袖衬衫，灰色的裤子，黑色的皮鞋……

小奕，看看我，不敢认了吧？曹兴安松开握着的手。

戴小奕如梦方醒："是的兴安，每一个人都会在流逝的时光中变得成熟起来，也会变得越老越丑。"

"你没有，小奕。你依然那么漂亮、美丽。"曹兴安专注地看着戴小奕。

戴小奕苦笑了一下："开玩笑呢兴安，当年我是一个活泼天真的少女，现在已经人老珠黄，怎么能比呢？"

"走，小奕，回去咱们再唠。我是特意赶着马车来接你的，咱们这地方你知道，道路多有泥泞还到处是牛粪。"

拉车的枣红马很健硕，马套上两个铮亮的铜环格外显眼，随着枣红马颠动的碎步，铜环规律地拍打着肥厚的马臀。

家乡变化最大的，是近处的阜地和远方的山岗被开垦成了麦田。

小路穿过麦田，马车在田野里行进，有鸟儿和蜻蜓在半空里飞来飞去。出了麦田，拐过一个弯儿，马车来到了一个山脚下。这个山脚对戴小奕来说是不会忘记的。山脚的路旁，那几棵大树依然还在，但与当年已经不可同日而语了，尤其是那棵白杨树，树冠葱郁参天，树身粗壮伟岸，雪儿就埋在它的下面。

曹兴安勒住缰绳："看看雪儿？"

我当然要去。戴小奕跳下马车。

两个人来到了大树下。

当年的小土堆已经被流年的落叶覆盖了，那上面稀疏地长着小草，树身四周还长着一些低矮而细弱的小树。

你还能记住雪儿埋在什么地方吗？戴小奕说。

曹兴安用鞭杆儿拨拉开一堆树叶，就是这里。戴小奕蹲下身子，抓起一把树叶，这些叶子经过长年雨雪沤泡已经变成了黑褐色。

戴小奕心里酸楚得不行，两眼热辣辣的，泪水几乎流出来。雪儿又在她的脑海里复活了，她尽量抑制住自己的激动，扔掉了手中的叶子，站起来："一想起雪儿，我就……兴安，咱们走吧。"

这时，曹兴安从车上拿来了一个书包。戴小奕认出来了，是当年曹兴安上学时背过的书包，帆布的，原来是黄色，现在变得发白。

小奕，今天，在这棵树下，我想把我这么多年来藏在我心里的话全部告诉你。告诉你我就轻松了，就再也没有什么可以隐瞒的了。曹兴安边说边打开了书包，把里面的东西一股脑儿地倒出来。

书包里都是书信，堆在了大树下。

戴小奕看着这些书信，很疑惑："兴安，你这是……"

"小奕，这些都是写给你的。还记得吗？那一年，你给我回信，让我不要再写信了，还给我买了手机。当年咱们这里的手机得上到房子顶上才有信号，你知道我当时多难过吗？上大学时咱们约定过，我不能打扰你的学业，每两个月给你写一封信，你当时特别赞赏我的做法，还夸奖我信写得有文采。可是后来你突然不让我给你去信了，那一段时间我觉得活着没有什么意义了，我痛苦死了。我恨你，更恨我自己，但一看到你的手机，我又觉得你并不是嫌弃我，并不是想抛弃你的发小，尤其是一个残疾人。

你那样做，肯定另有苦衷：城市生活节奏快，工作压力大，再说，一个刚参加工作的大姑娘，不停地有书信往来……我理解了。

我又拿起笔，决定坚持给你写信，这些信我写给我自己看，反复看，一封也没有寄给你，从未间断。今天，当着你的面，我把它们都送给你，只是，你不用看了，也没有必要再看了。"

戴小奕抑制不住自己的情绪："曹兴安，你简直就是个……傻子啊！"她从地上捡起一封信。牛皮纸的信封上，字迹是那么熟悉：飘逸俊秀又刚毅雄强，有骨力，有神韵。

戴小奕的眼泪流了出来："兴安，你干吗折磨自己，这值得吗？"她想起了孩提时代的一幕幕，也想起了曹兴安对她的呵护与关怀，她知道曹兴安是喜欢她的，她也喜欢曹兴安。但这一切，她觉得作为发小，是一生一世的好朋友，她从没有过非分之想。一直折磨着她，让她无法忘怀和无比愧疚的，就是曹兴安那条腿，这是她的软肋，她一生的痛。

曹兴安把相思之弦自拉自唱了这么久，这让戴小奕无地自容，泪水一下子打湿了她的双眼。

这时的曹兴安已经用打火机点着了书信，火苗儿开始蔓延，书信在埋葬雪儿的坟头上燃烧起来。青烟蓝淡，袅袅爬升，也许此时雪儿的孤魂终于可以沿着那股升腾的气旋飞往天国了吧！

曹兴安浑浊的眼睛里也滚出了泪水，他粗糙的手里捏着一张照片。那是戴小奕上大学时的一张相片：清纯、美丽，充满了朝气和活力。

小奕，把这个还给你吧。哽咽着的曹兴安不能自已，痛心疾首地哭出声来。

泪人一样的戴小奕一把夺过那张照片，她的脸扭歪了，转身把照片扔进火堆。

贪婪的火苗舔噬着照片上戴小奕美丽的面庞，马上那面庞变形、抽搐，和眼下痛苦的戴小奕有点相像。

曹兴安的抽泣声让戴小奕的心彻底碎了，她不顾一切地扑在了曹兴安的怀抱里：兴安……你……你让我难过啊……

两小无猜，青梅竹马，三十年多年的友情让他们第一次相拥在一起。天蓝地绿，麦黄草青，两个人的心鼓在兴安岭的脚下擂响了。如果雪儿在天有灵，会证明他们的情感是多么的纯洁，纯真的色彩和它当年的皮毛一样：洁白无瑕！

七

风吹动着大树，传来了树叶哗哗的声响，枝杈上的叶子在风儿的吹拂下不停地翻飞舞动，像万千抖翅的蝴蝶。

曹兴安和戴小奕坐在马车上，两个人都沉默不语。是啊，刚刚经过了大喜大悲，更应该冷静下来，直面现实和人生。

"兴安，你一直没告诉我新娘是谁？她是哪里人啊？戴小奕打破了沉寂。"

曹兴安憨憨地笑起来："哪里人？就咱们村子里的人，你认识的，大丫。"

"李大丫？她……她不是……戴小奕惊愕不已。"

她离婚了，带着九岁的儿子回到村子里，住在娘家。曹兴安挥舞了一下手中的鞭子。枣红马颠起碎步。

戴小奕恍然大悟：小时候李大丫就特别喜欢曹兴安，无论在学校，还是上学、放学的路上，她愿意和曹兴安在一起。就是採猪菜她也去找曹兴安，曹兴安从来不和李大丫单独出去，每每这时，就会来招呼她搭伴一起去，惹得大丫怏怏不快。

戴小奕还想起了雪儿，那是李大丫向曹兴安讨要的，结果曹兴安却给了她。她终于明白了为什么李大丫对雪儿的态度那么顽固。

戴小奕还想起来，曹兴安腿残疾后辍学了，没有多长时间，李大丫也背起书包回到了家乡。现在看来，这不是巧合，也不是家庭贫困，这是李大丫的心计。

李大丫那时确实长得挺漂亮：圆脸、肤色白，一笑，先送你两个小酒窝儿；个儿不高，但清秀匀称。在戴小奕的眼睛里，李大丫从来没有在她面前笑过，总是绷紧了脸，愁眉蹙目的。自从那次因为雪儿，她找过李大丫以后，她对李大丫就没有什么好印象了，她觉得李大丫心胸狭窄，而且，也太恶毒！

当然，这是当年的思想。现在，她坐在马车上茅塞顿开：原来李大丫是醉翁之意呀。

"如果我没说错，李大丫从小就喜欢你！"戴小奕说。

"这是真的。"曹兴安毫不隐瞒，"可当年我对大丫，并没什么感觉。到谈婚论嫁的时候，她爸找过我，让我不要和大丫来往，还说了很多难听的话。后来大丫嫁到库都尔那边去了。三年前，离婚了，领着孩子回到了父母家。"

"大丫知道我回来参加婚礼吗？她会不会反感呢？"戴小奕心里蒙上了一丝犹豫。

"哪里的话，大丫说你能来参加婚礼，她要好好感谢你。当年她拼命想和我在一起，我不冷不热，现在她又顺原路追回来，才有了结果。这是缘分，也是命"。她说："人的命天注定，胡思乱想不中用！"

戴小奕琢磨着李大丫的话，马车已经进了山村……

迷情兴安岭

一

冬天来了。

落雪后，林场派出大批工人用积雪堆出路基，在路基上面反复浇水，凝结后，一条晶莹的冰道白色的哈达一样从贮木场蜿蜒进山谷，再从每一条山谷钻进一个个伐木点。从伐木点到贮木场几十里路都是这样的冰道。

冰道上的运输工具是清一色的马爬犁，下山时，几十个满载着木材的马爬犁排成一条长龙，依次顺冰道而下，远远望去，就像一台台战车，带着磅礴的气势，隆隆从冰道上开来。更精彩的是每匹马儿喘息喷出的气流与超负荷奔跑冒出来的热汗搅和在一起，缭绕的白雾，笼罩着奔跑的马儿，上百个马蹄同时敲打着冰面，啪啪啪……有节律的响声在宁静的山谷里震荡。

这是上个世纪七八十年代大兴安岭冬季一种特殊的运材方式。尽管这种方法与现代化的运输手段相比依然还很落后，但对当时的大兴安岭林区来说，已经是相当不错的运输手段了。

我们浇水工的任务就是管理好这条冰道。

天空刚刚泛白，就得爬起来，套上马爬犁到海拉尔河的冰窟窿里往马爬犁上的大水桶里灌水。水桶满了，浇水工们就各自赶着马爬犁奔向自己的区段，去修补破损了的冰面。

我所管辖的区段离贮木场的驻地最近，赶着马爬犁到河边的冰窟窿，最多也就二十几分钟。从河边到我管辖的区段，也不到半个小时。虽然是一个人管理一个区段，但是离水源、驻地都很近，活干起来顺手，效率也高。这是林场里多少工人都求之不得的。我虽然不是正式工人，但我却得到了比他们好的待遇，气得好些工人嗷嗷直叫，有什么办法？出门在外，遇到了好人比什么都重要。

其实，我并没有什么来路，毕业了不愿意在乡下干农活，亲戚托亲戚，在大兴安岭林区找点临时活儿。那个年代，这是不错的出路。

能来到这里多亏了孙龙彪和于萍。

我们是在蘑菇气草地打羊草认识的。雨天休息，我们就凑到一起聊天、喝酒。后来我隐隐约约从于萍的嘴里知道了一些秘密。他们本不是夫妻，孙龙彪在老家是一个社办加工厂的头儿，贪污了钱就带着还是姑娘的于萍从老家跑到林区。

临下草甸子那几天，我很犯愁，打羊草的季节过去了，是继续留在林区找活干，还是回到家乡去？就在我犹豫不决、不知所措的时候，孙龙彪和于萍把我叫到他们的窝棚里，告诉我当地林场冬季运材有差事可做，问我是否喜欢，这使我惊讶并感激，当即答应了。

这个林场的头儿是孙龙彪的什么表亲戚。

我就这么和他们一起来到了那个叫嘎啦牙的林场，见到了孙龙彪的那个亲戚，是队长，姓王，高个子，声音洪亮。

在孙龙彪和于萍的运作下，我们都分到了不错的活儿。

二

我尊敬并佩服王队长，在林场的作业队，他的故事很多。他看上去似乎年龄很大。皮裤，白茬光板皮袄，长毛狗皮帽子，他总是这个打扮。

脸膛黧黑，皱纹又不分经纬地勒进额头。他的鼻梁骨很高，鼻子似乎有点臃肿，总像粘着什么米粒，疙疙瘩瘩的，微微泛红。他的下颌宽大而又棱角分明，像木匠用的锛子，上面胡乱地长满了胡须，但他从来不刮，只是用剪子贴着肉皮咔嚓咔嚓一气剪下来，扠里扠挐的胡子就刺猬一样直立立地炫耀着坚硬。脖子上的皮肉黑红、粗糙、松弛，软沓沓的。喉咙下面在两个锁骨结合部的那一地段，有块皮肉鸡嗉子似地耷拉着，平常它只是微微地起伏；激动起来，那东西就会向外凸鼓，好像要冲出喉咙帮着主人决斗。

　　他能喝酒，喜欢打赌，和他对饮而不醉的凤毛麟角。有一次在采伐点打赌：二十多厘米粗的松树原条，六米长，一个肩膀放一根，如果能坚持站立五分钟，伙计们就得轮流请他喝酒。否则，他轮流请每个工人撮一顿。十几个工人幸灾乐祸，一起上阵，吆喝着抬起了两根松树原条。他憋住一口气，岔开两腿，站稳身子。首先吃力的是右肩，六米长的松树原条的确有分量，两个伙计在调整平衡，他喊了一声："掐好时间！"

　　"不行不行！大粗脖，两根都放好了才算数！要是吃不住了就认输，你个熊货！"有和他年龄相仿的工人向他挑逗着。

　　"兔崽子，没这弯弯肚子，敢吃镰刀头儿？来吧，王八羔子们！"他心里骂着，另一根松树原条已经压上了他的左肩。几个工人磨磨蹭蹭地移动着松树原条，终于，平衡了。

　　上千斤重的分量压在了他身上，他感到两条腿在往大地里面陷落，胸口有点发热。他心里默念那些数字一、二、三……并告诫自己：挺住！他咬紧牙关，喉咙似乎被一只大手掐住了，喘息是那么困难，鸡嗉子一样的囊袋气球似地鼓起来，瘪下去；再鼓起来，再瘪下去。

　　两根松树原条对他的争强好胜丝毫不留情面。它们在大地上好端端地生长着，却突遭人类的砍伐，它们的脚跟虽然离开了大地，但是，阳光雨露的质量却蕴藉在长长的身体里，它们把被砍伐的怨恨和愤怒发泄到这个挑战者身上，两根原木合力一处：压死他，压死他，压死他！

身下的挑战者虽然在重压下显得落魄、狼狈，但他的意志却是顽强无畏的，他的脸由红变紫。额头、脖颈上的输血管道格外卖力，它们把心脏输送出来的血液传送到每一个部位。汗水蒙上了眼睛，又流进了他的嘴角，有点涩，又有点咸。围在身边的伙计们喊着什么，他一概不知，他只看到有的人在蹦跳，有的人把狗皮帽子高高地抛向天空，有的人站在那里拍手顿足。他不知道自己坚持了多久，其实，他已经超过了规定时限，伙计们看到他如此顽固，依然在戏耍他，以为他坚持不住就会把肩上的原木扔下去，他们哪里知道他已经没有力气去抛掉肩上的重担了。

终于有人跑上前，将压在他肩上的原木抬下去。他没动还是雕塑一样定定地站在哪儿。好一会儿，他脖颈下面那个鸡嗉子一样的东西缩回到他的脖腔里，他喘了一口气，抹了抹脸上的汗水，吐出一口痰。

有眼尖的伙计喊了一声："操，压吐血了！"

他一步走向前，踩住那口痰，用脚蹍了："放屁！闭上你的臭嘴！"其实他自己也看到了那口痰里带有血丝，但他在众人眼里还是显得一副无所谓的样子："走哇，王八羔子们，喝酒去！"

第一个请他喝酒的是独眼木匠大老齐，那时候在伐木点唯一能跟他抗衡的就是大老齐。大老齐车轴汉子，脑子灵活，由于长时间干木匠活，练就了一副好手腕子，所以在伐木点上动不动就主动叫板，大粗脖左手能掰过大老齐，右手却甘拜下风，几次叫号都败下阵来。

大老齐叫独眼木匠是有来历的。小时候过年，有个叔叔从城里给他带来几个二踢脚鞭炮，他点燃了一个没响，就凑到跟前去看个究竟，没等伸手，二踢脚突然爆炸了，他就这么剩下一只眼睛，瞎掉的那只换上了塑料做的眼珠子。别看大老齐一只眼，木工活做得却很出色，在乡下时，所有的箱子柜子他都能做。来到伐木点，他只是修理那些运输木材的马爬犁，粗活，连吊线都不用。大老齐就整天闲半个身子似的，没事儿找事儿，白天打个赌，晚上耍个钱儿。

耍钱赢饭票儿，四个人，三打一。说也怪，大粗脖和大老齐只要坐到一起，大老齐准赢，为啥？大老齐看牌时是一只眼，而每次他都坐在大粗脖的上家，他左眼看着自己的牌，右眼和大半个身子就送给了大粗脖，大粗脖总觉得大老齐的那只瞎眼睛盯着自己手里的牌，别扭，想躲避，越是这样，大老齐就越靠近他，大粗脖牌抓得就不顺，并常出错牌，结果大老齐每场必赢。大粗脖儿认了，这叫相克，他跟伙计们说：就是水和火，永不能相容。

那天打赌输了的大老齐请王大粗脖儿吃饭相当大方，从一个猎人手里买来了一只狍子和一头野猪。其实王大粗脖儿对这些并不稀罕，他是队长，自己有枪，想吃就自己打，可作业点上的工人们喜欢，另外，王大粗脖儿就是想让大老齐多冒一点血，于是他就叫号要吃狍子和野猪肉。大老齐知道王大粗脖儿的心思，可打赌输了有什么法儿？男爷们儿吐口唾沫就是钉儿，他爽快地把钱扔给做饭的大师傅："挑个大的买！"

那天酒喝得热闹，二十几号人，过年似的。大柴油桶改装的铁炉子烧得通红，伙计们甩掉棉袄，光着膀子喝，轮流敬酒：王大粗脖儿一杯，大老齐一杯……

早晨，大老齐嚷着找自己的那只塑料眼珠子："我他妈明明放在碗里用水泡上了，怎么就没了？"

大老齐的那只塑料眼珠子晚上睡觉时就得用水泡上，放在自己的床头，早晨再把那塑料的眼珠子放进塌瘪的眼睛里，不然带着假眼珠子睡一宿，早晨起来，眼角都是眼屎。这次，他头一天晚上和大粗脖儿酒拼得有点过头，喝酒时人多手杂，不知谁给放在了王大粗脖儿的床头上。半夜，王大粗脖儿口渴，朦胧中看到床头的碗，心里很感激，以为伙计们照顾自己，端起来一口气喝了碗里的水，有东西碰了一下唇，进了嘴里，以为是谁不小心掉到碗里的狍子骨头，就把嘴里的东西吐到了地上。

大老齐审犯人一样逐个询问，醉眼朦胧的工人们都在摇头。王大粗脖儿没吱声，琢磨自己昨天晚上吐在地上的东西一定是大老齐的眼珠子，只是一想起来喝了泡眼珠子的水，胃里就有点不是滋味，往上翻。王大粗脖儿气哄哄地:"别他妈翻箱倒柜了,倒地上啦!"

大老齐气急败坏:"你个老不死的家伙,干不出好事儿。"

终于,有人用棍子在土地上扒拉出一个半圆的东西:"逮着啦!"

大老齐夺过来,用独眼看了看,对身边的人喊:"拿水来!"

有人用盆子端来了水。

大老齐把那扁圆的东西扔进去,随着那个东西慢慢沉入盆底,粘在上面的泥土开始分离。灰色的、半圆形的塑料眼珠子终于露出了原形。大老齐洗了洗,独眼反复看了几遍,然后放进塌陷的眼睛里,"操,对付着用吧。"

三

每天马爬犁运材下山,我都会站在冰道旁,用目光远远地迎接它们,再目送着它们从我身边隆隆而去。尽管过后就得用冰铲去清理冰道上沾附的那些马粪蛋子和一堆杂物,还得用水重浇被马蹄铁掌击打坏了的冰面。

我喜欢马爬犁运材下山时的场景,那种排山倒海、呼啸而来的气势,让人激动不已,马蹄踏在冰面上的脆响,与跳动的心音不谋而合——那不仅仅是一种声音、一种流动,它带给我的更是一种激荡与奔放。要知道一个小伙子在远离喧嚣、远离人群的山谷里独往独来,与之陪伴的是一匹马,还有爬犁、水桶以及修补冰道的杂七杂八的工具。我每天面对的是连绵起伏白雪皑皑的大山,那里沉寂、冷峻,还有一些耀眼。再不就是在我的区段里修补那段被冰雪凝固了的坚硬、冷漠、无情的冰道,不敢有半点含糊,一丝不苟。如果冰道上残留着马粪,或者暗藏着什么隐患没有被发现,满载木材惯性极大的马爬犁就会侧翻,导致堵塞,这是绝对不允许的。

一个二十来岁的小伙子每天无奈地面对这一切,机械地重复。

所以,每当运材的马爬犁从山谷里驰来,我的内心就会躁动不已,我感到如诗如画的雪山渺小起来，那被白雪覆盖了的森林和连绵的兴安岭刹那间复活了，马蹄敲打着我震颤的心房。我能感到一种活力在我周身复苏，这是青春的血液在奔流。尽管这大兴安岭的隆冬是那么的寒冷，每天清晨凝固的空气里翻飞着晶莹剔透的细小冰凌，这冰凌钻进鼻孔，在鼻毛的温暖下渐渐融化，湿润随着喷出的气流堆积在稚嫩而稀疏的胡须上，又被冷空气冻僵了，凝作霜花。臃肿的装束老态龙钟，看不出年老年少，辨不出谁大谁小。可我依然能感觉到我年轻的心音如麋鹿踏过苔径渐渐传来的声响，随着那种声音我看到了兴安岭的春天。

庄严神圣的雪山慢慢褪色，斑驳的褐色显露出来。遥远的山坡呈现着淡淡的嫩绿，等你跑向前，眼前出现的依然是枯黄。仔细辨认，绿草的嫩芽已经拱破了枯草的封锁，倔强的毛骨朵花，已经先声夺人地悄然开放，毛茸茸的花朵，是那么鲜活，花瓣的边缘紫中带着淡淡的白色，似乎刚刚被雨水洗刷过，靠近花蕾，纯净的紫色呈现出来。这是大兴安岭开花最早的草本植物。河边的柳枝也慢慢苏醒过来，左一下，右一下，开始摇摆，不经意的晃动中，毛毛狗已悄没声地爬满了枝头。柳树下面的冰河开始融化了，河心露出了卵石，河水欢畅而清澈，不时有秋日的落叶在河水中漂浮而来，惹得几条柳根儿鱼追逐嬉戏，弄得那落叶一会倾斜了，一会又稳稳地浮在水面上。岸边的塔头甸子里积雪已经融化，被蚂蚁当成巢穴而弄得臃肿又面目全非的塔头上，有零星的蚂蚁在爬动。那些披散着陈年荒草的塔头上有新绿贼眉贼眼地钻出来，向春阳招手……

这种春天将至的感觉，每每在我心中酝酿，我知道这是一个年轻人过于孤寂、冷清所致。于是，我盼望在我赶着马爬犁去河边灌水，或者在清理冰道的时候，能碰到我的同伴，可是，这样的机会并不多，更多的是和那些动物们的邂逅。

那次，赶着马爬犁浇冰面，不经意地抬头，离冰道不远的蒿草中露出了几个灰色的脊梁，诧异间，一群狍子已经一字排开，警觉地抬起了脖颈。我第一眼盯住的就是那个大家伙，它的个头的确很大，高昂的头颅上顶着带岔的犄角，两只尖利的耳朵在慢慢转动、搜寻。它挺着雄健的脖子，淡红色的皮毛透着光泽。它显然已经发现了冰道上的马爬犁，这个食草动物对降雪以来穿梭于那条古怪道路上人欢马嘶的场景有点习以为常，所以它并没有多么紧张。它的细长而极具线条的两只前腿在雪地里交替地扒挠了几下，优雅地向前挪了挪身子，周围的伙伴也跟着它变换了站立的姿势。我第一次这么近距离地和一只狍子，不，是一群狍子直面相对。我屏住呼吸，生怕弄出响动使它们逃掉。那个大家伙终于把身子横过来，它的短小而不显眼的尾巴在白色的臀部上来回扫动了几下。我窃喜，小时候常常听老人们说傻狍子的屁股白白的，现在我终于见到了那白白的屁股。

拉爬犁的马大概感觉到了什么奥妙，它扬起头，突然间打了一个响鼻。狍子们被惊动了，它们逃脱时的加速度是瞬间完成的，我看到那个头顶犄角的大狍子在听到响声的刹那间，腾空一跃，它充满力量的两条后腿将身子弹起来，前腿在落地的一刻立即再把身子送入空中，几番交替，耀眼的雪地里早已消失了狍子的身影。我呆呆地望着消失了狍子的雪原惘然若失。

还有一次，是个黄昏，夕阳把马爬犁的影子拉得很长很长。就在那长长的影子里，我看见了一团火红的东西越过冰道迎着落日在滚动。那是一只火狐狸。或者是什么东西在追赶着它，或者它要去参加一场丰盛的晚宴，或者它与某个同伴相约，唯恐误了时辰，反正它急三火四地向前奔跑着，积雪吞噬着它的四肢，它身披一身火红的皮毛，夕阳里像一团火。

狡诈、邪恶……古老的传说让我对狐狸这种动物充满了敌意，我拿起身边的铁棍敲着装水的铁桶，沉闷的声响在寂静的雪原上震荡，那只滚动的红狐加快了旋转的速度，转眼就变成了一个小黑点。

除此之外，我见到最多的就是我们的王队长。他每隔几天就要沿着冰道巡视一趟，检查冰道，却很少盯着冰道看，他只是背着枪，嘴里叼着纸烟，蜷缩在爬犁里，慵懒地眯起眼睛。仿佛他的屁股相当有数，确切地说是他的心里非常有数。只要他坐在爬犁上从冰道的这一头走到那一头，他的心里就有了一杆秤：冰道哪段凸啦，哪段凹啦，或者哪一地段偏斜，哪一地段很平滑，他就知道承包路段的工人活计干得怎么样，于是他就会找到路段的承包者，扣工分不算，还要骂你个狗血喷头！王队长每次来到我的路段都使我忐忑不安，我担心他在我承包的路段挑出毛病来。

四

我和王队长真正的接触是在孙龙彪家的地窨子里。

那次，我往马爬犁的铁罐里灌水时，透过清澈的河水，看到有很多鱼附在河底的卵石上。鲶鱼，有大的，也有小的，它们像几段被丢弃到河水里的木头棒子，静静地伏在河底，河水匆匆从它们身上流过，嘴角边上的触须在河水的冲击下微微飘动。我蹲在冰窟窿边好奇地看着它们。要是夏天，我一定会跳到河水里，抓不到它们，也不能允许它们这样傲慢和悠闲。

孩提时代，在家乡我常常做这样的事情，小朋友们聚在一起去河套里摸鱼，几只小手围住一块石头，慢慢掀动石头，鱼儿游出来，小手们就会把它捉住。

看着河底的鱼儿，我趴在冰面上琢磨。这时，我的身后传来了马蹄声。

"嘿，我说，你小子趴在那儿看媳妇呐，看到什么了？是不是有鱼啊？"

来人是孙龙彪，下草甸子到贮木场以来，我们见面的机会很少。他和于萍管食堂，于萍给队里的头头们做饭，是小灶，孙龙彪给食堂拉水，另外供应烧柴，活儿都不重。

孙龙彪现在就是给食堂拉水来了，我从冰面上爬起来："这里有鱼！"我说。

"大惊小怪的，我以为冰窟窿里有一个大姑娘呢。我早就知道这里有鱼，看我给你弄上几条来。"孙龙彪从爬犁上，拿出一根两米多长的竿子，竿子的一头是特别打制的带着倒戗刺的细铁条。他来到冰窟窿旁，俯身看了看，找到一个合适的位置，手里的竿子戳向了河水中的鱼儿。

孙龙彪毫不精心的动作，让我担心，我害怕吓跑了那些鱼儿。鱼叉和鱼接近了，孙龙彪屏住一口气，手腕子一抖，"噗"地一声，鱼叉带着那条鲶鱼已经提到了河面上。动作之快真可谓迅雷不及掩耳，我看到河底的卵石有几个翻动了一下，接着一股血水被清澈的河流瞬间冲刷得一干二净。

那条大鱼在冰面上翻滚着，身上粘着雪粒和冰屑，宽大的嘴巴一张一合地翕动着，就在它的尾巴还想继续挣扎、蠕动时，零下三十几度的气温早已将它弯曲的尾巴冻僵、定型。这个可怜的鱼儿是孙龙彪在冰窟窿里收获的第一个猎物，顷刻功夫，孙龙彪又叉到了三条鱼。

孙龙彪的身手让我佩服得五体投地，看上去他干什么都是那么漫不经心，可做起来又都是那么得心应手、稳操胜券。

我帮他把铁桶里灌满了水，又把冻僵的鱼儿放到他的马爬犁上。他站在冰窟窿旁看着我，嘴里喷着白气，"晚上，去我的地窨子，让于萍把鱼炖了，我请大粗脖儿。"

人家请队长吃饭，我怎么好参与？我摇着头："不，我不去，你们吃吧。"

孙龙彪咳了一下，"咋啦？"嘴里的痰随即跑到河面的积雪上，砸了个小坑。"让你去你就去，怕个逑啊？必须去，给我带二斤白酒！"孙龙彪不再啰唆，上了马爬犁，一抖马缰绳走了。

这一顿饭使我和王队长有了近距离的接触，而且，怎么说呢？这之前我对王队长既尊重又崇拜，可这一次与他碰面，却令我尴尬又遗憾，而且不知不觉中，似乎还增加了一丝反感。

有些事情就是巧合，那天我早一点或者晚一点去孙龙彪的地窨子，我都不会因自己的冒失而自责。

我真的不情愿去吃那顿饭，无奈，孙龙彪让我带白酒去。孙龙彪的意图是担心我不过去。

我早早收了马爬犁，用饭票在大食堂买了两大瓶子酒。是那种特大号的瓶子，墨绿色的能装三斤。我想，孙龙彪夫妇给我介绍到林场来，活儿安排得很好，又引荐我和队长喝酒，没有孙龙彪和于萍，队长能青睐自己吗？虽然我不止一次地请孙龙彪、于萍吃饭，以示我小小的谢意，这次在队长面前，就更不能显得小气。我拎着老白干儿，出了食堂，向孙龙彪他们住的地窨子走去。

大兴安岭的冬天是雪的世界，有时候，一宿白毛风就会把整个地窨子掩埋吞噬，所以，坐落在山脚下的地窨子大都把门往里开，这样即使被大雪封堵了房门，里面的人也能从地窨子里面掏开积雪，爬出来。

来到孙龙彪的地窨子门前，推门，没开。不可能没人，推门时似乎还听到了于萍那很甜润的声音，虽然那声音很模糊。再推门，门板只是晃动了一下，地窨子里沉静了。人呢？使劲再推，随着闩门绳索的折断声，门开了。我看到了王队长，他站在桦木杆子搭起来的床铺边，扭着身子，惊异的面孔看着我："你？是你小子，我以为是谁呢。"他转过身子，系在腰上的皮带过于长了些，剩余的一段像脱节的蛇，脑袋身子都耷拉下来。

显然我觉得自己进来得有点冒失，我把拎着的酒瓶子扬起来："队长，我送酒来了！"

王队长拉了拉白茬皮袄的大襟："好小子，今晚爷们儿跟你好好喝点。"他拍着我的肩膀，"去一趟茅楼。"

于萍穿着那件粉红色的毛衣，头发有点凌乱，两手正在梳理。我唐突的出现显然使她有点尴尬，她用羞涩的目光看着我，椭圆的脸上粉嘟噜地红。胸前的纽扣有几个开了，胸口有点外露，瞬间的一瞥中，耸起的双乳之间乳沟是那样光滑、白皙、迷人。我马上移开视线："孙龙彪哥呢？"我结结巴巴地说。

"嗨，你哥那个死鬼，放屁功夫也要去打猎，这不，借了队长的枪，上后山了，非要弄个飞龙做汤。"于萍系好衣服扣子，拉了拉毛衣下襟，接过我手中的酒瓶子，"老弟，你看你，买这么多酒，一瓶就够啦。"

酒是好酒，菜更是好菜：狍子肉、飞龙汤、清炖鲶鱼。孙龙彪还真的打到了飞龙，只不过七点六二步枪子弹的威力实在太猛，飞龙被弹头击中而炸裂，身子所剩无几，不过孙龙彪捡回来的杂碎做一顿汤还是富富有余。

"怎么样？我跟你说过，用这枪打飞龙，那是用大炮打蚊子。你的枪法行，但技术不行。知道吗？打这玩意儿，就得打脖子以上，子弹炸掉的是脖子和头，身子就能剩下了。打猎的人都清楚：上打毛梢儿，下打爪儿，你呀，琢磨去吧。"

"嘿，还琢磨个啥呀，我这叫百发百中。这么个小玩意儿我一枪就能毙命，要是战争年代打敌人，个保个，你说这人脑袋大还是飞龙大？来吧，喝酒。"孙龙彪不以为然，把杯里的酒干了。

我不知道喝了多少酒，记忆里是满满的两大杯。王队长给我倒了一杯酒，表扬我活儿干得不错，并当场拍板，给我调换更好的工作。队长的认可和表扬超乎我的预料，我受宠若惊，端着酒杯，我有点站立不稳，就像春天里的草原，一阵风吹来，花草们在欢快地摇曳。我语无伦次，不知用什么语言去表达，我说我感谢王队长，我说我干了这杯酒，于是我就把酒干了。不是一口干的，就像吃汤药那样，愁眉蹙眼地一口一口把杯里的酒喝没了。我的脑袋开始膨胀，耳朵里传来了铙钹的声音。

"好小子，这就对了，还得喝一杯，你得敬你孙龙彪哥和嫂子一杯吧？"王队长又把我的酒杯倒满，他开始挑逗群众："尤其你嫂子，你不敬一杯？"他酒后浑浊的两眼看了我一下，又死死地盯着于萍。

酒后的于萍更加妩媚，"不行不行，还是敬王队长吧，无功不受禄，我可不行了，心脏都跳了。"她离开桌子，想走。

王队长一把拽住她："不喝？岂有此理！冤有头债有主，没有你们两口子，我能认识小伙子吗？你说是不是？让他们喝！"王队长向我示意。

于萍甩掉了王队长的手，嗔怒地："喝也行，你陪一杯，我就喝，咋样?"她一挺胸脯,"你喝,我就喝!"

"好,反正一个也跑不了,咱们一起干杯!"孙龙彪举起杯,仰脖干了杯里的酒。

于萍的目光柔柔地扫过我的酒杯,嘴角抽动了一下,"来吧,老弟,姐陪你干了!"她扬起光滑的脖颈,一口喝光了杯里的酒。我看到她白皙的颈子蠕动了一下,还似乎听到了她食管里的酒流向胃里那妙不可言的撞击声。

看着杯里的酒,胃里就像麻辣火锅一样翻腾不已。是的,这杯酒我一定得喝,尽管我不知道喝完这杯酒会有什么样的反应,但我知道我必须要把这杯酒喝掉。孙龙彪和于萍对我情如手足,在远离家乡、远离亲人的大山深处,能够碰到如此关心、呵护并在王队长面前给足我尊严的朋友,对他们我能不爱戴有加和言听计从吗?尽管我端杯的手依然不住地颤抖,但我的心底已经涌来了果敢和豪爽:"孙龙彪哥,于萍姐,王队长,我敬你们一杯!"

酒下肚了,眼泪出来了。感激?喜悦?还是烈酒所至?

兼而有之……

五

第一次上冰道巡视,是王队长亲自陪同我去的。在孙龙彪家喝完那顿酒后,我更加卖力和谨慎地工作,因为我不知道那次的唐突会不会让王队长产生记恨把我解雇,撵出林场,因此我一直谨小慎微。至于在酒场上王队长承诺的给我调换工作的事,我早已忘在脑后,不敢多想,更不敢奢望。而就在我惶惶然整日提心吊胆的时候,王队长却领着一个林场工人来接替我的工作,他向那个工人交代了一番,然后笑嘻嘻地对我说:"上来吧,以后巡视冰道的事就交给你了!"他把马鞭子扔给我。

太突然,也太意外。惊愕中,他把我拉到马爬犁上:"愣什么神儿啊,以后,你就替我天天巡视冰道。算你小子有福,在林场干这活的只有我队长,怎么样?上道!"

我用僵硬的手臂甩了甩鞭子,我很担心:"队长,我知道您抬举我,可这活儿……我恐怕……恐怕……"我知道巡视冰道这活儿权力很大,所有线路上的浇水工都得服从检查,可责任也大。如果粗心大意,哪段冰道上清理得不彻底,没检查出来,下山的马爬犁就会有侧翻的危险,影响整个运输团队,后果不堪设想,所以我的担惊受怕不是没有道理。王队长拍了拍我的肩膀:"什么都不用怕,有我给你撑腰,你怕啥?我跟你说吧,要是没有于萍,你想干这活儿?一个字,等!你小子心里可要有数。"

这是事实,凭我自己的为人和能耐,翻八个跟头也捞不着这样的好活计。于萍又替我说了多少好话,这没有什么好奇怪的,从蘑菇气草地到现在,于萍对我一直就关怀备至……

马爬犁在冰道上轻快地前进,这是顺着山谷而修筑的一条冰道,两旁是白雪覆盖下的塔头甸子,不时有耐不住寂寞的塔头在白雪中探出头颅,稀疏的几棵荒草在塔头上面轻轻摇动。再远,是平缓的坡地,皑皑白雪将坡地上的灌木丛包裹起来,一块块凸凹的雪包特别显眼。坡地上面是大山和树林,那些森林在冬季的落雪中只能看到成排的树干,远远望去,它们就像庄户里的木头障子,一排排、一溜溜包裹着连绵起伏的山头。

"听我的话,我保你这个冬天肥得流油。这作业队我说了算,从这个月起,你的工钱按最高的给。另外,线路上的浇水工给你什么,你别拒绝。只是千万不能对他们手软,不能可怜他们。你不给他们加码,他们就会拿你大头,线路出了毛病,我可拿你是问。"

"记住了,队长。"我说。

王队长的话像嘚嘚奔跑的马蹄,敲打着我的神经。我扬起鞭子向前面的马屁股甩过去,匀速的马爬犁明显加快了速度。

"另外,你还要牢牢记住一点:在咱这块地方,该说的不要瞎说,不该说的,闭嘴。消停的对你有好处,不然,滚犊子是你唯一出路。"

"记住了，队长。"我说。

马爬犁在冰道上像一叶小舟，轻盈而有节律地沿着冰道向山谷里游动，马蹄和冰面敲打着，传来了一种单调的声响，啪哒、啪哒、啪哒……

"还有，"王队长还在嘱咐我，我的心又收紧了，"上次在于萍那儿看到的，千万不要告诉孙龙彪。"他从怀里掏出烟卷，"来一支？"我回过头，看到王队长拿出来的是一盒带有锡纸的"大前门"香烟，这在当时很稀少，也很珍贵。

"不，我不会。队长……我……我没看到什么呀！"其实，那天我看到了什么？的确什么也没有看到。只是在我疑惑之际，王队长更加多疑，就是这么回事。

"好小子，这就对啦！"

王队长领着我一段一段地巡视着冰道，每一段承包路面的浇水工碰到我们都非常客气，非常尊重。王队长把我介绍给他们，他们不无惊讶地盯着我，然后脸上堆满微笑，点头哈腰，极尽阿谀奉承。

接下来的日子，我一个人开始巡视冰道，我背着王队长那支七点六二步枪，飒爽英姿地驰骋在山谷的冰道上，就像一个士兵，昂首挺胸，乘着战车隆隆驶向战场。

我似乎有了一种自豪感，更好像有了一种成就感，我忘乎所以地每天顺着冰道进入山谷，再从山谷里回到林场，循环往复，乐此不疲。

六

我牢记王队长的谆谆教导：认真工作，不徇私情。养护冰道的浇水工都很配合我，各段路面养护得都非常出色，使冰道上的运输畅通无阻。

孙龙彪常常陪我上道巡视，他是醉翁之意不在酒。他看中了我背着的那支七点六二步枪，不知道他从哪儿弄来了好多子弹，这之前王队长只给了我两发子弹并一再嘱咐：现在这种子弹金贵，打一发少一发，节省着用，路上要是碰到什么动物，看准了，有把握了再开火。所以我的两颗子弹一直揣在我的兜里。

孙龙彪一次就送给我十发子弹。这是一种屁股很大的子弹，杀伤力极强。

"金贵？这东西有啥金贵的？在别人那儿金贵，我这儿可不稀罕，打，老弟，你随便打，哥这儿不缺。"孙龙彪把子弹推进枪膛："就打那棵树。"他指着五十米开外的一颗桦树说。

我接过枪，瞄准那棵桦树。我不懂射击要领，人家都说三点成一线，可我只看到了枪管上套着的圆环里那个小小的准星和大树连成了一线，却再也无法找到第三点。心里紧张，手也发抖，我憋住一口气：扣动扳机，一声清脆的枪声划破雪野。我不知道枪膛里的子弹是不是打中了大树，只感觉右肩膀有点麻木。原来枪托和肩膀没有顶紧，击发时子弹的后坐力击打了肩头。

孙龙彪嘎嘎笑起来，"嘿，你小子，子弹飞天上去了，不行不行，差远了，这要是碰到野物，枪管子触到屁股上也许能打着，短练呐，看我的。"孙龙彪说着，把枪夺过去，端枪、瞄准、射击。枪响过后，远处那棵白桦树上的霜雪纷纷落下来。"看见没有？好枪手得能看见弹道，子弹飞到什么地方，眼睛就落到什么地方，我这一枪子弹把树穿透了，信不信？"

我们趟过没膝深的积雪来到了那棵树下，洁白的雪地上散落着一些树皮的碎屑还有从树枝上掉落的积雪砸出的坑坑洼洼。子弹的确穿过了白桦树，钻进去的一面很光滑，出来的弹孔却很大。

孙龙彪的枪法令我折服，他的见识也确实不少。在一个山洼里，我看到了一个蓝汪汪的气团遮住了那个山坳。孙龙彪说那是寒流，遇到这种情况，就要早早地系好帽子，戴好手套。寒流袭来时的气温一般都在零下四十几度，山里人都知道寒流的厉害。孙龙彪带领我沿着冰道穿越了那股寒流，我的感觉是：脸上没有遮挡的地方好像有刀子在剥皮。

一个雪花飞扬的日子，孙龙彪又陪我上路了。下雪天是必需巡视冰道的，这也是浇水工最头疼的事儿，除了浇水还要打扫路面，负担加重了，时间拉长了。

雪下得很大，一片一片的雪花交织在一起像翩翩起舞的蝴蝶，轻盈地飞落，我和孙龙彪迎着翻飞的雪花在冰道上疾驰，我们的帽子上、身上堆满了积雪。白雪使大地变得更加圣洁，而此刻马爬犁上的我们就像是从北极匆匆而来的圣诞老人。

孙龙彪说我们迎着雪花先上山，雪停了，可以一边巡视冰道，一边打猎。这主意不错，可是到了十二里沟岔口，他却跳下了马爬犁："停！"孙龙彪说，"这雪一会儿半会儿停不了，去趟萤石矿，要点炸药去。"他跑到马头跟前，拽住缰绳："吁——"

"这怎么行，"我说，"要是王队长知道了，多不好。等天好了再去吧。"

"你我不说，他知道个鸟？不是我说你，愚！将在外军令有所不受，他就是怪罪了，我顶着！老灯泡子，不惯他，走，又不耽误活儿。"

我们下了冰道，沿着马爬犁的辙印拐进了萤石矿……

当我们又回到冰道上的时候，雪已经停了。孙龙彪的心情相当好，他从萤石矿的一个朋友那儿要了一箱炸药，"老弟，开春你就瞧好吧，咱们到河里去炸鱼。"孙龙彪兴冲冲地夺过鞭子，坐到马爬犁的前头。

雪停了，漫山遍野地洁白。冰道两旁的大树上挂满了雾凇，凝结的冰凌使枝条变得蓬松而臃肿，夕阳斜照下，满树的冰凌反射着太阳柔和的光芒，闪闪发亮，就像一棵夜晚的圣诞树，温馨、迷人，充满了神秘和畅想。

冰道已经在浇水工的打扫下变得更加光滑明亮。

我陶醉在雪后的景致里，马爬犁突然停了。原来，夕阳斜照的山坡上站着几只狍子。孙龙彪立即支好了枪架，他屏住呼吸、瞄准。

夕阳照耀下的山坡是那样的迷人，白雪在即将坠落的光瀑里闪耀着奇异的光芒，光线被白雪反射在坡地上，连绵起伏的雪地里呈现着柔和的橘黄，像一片浩瀚的金箔。几只狍子站在雪地里仰头张望，它们在黄昏留下的微明中正在抓紧吃草。散乱的队形中一头硕大的狍子鹤立鸡群，它高傲地挺着带有犄角的头颅，落日的余晖中它的身影被拉得很长很长。

几只狍子显然已经发现了我们的马爬犁，它们的细腿开始移动，那只肥硕的狍子似乎感觉到了什么危险，它运足了力气将插在雪中的前腿抬起来，后腿一使劲儿，它的整个身子在空中划出了一道优美的弧线。这时候，我听到了一声枪响，很沉闷。伴着枪声，山坡上的狍子们鱼贯而跃，用它们耐力无比、弹性十足的四肢急速地将它们的身子送过了山岗。那只头顶犄角的大狍子没有和它的同伴们一同翻越山岗，它与它们背道而驰，几个纵跃就跳到了坡地下面的桦树林子里。

"嘿，打中了！"孙龙彪将枪架收起来，那是木制的两根木条，精巧实用，便于携带。"看到了吗，我打中了那个大家伙。"

我没有看到一个狍子倒下来，孙龙彪说打到了那只大狍子，可从它逃遁的轻盈和奔跑的速度来看，孙龙彪的子弹似乎并没有损伤它丝毫。

"你小子是不是怀疑我的枪法？跟你说，狍子这玩意儿比人讲究，要是其中的一个受伤了，绝对不和大帮掺和，它怕猎人沿着血迹找到自己的伙伴，所以它宁愿牺牲自己，绝不影响团队。看到那只大狍子了吗？它就受伤了自己钻进树林子了，我盯着我的子弹呢，打到那家伙的前腿畔了，它跑不了啦。"孙龙彪把枪背在肩上，掏出一根烟，点燃。"不要着急，抽完这颗烟，再找它去。"

"你真的打中了？"我一直在怀疑，"不抓紧去找，它会跑掉的。"我着急。

孙龙彪用拿烟的手点着我："着急是吧？告诉你，打伤了的动物不能立即去撵，那样它就会借着一股急劲儿，不定跑过几座大山，望山累死马呀，懂行的人可不干那种傻事。等，一直等它把血流尽了自己倒下来，那时候，你就不用费吹灰之力，顺着蹄迹找到它。"孙龙彪嘴里喷着烟雾，嘿嘿笑起来。

　　果然，半个多小时以后，我们在桦树林子边找到了那只奄奄一息的狍子。看到我们，它挣扎着想站起来，但是它带着犄角的头颅只是抬了抬，四肢在雪地里扒挠了几下就再也不动了……

　　回到孙龙彪的地窨子已经是皓月当空，白雪覆盖的大山在银色月光的照耀下显得更加明净而空旷。夜晚的贮木场真静。只有工地帐篷烟囱里冒着缕缕白烟，慵懒而闲散地飘散在空中，给寂寞的贮木场增添了一丝活力。孙龙彪跳下马爬犁，在地窨子门前驻足了一会儿，哈下腰，在雪地里辨认着什么。

　　我也下了爬犁，长时间坐在马爬犁上，身子麻木而僵硬，但丰收的喜悦使我一路上欣喜若狂。看到孙龙彪狗一样在雪地里嗅来嗅去，我也好奇地低下头。月光照耀着一览无余的雪地，清清白白，落雪掩映着一排印记歪歪斜斜地从孙龙彪的地窨子门前一直飘向远方。

　　孙龙彪看着雪地上的印记，思索了一会儿，开始卸狍子："去，把那老家伙接来，我请他吃狍子肉！"孙龙彪的语调有点沉闷。

　　"王队长？"

　　"对，大粗脖儿。"

　　"这么晚了，明天吧？"

　　"明天？不，现在，让你去你就去，少啰唆！"

　　我极不情愿赶着爬犁去找王队长。他没在林场，去了场部，这使我松了一口气。我很担心那排脚印，我相信那排脚印一定是他留下的。

　　回来的路上，没到孙龙彪的地窨子，我就听到了孙龙彪和于萍的争吵声，话语污秽，不堪入耳。我在门外弄出很响的声音来，地窨子里恢复了平静。

七

  北方寒冷的冬天并没有凝固住时间的流淌，转眼新年即将来临，贮木场派人去城里采买一批物资以备过年。王队长让我和采买员一同进城。临行于萍找到我，手里拿着三张十元的票子，"老弟，二十块钱给姐捎一条围巾，要红色的。十块给你，你喜欢什么就买点什么小玩意儿。"

  给别人捎东西，我还没有经历过，有点为难，再说怎么能要人家的钱呢？于萍看出了我的心思，拽过我的手把钱拍到我的手心里，"拿着，什么料子我不管，只要红色就行。嫌姐的十块钱少哇？"

  真不好意思，我有点不知所措。

  "这有什么？小意思，都大老爷们了，还那么斤斤计较。"于萍抻了抻我棉帽子的耳朵，"早去早回。"

  我心里一热，抬起头，看着近在咫尺的于萍。这之前我并没有多么认真地审视过她，现在我们直面相对，尽管她的穿着略显臃肿，但她娇好的身材依然那么楚楚动人。她的眉毛并不像柳叶，细细的弯弯的，而是粗细均匀，眉梢略略有点上翘；她的眼睛就像一泓湖水，清澈而幽深莫测，那眼角配合着上翘的眉梢也一同平行过去，看上去是那种典型的丹凤眼；椭圆的脸上鼻梁略微鼓起；红红的嘴唇棱角特别分明，唇缝间透露着颗粒饱满的牙齿，润泽，明透，白皙。带着细碎兰花的头巾裹着她的脑袋，几缕刘海露出来，呼出的热气已经让它们染上了白霜。从她的身上我还嗅到了一种让我如痴如醉的馨香，就像夏天走进草原或者来到了森林，那种沁人心脾的味道，让人心旷神怡。

  是的，于萍搅动了我心底的岩浆，我那时还很清纯，对爱情懵懂，可是从那一刻起我对自己的生活充满了眷恋与渴望：将来我也要娶一个像于萍那样能干而美丽的姑娘！

我们坐着林场的大胶轮车向城里进发，是那种前轮很小，后轮极大的胶轮车，那个时代的机动车驾驶室里没有什么取暖设备，很冷，可是于萍的钱装在我的内衣袋里，让我心里温热。

牙克萨小城不大，井字形的街道规矩有序。走过了几个百货商店才碰到了于萍要买的头巾，方的，四周带着穗子，颜色鲜艳如血。我一眼就相中了。我想于萍也能相中，一定能相中。我还想，于萍会喜欢的，一定会喜欢！

在城里采购了两天，我们载着物资回林场。坐在驾驶室里我幻想着于萍戴上红头巾的模样，红色的头巾衬着她美丽的面庞，我的眼前出现了一树蜡梅，寒风凛冽，雪花飞舞，粉红的腊梅花正在悄然绽放！

带着急切的心情回到林场，等待我的却是一场噩耗。就在我走后的当天晚上，孙龙彪的地窨子里发生了一场爆炸，孙龙彪、于萍还有王队长都在爆炸中丧生。

众说纷纭。

可靠消息：孙龙彪觉得于萍和王队长的关系有点微妙，酒后点燃了从萤石矿弄来的炸药与王队长、于萍同归于尽了。孙龙彪没有等到春天的到来，带着我到海拉尔河里去炸鱼，却匆忙地将自己送往了天国。

爆炸把地窨子夷为平地，一片狼藉，尸体已经被运走了，只是爆炸留下的土坑中还裸露着一些杂七杂八，仔细辨认，有的地方还能看到残留着的一些斑斑血迹。

我来到了孙龙彪残败不堪的地窨子前，捧着给于萍捎回来的红头巾默默无语。

我恨孙龙彪，恨他狭隘、自私、贪婪、残忍；也恨王队长；我喜欢于萍，喜欢她的真诚、能干、善良和美丽。她像一个天使，开启我对人生美好生活的追求和向往；她更像一位母亲，处处给我温暖、关爱与呵护……

我满眼充盈着泪水，将手中的红头巾抛向狼藉的地窨子，慢慢飘落的红头巾在我模糊的眼睛里变成了一摊鲜血："萍姐，弟弟给你送头巾来了。"

我的泪水夺眶而出。

身后有人拍了我一下,是公安局的人,他们找我调查情况,我能回答什么呢?

温谷图野人之谜

引子

　　大兴安岭深处的温谷图森林，烟波浩渺，林木密匝，绵亘百里，人迹罕至，是大兴安岭原始森林保护区。

　　1978年10月25日，当地报纸登载了森调队员在那里发现了野人的文章。

　　1982年12月，某报再次报道了一位打猎者亲眼看到了野人的新闻。

　　1985年9月6日，当地媒体又报道了几位采木耳的迷路者发现过野人。于是很多报刊纷纷转载，专家学者纷至沓来。各级考察队经过长时间的考察追踪，最大的一次是包括北京、上海、湖北、陕西和四川等省的科学工作者和登山队组成一百多人的考察队，一起开进森林。随从的有摄影记者，携带麻醉枪的战士、录音设备和猎犬。最后结论：大兴安岭温谷图野人纯属子虚乌有。然而1987年10月，当地有人采山货碰到野人，其中有两个采山货的人被野人掠走。公安机关立即出动，在温谷图森林化装侦察，结果，被掠走者一直下落不明。

　　温谷图森林被罩上了一层神秘的阴影。

　　然而，我的一位朋友曾经在某大学任教，他给我讲述了他所亲身经历的上个世纪八十年代末大兴安岭温谷图森林有关野人的另一个惊心动魄的版本。

一

我们走进温谷图森林，正是大兴安岭的好季节。八月，林青木秀、空气宜人，加上春夏之交雨水小，蚊虫很少。

我们是某省大学的几位教师，准备编写一本关于大兴安岭生态方面的书籍，于是利用暑假对温谷图森林进行实地考察。

一行五人。我，地质系的，加上另外两个生物系的男同事。还有两位女同事：一个是外语系的白云，另一个是中文系的李晓华。

我们从省城米到雅克图，再从雅克图上火车，坐了一宿硬板椅到了离温谷图较近的一个小镇。

向导，一位当地的跑山人。面貌清癯，身材瘦小，不大的眼睛，灵活而锐利。"这两年，温谷图总出事儿。"老人看着我们，"不少人进去就再也没出来。"

"迷山还是碰到了什么野兽？"我们当中有人问他。

"也许。"老猎人嘴一抿，一口唾沫子弹一样射出来，落到地上。

"听说大兴安岭的野人，很厉害，是吗？"白云两手托着下颌，坐在老人身边。

"有人看到过，也上过报。我这辈子一直在山里转，却没亲眼见过，谁知道可靠不。"老人用粗糙的手拧着一支纸烟，点着。旱烟干辣、呛人，烟雾也一样。

预备进山所必需的物品，筹备了五天，又租了两匹马，我们进山了。

道路不错，是冬季运材的沙土路，由于春夏很少有人走，一些杂草拱出地面，稀疏的花草膝盖高，一朵儿白一朵儿红，也有些杂色。

大家都很开心。白云和李晓华像两只蝴蝶翩飞于人前马后。她们都穿着牛仔裤，显现着丰满的臀肌和圆滚的大腿。

白云头发拢在脑后，很长、很黑，像马尾。她穿一件白地儿翠红碎花卡腰衫，风儿吹动着宽大的袖子，使她的胸襟贴在身上，胸前诱人的曲线毫不掩饰地暴露着凸鼓，给人以陶醉和遐想。她的下颌微垂，脸蛋白净，一副宽大的茶色眼镜架在娇美的鼻梁上。

李晓华梳着短发，她性情温柔，善于思索，一双水灵灵的眸子明亮而灵透。

上个世纪八十年代还没有明确枪支管制，向导背着一杆单筒猎枪。他的脚步有力而迅速，两匹马在他身后晃着屁股，一匹翘起尾巴，滚出几个青绿的粪蛋子，沙石路上飘来了新鲜的马粪味，还掺杂着草香。

中午，骄阳似火。我们接近了原始森林，开始休息，躺在几棵落叶松下的伞阴里，享受着树林里的凉爽和湿润，喘息中能够明显地感觉到松树油脂的芳香。阳光从林间缝隙里直射下来，形成了宽窄不同的金色瀑布，使寂静的林子更加了几分静谧。地上是厚厚的松针，干净而舒适。

我们是从大兴安岭北麓上的山，路线是登上岭顶向东，然后再翻过去向南，走一条"之"字路。假期，我们有充足的时间去完成这一计划，所以不必搞得每天那么疲乏。当太阳离树梢还有一杆子高时，我们就扎下帐篷，开始整理考察记录，做一些标本。

帐篷扎在小溪边，能听见山涧溪水的流淌声。天还没有黑透，我们就躺在帐篷里。我们的体质的确都很虚弱，刚刚出发一天，腿肚子就开始发胀，脚底板火辣辣发热，浑身上下好像散了架子。

马儿吃着青草，咀嚼声香甜悦耳。我的神经很脆弱，无论多么疲乏，多么缺觉，都无法卧枕就睡。我开始思索这次旅行：我们要对温谷图森林的自然状况做系统地调查。诸如地理环境、动植物种类分布、气候特点以及地球物理上的某些勘探——地区构造形态、断层发育裸露地表的鉴定等等。特别这一地区曾几次发现了野人，我们也怀着一线幸运，希望能够见到野人。所以我们在思想上、物资上都做了充分的准备。尽管谁也无法判断大兴安岭温谷图森林出现的野人是不是传说，是不是事实，或者是虚构夸大了的，我们还是怀揣一份侥幸，希望能够如愿以偿。

我又想我们几个人：李晓华是中文系的一支笔，文笔相当流畅；白云是外语通，主动承担此书的对外翻译工作；杨庚搞美术、摄影；我和于海涛全面负责——我们几个年轻人，大知识分子不敢当，小知识分子可沾边儿。热血沸腾，都想趁年轻干一番事业。

向导自己搭了个简易马架子，几根木棍支在一起，上面搭上松枝，再盖上青草以遮露水。太阳落山的时候，他点燃了篝火来熏蚊虫。我们给他驱蚊霜，他不抹。白烟飘过来，空气中弥漫着糊巴巴的青草的味道，我们就在这清新而独特的味道中躺倒了。帐篷里很静，只有两个女同胞居住的地方时而发出翻身时弄出来的塑料的窸窣声。

迷迷糊糊中，什么东西贴在了我的脖子上，凉凉的，痒痒的。我没在意，咽了一口唾沫。冰凉的东西开始蠕动，而且越来越快，当我伸手去摸时，一个笔杆粗细的东西在我的拇指缝里滑掉了。我急忙打开手电，是一条蛇！黑色的带着细碎的花纹，足有一米长。我刚才摸到的是它的尾巴。它从我们身上爬过去，正向帐篷口蜿蜒而行。我紧张起来，头皮发麻。花蛇爬到帐篷门口，被帆布挡住了。它在那儿左右探了探头，又将身子折回来。我更加紧张。现在手中除了一只微型电筒，什么也没有。惊悚中，花蛇已爬到了我的跟前，我急中生智，抬起右脚照蛇头踩去。蛇身开始翻滚，我运足了力气，蛇头还是在脚下挤出来，就像一根皮筋被人拉动了。蛇头一探出来，就开始挺直、延长。我听到了它在咆哮："咝——咝——"蛇嘴里吐出了蚯蚓那样的毒芯子。

我没有声张，我担心我的慌张和怯懦会影响我在考察队里的声誉。

蛇身盘住我的小腿，越盘越紧，以致我的小腿肚子都在发胀。探出的蛇头触到了我的登山鞋面，我被吓得满头是汗，脊背发凉，浑身起满了鸡皮疙瘩。忽然，我的臂肘碰到了什么，我差点忘了：那是每个考察队员都佩带的单面有刃的削刀。我麻利地搜出来，急中生智，不顾一切地向蛇头削去。寒光在脚面上一闪，一股腥热喷到我的脸上。蛇身开始松动，翻拧，然后是尾部的"啪、啪"抽打。我移过手电，脚面上躺着蛇头，蛇脖子还像木头橛儿一样立着，血肉模糊。

"你，你怎么了？干吗站在那儿？"

在我惊慌未定、失魂落魄的时候，白云醒了。看到我木讷地站着，她也爬起来。我长出了一口气，用手电照照地上，示意所发生的一切。蛇身像一堆散乱的绳子堆在我的脚下。

"跟这玩意儿打了一仗。"我尽量装着满不在乎，掩盖着内心的恐慌。

"毒蛇么？"白云没有丝毫的紧张感，从我手中接过手电照着蛇头。

"是条毒蛇！"她肯定地说，"看这三角形的头，还有那一下子就细下去的尾巴。"她说着用手去摸蛇身，"一条美丽的路消失了。"她喃喃着，拎着蛇身站起来，又把它扔在脚下。

我很震惊："怎么，蛇……你不害怕？"我感觉她的胆量真大。

她和我对面站着，很近，以至能嗅到她身上的汗香和她嘴里喷出的热流。

"其实蛇是最温顺的动物，不到万不得已是不会轻易伤人的。你干吗杀它？"

"它从我脖子上爬过去，又爬过来。"我说。

"它没有脚足，完全靠身子前进，可它身后留下的永远是不可磨灭的曲折，这就是蛇的足迹。"她自言自语着，像是给我朗诵。

"看不出来，你这么喜欢蛇。"

"爱某一样东西，有时是寻求自我的一种心态平衡。"她说着把手电递给我。手触着手，我的凉，她的热。

"好了，睡吧。再有什么风吹草动，最好把我叫醒，免得你大开杀戒。"她说着，没动。

"好的，下次再碰到你喜欢的朋友，我一定会通知你的，免得你如此黯然伤神。"我略有调侃地回答她。

我们面对面地站着，四目相对。是在等待什么吗？以前我们仅仅是好朋友，那么现在……我的感觉有点妙不可言！

有人翻身。

白云赶忙回到了自己的位置。我躺下来，刚才的一幕弄得我睡意全无。

白云也在不停地翻身。

"睡吧。"我又好像听到了她的声音。

是的，应该睡了，我心里应和着……

二

第七天，我们来到了温谷图深处。这里的树木一排排耸入蓝天。地上没有枯枝败叶，树根爬满了苔藓。见不到阳光，也没有风。沉闷，阴森，寂静，神秘。

我们走在这样的原始森林里，心里充满了自豪。很多资料记载：中国的原始森林已不复存在。前一阵子，某电影厂的一位导演在拍摄一部需要原始森林的影片镜头时，费了九牛二虎之力也没有找到原始森林。而我们眼下正走在原始森林里。我们呼吸着被原始森林净化了的空气，感受着亿万年来冷峻而不改初衷的原始森林的伟大与神奇。这些我们都将重新展示给世人。

最初的疲劳与腰酸腿痛现在已经适应了，大自然的雨淋日炙把我们锻炼得强硬起来。几个男人的白面孔变得暗红黧黑，手和臂膀开始泛亮。白云和李晓华并没有多么大的变化，她们像两朵盛开的花朵，越经过大自然的阳光雨露，就越发显得艳丽、娇美、动人。尤其是白云，她真像一朵飘动的云彩，阳光照射下，明透、迷人、轻盈、洁净，看上去一尘不染。她的面容还是那么白净，样子还是那么稚嫩可爱。从那天晚上起，她好像悄悄走进了我的心扉，我一直琢磨：白云，你干吗要浮游于我宁静的天空？

我开始观察她：吃饭、走路、说笑，哪怕做观察记录——她的确是一个很令人心动的姑娘！假如她很蠢笨，很做作，很轻浮或者孟浪无边，我的天空就不会阳光明媚、广阔、深邃而宁静！

扎营后我来到了向导的窝棚。这回他是围着棵松树搭成了一个如鄂温克或鄂伦春人居住的锥形的撮罗子。

他说这地方离小二沟不太远了。小二沟是大兴安岭最奇特的地方。那里气候宜人，阳光特别充足，大兴安岭的野果这里应有尽有，还有野沙果、苹果。向导说，他在温谷图打了大半辈子猎，最远的就到过这小二沟，再往里，他没去过。

如此说来，我便产生一种遐想：大自然在一次惊天动地的地壳运动中形成了小二沟独特的地理特征，使这里群山起伏，杂草丛生，原始森林郁郁葱葱，由于地形独特，也形成了小二沟独特的温暖气候，野生植物和动物也就繁衍起来。那么温谷图野人是不是就在小二沟呢？

要是这里真的有野人存在，那么它们是像北美洲沙斯夸支野人，还是像中国西藏境内的耶提雪人？大兴安岭地处寒温带，针叶的森林广布，在西伯利亚发现的丘琼纳亚野人就生活在这样的环境里，也许这里的野人就是那个样子吧……我稀里糊涂地设想着。这次实地考察，如果能碰到大兴安岭温谷图野人，那将是多大的收获啊！

两天后，我们来到了小二沟。这里确如向导说的那样，气候温和，昼夜温差很小，地形雨说下就下，森林格外葱郁，各种杂草生机勃勃，茂盛无边，这里成了大兴安岭独特的绿色之海。

早晨，我们被沉闷的枪声惊醒了，朦朦胧胧中以为又是向导在打山禽野兽。进山以来，向导打了不少野味来改善我们的伙食。一次，有只狍子被狼追急了，被向导一枪打中头部，蒙了，团团转。我们跑上去抓住它，大家吃了两天烤肉。

一阵杂乱的脚步响，向导冲进我们的帐棚。

"起来，快起来！"他浑身湿漉漉的，来到我的跟前，"快，马被野人抢走了!"向导惊慌失措。

惊愕又紧张,我们立即跟着老人到了出事地点。

浓雾弥漫。

出了帐篷只能看到附近几米远的森林,脚下的露水一下子打湿了裤管,凉丝丝的,浑身起满了鸡皮疙瘩。我们跟着老人鱼贯而入,穿过一片林子来到山谷。这里蒿草一人来高,露水不时洒落在头上,水珠顺着脊背往下滑,痒痒的。

一条小河拦住了我们的去路,马就在这里吃夜草。

趟过河,来到一块小洲上。这是涨水冲击的一块沙地,上面零星长着节骨草。马蹄印和散乱的脚印掺杂在一起。杨庚的摄像机对准了脚印,由于是沙地,印迹不很清晰,大小尺寸也不很确定。

向导准确地判断了野人和马匹所去的方向,穿过谷底向对面的森林而去。事不宜迟,我们决定跟踪追击。

山坡有一块裸露的土地,在这里我们得到了完整的脚印。

是两个野人的脚印,比正常人脚稍大一些,奇怪的是,脚印都是一顺撇,完全是右脚的印痕。我们眼前的脚印不像有关报道的野人的脚印那样前宽后窄,除大脚趾外,其余脚趾不明显,而且其大无比,有一两尺。眼前的脚印不是赤足,印迹光滑,棱角分明,看样是穿着什么东西的,难道有穿着鞋的野人吗?

我们在这儿耽误了很长时间:量尺寸,灌注模型。在这原始森林里,我们不敢分头行动,只得大家在一起完成同一个任务。

待处理完脚印,回首看去,山头的浓雾已经消失,只有山谷里还飘动着大团大团的雾岚。

中午,我们来到一处很神秘的地方。这里几座大山拔地而起,山脚同逶迤的兴安岭紧紧相连,远远望去像长城的烽火楼一样。向导的跟踪能力令人叫绝,有几次在什么痕迹都没有的情况下,他却能做出理智的判断,以至我们没有失去目标和方向。

来到山顶，走出松林，我们被眼前的奇境惊呆了：群山环绕之下，一汪湖水波光粼粼，看不见湖底，水面是清一色的墨绿。太阳照在头顶．使周围大山的倒影短小而浅黑，陡峻的湖岸也生长着大片的松林，几棵树倒在湖水里，上面长满了青苔。

脚印在岸边消失了。野人进了湖里？我们望着绿澄澄的湖水，感到了几分迷离和神奇。我忽然想起一本书里介绍的水人熊，也是一种野人，喜欢在黄昏爬出水面，蹲在礁石上梳头或是晒太阳，指甲长长的，披头散发，赤身露体，皮肤白红白红的，大多胸前有两个乳，挺得高高的，见到有人就会"扑通"一声跳到水里……我冥思苦索着，难道我们碰到的就是这种水人熊？

向导在岸边转绕了一会儿，忽然向我们摆摆手。我们跑过去，地上是几滩血，还有一些马毛。

大家的心紧张起来，向导从血滩上捡起几根毛，神情沮丧，面目皱巴得像块树皮，这是他租来的马，因此他的情绪格外低落。

"可以赔偿的。"我安慰他，我心里很明白，这次考察就目前来说，虽然没有目睹野人，但是已经有了重大的线索，这线索的价值将无法用金钱计算。

除向导外，大家的情绪都非常高涨。谁都没有显得多么疲乏。野人在这里消失了，面对神奇的湖泊，大家都觉得这里一定是野人出没的地方。于是我们决定在岸边的森林中扎营等待。

三

正当我们准备扎营时，传来了一种响声，声音由小而大，在这宁静的森林中，这声音那么独特。加上大山的反射，周围传来了同样的声响——是引擎声！我们抬起头，看看天空是不是有过往的飞机。

融融的阳光里似乎有一层透明的纱布。天空白惨惨的，高远、广阔，一览无余。

"看！在那儿，水上！"白云喊起来。

大山围绕的湖面上，有一个簸箕那样大小的东西向我们急速而来。引擎声就是从那里传来的。

紧张。

真蹊跷，湖面驶来的是什么？我吩咐向导不到万分火急，不可开枪。

声音越来越响，整个大山都充满了震耳欲聋的声音。随着回荡的响声，水面上驶来的东西清晰可见。是一艘铅色小艇，上面扣着几个水桶一样的圆滚滚的东西。

我的思维高速运转——我们跟踪的绝不是野人！从向我们驶来的小艇上看，至少是和我们一样的同类，或者是所谓的外星人。

白云离我很近，看得出来，她的全身都在颤抖。她向我靠过来。"咱们得快离开！"她脸色煞白，显得惊慌失措。

我向她摆摆手，示意她不要出声。因为我看到小艇在湖面上划了个半圆，马达停息了。上面立起了三个圆滚滚的东西，像机器人。向导的眼睛真尖，他一眼就看到了三个怪物的手中有枪。

"提防点儿，有枪！"他的声音刚落，怪物的手中就喷出了火舌，火舌在森林里传来了爆炸一样的回响。

我们都躲在大树后面，子弹打在我们头顶的大树上，一些树皮和松针掉下来。

我知道事态严重了。虽然我们没有弄清楚我们的对方到底是什么东西，但从小艇和射来的密集的子弹上看，来者不善。也许我们碰到的的确是外星人，他们在大兴安岭的原始森林里建立了基地，而我们不邀而至，私闯进来。那么这里的秘密他们是绝对不能让外人知道的。

他们会不惜一切代价消灭知情者。想到这儿，我压低嗓音："撤下去！"

"再等等！"杨庚肩上摄像机一直对着湖上的小艇。他半跪着。

向导趴在地上，猎人的双眼鹰一样盯着水面。他见过大兴安岭上的各种野兽，也打过，可是眼前小艇上的怪物他却是头一次见到。他把枪口对准了小艇，毕竟是饱经风霜，他沉着冷静。看不出半点儿惊惧。

引擎声响起来，水面上又驶来一艘小艇，在先前的小艇旁边划个半圆，也停下来。

好像传来了说话声，含含糊糊，听不清楚。我们大家都竖起了耳朵。可是谁也没听清说什么。

又是一阵引擎声，小艇调过头。枪声大作，子弹倾泻过来，压得我们抬不起头。

"孩子们，快跑！"向导喊了一声，手中的猎枪向小艇开火。子弹打中了一个怪物，但是小艇没有停，加大马力向我们猛冲过来。

转眼小艇已经靠岸。杨庚跑在最后，他还想把眼前的镜头拍摄得仔细一些。结果被发现了，怪物们同时向他开火，他摇晃着倒下了，肩上的摄像机和半边额头同时飞落而去。

我记不得自己是怎样爬起来向林子里逃跑的。反正我感觉到头顶、耳畔不停有子弹呼啸而过，"嗡儿、嗡儿"响。

向导紧随我们身后，他手中的猎枪使怪物们有所顾忌，所以他们的行动不是十分迅速。

于海涛带领两个女同胞拼命向林子里钻，一会儿就消失了踪影。我稍停了几步，向导气喘吁吁来到我跟前。

"看样子跑不出去了。"向导擦擦脸上的汗水。子弹擦伤了他的脖子，鲜血把衣领染红了一片。

怪物们又出现了。老人给我递了个眼色，我们一头扎进了与他们相反的森林。

累、怕使我的心脏几乎蹦跳出来，我感到喉咙发紧、干辣。目前，我的大脑里只有一个愿望：逃离险境！至于这些怪物到底是什么，我无法思考，也没有时间思考。我跟在向导身后一刻也不停地奔跑着。汗水湿透了衣裤，粘在身上，像一层不透风的铠甲，偶尔被树枝剐破了什么地方，才感觉到了一丝凉意。

穿过林子，又是林子。终于来到了一条小溪旁。我不顾一切地跳到水中，捧起溪水正想放到嘴里。一排子弹从我头顶扫过。我倒吸了一口凉气，定定眼，向导早被打翻在地。

河岸上一字排开三个怪物，圆滚滚，棱角分明。头像水桶，没口、没耳，两只茶杯口一样的眼睛黑洞洞的，手中武器的烤蓝闪闪耀眼。

"举起手来！"神情恍惚中，我似乎听到了舌头发硬，腔音很重的喊叫声。我惊魂失魄地举起了手，感到眼前一黑，身子瘫软下去。

马达声使我醒来。湿润的风吹拂着我的头发，脖子卡在一个很硬的东西上，使我的头向后耷拉着。好一会儿我才知道是躺在小艇上，手脚被缚着。小艇的速度很快，溅起的水花掉在脸上，再滚落到湖水里。

仅仅是刹那间，我又开始思索。我敢肯定我现在至少是落在了现代人或者是超现代人的手里了。那些一顺撇的脚印，小艇和武器就是最好的佐证。我又想起了一些报纸上刊登过的某地发现了外星人或地下人等等，那时我以为纯碎是多事者的骇人听闻。可我目前的处境使我无法回答我碰到的是什么，野人？现代人？外星人？地下人？到目前为止，我还只是略略地记住了他们的外表形态，至于他们的实质，还仍然是一个谜。

天空已凉爽下来，一抹红晕洒向湖面，使大山的倒影像青黑的巨蟒，在我眼底蜿蜒而过。而前面的湖面像一张金箔，闪亮、平坦、宁静，转瞬又被切刀一样的小艇割破了。

我被夹在两个怪物之间，他们都把背对着我，我看到的好像两个立着的油桶。顺着山脚，小艇拐了一个弯儿，湖水在这里被大山隔断了。小艇熄灭马达，怪物拿起桨。我这才发现，湖水浸泡着一个山洞，半圆形。小艇向洞里划去。

就在这时，一个怪物发现我醒来了，举起桨，我的额头被重重地砸了一下。眼前金星乱窜，我又失去了知觉……

四

　　神秘的地下宫殿，亮如白昼。当我醒来时，陪伴我的是我的伙伴们。原来，于海涛领着两个女同伴跑了半天，也没跑出湖边的森林，结果和我一样，还是被怪物俘获了。

　　白云依偎在我身旁，看我醒来，流出了眼泪。我的心里也一热。想坐起来，可一抬头，脑袋像炸裂了一样。大家七手八脚扶住我，都很激动。作为患难与共的战友，经过了一场惊心动魄以后。能活着相见，是多么幸运和满足。也许平常人不会有这种感觉，只有经过了灾难、生与死的考验之后，才会有这种感觉。眼前的几个人，于海涛的左手腕的上部肿胀而青黑。李晓华的一个乳房被树枝穿了个洞，鲜血打湿了胸口的衣裳。白云还很完好，只是憔悴得可怜。她抓着我的一只胳膊，另一只手揉着我肿胀的额头。怪物的那一桨的确很厉害，大概将我的鼻梁骨打碎了，鼻子发木，一丝气也不通。发热，不时流淌血水。

　　如果是往常，我对白云的举动会不好意思，但眼下我温顺地接受了。祸患当头是多么需要帮助啊！

　　我勉强坐起来，头晕，但我还是坚持着打量四周。

　　这是一个不小的岩洞，很光滑，一头是死的，另一头是一个大铁门，我们被关在里面。岩洞的旁侧挂着几根颜色不同的电缆，几盏电灯雪白耀眼。透过铁门．可以看到一条水泥长廊，幽深而宽阔。

　　"你们进来的时候，是不是清醒？"我问大家。

　　没人吱声。他们的经历和我的几乎差不多少。一会儿白云忽然想起了什么，"我被他们弄上小艇，听到一个家伙好像说了一句英语。有一个看我动弹，在我后脖颈狠狠砸了一下。剩下的就什么也不知道了。"

　　"是人！"向导肯定地说。他躺在地上，歪着脖子。那伤不轻，说话也很费力。"他们穿着伪装服。"

"不像。"于海涛晃着头,"他们抓捕我们时,好像从天而降,没等反应过来,这手臂就被打断了。"

这时,戴在手上的报时电子表响了一声,屏幕显示器上是23：00。

半夜,难怪这么安静。

"大概这里是个什么基地。"白云来到铁门旁四处察看着。

"不管咱们落到的是地球人或者是别的什么人手里,都要争取活着出去。记着,从现在起,要沉住气,不要随意反抗。"我嘱咐大家,因为已经有过交锋。从对方的身体结构和使用的武器来看,我们都不是他们的对手。杨庚的死就是一个例子。

铁门非常牢固,四周嵌在岩石里,门被一个大锁锁住了,我们只好挨延着,别无选择。伙伴们都很坚强,没有埋怨,没有牢骚,这使我慰藉。这次考察,我毕竟起主导作用,就目前而言,大家身陷囹圄,杨庚还失去了生命,后果已经不堪设想。好在大家仍能团结一致,丝毫没有怨言,这使我很感激。

向导睡着了。白云将随身携带的什么药往李晓华的乳房上抹。特殊的环境下,没有谁感到多么羞报,两个人争论着什么。好一会儿,白云把我叫起来,让我帮忙。

原来,李晓华在奔跑中跌倒了,一棵倒树的树杈子正好扎在她的乳房上,里面还留着木刺,像一根钉子。我和于海涛对视了一下,他看看受伤的手臂,我知道只能由我做这事儿了。一个男人,一个未婚的男人,只有在哺乳中接触,成人后却对之敏感而又神秘的女人的物件,却让我去触摸,去诊治——我有点勇气不足,甚至有点……真的,是害羞吗?

李晓华半边身被白云抱着,而另一边女人珍贵的东西裸露在我的眼前。一个拳头大小,肉呼呼结实而凸起的东西在胸脯上挺着,光滑、诱人、魅力无穷,只是那下方有一个血肉模糊的洞,四周青紫。我几次试着将那根木刺拽出来,都不顺手。

李晓华咬着牙，趴在白云的肩头上，没有喊叫，也没有抽泣，看上去柔弱的她却是那样坚强！

我不能再犹豫，左手按住那个温柔的东西，右手的指甲掐住木刺儿，使劲儿，一寸来长的木刺滴着鲜血捏在我的手里。

李晓华一声尖叫，昏了过去。而我也感到四肢麻木．长出一口气，瘫倒了。

我想起了杨庚。我们大学一直在一起。他聪明、能干，很有主见且多才多艺。恍惚中，我看见他在教室里读书，在校园里散步，在生活会上侃侃而谈。可谁知这次考察却要了他的命。真难过，更内疚，我如何向他的家人、单位乃至社会交待呢？

有个人爬过来，是白云。她摸着我的鼻梁和额头。我抓住了她的手，那手滑腻、柔软，小巧而温热。

"我伤感。"她说。

"后悔了？"

她摇摇头，泪流满面。"是为杨庚，为你，还有大伙儿。"她回头扫了扫睡熟的人们。"我们都还年轻，我真担心……"

"是的。都怪我，如果我们不跟踪野人的话……"

她的另一只手捂住我的嘴。"值得。你知道咱们得到的第一手材料将是世界上独一无二的，咱们经历的不是传说，不是梦幻，不是编造的想象。而是在这次考察中经历了一个全世界的人谁也没有领略过的秘密，大兴安岭野人之谜将从此被我们揭开。我们应该为有这个机缘而自豪。我不后悔，即便死去，无声无息地消失在兴安岭上也没有什么怨言……只是，我觉得咱们还很年轻，身后还有多少事情等着我们去做啊……"

我心中的炉火被点燃了，烤得我周身热烘烘的。我为白云的理解和支持而激动。人的一生可以活得平淡一些，也可以活得轰轰烈烈；可以是一帆风顺，也可以是命运坎坷。荣与辱，悲与乐，前进与后退，失败与胜利，能够使自己心理平衡的莫过于人的理解！眼下白云就像一把火炬，使我凄冷的心得到了无限的温暖。

我不自觉地搬过她的脸，在我与她直面相对的瞬间里，我觉得她像一幅岩画，冷峻而保留着永恒的基调。她的表情是那么温柔，线条又那么优美。红的唇，白的牙，黑黑的眸子……她也伸出手勾住我的脖子，用她那娇小而弹力极强的唇在我的面颊上亲吻着。此时此刻，男人的血性占据了我的思维。我将她紧紧抱在怀里，紧紧的。她像一只温顺的小羊，一动也不动。两颗年轻人的心，在这暗夜里，在这突来的劫难中，在这也许是万劫不复的命运安排下，共跳在一个节拍上。

夜真静。

神秘的洞穴中，爱情的种子在两个年轻人心中悄悄地发芽。尽管环境恶劣，生死未卜，可此时此刻什么障碍能阻止了这种亘古以来作用于男女之间的奇特无比的神力？

好一会儿，白云从我的怀里拽出脑袋。她哭了，泪流凄凄。我不知道她的泪是来自惊喜还是痛苦，反正她端端正正看着我。

"你知道，我爱你不是一天了，一直在心里，不然这次考察我不会这么热心。现在终于让你知道了，可等待在前面的，却是这样恐怖，未知或者死亡。我真难受。"她面颊红晕，漆黑的眸子里闪烁着一种期望和渴盼，她双手颤抖着捧住我的头，"爱情刚刚开了头儿，却忽然就要结束，我真不甘心。"泪花在她面颊上泛着光芒。

我抓住她的两只手，把她再一次拉到我的怀里。我觉得她全身抖动得如一台筛糠机。

"别这么沮丧，也许还能活着出去。挺住，真的，我有这个预感。"我把她拥在我的怀里。

头上不知疲倦的灯光刻毒而明亮地监视着我们……

五

早晨，铁门声把我们惊醒了。几条黑影映在我们身上，我们颤颤巍巍爬起来。

"起来，起来！"当中一个粗声粗气地喊着。

怎么，怪物会说汉话？我纳闷地看着他们，奇怪，昨日还令我们非常疑惑的怪物现在却变得和我们一样，不过他们都穿着黄色军装，那颜色和标志使我一眼就看出了那是三四十年代的日本军服。他们都穿着皮靴，一顺撇儿。

"你们——是什么人？"我的语调很生硬。

我知道，站在我面前的"野人"虽然在穿着上有点古怪，但毫无疑问，他们绝对是和我们一样的现代人。

"我们是什么人？我们是他妈国王！你管得着吗？你们是什么人？来这里干什么鸟玩意儿？"当中一个凶神恶煞地向我走来，连鬓胡，一脸横肉。

这时，后面的一个家伙走过来，凑到我的跟前，仔细地打量着我。我很惊愕：这个家伙怎么这么面熟？

"你小子，还认识我不？裴军，操！你他妈真是贵人多忘事啊，认不出来了？"

"你——裴军？"我真不敢相信自己。

站在我面前这个人的确是裴军。我和他从小一起长大，我刚读大学时，听说他在工厂里为了争一个姑娘，动刀子杀了人。后来又听说他越狱，被打死了。可谁知他竟然在这里？

裴军张开双臂把我抱住了，"操，你知道这些年，我裴军一直惦记着你，谁知道在这里能见面，真有缘分！"

178

是的，一起玩耍，亲密无间，只是长时间不往来显得淡漠了。

我们拥抱在一起，多少离别情，多少相思意，多少要说的话语，都被意外相遇的泪水冲走了。少年时代，我们在一起弹玻璃球，一起上树掏鸟蛋，一起烧青豆，一起堵人家烟囱，一起在雨天里挖陷人坑寻求刺激……

一阵摩托车声打断了我的回忆。一辆跨斗摩托从水泥长廊里开过来。

"老三，大哥找你，这边的事儿痛快点儿，没意思的处理了。"

"就来！"裴军朝骑摩托的人喊了一声，又转回身嘱咐他的同伙。"这些人很特殊，是我的朋友，谁也不许胡来，不然，别怪三哥不客气。"

"哪儿的话，三哥的朋友就是我们的朋友。"连鬓胡子朝裴军摆摆手，"快去快回。"

"等着我，回来再跟你解释。"裴军拍拍我的肩膀，出了铁门，跨上摩托车，一溜风似地走了。

"老弟，受惊了吧？"连鬓胡子从衣兜里掏出一盒烟，递给我一支。"你们到这儿来干什么？是怎么找到这里的？"他拿出一根很粗的火柴棍儿，在水泥地上一划，着了。

他嘿嘿笑着，"该着你们命大。往常发现外面的人，早扔湖里喂鱼了。"

"这是什么地方？你们干吗住在这里啊？"白云从中插了一句。

"住在这里咋啦？不住在这里，早就他妈玩儿完了。"

"你们在这里多久了？"我问他。

"这可有年头了，"他玄乎着，"那年炸狱后，一直到现在。"

"这里到底是什么地方？"

连鬓胡子诡谲地笑了笑："这可是个秘密。"矜持了一会儿，他终于夸耀地眨眨眼，"这儿可是个宝地。要吃有吃，要喝有喝，要玩儿要乐应有尽有，是天堂！"他狠狠吸了一口烟，得意地慢慢向外喷着，"这得感谢当年的日本鬼子，是他们在这修了这么个宝地。那年，我们炸狱后一气儿就跑进了大森林,想去外国,可谁知他妈转了向,差点饿死,亏得抓住了一个野小子,他就把我们领到了这个地界。就是这么回事儿。"他满脸横肉松弛了不少,胡子挓挲起来。

又传来了一阵摩托响,裴军满脸阴沉着走进来。

"跟我来!"他看看我,又扫了一眼其他几个人,"你们都给我老实地跟着他走。"裴军指指连鬓胡子,说完,他带着我跨出铁门,"咱俩先走。"

穿过水泥长廊,拐弯,过铁门,又上台阶,再穿长廊,不知走了多少时间,我们来到了一个独特的洞天。

这是一个偌大的空间,四壁光滑、平整。对门的墙上挂着一些地图,地图下面是个大办公桌。

里面空荡荡的,只有大办公桌后面坐着一个男人。长脸,戴眼镜,分头,看我们进来,他动了动身子。

"你叫刘子昌?"他没抬眼,却扫了扫桌子上的手枪,就是那种当年日本人常用的王八盒子手枪。

"对,我是。"我向前跨了一步。

"叫叶大哥。"裴军给我介绍那个人。

"叶大哥……"

"听着:我们这儿有个规矩,能来到这里的人,一是入伙儿,二是死亡!别无选择。你代表他们表个态。"他说话很干脆,没有半点儿余地。

连鬓胡子领着我的伙伴们走进来。我看看其他几个人,他们也正盯着我,让我怎么回答呢?我扫了裴军一眼,想在他身上打点主意。

"是这样叶大哥……"我犹豫了半天,终于把我的想法说出来。"您看我和裴军从小一起长大,他了解我,我敢担保,这些人不会随便乱讲什么的。我们都是老师,都还有各自的工作……"

"怎么着?没有老三,你们能站到这儿?站到我面前?笑话!念你们有旧情,我才费这口舌。了解我们吧?都他妈脑袋别在裤腰带上人的,越狱没打死，难道今天还让外人出卖了？别耍什么鬼花招。老三的朋友这么说，我老大的朋友来这儿也是这话儿。谁能担保谁呀，少啰唆！"

"子昌，别啰唆了。大哥够给面子了。回去，回去能怎么着？像你们这些当老师的，吃一辈子粉笔灰，到头来全他妈得肺癌！到时候谁管你？更没人同情你。留下吧！在这里吃香的喝辣的，我做主啦，都留下来！"裴军不容分说，抓起我的手就往外走。"大哥，就这么定啦，都留下来！"

坐在办公桌后面的老大摘掉了眼镜，两眼盯着白云和李晓华，摆摆手，"去吧去吧，老三，别给我弄出乱子，否则，你可吃不了兜着走！"

裴军领着我们左拐右拐，又过了几道铁门，我们来到了一个大仓库，里面的床铺井然有序。

"子昌，你们就住在这里，我给你找个人看看伤。告诉你们的人，任何人都不许乱走，这里陷阱、暗枪到处都是，别自找苦吃，死无葬身之地，我那边还有点事，抽空咱们好好唠。"裴军说完走了。

我在一张铁床上刚想躺下休息一会儿，忽然看见里边的一张床上坐着一个人。同样是一身黄军装，头发披肩，灰白，胡子齐胸。瘦削、矮小，只有那两只眼睛很有活力，犀利而逼人。

"打……哪儿……来……"看到这么多陌生人，他缓慢站起来。吐字不清，像个醉汉。

白云、李晓华离他很近，吓得她们退到我的床边。

"我们……从外面来。"我不知道该怎样回答他。

"雅……克……图……"那人脖子向后仰去，胡子翘起来。

向导走上前，仔细地打量着那个人，突然他惊喜地叫起来，"你是大柱子吗？"

那人愣愣地看着向导，嘴唇动了动，没出声。

"金炮手！你家西院那个打猎的！"向导对着那个人喊。

那人呆愣了一会儿，突然抓住向导，打雷一样哭起来，"金——

炮——手——哇——"

原来，兴安岭野人的传说就是由这个人引起的。

他的父亲是日本关东军的翻译，参加过大兴安岭的一个秘密基地的建设。这是日本关东军在东北建设的最大的基地。当基地建设即将完工时，所有参加建设的日本士兵都被调往缅甸作战，而中国人则一律被被秘密处死。他父亲是关东军司令部一个作战长官的朋友，这才逃离虎口。日本投降后，他父亲领着全家偷偷来到当年修筑基地的大兴安岭，隐姓埋名。"文革"后期，一次酒后跟儿子嬉耍时，用日语数了几个数，被邻家小孩听去，传开了，就这么他的父亲被揪了出来，祸及全家。

整日整夜地折磨，母亲受不住，自杀了。父亲也被斗垮了。有一天，父亲领他在院子里的杨树下挖出一个罐子，从里面拿出一张图。是那基地的图纸。父亲嘱咐他，去那基地逃命吧。基地密封相当好，食物军械等物资被贮存在地下几百米深的山洞里．上百年不会腐烂、变质。

他拿着图纸跑进了浩瀚的大兴安岭。寒来暑往，花开花落，他早已忘却了时间，他曾几次想回家看看父亲，没等出林子就碰到了采山的人，又跑回来。他就这么成了大兴安岭里的野人。他渐渐习惯了山里的生活，生理和心理都有了巨大的变化。有一天，他正在林子里闲逛，碰到了从监狱里逃跑的裴军他们，被抓住了。绝望中，一股脑儿将经过告诉了人家。就这么着，越狱的歹徒们占据了这个基地，他们将碰到的来山人一律杀死，扔进湖里，并按着图纸将基地所有的能源开始启用，像柴油机带动电动机发电等等。

温谷图野人之谜真相大白。

六

裴军每天都带人来给我们受伤者送药、打针。做这事儿的是个女的，不妖不艳，挺丰满。很少和我们说话，总是一笑了之。

过了十多天,裴军把我领到上一次去过的洞子。除了那个姓叶的和裴军外,还有一个人,高大而粗壮,嘴唇很厚。

"这是二哥。"裴军给我介绍。

我点点头,"二哥。"

那家伙也点点头。

"怎么样?习惯了吗?"姓叶的咧了咧嘴。

身在曹营心在汉,我只能撒谎。"还行,就是有点寂寞。"

"寂寞?那好办。可以开开心么!来,咱们走走。"

一行人领着我进了另一个水泥洞子,在一排石桌上放着电视机、放像机、收录机应有尽有。"通过这个,我们可了解时事。"姓叶的按了一下电视开关。屏幕上出现了很多雪花,看不清图像,声音丝丝拉拉的,好像是宋世雄正在解说一场什么球赛。他扫了我一眼,又关掉了。

"如果是别的人,我们就不会苦口婆心啦。老三的朋友就是我的朋友,这话我说过不止一次,怎么样?吃下定心丸没有?"姓叶的收敛了笑容,眼睛像两粒枪弹,直射着我。

他威严的目光下,我有点不寒而栗,我知道这是对我最后的通牒,如果我依然犹豫,或者执迷不悟,后果将不堪设想。于是我装模作样地回答了他们,"那当然,大哥都是为了大伙好,我们听大哥的。"

"这就对啦!"裴军拍了拍我的肩膀。

他们又一一了解我们每个人的特长,我做了回答。姓叶的又问两个女人,他对她们很感兴趣。我于是又编造说我和白云是两口子,而于海涛和李晓华是一家,我想这样他们想对她们下手就要有所顾忌。

"好啦,老三,领他溜达一圈儿。"姓叶的向裴军摆摆手。

我们来到了长廊上,在一个拐弯处,裴军按了墙上一个按钮,光滑的水泥墙上出现了一个门,是台阶。他领着我走下去,下面是一条更宽阔的长廊。过了三道大铁门,我们走进了死胡同。裴军在我疑惑之时,又按了墙上的一个机关，挡在我们前面的水泥墙缓缓拉开了。前面还是水泥墙！再按机关，水泥墙再次开启。展现在眼前的是一个偌大的军火库。一排排穿着保护罩高挺炮塔的坦克，一排排大炮，在雪白灯光的照耀下像坐卧的雄狮猛兽，让人吃惊而胆战。

我们又来到另一个山洞，里面被一些木箱占据着。有的木箱被打开了，里面是枪支：短枪、长枪、机关枪……应有尽有。我好奇地拿起一枝小巧的"三八"马枪，我惊奇这些东西能够保存这么完好，可令人叫绝的还在后头。

出了军火库，裴军又领着我来到了食品库。刚下台阶，一股冷气迎面扑来。打开大铁门，里面是一个冰天雪地的世界。一箱箱肉类罐头，各类饼干食品齐全备至。

寒气侵入，周身战栗。

我们爬上台阶，又先后参观了发电厂，服装库，医疗器械库。最后来到专门装皮靴的山洞。大箱子里摆满了各种型号的皮靴，都是一顺撇的。裴军说，这是基地最上层，容易被发现，皮靴的左右脚是分两个山洞贮存的。我这才想起那些一顺撇的脚印，原来如此。最后，他又领我看了他们外出时穿的桦皮做的伪装服。

转绕了一圈，我有点疲惫不堪，想休息。可裴军拉住我："子昌，我领你走这一圈儿，是想让你死心塌地留下来。我看你还是有点儿心神不定。你知道，进了这里就别想再出去了。这里机关、暗道、陷阱到处都是，稍有偏差，非伤即死。再说，出口只有两个：一是你们进来的水路，另一个是陆路。图纸一直在老大那儿，就连我都不知道陆地出口。"裴军诚恳地拉着我。"我说的都是心里话，子昌，我知道你不情愿。可是你只有这一条路选择。听我的，狠下一条心，哪儿还不是一辈子？何况这里有我们几辈子都享受不完的物资！"

的确，目前只有按他说的那么做，没别的什么办法。这里的人都是亡命徒。敢说，敢干，敢生，敢死。而我们一介书生，此时此刻只能学苏武牧羊了。

回到基地，大家正焦急等待着我的归来。尤其是白云，看到我回来，兴奋得几乎流出了眼泪。

"真担心你出事儿。"她拉着我的手，似乎好久没见面一样打量着我。

我把事情的经过和想法向大家做了介绍。目前只能取得歹徒们的信任，才能寻找时机逃走。重要的是那张图纸，它一直在姓叶的那个人手里，只有弄到那张图才能了解整个基地的底细，才有逃走的希望。可怎样才能接近那个家伙并取得他的绝对信任呢？

七

裴军又来了。

"这里潮湿、阴凉，提防身体受不住。"他让给我们打针、送药的女人再给每人注射一针防疫药。然后，他告诉大家，为了让我们不孤独，特意为我们举办了一个小型舞会。

由于我们有接近他们、取信他们的计划，于是，我们很乐意跟着裴军去参加这个舞会。

人很多，男男女女都抱在一起跳。看我们进来，她们像欣赏玩具似地盯着我们。我和白云开始跳舞。一曲未完，我觉得身体有点异常，血往上涌，浑身膨胀，特别想异性。我感觉眼前楚楚动人的白云，她的身子不时蹭着我的胸脯，使我的全身窜起一种遐想和欲望。我停住脚，将她拉到我的怀里，就在她肉乎乎的前胸和我的身子挨在一起的时候，我的体内涌来了一股大潮，它轰响着，咆哮着，怂恿我去体验和玩味一下男人的神力。

原来，我们被打了兴奋剂。

乐曲声和狂舞的人们似乎都消失了。我急不可待地搬过白云的头。她微闭着眼，幸福的面孔上透露着一种渴望。她的两手紧紧搂着我的腰，丰满的身子在我宽阔的怀抱里抽搐。

我将嘴唇伸过去,她一下吸住了我的舌头。我感觉到她的口腔中是那么滑润、灼热。刹那间。她的小腹和整个前身都贴在了我的身上。呵,白云,我的爱人!我喃喃着,似乎就要融化……

模模糊糊中有人和我擦肩而过,我顾不了许多,拥着白云来到一个床前。迷离中,白云已经在我的身下呻吟。那身子弹力无比,使我忘情地搓弄和揉动,直到像一匹跑落套的儿马子,四肢乏软,汗水淋淋。

当我醒来,一个女人正躺在我的怀里微睡。浓重的黑发埋住了我的臂肘,鼻子挺挺的,嘴唇紧闭。白嫩的面庞透着红晕,很美丽。

我触电一样收回手臂,惊醒了女人。她抱住我,"怎么啦,不舒服?"她的唇在我脸上亲吻着。我躲避着她嘴里的热流,有点恶心,挣扎着爬起来。"就你我俩人,来,再睡一会儿。"她又揽住我的脖子,将我扳倒。

虽然我又躺在了床上,可我的内里忐忑不安。活这么大,我还是头一次干这种事儿,不仅有点羞愧和后悔,我怎么能和这样的女人在一起?我的童贞应该献给我热爱的白云!

真难过。原谅我吧,白云!你在哪儿?

回到住地,几个人也都疲惫地躺在床上。我十分小心地来到白云的床前,她将头埋在军被里抽泣。

"白云!"我喊她。她惊惧地抬起头,一下子抱住我。她竟哭出声音来。一夜之隔,她的变化好大,满脸憔悴而灰白,两眼红肿。

"我对不起你……"她抓住我的肩膀,脸在我胸脯上蹭着。

我什么都明白了。怒火让我一把推开她。但刹那间我又抱住她。我知道我错了。她和我都是无辜的,我的同伴们都是无辜的。委屈的热泪从我眼角流淌出来。我们抱得紧紧的,两颗相爱而又被蹂躏了的心一起震颤。

后来我才知道和我睡觉的女人叫柳霞。是老大的情妇,姓叶的看上了白云,暗度陈仓,故意让柳霞来把我引开。

柳霞又有几次来找我,都被我不软不硬地拒绝了。有一次,她让裴军把我找去。

"一日夫妻百日恩。我一直惦记着你。"她穿着军服,看上去精神抖擞。

我的脸一下子热起来。面对曾经同过床、共过枕的女人,我有点不好意思。

"这一切我都无法理解……"我有些慌乱。

"做人之本能,无所谓的事儿。"女人走上前,抓住我的手,"看不出来,你们知识分子还那么保守,年纪轻轻的,干吗那么认真?"

"这样……很不道德!"我把手抽回来。

"其实道德和不道德之间只差一个字。在特殊环境和心态下失去平衡的时候,人们所追求的首先是自我保护,这是实实在在的,不是吗?"

听她说话好像挺有思想,可她干吗来到这里呢?于是,我和她攀谈起来。

原来,她曾经是某大学作家班的学生。一次在火车上认识了姓叶的,他自称是某出版社的编辑,正在组稿。她就跟着他到了一个海滨城市,在那里他占有了她。

后来他被判了刑。越狱后,姓叶的又派人把她劫持到了这里。这就是她的全部。

可怜的牺牲品!如果她不误入歧途,那么她也许会成为一个相当不错的作家,可眼下……

"既然如此,你干吗不往外逃?"

"逃?逃得了吗?跑了两次,又被逮回来差点儿给整死。反正事业和理想都破灭以后,就只得考虑如何生存。"

"但你不觉得脱离社会和人类过这种原始生活而感到可悲和绝望吗?"

"哪儿的话,精神死亡了,剩下的就是腐尸。"

"干吗那么悲观?"

"我什么都没有了。"柳霞摇摇头,"我的青春、爱情、贞节、生命……什么都没有了。我只能这么挨延余生。"

"我不赞成你的观点,你如果有点血性,冲出去!"我警惕地看四周。

"这不可能,绝对不可能!我也奉劝你们千万不要有半点这样的想法,要是一意孤行的话,只有死路一条!别谈这个了。现在我很需要男人。看不出来吗?我是很性感的女人。"她突然搂住我的脖子,身子贴过来。

"请原谅,我不是你想象中的那种男人。"我转回身,想走掉。

"可是我看上你啦!真的,你太让我着迷,而且你床上的功夫也的确让我难以忘怀,你是我崇拜和追求的白马王子!当着叶成的面,我也敢这么表白。"她激动地在我脸颊上拼命地亲吻着。

"这不行,我有爱人。"我惶惶然推开她。

"我可管不了那么多。现在是我看上你啦!懂吗?在这一亩三分地儿里,让你死,容易!"她的脸由于气愤扭曲了,温柔和美丽被突来的狰狞一扫而空,她突然从衣兜里掏出一支小手枪。

我愕然地望着眼前的女人。她刚才还说那么爱我,转瞬却又想把我消灭。

"你真令我失望,你说你那么爱我,怎么这么快就反目为仇?我看不出你有什么诚意。"我站着没动。因为我没底儿,弄不好,眼前这个发疯的女人也许会真的扣动扳机。但我依然装出昂然无畏、视死如归的样子。

"我向你表白,我没真正爱过一个人,虽然叶成霸占了我,可我并没有真正爱过他。人生也是缘分,让我碰到了你,我要充分体现我的意志!我得不到的,别人也休想!我不管你有没有女人,知道吗?我会把我的情敌统统消灭掉!"她诡谲地眨眨眼。

"你是有素质的人,爱情得两相情愿,靠征服能得到么?"我察言观色,注意着她的举动。

"我能得到！"

"那么，开枪吧！"我看出她是在威胁我，而且她的确有点喜欢我，我装出誓死不屈的英雄壮举来，转过身去。

不出所料，看到我如此心硬如铁，她忽然丢掉手枪，跪下去，抱住我的双腿。"你要我怎么样？只要你答应我，让我干什么都行！"她热泪盈眶，可怜巴巴地乞求着。

我的心软下来，扶起她。

"如果你能领着我们走出去，我答应你，绝不食言！"我不折不扣地说，虽然这不是我的真心话，但为了能尽快摆脱困境，我不得不这么哄骗她。

"你用什么保证？"女人一字一顿，显然不完全相信。

"这儿，还有人格。"我违心地指指胸口。

"你说话算数？"

"当然，男人的话掷地有声。"

"可只能是你我，千万保密！"她强调。

"不行！全都得走。我们一齐出来考察，现在就我一个人出去，如何交代？"

女人犹豫了一会儿，"人多目标大，太难！"

"多难都得一起走。"我不折不扣地坚持。

她咬咬牙，"好吧，到时候我们见机行事吧。"

我们又来到了床上，当我的身子和她的身子贴在一起的时候，我的心宛如有人在撕扯——原谅我，白云！哪怕我被虎狼吞咽，心永远属于你！

为了能够冲出魔窟，我必须忍辱负重！

八

午夜。水泥长廊一片黢黑。慌乱的脚步声在回响。

我们一个接着一个，这样不至于散失和跌倒。我紧紧跟着柳霞，她的脚步真快，以至大家得跟着小跑。她拿着微型手电筒，光柱像一团磷火在水泥长廊里闪耀、跳跃。记不清过了几道暗门，上了多少台阶。我们都气喘吁吁，汗流浃背，可是迫切的逃脱欲和冲出魔洞的强烈愿望鼓舞着每个人。

又上台阶，洞子窄小了，只容得一个人通过。前面的柳霞放慢了脚步，"大家千万小心，不要随意碰墙壁。"她说着，脚步更轻了。

我们屏住呼吸，蹑手蹑脚，小心翼翼地跟在她的身后。

突然轰隆一声响，尘埃飞散，领路的柳霞尖叫一声，手电筒熄灭了。

惊骇中，我的心狂跳不止，大家停住脚。柳霞僵直地半跪着，一动不动。

"你怎么了？快起来！"我战战兢兢想去拉她。她没吱声，头耷拉下来，手电筒掉在地上。我仔细观察了一下，原来，有两支枪刺从墙壁里伸出来，插进了柳霞的胸膛。

我们不知所措，乱作一团。

我扶住她。她痛苦地咬着牙，"快踩机关——"她坚强地吐出几个字，却很微弱。

机关？我着急地四周寻找。"哪儿？机关在儿？"我冲她喊。她没力量来回答我。

我琢磨着她的话："踩——机——关。"一定在地上！我赶紧捡起柳霞掉在地上的微型手电筒，在柳霞四周寻找起来，我又把脚伸到她周围的水泥地上，试探地在水泥地面上踏着。好久，在挨着柳霞右身的墙角处，我的脚底探到了一个凸起的东西，是不是它呢？我用微型手电筒照了一下，用脚踏下去。轰隆一声，又是一阵尘土飞扬。枪刺不见了，柳霞无声无息地倒了下去。我抱起柳霞。

她的脸煞白，眉宇紧锁。血水从她的嘴角流淌出来。"完……完了……走不出去了……吻我……一下……吧……"她很费力地抬起眼皮，两只疲惫的眸子黯淡无光地盯着我。

我把她的上身抬高一些。她的两肋被枪刺穿了两个窟窿，满腔的热血洒满了我的夜襟。

"求你……吻我一下……"她还在喃喃低语。

其实，我不认为我和她之间有什么特殊的感情，我仅仅是被迫地与她有过肌肤之亲，她自以为这可能是改变她人生的一次最好的机缘，不然，她不会冒着生命危险带领我们逃出这厌恶的魔窟。不幸的是，她的希望并没有把她引向光明，她的芳魂将永远游荡在兴安岭温谷图的原始森林里。

对柳霞弥留之际的最后要求，我没有更多思考，埋下头，在她毛茸茸的眼睛、蜡黄的面颊，最后是嘴唇上深深地吻了吻。她紧锁的眉宇松开了，一丝微笑挂在脸上，热泪从眼角慢慢滚出来。面对眼前如此悲壮、如此凄惨的情景，自责的潮水冲刷着我多愁善感的心，我是不是要对她的死亡负有什么责任呢？我的眼里也滚出了大颗的泪珠，滴落在柳霞清冷、死灰的面颊上。

身后传来了抽泣声，那是白云和李晓华。

一阵杂乱的脚步响，接着电灯全部睁开了眼睛。黑洞洞的枪口将我们包围了。

"干吗这么不讲义气？我说过，进来了，就别想再出去！美人儿，你也想溜走吗？可没有那么容易，看到那个骚货了吗？想逃？这就是下场！"叶成在白云的脸上捏了一下。

"我们想出去透透空气，可谁知……"白云看我一眼。

"骗鬼吗？"叶成走至柳霞身旁，一只脚踏在她的胸脯上，"臭娘们儿！你也想透透空气？"他像踩一个皮球那样一使劲儿。柳霞的四肢开始抽搐，两眼突然睁开，大大的，吓人。

"自作自受！"叶成说着一抬手，"砰、砰、砰砰！"子弹穿过柳霞的胸膛，那里再也没有鲜血可以流淌，她只是将两眼盯住穹顶。

逃走的希望破灭了。我们都受了皮肉之苦，大家又走进了绝望。

我病了，加上歹徒们的折磨，不住地高烧，体软、四肢无力，闭上眼睛就做噩梦。梦见额头被子弹打飞的杨庚；梦见被刺刀穿透了胸口的柳霞，然后是血，黏黏的，咸咸的，也从我的口中涌出来。口干、喉紧、胸闷……我没命地喝水。一连好多天，打针、吃药，病情终于有了好转。那天，当我醒来，我看到床头坐着李晓华。

"白云呢？"我歉意地对她笑笑。

她摸摸我的额头，"吓死人了。"她的声音有点嘶哑，"人事不省，净说胡话。"眼泪在她眼里盈盈地转。

第二天，我仍然没有见到白云。我有些气恼，确切点儿说我想她，更为她担心。我胡思乱想着：她赤条条地被几个男人簇拥着，或者……热恋之中的男女啊，生命不息，相思不断！

相思和担心之火一直燃烧着我，弄得我几乎分不清昼夜，没有饥饿，疲惫不堪，一息尚存。忽然有一天，我听到了一阵窸窸窣窣声，随着响声，白云赤裸着爬进了铁门。

"白云？"我不知哪儿来了一股力气，跳下床向她跑去。她浑身血污，只穿一个短裤。

"子昌……"她低弱地叫了一声，伸过一只小手，里面是一个纸团。我想把她抱起来，可没有那么大的力量，幸亏李晓华跑过来，我们才把白云弄到床上。

原来，白云看到逃走的希望破灭后，便故意装着顺从的样子跟叶成走了，而且马上打得火热，并发誓永远不再出去，当一个压寨夫人。甜言蜜语中她探得了那张图纸的底细，她暗下决心一定要把那张图弄到手，于是，在一次上床时，她把刀子插进了叶成的胸膛。搏斗中白云也身受重伤。

事不宜迟。

李晓华忙着给白云穿衣服。我打开图纸——图纸不大，发黄，上面标满了各种符号。从图纸上看，我们也只能走进来的路，也就是水路。一是比较近，再是可以乘小艇迅速离开山洞。而且水路出口有爆炸装置，逃出后可以立即炸毁洞口，减少歹徒们的追赶时间。

正当大家满怀希望，准备离开的时候，铁门口突然出现了两个女人。她们晃进来，淫荡的眼神在我和于海涛身上寻来扫去。原来这两个女人在打赌——正像柳霞说的那样，她们都想探探我们的底细。我和于海涛对视了一下，意思是必须立即采取行动。

向导已经动员好了大柱子——那个最早的避难者。大家看到这种情况，一起围拢过来。

"两位，有何贵干？"我向其中一个对我递了几次媚眼的女人走过去。她中等个儿，左眉有颗黑痣。

"来看你们呀。"女人浪声浪气地伸出手臂，勾住我的脖子。

"这可不行！"另一个女人将前面的推开。"我这儿可早就仕着你啦！"她指指心窝儿。的确，这女人看上去挺漂亮。她一步扑上来，抱住我。没等我反过神儿，她的嘴已经伴着热流贴在我的脸上，"来，宝贝儿。"

我将计就计，张开嘴。女人的舌头滑腻而温热地伸进来。我心一横，咬住她的舌头。

女人双手哆嗦起来，从她的鼻子里杀猪一样发出嚎叫声。她跺着脚，浑身开始扭动。

"干什么？造反？"带眉痣的女人从衣兜里掏出一把枪。她身旁的于海涛跨前一步搂住她的脖子。他的另一只手还扎着绷带，使不上劲儿。

向导和大柱子也冲过来，也就在这时，女人扣动了扳机，子弹正打在她对面的大柱子的脑袋上，大柱子一声没吭，像一个被倒空了的米口袋，堆了下去。这个大兴安岭野人的始作俑者，为了追求迟到的人生，就这样无声无声地倒在了歹徒的枪口下。向导愤怒地冲上去，双手死死掐住女人的脖子，女人还在挣扎，两条粗壮的腿不停地在水泥地上拉动。

我怀里的女人还在蹦跶，李晓华抓住她的头发，我趁势将她撂倒。她喘着粗气，满脸憋得通红。

"来人呐——"女人尖叫起来。向导已经腾出手,他把刚夺过的手枪抡起来,枪把子楔进女人的头颅……

我们顾不了许多,向导背起白云。我们按图纸标明的线路撤退。

很顺利。大约过了七道暗门,开始下台阶。这时,长廊里传来了摩托声。

歹徒们追来了!

下了台阶又是长廊,又闯过两道暗门,眼前是一个偌大的山洞。一阵冷风吹来,让人不禁战栗。洞口就是水面,几只小艇停在那里。

久病未愈,跑了这么久,我早已是寸步难行了。来到洞口,我一屁股坐下去。向导背着白云也赶过来,看到我坐下了,把白云放到我的身边。

"快,发动马达!"我上气不接下气地对于海涛喊。向导连拖带拉把我弄到小艇上,就在这时,洞口的暗门开了,裴军大汗淋淋,提着手枪跑出来。

"站住,都他妈别动!"他大吼一声。

"裴军,你快跟我们逃走吧!"我想站起来,被李晓华拉住了。

"放屁!快下来,不然老子开枪啦!"

"裴军,听我的,快上船!"我不相信裴军能那么死心塌地。

"你这个混蛋!真黑了良心,没有我,你早就见阎王了!你这么不仁,别怪老子不义!"他扣动了扳机。

我觉得身子一晃,左肩头有点发麻,差点儿掉下小艇。与此同时,向导也击中了裴军,他摇晃了几下,还想挣扎。向导又对着他连开几枪,裴军咬着牙,最后终于栽倒了。向导站起来,跳下小艇向白云跑过去。暗门里又冲出几个荷枪实弹者。

白云敏捷地爬起来,"不要管我,你们快走!"她大声喊着,向岩壁上的那个爆破钮扑过去——看图纸时,那个爆破位置上的按钮每个人都记得很牢。

"子昌——你们——快——跑——"白云像一个醉汉,晃着身子终于接近了那个按钮。

一排子弹击中了她。

一切都不可避免了。

小艇轰鸣着，箭一样冲出去。

几乎是同时，山洞口火光一闪，天崩地裂的声音震颤了群山，震颤了湖水，也震颤了我们每个人的心。我目不转睛地望着那个洞口，那里烟雾弥漫，碎石满天，爆炸的尘埃将整个山洞笼罩了。朦胧中，我似乎看到了一朵白云从那里飘出来，正飞追着奔驰的小艇。

"白——云——"我痛不欲生地大喊一声，四周的群山也跟着我呼喊：

"白——云——"

"白——云——"

小艇切破水面，利箭一样驶向湖岸……

山地的黎明

上个世纪八十年代,大兴安岭深处某猎乡。

一

"我跟你说,我可不在乎以前你和瓦罗基在学校里的事儿,可进了林子,到了我们猎乡,你可得规矩点儿,别再有那念想。不然,我格林娜可不是好惹的娘们儿。"格林娜停住脚,回头扫了迟宇一眼。

迟宇气喘吁吁地跟在后面,格林娜这样和她说话,她很反感,也很难为情。她放慢了脚步:"格林娜,你这人真怪,干吗总这么认为?我说过了。我和瓦罗基,真的很平常,什么事儿都没有。"迟宇摊开两手。她真有点哭笑不得。从瓦罗基身上,她看到了山地鄂温克人坦荡、真诚、执着而热情的为人,而从格林娜身上看到了什么?狭隘,自私,还有点小气?她说不上来,反正这次来猎乡,她觉得有点得不偿失。

雪很厚,也很白,一行黑洞洞的脚印从林子里延伸到山谷。

格林娜和迟宇,一个鄂温克女人和一个汉族女人,野蛮也好,文明也罢;或大度,或忍让,此时此刻是没有人来给她们评判的。激烈地争吵过后,她们都沉默了。林间雪地里只有两个人,"咔嚓、咔嚓"的脚步声才给空旷的山谷带来了活力。

平静是表面的,对两个女人来说,她们各自的内心世界,正如地壳下面的岩浆，在剧烈地翻腾、涌动。

格林娜的两腿像上紧了的发条，有力而快速地迈动着，看到迟宇狼狈兮兮的样子，她很开心——这样一只兔子，还想跟公鹿一块儿驰骋么？笑话，只有我格林娜，这头真正的母鹿，才配和瓦罗基在林子里一起扬蹄儿！

迟宇实在迈不动步子了，现在，她的第一个愿望就是休息。躺下来，闭上眼睛，美美地睡上一会儿，那该有多好啊！哪怕是躺在雪地上也行。可是格林娜一直催促着她，一点也不给她喘息的机会。

迟宇的一举一动，格林娜看在眼里，她真有点儿幸灾乐祸。其实，要是换一个人，她早就主张休息，或者把对方的辎重拿过来自己负担一些。她本来是一个很豁达的人，古道热肠，十分注重情谊。但对眼前的迟宇，她做不来，她嫉恨这个女人，因为这个汉族女人，瓦罗基常常嘲笑她，并公开说她一些坏话，而且让她受不了的是，瓦罗基不止一次地数落她："嘿，你呀，你的脸干吗那么黑啊，啧啧，瞧那高高的颧骨，那薄薄的嘴唇，看看你的尖鼻子，是一只鹰呢……迟宇，我那同学，你觉得怎么样啊？那才叫带劲！"

看到瓦罗基那种洋洋自得和忘乎所以，格林娜怒火冲天，她觉得瓦罗基太无耻，简直不知道天高地厚。有一次，格林娜憋足劲儿，狠狠地扇了瓦罗基一个耳光。

格林娜很委屈，在猎乡，她称得上是一个出色的姑娘。她是炸茸能手——干这种活儿，完全得掌握住火候，把鲜血淋漓的茸角慢慢放进锅里，在沸水里蘸上几蘸，血浆略一凝固，就得马上提出水面，然后晾起来。如果炸急了，会把血溢掉；炸重了，又会使茸角破裂，造成降等。格林娜从小就学会了这种技术，她的母亲是猎乡里最优秀的炸茸能手，而像格林娜这样的炸茸好手，在猎乡也是凤毛麟角。

格林娜还是猎乡雕刻桦皮器皿图案的能工巧匠。一块普通的兽骨在她手里会出现动人的奇迹：只要那兽骨在她手中顺着桦皮纹理随手那么一刻，桦皮器皿上就会出现精美的云纹啦、水波纹啦、鱼鳞纹啦等等别致精巧的图案。不仅如此，格林娜还是一个出色的猎手，她能和那些男人们一同进山打猎，有时还一个人独闯深山峡谷。她就是这么一个要强的女人……

太阳向西沉下去，山脚下呈现着一片黑红，夕阳映照下的雪地里却是一片银光灿烂。

疲惫的迟宇实在坚持不下去了，面对这个强悍的、耐力十足的格林娜，她的体力是自愧不如的，尽管她的主观愿望是想与格林娜抗衡下去，她相信自己的身体是健壮的，最起码她可以再坚持连续翻越几座大山，但是这个美好而简单的愿望，却被超负荷的体力透支击垮了，现在除了自己的意志还支撑着她继续走下去以外，她身体的各个部位都拒绝接受她的指挥。

"格林娜，我们，我们还得走多久？"迟宇终于停住脚，上气不接下气地说。

"怎么啦？裤裆里冒了点红，那当什么事儿啊？我们生孩子，有时候也就只是那么一蹲。真娇气！"格林娜呵呵笑着，叉开两腿，做了个下蹲的姿势。"你问我还有多远吗？跟你说，我们进山的时候是坐爬犁从猎乡到坎比诺又到伊烈呼力山谷的。现在我们是抄近路，从大山里直插回来的，懂吗？前面那个山口，你看好了，过了那山口就是阿里河，顺河流往下走就找到猎乡啦！明白啦？"

迟宇顺着格林娜手指的方向，的确看到了一个山口。那山口像一个大月牙儿，太阳的余晖透过月牙照射出来，放着耀眼的光芒，光芒下面的山峰是清一色的黢黑和迷茫；而光芒之上的雪山却镀上了一层金箔，闪闪发亮。

"你那儿有火吗？"格林娜挂着枪看着迟宇。

迟宇仍然望着那个月牙形山口发呆。

"火儿，你那有火吗？"格林娜提高了嗓门儿。

迟宇摇摇头。

"怪你太不中用，看来，我们得在山上过夜了。"格林娜四处张望着。

"我还能坚持一会儿。"迟宇嘴上还是咬得很硬，她心里却恨不得立即躺下来。她的腰又酸又疼，硬邦邦的，小肚子里似乎装进了一块石头，拼命向下坠着，鼓胀得难受，浑身没有一点力气。

"你别以为那座山离得很近，望山跑死马，山里的规矩，知道吗？"

"这我懂，可我还能坚持走一阵子。"

"得了吧！你瞒不了我……你……"格林娜的脸突然严肃起来，她抄起枪。

迟宇狐疑地顺着格林娜的目光望去，几棵大树下面是一堆一堆的灌木丛，其中的一堆灌木丛上挂满了霜花，一股一股的热气儿有节律地从灌木丛里飘出来。

格林娜吁了一口气："真他妈带劲儿！好哇，该着我露脸儿，真是一个好机会！"

"怎么啦？格林娜，你说啥？"迟宇被格林娜弄得莫名其妙。

"你别管，一会儿你就知道啦！来，先吃点东西，肚子填饱了，精神头就更足啦！"格林娜说着从怀里拽出一个包裹，从里面拿出一块肉，用刀子切开，递给迟宇一半。

太阳就要把整个身子沉落到林子后边去了，西边的山顶弥散着柔和的色彩，那色彩火苗儿一样透着一种淡淡的橘红。

格林娜把最后一块肉放进嘴里，又抓起一把雪塞进去，咀嚼着："你怎么样啊？"她边咀嚼边站起来，"咔嗒"一声拉开了枪机。

迟宇也机警地抓起枪："你——干什么？"她跳起来，将嘴里正在咀嚼的肉块儿吐出来。

"不干什么。"格林娜不紧不慢地说："那儿有一只蹲仓的狗熊。"她用下巴点了点冒着热气儿的灌木丛。"你看那一股一股的热气，这家伙的肺呼吸量挺大，绝对是一头大家伙。哈，点儿真冲！"

迟宇放下枪，"我们干吗惹它？"

"屁话！我们猎人指望什么？白捡一副胆囊你不要？这可是千载难逢的好时机！行啦，别啰唆啦！你看，你是不是帮帮我呀？"

迟宇摊开两手，耸耸肩："抱歉，无能为力！"

格林娜没吱声，向旁边的树林子走去。一会儿，她从树林里拽出一棵擀面杖粗细的风干树，三下两下就把那些枝枝杈杈踹掉，"用这玩意儿捅它，招惹它出来，懂了吧？"

迟宇站着没动，让她和一头凶猛的黑熊去面对面地较量，说真话，她的确没有那个胆量。再说，何苦呢？她可不想做这种事儿。

"哈，你这娘们儿，害怕了吧？跟你说，这会儿的黑瞎子可要比爷们儿温顺得多。"格林娜来到迟宇跟前，拣起杆子，向灌木丛冒热气儿的地方桶去。一下，两下……

"嘿，还挺沉得住气呀。让你不动！让你没动静！"格林娜用力捅起来。

"呜——"终于，灌木丛中传出一声凄厉的鸣叫。打雷一样，又像刮风。灌木丛上的霜雪纷纷落下来。

迟宇被惊恐的鸣叫声震得一哆嗦，手中的枪差点掉在地上。

格林娜停住手："看到了吗？就这样！"她扔掉杆子，拣起枪。

"别惹它。"迟宇还没有反过神儿来，惊魂未定中，她向格林娜乞求着，"咱们别惹它！"

"你怎么这么啰唆？我让你去捅它！"格林娜口气强硬，不容置疑。

迟宇转回身。她想离开。

"你站住！"格林娜厉声喝道，"别自找苦头！"

迟宇回过头，正看到格林娜手中黑洞洞的枪口对着自己，那面孔像一张铁饼，眼睛鹰一样盯着她。

"你，你要干吗？"迟宇胆怯了。

"按我说的去做，快去捅它！"格林娜的面目毫无表情。

"我才不呢！"迟宇同样提高了嗓门儿。

"是它让你去！"格林娜移了移手中的枪管儿。

望着瘆人的枪口，迟宇妥协了。简直太恶心、太卑鄙！她怀着一腔怒气毫不情愿地拣起了雪地上的杆子。不知是气还是吓，她的脑袋里嗡嗡响着。她把木杆子伸进灌木丛。

木杆子的一头捅到了一个肉乎乎、软绵绵的东西。

格林娜暗自笑起来："小娘们儿，收拾不了瓦罗基，还吓唬不了你？"她得意地看着笨拙、怯懦的迟宇："冲点，就像爷们儿干娘们儿那样！对，再冲点！"她幸灾乐祸地怪叫着。

迟宇憋着一口气，她觉得灌木丛里的黑熊就是格林娜，她的两个膀子运足了力气："捅死你……捅死你……捅死你……"

蹲仓的老熊再也无法忍受这种蹂躏。它在这里静养了半个冬天，一直不吃不喝地做着美梦，现在是什么东西那么不识眉眼高低地来打搅呢？它开始暴躁，开始愤怒，开始发作了，它张开宽大的嘴巴大吼一声："呜——"

声音真响亮。迟宇吓得扔掉了手中的杆子。也就在这时，她看到灌木丛里挤出了一个又黑又长、硕大的头颅。接着，一个肥硕的身子也探出了灌木丛。刹那间，迟宇还似乎看到了黑熊前腿畔那撮月牙形的胸毛。继而她听到了一阵稀里哗啦的声响，接着是两声沉闷的枪声，像锥子刺破鼓皮。还没等惊骇中的迟宇挪动几步，就有一堵黑墙轰然倒塌在她的面前。

"哈哈，真有你的。干得不错！"格林娜不知从什么地方突然冒出来，拍着迟宇的肩头说。

迟宇半天才醒过神儿来，她觉得自己做了个梦，这是她有生以来做过的最无奈、最恶心、最失魂落魄的梦！她吓得几乎掉出了眼泪。

看到雪地里小山一样的黑熊还在不时抽搐着，迟宇颤巍巍拣起了雪地上的枪。

"别担心啦,我那两枪都打到要害了,瞧见了吗,那家伙胸口上的两个窟窿!"格林娜不无炫耀地嚷叫着。

迟宇什么心思都没有了,她现在精疲力竭,浑身像一摊泥——刚刚经历了那个惊人而恐怖的场面,她的大脑里一片空白。

格林娜把自己的枪扔给迟宇,来到黑熊跟前。黑熊是顺着山坡倒下去的,它的头顶在一棵倒木上,嘴里冒出的血沫子把雪地打湿了一片,那贼性的失去了光泽的小眼睛有一只还睁着。这是一个脾气火爆的家伙,不然几杆子不会把它从蹲仓的洞穴里捅出来。半个冬天,它的肉膘并没有消耗多少,浑身胖乎乎、圆滚滚的。

格林娜踢了一脚死去的黑熊:"倒霉的家伙,谁让你碰到我格林娜啦?"她边说边从腰间拔出刀子,弯下腰,从黑熊的软肋上插进去,剖开熊皮,三拨拉两拨拉就剜出了胆囊。

格林娜动作麻利、娴熟,一看就是个狩猎老手。她把刀子和手上的血在黑熊身上蹭了蹭,另一只手托着热气缭绕的熊胆向迟宇走来。

"我说,这真是一副不错的胆囊,看,又大又亮,真带劲!"
迟宇对格林娜的举措不屑一顾。

太阳把最后一抹余晖洒在了树梢上。山林开始呈现灰暗。

格林娜来到灌木丛里,找到了洞穴。"嘿,真有福分。我说,你快过来,我们有窝儿啦。真是个天然避风的撮罗子,睡在这里就像睡在家里一样,我说你快过来!"她说着,跳进了洞穴里。这真是一个不小的洞穴,不知是秋天野猪的拱挖,还是夏季雨水的冲刷,这个天然洞穴在几棵大树根部的下面,一人来深,里面一片漆黑。

迟宇循声而来,格林娜的身子已经隐在了洞穴里,迟宇正在踌躇。

"还等什么?快下来!你不是累了么?下来美美地睡一觉,也许你还会梦见瓦罗基呢。"格林娜挪着身子,怪声怪气地说。

迟宇小心翼翼地钻进洞子。潮湿带着一种古怪的土腥味儿打得鼻孔发痒,她挨着格林娜坐下去。进山的时候,她们都穿上了皮衣皮裤,洞穴的潮湿是不会把她们怎么样的。

格林娜用脊背顶撞了一下迟宇："我说，你记住那个月牙儿形山口了么？过了那山口就是阿里河，顺河流往下走就能回到猎乡啦，别忘啦！"

迟宇的脑子里一片迷茫。

沉默。

二

四周黑黢黢的，只有那个不规则的洞口透过来一点灰白。洞穴里很避风，也很暖和，只是那湿漉漉的空气和那满洞子的怪气味让人难受和恶心。迟宇忍耐着，尽量把鼻孔封死，用嘴呼吸。

现在她的体力恢复了不少，浑身有了一些力气，只是她又感觉到腰酸起来，小腹鼓胀而疼痛，又有什么东西从下身里汩汩地冒出来。女人，真是多灾多难，生理上的特点，使她半路上来了那玩意儿——例假，但这一次不比平常，提前十几天，而且血流不止，肚子疼痛难忍，她无法和考察队的伙伴们一同完成任务了，只好半路上返回来。

这次来猎乡，她是为了研究那个科研项目——驯鹿的改良。

驯鹿也叫"四不像"。它是一种很稀有也很古怪的动物，它的脑袋像马，蹄子像牛，身子似驴，犄角像鹿。它的食物特点也很个别：春天吃羊胡子草、斗篷草、立金花等早春植物；夏天吃青草和蘑菇；秋天吃树叶和地衣植物；冬季则吃石蕊、桦树柳树的枝条、苔藓和长在树皮上的地衣。饿急了还会啃吃马鹿、驼鹿脱落下来的犄角，甚至捕捉田鼠充饥，这一点在食草动物中是很难能可贵的。它的数目稀少，产地也很专一，只有在高寒地区的密林深处它才能很好地生存。我国除了大兴安岭深处的敖鲁古雅能看到驯养的驯鹿外，只有在一些城市的动物园里还能见到它们。

迟宇的研究项目就是利用遗传基因，对这种动物进行改良。当然，这不是凭空想象，抑或直觉思维。从遗传学和现代科学发展的角度上讲，凡是近缘都可以杂交。迟宇的项目就是利用驯鹿与野鹿的杂交来改变驯鹿的血质,从而改变驯鹿的茸角。无论雌雄头上都有一对形状复杂而又与其他鹿类截然不同的扁平的犄角——两性都长角,这在鹿类动物中是绝无仅有的。但它的价值远不如野鹿茸角的价值,其原因就是驯鹿本身的血质血片所决定的。从遗传学的角度上,取母驯鹿和野公鹿杂交,完全有希望改变驯鹿的血质。

当然这绝不是那么简单的事儿,染色体的配对儿和链条号码的编配绝对是一种科学。除此之外,迟宇的另一种设想是:利用物理或者化学的因素诱发驯鹿的基因突变,提高驯鹿的繁殖能力。

迟宇争取了这个项目。她从《新唐史》里鞠国人(鄂温克祖先的世居地)饲养驯鹿,到现在的敖鲁古雅猎乡人饲养驯鹿的一、二千年的历史上,以及从驯鹿血质的研究中,可以断定驯鹿是纯合种,不是混血动物。

她已经多次到猎乡来考察和研究了。这一次,为了野鹿的种源她再次来到这里。她是想捕捉到一头纯粹的绝没有半点驯化的野公鹿——以前也有人给她提供过野鹿的种源,但都不十分理想,这一次,她和三个同行来到猎乡准备亲自去捕获一头理想的种源。

在瓦罗基的帮助下——他是猎乡中学的生物老师,是迟宇在海萨尔进修时的同学。他们前期的工作是十分顺利的。

可是半路上迟宇又不得不退了下来。那是昨天,驯鹿爬犁在山谷里像一叶小舟,在雪地里轻快地飞跑。太阳高高地挂在蓝天上,阳光照耀下的雪地一闪一闪的,宛如一件绚烂无比的锦缎棉袄。迟宇坐在爬犁上,望着那油嘟噜的雪地和群山,还有身后歪歪斜斜的爬犁的辙印,她的心情格外舒畅。她想起了毛泽东的那首《沁园春·雪》:北国风光,千里冰封……山舞银蛇,原驰蜡象……随着驯鹿爬犁在雪地里的奔跑,她觉得自己仿佛是在蓝天里飞翔。她的身心是那样的放松,这种感觉是在海萨尔的城市里永远也享受不到的。海萨尔的冬天,落雪里掺杂着从烟囱里喷出的煤烟碎屑。沙沙啦啦的雪粒里,感觉不到雪花的晶莹和灵透。空气也是苦涩的,一点儿也不清新、不甜爽。

迟宇把目光从雪地里收回来，又打量起爬犁上的几个人：皮衣、皮裤、皮帽子——在大自然原生的诱惑下，古老的装束同样给人一种原始的魅力。

迟宇的血沸腾着，辽阔的雪原，苍茫纯净的大山，还有爬犁上淳朴能干的同行，她对自己所研究的项目充满了信心。

然而天有不测风云。迟宇突然感到身体不适起来，她曾经患过子宫内膜移位，发作起来疼痛难忍，几乎令人昏死，但是现在已经不那么经常发作了。这一次，正当她坐在进山的爬犁上，心情很阳光很舒畅的时候，她突然感觉到小腹开始痉挛，紧接着是一阵剧痛，下身也有什么东西热乎乎地流出来——怪事，到来例假的日子还有十几天呢，怎么了？

疼痛开始了。拧劲儿疼，翻江倒海地疼，撕心裂肺地疼……

瓦罗基不得不派格林娜把迟宇护送回猎乡，其他的人员按既定计划继续进山。

就这么，迟宇和格林娜回来了。格林娜领着迟宇穿林子，抄近路直接回猎乡。

迟宇半躺在漆黑的熊洞里，怎么也睡不着，身旁的格林娜已经打起了微鼾。迟宇思绪万千，这次来猎乡，丈夫是坚决反对的，他们在一个研究所工作，只是研究项目不同。他反对迟宇这个项目，尤其他对瓦罗基没有什么好印象："那小子是个什么货？"他说，"他能搞科研，要我们这些人干什么？"

说到激动处他还会口无遮拦："你说他会啥？喝酒，搞女人。他就会这个！"

丈夫对瓦罗基的偏见由来已久，当年在学校进修时，她和丈夫还有瓦罗基都在生物系里学习。

瓦罗基在野生驯化方面有一定的成就，积累了许多宝贵经验。他成功地驯化了水獭，而且，对世界尚是空白领域的"飞龙鸟"的驯化也有了一定的研究。因此他被推荐到海萨尔深造学习。

迟宇还记得那一幕：那是他们系的男子足球队和另一个系的足球队争夺冠军比赛。瓦罗基不但身体素质好，而且他的勇敢和娴熟的球技，为他们系获得冠军起到了关键性的作用，瓦罗基在那一场决赛中，自己就踢进了两个球。

庆功会上，瓦罗基喝多了，他歪歪斜斜地走进了对面的大楼里，醉眼蒙眬中他推开了女生宿舍的门……结果，他被学校勒令退学，重新回到猎乡学校去当他的生物老师。

迟宇对瓦罗基的印象是深刻的。

在一次中秋晚会上，瓦罗基邀她跳舞，在悠扬的舞曲中，两个人的脚步无法合拍。

她抬头看一眼瓦罗基，瓦罗基那深凹的瓦灰的两只眼睛正火辣辣地盯着她。太刺激，太恐怖。

她慌乱起来，脸在发烧。

"你干吗抖啊？"瓦罗基的两眼还是那样盯着她。

"没……没有啊……"她尽量掩饰着内心的恐慌。

"你怕我？我的样子可怕吗？"

迟宇违心地摇摇头，"谁说你的样子可怕呀？我倒觉得你的样子挺潇洒。"

"你真这么认为？"瓦罗基认真起来。

迟宇又违心地点点头。

"可你感觉到没有，咱们那些女同学，他们干吗躲瘟疫一样躲着我？我跟你说，你见过驯鹿吗？就是四不像。它的样子多古怪，看上去也够吓人的，可它的脾气并不坏，温顺得像一只狍子！"

"可你，你为什么看人时两眼总是那么火辣辣的？"迟宇鼓起勇气，也同样两眼盯着他。

"你说我的眼睛吗？对美丽的东西，我是专注和直率的，换句话说，我是在欣赏美和被美陶醉！我的这儿可一直都是坦荡的，请相信我！"瓦罗基拍着自己的胸脯说。

的确，当她再次与他的目光相对时，她觉得他的目光并不那么值得怀疑和令人恐惧了。就像一支长矛，虽然尖利得令人心怵，但一眼就能看得出来，没有暗藏杀机。

迟宇就这么和瓦罗基有了接触。后来，他被学校除名了，她去车站送他。瓦罗基还是用那种眼神看着她，但不一会儿，他的眼神开始浑浊，并且滚出了一串热泪。他久久地握着迟宇的手，无语凝噎。

回到猎乡的瓦罗基很快就给她来了信，瓦罗基说，在学校时留下的阴影，已经被猎乡的阳光冲淡了。还说他继续在搞飞龙鸟的驯化、他一定要把飞龙鸟驯化成功。末了，他还管她要一张照片，邀她有机会到猎乡去。

这就是她认识的直率而热情的瓦罗基……

迟宇稀里糊涂地回想着往事，迷迷糊糊中她竟睡着了。

三

格林娜翻过身，她听到了迟宇匀称的呼吸声。从小在猎乡长大，她对潮湿和土腥味早已司空见惯了。可是另有一种奇特的怪味儿却不时飘散到她的鼻孔里。是什么味儿呢？对了，在海萨尔坐出租车时，风挡玻璃下面有一个小方瓶子，瓶子里散发出来的，就是这种味儿。还有，从城里女人身边走过时，很多人身上也都带着这种味儿。格林娜往迟宇身边靠了靠，那种味儿更浓了。

"骚货！到林子里来还弄得满身香喷喷，想干吗呀？"她心里暗骂着。但她不得不承认迟宇长得很出色。尤其她那双眼睛，小鹿一样，毛茸茸的；还有那奶子一样白皙的皮肤；那满口的牙齿真白，饱满而质地晶莹，透着淡淡的亮光。

格林娜早就对迟宇有所了解，她从瓦罗基那儿看到过迟宇的相片。瓦罗基还不止一次当自己面提到过她，夸她美丽，善解人意，大方可人。为此格林娜心灰意冷了好长一段时间——这样一个白嫩出奇、鲜美无比的女人，哪个爷们儿见了能不喜欢？

猎乡里的很多人都猜测瓦罗基是因为和城里那些花花绿绿的女人有了那个事儿，所以才被学校撵回来了，格林娜将信将疑，所以迟宇每次来猎乡，格林娜都格外提防，格外反感。

瓦罗基告诉她，迟宇到猎乡来是为猎乡做好事儿，是为了改良他们猎乡的驯鹿来的。扯淡！搞什么科研项目？什么叫科学呀？看看她那文静如竹、弱不禁风的样子，她能喝酒吗？会使猎枪吗？科研？科研值几个子儿？恐怕说白了，就是奔着瓦罗基来的。嘿！那该让人多么销魂啊？她可知道那是个什么滋味儿……

一堆堆篝火映红了半个天空，所有的人都喝了酒，是那种上好的驯鹿奶子酒。这是猎乡每个结婚人家里必备的，象征着吉祥如意。篝火旁，人们的脸上都是亮晶晶的：有的和升腾的火苗一样，橘黄里糅合着一种微红；有的似落日里喷薄的残阳，红若淌血；有的则像凝固了的血豆腐，紫黑紫黑……

妇女们的心躁动起来，她们再也无法围着篝火推杯换盏了。她们的周身就像猎乡解冻了的阿里河水，在涌动，在流淌，在奔流直泻。女人们不约而同地围着火堆跳起来。

"阿罕拜——扎海扎海——"

"哲乎哲——扎海扎海——"

"阿罕拜——扎海扎海——"

"哲乎哲——扎海扎海——"

从每个人的嘴里都发出同样的节奏。她们两只手上下摆动起来，起步动作轻盈，如风如燕；继而，她们的双手又开始前后摆动。

男爷们儿也坐不住了，他们也凑上来和女人成双成对儿一起狂跳。脚步有了独特的动作，声音更加刚健，节奏更加明快：

"阿罕拜——扎海扎海——"

"哲乎哲——扎海扎海——"

瓦罗基和格林娜的双眼互视着。篝火燃得正旺，两个人的心灵同时产生了一种感应。这是一个美妙而令人心醉的时刻。他们彼此心照不宣，踏着"扎海扎海"的拍子，双双隐进林子。瓦罗基一进林子就消失了身影，扔下格林娜一个人靠在一棵大树上，她的两眼就像黑夜里的鸟儿，什么也看不见，"瓦罗基，你死哪儿去啦？"她尽量压低了自己的嗓门儿，但是那声音在林子里碰撞起来，还是很响亮。

"轻点儿，"林子里传来了树条子碰撞的声响。

"你跑哪儿去啦？"

"我撒尿去了。"

瓦罗基从大树后面钻出来，从背后一把抱住格林娜。

格林娜趁机把头向瓦罗基的脸上贴去，她的嘴里急促地喷着热流："瓦罗基，抱住我。"她蛇一样扭动着身子，一使劲儿，挣脱了瓦罗基的手臂。转过身，两手钩住瓦罗基的脖子，她的嘴吸盘一样裹住了瓦罗基的双唇。

瓦罗基的欲火被挑逗起来，猎人的骁勇善战是出了名的。他抱住格林娜的腰像放倒一个草个子那样，一下子就把格林娜按倒在厚实的松针地上。瓦罗基是占了上风的，他的感觉是爬上了一棵树，那是儿时经常攀爬的一棵大树，大树上，有一个大鸟巢，鸟巢里经常有大鸟在飞进飞出。有一次他爬上了那棵大树，当他把手伸进粗糙的鸟巢里时，摸到了鸟的幼雏。温热的，瑟瑟颤动的，皮肉细腻而水嫩的雏鸟。他怀着好奇和激动的心去触摸那些雏鸟……

他们的响动被篝火那边传来的浪潮一样的"扎海扎海"的声音淹没了……

格林娜回味着，浑身又涌来了那种激情。

迟宇的身子动了动。

小娘们儿，和瓦罗基在一起，你的身子是不是也会上来那种酥麻劲儿啊？可有我格林娜在，你就得等！格林娜想好了，只要她守着瓦罗基，不让他离开自己半步，别的什么人就别想碰他身子。我格林娜的爷们儿可不是什么女人都能碰的，城里的女人咋啦？更不例外！不就是想弄一头公鹿吗？那算什么事儿啊？有能耐去对付对付那些狼和熊！格林娜脑子里乱糟糟的，不时翻着身子。

她又想起了那个春天。她踩着那条发白的小路去驯鹿点儿。山道两旁的树林还没有醒来，干巴巴，无声无息地站在那儿。蓝色的天空中没有一朵云，晴空里也没有一丝风。天空、大地、山谷和森林都显得那么死寂，只有她的脚踩在山路上才发出阵阵沙啦沙啦的声响。

忽然，她看到前面不远的路旁，有几条狗一样的东西一晃就钻进了灌木丛。她机警地摘下枪，拉开枪机。那是几只狼，它们从灌木丛里又钻出来，大模大样地来到小路上。看样，它们的分工很明确；有两只像狗一样蹲在小路上；有两只拖着尾巴，在路两旁颠着碎步；有一只立定了，眼睛眨也不眨地盯着她手中黑亮亮的枪管儿。

这些家伙，经过了严酷的冬天，在洞里窝久了，毛梢发白，腰几乎伸不开，弓一样弯曲着——这是几只饿狼！

格林娜把枪端在手中，她才不怕呢。她手中端着的不是鸟铳，也不是什么别列弹壳枪，或者是"七九式"步枪、"七点六二式"步枪什么的，打一枪，就得重新拉开枪机。她现在使用的是半自动步枪，你只管瞄准，开火！省时省事儿又具杀伤力。有它在手，格林娜什么都不怕。

再说，这样的阵势格林娜早就从猎乡有经验的猎人嘴里领教过了——要想顺顺当当从饿狼群中走过去是不可能的。

不是鱼死，就是网破。

几只饿狼虎视眈眈，磨牙噌噌地等待时机。它们恨不得立即扑上来，咬断她的喉管，把她撕得粉碎，美美地饱餐一顿，好填饱它们的肚皮。

也好，这些混蛋！瓦罗基的身下还正缺少一条狼皮褥子呢——狼皮可是好玩意儿，毛管透气，皮子防潮，铺在身下，既暖和，又舒服。格林娜这么想着，枪嘴子对准了一只蹲在道中间的家伙，这家伙一动不动地坐在小路上，似乎在晒太阳，它在假寐。

格林娜眯着左眼，右眼的视线和枪嘴子的准星拉平了，准星的圆圈里套住了狼的脑袋。那只狼仍然没有动，它的脑袋在准星的圆环里显得异乎寻常地清晰。

格林娜憋住一口气，扣动扳机，开火！

"扑……"子弹冲出枪膛，枪声很沉闷。

格林娜的眼睛一直瞄着弹溜子——真正的射手，一定要看到击发时的弹落点。她看到冲出枪膛的子弹呼啸着，流星一样催动了狼头上的一撮灰毛，子弹从灰狼的头颅里横穿而过。鲜血，水柱一样从灰狼的脑袋上喷涌出来。那只灰狼哼也没哼，想站起来，但是刚抬了抬屁股，就把脑袋耷拉下去。

格林娜立即掉转枪口。这时，传来了一种奇怪的狼叫声，像针尖儿在铁片上勾画，令人心颤，叫人揪心。

这声音是路旁的一只灰狼把嘴巴插在枯草里发出来的。随着狼嗥声，又有几只灰狼从树林子里窜出来，

格林娜非常清楚，那嚎叫的是一只头狼，它是向伙伴们发号施令：进攻开始啦！格林娜没等那只狼把嘴巴从草丛中拔出来，就"扑"地给了它一枪。这一枪击中了那家伙的脖子，它垂下脑袋，猛地向前一窜，跳到了山路上，又一窜，蹦到了小路边的灌木丛中。零散的灰狼聚集起来，它们张着嘴，高一声低一声的嚎叫声在它们的喉咙里呜咽着。

格林娜四周扫了一眼，有二十几只狼围了上来。一场拼杀不可避免了，这些饿狼绝对不会轻易放过她。她向旁边的一棵樟子松靠过去。

好险！当她返身爬上树的时候，狼群已经聚到树下。稍迟一些，哪怕换弹夹的功夫，狼群也会把她撕得粉碎。

格林娜靠在一根碗口粗细的树枝上，枪口对准了树下的狼群。

狼群旋涡一样围着树，打着转儿。它们都露着白森森的牙齿，南腔北调地怪叫着。几只脾气暴躁的家伙开始抓挠起松树的树皮。

格林娜的心里轻松了很多，在草原和森林里，这些家伙的确可怕，可是现在她在树上，她什么也不怕了。她瞅准机会就来一枪，树下的灰狼相继毙命，横七竖八躺倒了一地。

那次她打死了十四只狼，还有两只受伤了翻着跟头钻到灌木丛中逃掉了。死狼堆成了一个小山，为此，乡里还特意给了她一笔奖金，她在猎乡出尽了风头。

她拿着那笔钱去了海萨尔，把那奖金给了瓦罗基一半。

那天，她去瓦罗基学校的时候，宿舍楼里出来一绺子人，花花绿绿的。几个女生看到她还指指点点的。

瓦罗基把一个女同学介绍给她，那就是迟宇。

迟宇伸出手，她也伸出手。她用力一捏迟宇的手，像面团，软软的。她又仔细看了看迟宇，很受看——眼睛弯弯的，月亮似的，脸蛋儿像猎乡山上的达子香花儿，又没那么红；像阿里河两岸的稠李子花儿，又没那么白。

回到猎乡以后，她自卑了好长一段时间，她担心瓦罗基被城里的女人抢去。后来，她的自信心又战胜了她的妄自菲薄。是啊，干吗呀？在猎乡你格林娜不也是上等的姑娘吗？

想到这儿，格林娜的求胜欲望又上来了。

不就是一头公鹿吗？干吗惊动这么多人？她有点恨瓦罗基，干吗让迟宇也一同上山，示威吗？哈，城里的女人也能上山钻林子，也能狩猎，扯淡！看看吧，咋样？这头城里的母鹿没等扬蹄儿就趴下了。太好啦！嘿，现在，该让我格林娜露一手了，不服吗？等着瞧！

白天，她已经给迟宇指定了返回猎乡的路线，只要迟宇过了那个月牙儿形山口，她就能很顺利地回到猎乡。

小娘们儿,我可管不了那么多了,剩下的路,你就自个儿独闯天涯吧。我吗?我要回到林子里去,亲自给你弄一头邦邦硬的公家伙来!

四

迟宇醒了,她第一眼看到的,就是那个不规则的土洞。身旁灰蒙蒙的,格林娜早已不知跑到哪儿去了。她紧张地爬出土洞,扒开灌木丛,啊——天空瓦蓝瓦蓝的,雪地里油嘟噜地白。一行脚印从稀稀拉拉的林子边儿向密密的林子深处飘去了。

那头被格林娜撂倒的黑熊,静静地躺在雪地里,身上挂了星星点点的霜花儿。

迟宇心里空荡荡的,她弄不明白,格林娜去林子里干吗呀?可能弄吃弄喝去了。她回头向格林娜指点的那个山口望去,起伏交错的大山蓝幽幽的。朦朦胧胧中,她只能看到那耀眼的雪山却看不清那山口,就仿佛站在地球上望月潮,辨不出半点儿真面目来。

格林娜的脚印消失在月牙形山口相反方向的林子里,一个窝儿,一个窝儿,稳稳实实的。

迟宇耐心地等待着格林娜回来,可是过了好长一段时间还不见她的踪影。一个不祥的预感在她脑海里开始环绕:格林娜这个古怪的女人,是不是把她一个人扔到了山上,自己溜走了?也许就是这么回事儿!迟宇看一眼挂满霜花儿的黑熊,她有点不寒而栗。在这茫茫的大山里,一旦迷失方向,那将意味着什么?她不知道格林娜说的是不是真话:过了那个月牙形山口,就是猎乡。反正她自己是绝对不敢贸然行动的,她决定跟着格林娜的脚印走。只要没有暴风雪,脚印就会带她找到格林娜的。她怕自己迷失在大山深处。

她这么思索着,下了决心。

穿过那片林子时,她的劲头挺足,她想抓紧时间赶上格林娜。

出了林子，眼前是一片矮棵子。浓密的灌木丛托着棉桃似的白雪，形成了高高低低的大雪球。格林娜的脚印是从那些雪球中穿过去的。因为白雪覆盖的灌木丛上面已经露出了它的枯枝败叶。

面对眼前茂密的灌木丛，迟宇有些犹豫，可又没有什么办法？她只有硬着头皮，跟着那串脚印向前走。在这陌生的、死寂的山林里，只有这串脚印是活的。只要她紧跟着脚印走下去，格林娜绝对甩不掉她。

她的下身还是湿漉漉的，但小腹不那么拧劲儿地疼痛了。开始，小腹里好像有一只手在恶毒地抓挠，一阵接着一阵，疼得她几乎昏厥。现在，那只手恢复了仁慈，它只是用其中的一个指头，轻轻地弹一下，又弹一下，疼痛丝丝拉拉的，这种疼法无关紧要，她能坚持住。

现在迟宇是提心吊胆的，她一个人走在深山老林里形单影孤，她太害怕。她真担心林子里会突然窜出一条狼，大张着嘴，舌头甩在嘴巴外面，绕来绕去的，牙齿泛着白光。她还担心，在哪堆树棵子里，会再碰到一个黑熊洞——她再也不想听到黑熊凄惨的心惊肉跳的鸣叫了。

迟宇不敢多想了。她一味地向前迈着步子，走在白雪覆盖的树棵子里，宛如在拥挤的人群中迈步。没多久，她就感到皮帽子里面湿乎乎的，脊梁骨上也冒出了虚汗，心像敲鼓一样震颤。她的全身已经瘫软得像一根面条啦！

格林娜的脚印还是不屈不挠地向林子里延伸，它拖着迟宇进了林子，又出来；再走进林子，再出来……

迟宇终于坚持不下去了。格林娜的脚窝儿还是扎扎实实的，可以看出她的体力和实力，而她自己的两条腿像灌满了铅，踩下去就不愿意拔出来，也踩不到格林娜留下的脚窝里，以至她每走一步，都是在重新开辟道路。雪壳子挺硬，每走一步都要付出很大的代价，迟宇追赶起来格外吃力、缓慢、痛苦。

她不得不躺在雪地里，胳膊和腿就那么随意地扔在雪地上。她有点佩服格林娜了，真是一个体力过胜的人！她甘拜下风。

仰望着天空，天空是淡淡的蓝，高远而辽阔。太阳似个偌大的灯泡儿，贼亮贼亮的，就是透不出半点温暖。她把身上的枪摘下来，扔在雪地上。闭上眼睛，她感觉到身子轻飘飘的，羽毛似的，宛如一阵风就能吹走——好舒服啊！她觉得不是躺在雪地里，而是躺在海萨尔家里的沙发床上。屋子里暖洋洋的，阳光透过粉红色的窗帘照射进来，色调温馨，和暖、宜人。墙角的音响里正播放着缠缠绵绵的轻音乐，曲调清丽、悠扬，如牧笛飘入柳丛，又如飞鸟归入晚巢……她的身边会靠拢来一个身子，一张脸也会向她的面庞贴来，那脸的上半部是柔软的，充满了滑腻和弹力，而那下半部却有如刺猬一般长满了针刺。那针刺碰到脸上，让她的面部发麻，更让她的心里发痒。那棱角分明，弹力和耐力都很出色的两片厚嘴唇，像饥渴无知婴儿的嘴，嘬在脸上，能裹起一块肉来……在海萨尔，有她的温馨和幸福，有她不尽的欢欣和顺畅，她干吗来这儿呀？孤零零地被抛弃在林子里，误解和屈辱——她的承受力已经达到了极限，她就要崩溃，就要彻底完蛋啦！

该死的选择，什么鬼项目！活该，谁让你不听老公的话呢？开始，丈夫就坚决反对她研究这个项目，反对她的立项，她觉得丈夫的反对是阻止她到猎乡来——他不想让她和瓦罗基多接触！

她觉得丈夫的担心纯粹是心理变态，小人龃龉，狭隘自私！她有她自己的想法和立场，她带领一批人，争取了这个科研项目，她要把这个项目付诸实践，这是毫无疑问的。结果，她果真吃了不少苦，身心受到了极大的打击。

她感到一阵阵口渴。路上，她吃了不少雪团，可那东西一点儿也不解渴。她两手支着雪地，坐起来摇摇头，脑浆子好像冻成了坨儿，沉重而麻木。一阵风吹来，身旁蒿草的叶子在雪地上划来划去，发出沙啦沙啦的声响。天空不那么蓝了，笼上了一层灰蒙蒙、雾一样的东西，仔细看去，大山和森林被一团油汪汪的东西包围了。她感到脸上有刀片儿在剥皮。她知道遇到了麻烦——北方的冬季，在野外遇到了这种情况，要立即点着一堆篝火。如果来不及的话，就不要停脚，把露肉皮儿的地方都包裹起来——寒流，那可不是闹着玩的，弄不好，鼻子眼儿里都会冻冰，连屎尿也会冻成坨儿。寒流是北方冬季最冷酷的杀手，当它袭来的时候，气温会骤然下降到零下四五十度。因此，大兴安岭北麓冬季野外作业的人，对寒流都是有所领教的。

迟宇虽然没在林区工作过，但她一直生活在北方，她对寒流还是略知一二的。她赶紧把皮帽子耳朵拉下来，再把两个帽耳子系在一起。一会儿工夫，双手就冻得猫咬似的。

风不大，但空气里像撒上了辣椒面儿，粘到哪儿哪儿就火辣辣地疼。现在她一点儿也没有汗津津、湿漉漉的感觉了。寒流侵犯着她的皮衣皮裤，她身上起了一层厚厚的鸡皮疙瘩。她赶紧用皮手闷子捂住胸脯……一块硬硬的东西硌了她胸脯一下。她奇怪地把手伸进怀里，在皮衣兜里她摸到了一个塑料袋儿。一阵激动，她不由抬眼看了看格林娜的脚印。刹那间，她眼前的脚印变成了一条小溪，小溪欢快蜿蜒地流进林子，又从林子里流淌出来潺潺地流进她的心田——那脚印给了她温暖，给了她鼓舞，给了她希望，也给了她勇气，更给了她浑身的热血激荡——她衣袋里装着的是一块肉块儿。格林娜，你这云里雾里的行为，你到底在干吗？

空气更显得干燥、寒冷，白雪中站立的森林也更加冷峻苍凉。

迟宇迎着寒流，沿着格林娜的脚印继续追赶。

其实这次进山，迟宇是非常有信心的，而且充满了诗情画意——坐上驯鹿爬犁，到森林里去，体验一下猎人的生活。也许在黑黢黢的林子边儿，一只公鹿在悠闲地觅草，或者在山谷里暖泉子周围的什么地方就会碰到前来喝水的公鹿。他们就会把装有麻醉弹头的子弹射出去——个头硕大、雄健而毛色淡红的公鹿就会应声倒在雪地里，那是再简单不过的事儿了。

至于半路上出了岔儿，以至弄成现在这样，是她做梦也没有想到的。

脚印又消失在一片林子里。她抬眼望望天空，太阳像个奶坨儿挂在遥远的天边。天边被连绵雪山的轮廓锯割得像一把生了锈的破刀锯。迟宇非常明白，天边的太阳无论降落到哪一个锯齿上，都将是她绝望的开始。

突然，在她不远的林子边上，传来一阵声响，声音并不大，可是在这寂静的林子里，迟宇仍然觉得像草原上奔腾而来的马群。她被突然而至的声音吓了一跳，慌慌乱乱地摘下枪——她发现有几只狍子正站在对面的一个山坡上。她没法确定那是几只狍子，反正她看到冲着她站着的几只狍子露着白屁股，盘子似的，还像扇子。几只狍子掉过头来看着她，很专注。看来这些狍子离她并不太远，因为惊恐中她竟能看清狍子身上褐红色的皮毛以及狍子们尖利而不时转动的耳朵。她狂跳的心开始渐渐平静。

那些狍子还是呆呆地立在那儿。她看了它们一会儿，把枪端起来，闭上一只眼睛，让另一只眼睛顺着准星去寻找那些狍子。狍子们开始骚动，它们在对面的山坡上走走停停，一会儿转动一下尖利的小耳朵，一会又欢快地从雪地里拔出细脚迈动几步再把细脚插进雪壳子里。迟宇的枪口点动着，胳膊发软，她把枪又扛在肩上，自言自语着：真是傻狍子，要是碰到真正的猎手，你们的身上早就开花儿啦。狍子们终于意识到了危险，它们鱼贯而起，细腿在雪地里弹动起来，轻盈的身子一起一跃，在雪地里划着美妙的弧线，像展翅的鹰一样，眨眼就消失在山岗的后面。

迟宇被狍子闪电一般飞奔的神力鼓舞了，她决心尽快赶上格林娜……

五

格林娜从土洞子里钻出来，迎接她的是天空中稀稀拉拉的守望着大山和森林的星星。白雪覆盖下的大山和林子静静地熟睡着，只有凉爽的空气给了她一丝新意和刺激，回头看一眼黑黢黢的土洞，她知道迟宇还没有醒来。睡吧，小娘们儿，好好做一个梦！她心里嘟囔着，反正离猎乡已经不远了，只要奔那个月牙形山口走，准能回到猎乡，这不会错。

她可不能继续陪着那个弱不禁风的女人了。她要做她的事儿——她的心一直被一种欲望侵占着，这欲望搅得她一宿没睡好。说不清是她非要有这种欲望，还是这种欲望支配着她，反正她觉得非这么做不可——她要亲自弄一头像样的公鹿给瓦罗基看，更给迟宇看看。她早就下了这样的决心。

真是不错呀，干吗要一头公家伙呢？而且是上等的绝好的呢？来一头母家伙不行吗？就是因为公家伙的后裆里夹着两个卵子吗？

大老远地从城里跑来，还想亲自进山去逮一头像样的公鹿，简直太目中无人了。干吗呀？来跟我格林娜比高低吗？那你可得睁开眼睛瞧瞧，格林娜可不是一碰就吱吱叫的"奇巴"（鄂温克语，一种石鼠），叫号吗？走着瞧！

格林娜想着，又望了望那个通往猎乡的山口。那个月牙形山口的上方，几只惨淡的星星还在顽强地眨着疲惫的眼睛。祝你好运，小娘们儿！

格林娜的心里憋着一口气儿，毫不费力就翻过了一座大山。在穿越一片矮林子时，树上的雪球儿砸在了她的脖子上。雪粒融化了，冰凉的，弄得她的脊背像有一条小虫子在爬，痒痒的。

现在，她要去那地方——乌鲁木铁山谷，她在那地方打过鹿，她记得很清楚。为这，瓦罗基还打了她。

春天。

林子返青，青草没地的时节，她找到瓦罗基。

"我想送你一样东西，可你自己也得出点力。"

"要是这样，还算你送的吗？"瓦罗基看着神秘兮兮的格林娜。

"可我打定主意要送给你。"

"是什么宝贝东西啊？"

"皮夹克。"

"开什么玩笑，你忘了我不是有最结实的犴皮夹克吗？"

"这我知道，我只是想给你弄一件鹿皮的，鹿皮夹克。"

"我说了，我有犴皮夹克。"

"可鹿皮的最讲究，也最时尚。"

"去哪儿弄啊？"

"上山啊，上山去打只鹿，皮子给你做夹克，随便再弄点鹿胎或者茸角什么的。"

"疯啦？你不知道现在打鹿需要指标吗？再说，猎乡附近的野鹿是越来越少了，要绝种，你看着不心痛？"

"嗨，你这家伙，你冲我嚷叫什么？如果猎乡就我自个儿有一杆枪，那我情愿把它扔进山谷，可人人都有，你管得了吗？"

"别人的事儿我管不了，可你不行，绝对不行！"

"我为了谁？不是为了你吗？"

"为我？谁知道你为了谁？"

"你放屁！我看你才是贼喊捉贼！你自个儿是怎么从海萨尔回来的？你说呀？"

瓦罗基一巴掌打了过去，"你住嘴！"

格林娜捂住脸，"你……打人！"

瓦罗基的脸扭歪了，"你敢再说一遍？"

格林娜不再作声，她知道刚才的话伤了瓦罗基的心，可这个家伙，懂她的心思么？她是诚心想送给他一件鹿皮夹克呀。

瓦罗基扭头走了，留给她一个宽大的背影。望着瓦罗基的背影，格林娜咬了咬牙，"干吗听你的呀？偏去！"

她真的在那个山谷里打到了一头鹿，一头大个的公鹿，她剥了皮，摘了两个腰子，砍下了茸角。她就是要和瓦罗基别劲儿，她绝对要送给瓦罗基一件鹿皮夹克……

现在，她又向那个山谷走去。她知道那个山谷有一个不会结冰的泉子，冬季，好多动物都要去那里饮水。走了一个上午，她饿了，现在，她有点儿走不动了，心发慌，胃里空荡荡的。

她向一片树林子靠过去，那是一片松树林，老远她就看到有一群松鸡在树上跳来跳去。

她找了一个视野开阔的位置，瞄准，开火！"噗"的一声响，一只松鸡石子一样从树上掉到雪地里。

找到那只松鸡，又拣了一堆干树枝，她从一个大树下面又弄到了一些苔藓，然后拿出一颗子弹，在枪管上把子弹头别掉了，再把苔藓塞进子弹壳里。枪口对准那堆干苔藓，扣动扳机。枪管儿喷出的火星儿点燃了那堆苔藓。

其实生肉她是吃过的，那是犴啦，鹿啦脊梁杆两边的里脊肉。切成丝，撒上酸溜溜的醋，鲜活而脆嫩。狍子的生肝她也吃过，刚摘出来的生肝热乎乎的，蘸着盐面儿，一嚼一股血水……可是松鸡肉，那是无论如何也无法生吃的。

篝火燃起来了。

吃饱喝足了的格林娜继续前进。

远远她就望见了那片松林，那是缓坡上的一片樟子松，走进山谷就能看到那片松树林。林子在白色山谷的衬托下黑黢黢的，像一片被开垦的田地。过了那片林子，就到了谷底，那个不冻的泉子就在那个谷底里。格林娜记得非常清楚。

渐渐地，那片树林清晰起来。交织的树枝擎起厚厚的积雪，树梢上面是一片银白的世界，也有旁逸斜出的树枝探出头来，顶着一块白盖头，胆怯羞涩地窥视着一览无余的银色山谷。

拐过山脚，她看到了暖泉子上的水雾。格林娜得意地笑了，她相信在这儿一定会弄到她想得到的玩意儿！

泉水真清。水底铺满了长着苔藓的卵石。泉子四周被动物的蹄印踩平了，蹄印和一堆堆乱糟糟的粪便掺杂着，像一个羊圈。接近雪地的泉水结了一层冰凌，上面残留着什么动物着急喝水时不慎把舌头碰到了冰凌上留下的斑斑血迹。

格林娜一眼就看到了她要找的蹄子印：那蹄子印跟狍子的差不多，

但要比狍子的蹄印大得多。她趴在泉子边喝了不少泉水，泉水很凉，也很甜。

在一片洼地的桦树林子边，格林娜终于发现了寻找的目标——鹿。是五只鹿。太好了！从它们头上的犄角上看，里面有一头很像样的公鹿，还有一头公鹿，但个头要比前者逊色很多，其余的是母鹿。

她激动着，把考察队发给她的特别的子弹压进枪膛——那是一种绿壳的麻醉子弹。

她屏住呼吸，枪口对着那头大个儿的公鹿。以往，她碰到猎物时才不会这么小心翼翼呢，一枪不中，枪膛里余下的子弹就会接着去追赶那些没命奔逃的猎物。现在不行，她的麻醉子弹是有限的，再说，碰到一头像样的公鹿实在太不容易，机会难得啊，她不能有任何闪失，让这头难寻的东西在自己的枪口下白白地溜掉。

套在枪准星里的公鹿警觉了，它抬起了雄马一样的脖颈，两只尖利的耳朵开始转动，搜寻那些来自四周的风吹草动。就在它把全身的力量积聚在四肢上，准备扬蹄逃遁的时候，格林娜已经扣动了扳机。麻醉弹头穿破了空气的阻挠，呼啸着，转眼就击中了公鹿的前腿畔。鹿群受到了惊扰。公鹿很顽强，它岔开鹿群，几个跳跃就翻过了山岗。鹿群轰然而去。

格林娜松了一口气，她看到了那麻醉弹头像锥子一样钻进了那头公鹿的前腿畔。一个好的枪手，是绝对会看到自己的弹落点的。她相信那头公鹿在翻越了那个山岗不远就会栽倒下去，那不会错！

格林娜顺着鹿群的蹄印翻过山岗，公鹿的蹄印和鹿群的蹄印分开了。这是她早就预料到的。在一片林子边儿，她看到了那头倒在雪地里的公鹿。它蜷缩着，匀称地喘着气儿，脖颈很短，却很粗壮，灰红的毛色里掺杂着白色的斑点，毛梢顺滑，泛着光亮，这的确是一头雄健的公鹿！

格林娜用皮绳把几根木头杆子绑在一起做成了一个雪橇，放上公鹿。她拉起雪橇向山岗下走去。

太阳像个水浮子，随着阳光的西斜，它慢慢向林子里沉下去，就在它即将消失的天边，晚霞像一团透明的紫纱，弥散着柔和的光线。格林娜沐浴在落日的曛光中，像一台蒸汽机，浑身散发着腾腾热气。面对夕阳，她的脑海里升起一双玫瑰色的翅膀。那翅膀驮着她飞到了迟宇的身边："怎么样，小娘们儿，睁开眼睛看一看这是不是一只公家伙？用不着掰着两裆看卵子，咴，看看它肚皮下面的鹿鞭不就得了？"翅膀又驮着她飞到了瓦罗基跟前："瞧啊，这是一只石鼠吗？不知道格林娜是什么样的女人吗？嘿，只要是她相中的玩意，就别想从她身边溜掉！"她得意地笑了，浑身又充满了活力。

六

迟宇终于爬上了那个山岗。她一直跟着格林娜的脚印走，那脚印像一条彩带领着她在林子里穿行。

现在，她终于明白了格林娜要干什么去，她是在那个有泉子的山谷里知道的。格林娜来到那个山谷里的时候是一行脚印，现在她的身后又多了一条痕迹，那是雪橇的痕迹，它在雪地里划开了一条沟痕，淹没了格林娜的足迹，一直绵延到高山沟谷。而且，在雪橇后面的小树棵子上，还挂着几绺梢儿发红的动物毛——那是鹿毛，她认识。昨天晚上，太阳卡山时她就发现了它们。这之前，她还看到了格林娜拢过的火堆，篝火把四周的白雪融化了，一片一片的，发黄。

看到树棵子上的几绺鹿毛时，她激动了。看来格林娜并不像她想象的那么坏，那么不可救药。无非是她们心灵之间缺少沟通、理解和相互之间的信任罢了。现在，她觉得格林娜那么可爱、可敬；那么无畏、勇敢、坚强！

格林娜的这种精神，给了她很大的鼓舞和鞭策。因此在夜晚的宿营中，她一直以格林娜为自己的精神支柱。虽然她独居深山仍然心有余悸，但是清冷、难熬而恐怖的夜晚还是被她战胜了。

风刮起来了，滚动的雪粒把格林娜身后的脚印填得只剩下一排小窝窝。在那个山岗上，她看到格林娜停留了好几次。看来，格林娜也到了筋疲力尽的程度了。别说格林娜还拖拽着一头公鹿，就是她自己徒步行走，现在已经到了苟延残喘的地步了。她的浑身不再有潮湿的感觉了，汗毛孔都锁得紧紧的，皮肉像一块绷紧的胶皮，缠在身上。她抬眼望望天空，天空不像晚上那样白惨惨的了，而是被淡淡的海蓝涂抹了，她定定地望着遥远的天边，那里漂游着几丝云一样的东西……她感到一阵目眩，好半天，她才缓过劲儿。

　　从山岗上望去，前面是一片极开阔的地段，对面是一座雪山，阳光从雪山上反射回来，令她眼花缭乱。突然，她觉得山脚下的开阔地里有什么东西一闪，像阳光照射屋顶铁皮的亮光。她心里一阵喜悦——苍茫空旷的雪原中，的确有个小黑点，白纸上的苍蝇似的。格林娜，是她，一定是她！不是她又会是谁呢？迟宇激动万分，连滚带爬从山岗上跑了下去……

七

　　格林娜绝望了，她掉到了清沟里。这是离猎乡不太远的一条河，枪架担着她的身子，周围的薄冰塌落下去。她的下半截身子被河水浸泡着，皮裤灌了铅一样坠着她的身子，湍急的河水冲击着她的两条腿，拼命地把她的身子向冰窟窿里吸着。她是太阳冒红时掉进冰窟窿里的，现在有点坚持不住啦！

　　晚上，她是和那头公鹿睡在一起的，开始那头公鹿是昏睡的，后来公鹿渐渐清醒了。它"呦……呦……"地叫着，蹄子刨着地上的积雪，好在她用皮绳绊住了它的四个蹄子，不然，它一觉醒来，会很容易地回到林子里去。

　　天没亮格林娜就上了路，她原来是拽着那头公鹿向前走的，可这家伙是一头野东西，它一点也不像温顺的驯鹿那样，它四脚插在雪地里，缩着脖子，身体一动不动。格林娜拔河一样拽着那头公鹿，她的行进速度很慢。最后，她干脆把皮绳系在自己的腰上，像拉纤一样向前晃动着。身后的公鹿就像一条摇摆不定的小船儿，东撞一下，西跳一下，还不时把她拖倒在雪地里。

格林娜伤透了脑筋，最后她想出了一个办法——两个指头捏住公鹿的鼻子，用猎刀在公鹿的一只耳朵上捅开了一个小窟窿，拴上皮绳。公鹿温顺多了，格林娜牵着它向哪儿走，公鹿就乖乖地跟着她。

太阳从林子里升起来的时候，她终于走到了那条冰河前，过了这条河，再拐过前面的山脚就回到猎乡了。她的心里一阵轻松。

她牵着公鹿毫不犹豫地走上冰河，河面上结了一层毛茸茸的冰凌，冰面上还有什么动物的蹄印穿河而过。走上冰面，她的两条腿格外轻巧，脚下的冰凌传来"咯吱、咯吱"的声响，身后的公鹿也"嘎嗒、嘎嗒"地迈着步子。她盘算着回到猎乡的撮罗子里吃点什么呢？桦皮篓里有现成的肉块儿，还有褪好毛的松鸡，吊锅子里盛着烤饼呢……最好是吃点汤汤水水，像下水汤什么的。因为好几天肚子里没有像样的食物啦。吃饱喝足了，再美美地睡上一大觉，嘿，就这么干！

突然，她的身下传来了一声轰响，接着，像猎物掉进了布下的陷阱，她的身子一下子陷落进冰河里，水珠溅了她一脸，她不由自主打了个冷战。还算好，身上的枪架救了她的命，枪架卡在了冰面儿上，擎住了她的身子，不然，后果不堪设想。

她真后悔。她怎么没有想到清沟呢？北方的河流虽然在冬季里会隐藏起它的桀骜不驯，但在河水湍急的地方，仍然暴露着它的凶残与险恶。河水表面上也会结冰，但那冰面是脆薄的，要是下了一场小雪就更危险，人或体重大的动物走上去是凶多吉少的。林子里的人管这种冰面儿叫清沟。

刚掉进河水里，她的大半个身子还在冰面上，她不假思索地向起一跃。她想爬上冰面，凭着她的体力是毫无问题的，可是她的身子刚刚跃起，冰面儿又随着她的身子塌落下去。这一次她和公鹿都没能幸免。

公鹿毕竟是野生不驯的东西，它灵巧的身子在碎冰块儿里蹦跶几下就爬上了冰面。格林娜死死拽着皮绳，她可不能随意让它跑掉。为了它，她才弄到如今这种地步，吃尽了苦头。再说，要是让它跑掉了，她自己却留在了冰河里，猎乡人知道了这件事儿会怎么看她啊？

公鹿把她的身子拽到了冰面前，她知道不能再贸然行动了，如此扑腾几次，体力消耗没了，身子很快就会被河水卷走。她小心翼翼地摘下枪架，横在冰面上重新担住身子。这时，她才觉得枪架上的两只手颤抖着，浑身也在不停地抽搐。她静了静慌乱的心，环顾一下四周，只扑腾那么一两下，她的身后就留下了一个很大的冰窟窿。黑绿的河水打着旋儿咆哮着缠裹着她的身子，似乎想一下子就把她囫囵个儿吞进冰窟窿。要是那样，她的人生就要来一次真正的洗礼了。

的确太危险了。看着身后的河水和四周的冰面儿，她谨慎地向枪架的一头儿靠过去，就在她的身子接近冰面时，薄薄的冰面又开始碎裂坍塌。她眼巴巴看着近在距尺的冰面儿和四脚叉开，身子发抖的公鹿。她既恼火，又无奈。

抬头向河岸望去，岸边有一座石头山挡住了她的视线，河水是绕着那座石头山向下流淌的。石头山使她的心情更加沉重。她感觉到河水中的两条腿被水流冲击得琴弦一样抖动着，冰凉的河水已经把她的两腿浸泡得几乎麻木了。看着薄薄的冰面儿，她真的不敢再轻举妄动了，胡乱的挣扎是枉费心机的，弄不好，枪架断了，她的身子就会立即被河水吞没。现在她真希望身边能有人来，要是那样该有多好啊？来人就会向她伸出援助之手，她就能爬上岸来。

幻想替代不了现实。眼下除了大山，雪野，河流，公鹿还有她自己，一切都是空无虚有。

她真有点悲伤、难过。不知不觉中，她的眼角流出了两串热泪——她是一个刚强的女人，从小长这么大，她很少落泪。那年，他父亲为了保护驯鹿群，被黑瞎子糟蹋了，当时的惨景啊，让猎乡里的很多人都掉泪了。但她没有，她把泪水咽到肚子里，自己拿起枪，独自走进林子，转绕了好多天，终于把那头大母熊干掉了。也因为这件事儿，无论是冬天还是夏天，不管什么季节，只要碰到熊，她就打。她才不让祸害人的东西顺顺当当地活着呢，猎乡里的很多人不敢碰熊，她敢。她可管不了那么多，有人打死了熊还要搞什么葬熊仪式，甚至点上松明子熏除死熊的邪污等等，这些她统统不放在眼里，她打熊就是为了给父亲报仇，再就是她也要那胆囊，得手时也要皮子和油。

上次，她为了给瓦罗基做那件鹿皮夹克，瓦罗基莫名其妙地扇了她一个耳光，她既委屈又恼火，那她也没掉一滴眼泪。

现在她掉泪了。要是被河水卷走了，就再也见不到瓦罗基了，他们从此天各一方，那是多么痛苦和悲伤的事情啊。她爱瓦罗基，为此，在猎乡，她做出了很多令人啼笑皆非的傻事。

瓦罗基在猎乡的确很惹人眼目。不但人长得帅气，还干啥像啥。出猎是个好猎手，在学校是个好老师，他还有自己的研究项目，还上过报纸呢，一个大版面，上面有他的照片，他和一群飞龙鸟在一个铁丝网编织的笼子里，人鸟和谐共处，很令人羡慕。她和瓦罗基在一起是快乐的，幸福的。瓦罗基对付她也有一手，只要被瓦罗基捉住，他就把刺猬一样的胡子往她脸上蹭，她躲也躲不了，就像一只飞鸟撞在猎人布下的粘网上那样，一动也动弹不得。一动，他的胡子就像刚针一样扎进肉皮里，每次她都得乖乖地任他摆布，不知不觉中，浑身开始酥麻了。像一条毒蛇衔住了老鼠，只要毒液放射出去，老鼠的身子就会毫无抗拒地瘫软下来，心里明白四肢打漂儿。这是一场认输的较量——被占有的不仅仅是身体，乃至生命！

可惜，她和瓦罗基在一起一直没有生下孩子。她为此常常焦虑。瓦罗基安慰她："放心，一定会有一头小鹿跑到咱们家里来，这是迟早的事儿！"

可是她这头母鹿马上就要沉入河底了——我的可怜的小鹿啊，她心如刀绞。望着冰面上瑟瑟发抖的公鹿,她的火气不打一处来。"混蛋,都是你!"她抖动了一下缠在手中的皮绳。公鹿叉着四腿,战战兢兢地伸长了脖子。拴着皮绳的耳朵上结成了一个亮晶晶的冰疙瘩。由于皮绳的牵拽,它的头几乎抵在冰面上,仿佛要透过冰层把河底看个究竟。

她又小心翼翼地摘下了肩头上的枪,这是一支半自动步枪。是猎乡奖给瓦罗基的,瓦罗基看她喜欢,就送给了她。她可不能让它也沉入水底。她要把这支枪还有岸上那头公鹿一同留下来。她就是和瓦罗基较劲儿,让那个城里女人看看!格林娜是什么样的女人?瞧啊,她想干什么就干什么,谁也阻挡不住!不是想要一头公鹿吗?哎,拿去好了,这可是一头像样的公家伙呢。格林娜是说话算数的女人,是有志气的女人!掉到冰窟窿里又怎么样?死又算得了什么?反正她胜利了,赢了!这么想着,她笑了,胸中充满了胜利的喜悦!

一阵风顺河面吹来,在她帽耳子旁打着呼哨:"格林娜——格林娜——"

八

当迟宇站在山岗上,判断出茫茫雪原中的小黑点儿就是格林娜时,她连滚带爬地从山岗上跑了下来。

山脚下的雪真厚,淹没了膝盖。没走多远,她就感到心脏在胸腔里毫无规则地蹦跳起来,眼前一阵阵发黑,无数颗火星儿在自己的眼前跳来跳去。

雪野像一块魔毯,空旷辽远,无边无际。迟宇挎者着枪架向前晃动着。雪原中的那个小黑点儿越来越大了,这给迟宇增添了信心。

当她来到冰河边,她惊呆了。她不顾一切冲了上去。嘴里喊着格林娜的名字

格林娜定睛看去,发现了迟宇——她是从天上掉下来的?迟疑中,她

看到迟宇正鲁莽地向冰窟窿跑来,她的心一下子提了起来。

"站住!快站住!"她声嘶力竭地喊起来。

迟宇还是跌跌撞撞地向前跑着。

"你——站——住!"格林娜的声音颤抖着。

迟宇停住脚,张着嘴巴喘息,"格——格林娜,我来——我来救你——"她上气不接下气。

"危险!你脚下的冰面儿太薄太脆,趴下,把枪架递过来!"格林娜向迟宇喊着。

迟宇按着格林娜的嘱咐,趴在冰面上,把枪架递给格林娜。格林娜拽住迟宇递过来的枪架,身子慢慢向冰窟窿的一边移动。在河水浮力的作用下她毫不费劲儿就靠了过去。她憋住一口气,咬紧牙,正要跃上冰面儿的时候,冰面又"嘎巴、嘎巴"响起来,河水涌上冰面儿。她不敢轻举妄动,只好放弃。她又把身子向冰窟窿的另一个方向靠过去。就要成功了——她的大半个身子已经爬上了冰面儿,有一条腿也要跨上冰面了!

突然"轰"地一声响,她的整个身子又一下子落进河水中。

前功尽弃。

趴在冰面儿上的迟宇听到身下传来了冰裂响,她慌忙爬起来。格林娜落水时涌起的水花儿,溅了她一身。她赶忙换了一个位置,重新把枪架递给格林娜。

"快,格林娜,快抓住枪架,重来!"

冰窟窿里的格林娜像一个落水的皮球,身子在河水里晃动着……

篝火燃起来了。爬上岸来的格林娜和迟宇依偎在火堆旁。

"你没回猎乡?"篝火在格林娜的眸子里燃烧着。

"我一直跟着你。"迟宇平静地看着格林娜。

沉默。

"你救了我,我把那家伙送给你,白送。真的,什么报酬也不要。那可是一头像样的公家伙,你瞧啊!"格林娜指了指拴在小树上的公鹿。

迟宇瞟了一眼那头公鹿，它正卧在雪地里，目光惊惧地看着她们。

太阳升起来了。洁白的雪地里，两个女人搀扶在一起，疲惫的身子拖着她们身后的影子慢慢地向猎乡走去……

雷击火

一

雷击火在大兴安岭上肆虐。

火场已无法控制，强大的外在力量使人力显得渺小、微弱、无济于事。

我们这些扑火队员在小巴亚的山谷里滚打了三天三夜，现在接到了命令：向山下撤。

队员们迈着紧张而疲惫的步子向安全的地方撤退。

过火林地里，光秃秃的大树像香碗中点燃的香，尖尖地刺向天穹，飘散着丝丝白烟。脚下还能感到温热，山那边刮过来的缕缕青烟钻进队员们的鼻孔，咳嗽声接二连三。

从山梁上插下来，再穿过一片开阔地就是运材的沙石公路，队员们都松了口气，驻足歇息。

大家实在太疲惫了，要知道我们这些扑火队员个个都是棒小伙儿，可眼下却成了一盘散沙。

大家的心情刚刚平稳，这时有人指着沙石公路大喊："快看哪！"

的确，刚刚还很平静的沙石公路上突然蹿起了一股黑烟，一辆汽车从黑烟里冲出来沿着公路飞奔。不知是汽车的速度太快，拖动了那团黑烟，还是那团黑烟穷追不舍地想吞噬奔跑着的汽车，反正汽车和黑烟的速度之快、之猛烈就像刮过的风。大家正在惊愕，四周七八米高的大树上又陡然落下大团大团的火球。骤然间，我们的周围一下子布满了熊熊大火。风声火声如雷电霹雳，似鬼哭狼嚎。

人群骚动起来，几十号人潮涌般向还没有火点的林地冲去。我裹在人群里，气喘吁吁地顺流而动。

很不幸，几处火点已连成一片。火龙顺公路两旁的森林急速推进，热量向上辐射，周围的冷空气及时补充，形成了一个冲天的气旋。气旋越旋越大，带着震耳的隆隆声在森林的上空旋转着、移动着。

四周的大火包围上来。大家的神经紧紧地绷起来，这场凶猛而怪异的森林大火，烧懵了经常同山火打交道的扑火队员。

队员们开始惊慌失措。这时，一个人闪到我的跟前，"祥子，咋办？快跑啊！"来人带着哭腔，是柱子。他的两眼被山火照得特别亮，似乎大火正在他眼睛里燃烧，脸上让树皮灰模糊得一块块黑。

其实我也正在人群里找他。我们俩是光腚娃娃，长大了，又到了一个林场，是那种亲如家人的朋友。"跑哪儿去啦？找你半天啦！"我焦急着，一把拽下他脖子上的毛巾，拧开水壶盖子，泅湿毛巾递过去。"捂住嘴，用衣服蒙住头！"

我们俩随着人流向前冲。没别的办法，四周都是火。

接近燃烧的林地，就像走进炎热的沙漠，飞起的树条子冒着烟，抽打着肉皮，刺痒而疼痛。前面的人冲进了火海，后面的人接踵而至，就像飞蛾扑火，前仆后继，大家的脚步一刻也不敢停。

我和柱子向外猛冲。火头真厚，冲进十多米，还是火。忽然他被脚下的树枝绊倒了，我正想冲过去拽他，但还没有来得及伸手，一股浓烟从蒙头的衣服空隙里钻进来，燎毛的气味一下子充满鼻孔，肺子涨大了，充塞了整个胸部，既无法出气，更无法进气。我感到一阵天旋地转，但我心里清楚：不能倒下！我又踉跄着拽开了步子，然而，没跑几步，我感到头上似乎响了一个霹雳，一阵目眩，我眼前漆黑一片。我好像听到了有人在哭嚎，又好像火车头在鸣叫。我开始窒息，但能够感觉到身上的皮肉在燃烧……

当我苏醒过来，费了好大的力气，才看到了一块天空。那里有点发红，又有点发黑，充满了烟云，充满了雾霭。

怎么了？我这是在哪儿？好一会儿我才弄明白，我是躺在大火过后的林地里。一阵激动，一阵心酸。胸口涌来一股热辣辣的潮水，直扑我的眼睛——我还活着？

我不知泪水流出来没有，脸颊一点儿也没感觉到。不过，我由衷地为我坚强的生命而赞叹。我知道生命瞬间就可以消失、毁灭，而我……我为能够继续呼吸而感到幸福、自豪！

浑身开始发热。我知道这是神经在恢复工作。我想坐起来，用两只手去支撑身子，才发现两手已经烧焦、变形。

完了！我猛一使劲儿，咬紧牙关坐起来。天呐，眼前像个战场。不远，横七竖八躺着几个人，有一个在我脚的下方，衣服已烧光，肚子里的什么东西淌出来，腾腾冒着烟气。这些是我勉强睁开的那只左眼看到的，而另一只却无论如何也睁不开。我残喘着，大脑里一片空白。好久我才想起柱子。当时我们紧紧相随，他摔倒了，不知他爬没爬起来，跑没跑出去。我想招呼他，张了几次嘴，可一点声音都没发出来。我无望地把目光扫向躺在地上七扭八歪的人们。真惨！我无法辨清他们是谁，但我发现其中的一个抽搐了一下，他侧仰着，头皮已经开裂，鲜血向外渗着。脸上的肉，几块烧焦了，几块成了水灵灵的大泡。我有点反胃，想吐。

浑身开始疼痛。眼前有火星不住地跳来跳去。忽然，我听到了一个声音，那声音低弱、无力，像从燃烧的树叶下面冒出来的。我搜寻好一会儿，才发现那个侧仰的人嘴唇抽动了一下。我专注地盯了他一会儿，发现他被火烧厚的嘴唇又接连动了几下。

"祥……子……"

是在叫我？我吃惊地向他靠过去。心像打鼓那样直跳，周身痛如刀割。

的确，我无法认出这是谁，那面目像一块焦炭，只有那高高的鼻梁才一下子让我想起了柱子。

"柱……柱子……"我费了极大的力气喊了一声，气流冲动了嘴唇，一丝声音传出来，弄得我差点昏厥过去。大火把我嘴唇烧焦了粘在一起，那滋味真难受。嘴说不出来，语言无法描述，仿佛心被割去了一块肉。

是柱子！他的声音微弱得不能再微弱，气流急促，语音断断续续。

"……祥子……完……了……"柱子像一个被烧焦的鸟雀，身子无法动弹，只有嘴唇在那儿抖动。

"柱……子……"我心底一下子掀起了狂澜，泪水涌出眼角。我想说句安慰他的话，当时，我两片烂乎乎的嘴唇粘在一起，我不知张开没有。

一棵倒树把我和柱子隔开。从他嘴里，已无法听到半点声音。我想再挨近他一些，可试了几试都没有成功。我的两手不敢撑地，两腿又一点儿也抬不起来。那棵倒树像一堵墙，真的是一堵难以逾越的高墙！我只好将身子向他那边尽力靠过去。

柱子被火烧裂的头皮向外渗着红里带黄的汁液，堆积在他脖子的折叠处，开裂的头皮在眉宇上堆起了一个肉褶，压迫着他的两眼。只有他的鼻子还挺着，像儿童电影里狗熊的鼻子一样疤疤癫癫地粘成一个团子。两片抖动的嘴唇像两个猪腰子。

惨不忍睹。仅仅是倒地之前，我和他还完好无缺在一起，宛如被围困的野兽，逃脱欲和求生欲在我们年轻的肌体里化作不可阻挡的神力，寻求永生，向往自由。转而，我们却双双被死亡俘虏，大火将我们焚烧得面目全非，奄奄一息。

由于倾斜过猛，我的身子向柱子那边砸过去。这剧烈的一动，使我的眼前又变成一片火海，橘黄的火苗儿像带刺儿的狼舌，舔得我周身如剜如剌。

我又昏厥过去……

二

天空依旧灰暗。细细分辨,可以看到无数的拖着小黑尾巴的灰尘,那是兴安岭上森林的冤魂。它们在天空里游荡、哭泣,又无声无息地扑向火迹地。

这些冤魂们和我体无完肤的躯体在悄悄地拥抱。它们发现了苟延残喘的我,欲和我融为一体,以使来日发芽、抽绿。

嗓子像一个烟囱,干辣、苦涩、憋闷。这时,我的头和柱子的头相隔很近。

"妈……妈……"我又听到柱子的声音,他仍在呻吟。我的心里像干旱的沙漠里流来了一条小溪,一阵说不出来的畅快——因为我和柱子都还活着!

"柱——柱子——"我激动万分地干嚎了一声,连我自己也吓了一跳。我似乎听到了狼在嗥,狐在叫,魔鬼在咆哮!

柱子急喘了几下,"祥子……妈妈……"他那两片厚嘴唇子慢慢地击敲,像昏昏欲睡的和尚敲打着的木鱼。

我很难过,两眼又潮润了。我了解柱子就像了解我自己一样。

柱子从小就失去了父亲,他是跟着妈妈长大的。妈妈怕他受苦,一直没有再嫁。

我和柱子从小就是好朋友,我深深了解这母子之间的深情。小时候,柱子和人家打架时,要是人家骂他娘,他是拼命也不让过的。我那时常常在他家住,因为我的身世一点儿也不比柱子好多少。

不到六岁,我的父母就先后去世了。我和姐姐被舅舅接到了林场,邻居就是柱子家,就这样我和柱子成了好朋友。

柱子不行了。

我没显得多么难过。真的，不是说我和柱子之间的友情不纯，感情不深。而是我现在顾不上许多，我觉得柱子无非是从生到死的边界，比我先迈出了一步。因为我本身只有思维还支配着我去履行一些想法，至于我的躯体，毫不夸张地说，当时我觉得它已经属于了大兴安岭。属于大兴安岭一隅的那块火迹森林。是的，那时的感觉是除我之外任何人也无法体验的。

求生是动物的本能，可我没有丝毫的奢望了。我心凉，我沮丧，我无望！悠然间，几多青春梦，几多离别愁一起涌来。我的脑海里出现了一个身影，哦，生死离别之时，我仍无法抑制自己的情感。那是燕子，我的宝贝，我的心肝，我的女朋友。我似乎看到她袅娜的身子向我飘来，像蝴蝶。那对虎牙宝石一样，白闪闪、亮晶晶的；深深的两个酒窝像湖面上的涟漪呀……我们恋得很深，爱得很透。而眼下我却躺倒在大火焚后的兴安岭上。

哦，爱情，哦，燕子，我就要离你们而去了么？

真悲伤！呜咽在喉咙里打着呼噜，像大风刮响了树枝。

生理上的重创，心理上的折磨弄得我奄奄一息，好久，也平静不下来。

天要黑了。四周的空气有点凉意，身上舒服了不少。我仰面躺在那儿，一动也不敢动。现在我什么也不去想，也不敢想，大脑出现了空白。捱延和等待着死亡。

这一时刻的感觉，就像站在地上望月潮：一会儿是真实的月轮；一会儿又是虚幻的月影。

说生命坚强，柱子以及地上横七竖八的扑火队员们却消失得如此迅速、干脆；说生命是一阵风，一阵过眼云烟，我又能在大火浩劫过后仍然苟延残喘——我惊奇了！

隔着大山，我能感觉到山火仍在山那边燃烧，因为广袤的天空里弥散着半边火红。光芒映衬下的大山是那么沉稳，像一尊尊金刚，纹丝不动，稳如磐石,兴安岭啊,你是等待着涅槃吗?

我静静地躺着,即将迎接我的就像这一半红色、一半黑色的天空——死会送我黑暗,生将给我光明……

三

我又醒来了。剧烈的疼痛使我浑身的肌肉触电一样抽搐着,我咬紧牙关,把目光送到窗外。朦朦胧胧中,我的脑海里出现了幻觉。哦,灿烂的阳光里,一朵一朵的棉花云在悠悠散着步子;或者,大山里的达紫香花开放了,山坡谷地一个颜色——粉色、红色的掺杂;桦树开始抽叶,落叶松的针刺如巴掌一样抖展着;或者,是夜晚,风儿微微吹来,天幕中凸出了星星的亮点儿……这是我的想象。醒来的瞬间里,眼前一片漆黑,我什么也没看到。渐渐,我又觉得自己是萎缩在一个壳子里,密不透风,四肢无法伸展。

我的听觉也恢复了功能。我首先听到了说话声。柔柔细语,像小溪在流淌,像山泉在叮咚。

"看,醒了。"

"命真大。"

"可得歇歇了。忙了八天了。"

"可不是,我比你少一天。"

"小心吊瓶!把住手。"

是女人在说话。"燕子?"我的心突地一跳。

这是哪儿?火迹森林还是……那一刻,我的神志还很模糊,我无法知晓。接下来的一段时间里,我还是一个姿势地躺着,又过了很久,我才感觉身上完全由纱布缠裹着,头上也是。喔,我在医院里,而且,凭感觉和护士前来的次数,我还能判断出白天还是黑夜。

不知为什么当我清醒的时候,我就特别想念她——燕子,她的神态,笑语，特别是那一双白皙的小手，让我记忆犹新！我还想起了柱子，他临咽气的惨烈情景我记得很牢。他不住地叫着我的名字，又喊着他的妈妈。柱子从小和母亲相依为命，他这一去，母亲会怎样呢？那是一个将青春和好年华全部献给了儿子的好妈妈，那是一位纯朴、慈爱、与人为善的好母亲！

我还记得，当柱子把我领到他家时，柱子的母亲也像爱柱子一样爱我。她的故事很多，却不识字。我们写作业的时候，一有空她就坐在我们面前，看看柱子，又看看我，总埋怨柱子写的作业不如我写得好，弄得柱子有几次不愿和我玩。看到我衣服破了，就让我脱下来给缝上几针。那个新年，她给我和柱子每人买了一块绿色的确良布料，用鸡蛋当工钱给我和柱子一人做了一件上衣，把我和柱子乐出了眼泪。日子长了，我在老人身边也是那样无拘无束，好多次都差一点儿像柱子一样坐到老人怀里，搂着老人的脖子叫一声妈妈。有父爱和母爱的孩子永远不会体验到我能够碰上这样一位母亲，心灵得到的是怎样的安慰！那时，我曾暗暗下定决心：长大了一定也给老人买糖吃、买衣服穿。幼小而稚嫩的心灵在悄悄地企盼——快快成年噢！

现在，我和柱子都长大了，可柱子猝然而去，老人能经受住这样的打击吗？我为老人担心，更为老人难过。残酷的现实弄得我的神经一触就要折断，我心如刀绞。

我就这么忽而想起柱子的母亲，忽而又想起燕子。睡梦里也会突然回到那可怕的火场，惊惧中醒来，睡意皆无。忐忑中我又不敢过多地去回首往事，尽管重游情谊的海洋，心里会有许多安慰，但安静下来，我又开始思索，然后是压抑与彷徨不安——我想起了惨不忍睹的柱子，他那焦炭似的身躯，那面目皆非的皮肉……我又会变成什么样呢？忧心忡忡，辗转反侧，能不心灰意冷吗？

不知过了多久，有一天，我听到有好多人来到我的床前。一双手捧住我的脑袋，冰凉的东西伸进我左耳下面的纱布里——我听到了剪子声。

绷带还粘着我未完全愈合的伤口，尽管大夫在轻轻撕拽，但粘连的一处处还是像猫咬一样地难受。

眼前出现了蓝雾。窗子射进的光线让我稍微挑起的眼皮不得不再闭合起来。

"向我这儿看！"

我循着很粗的声音看去——啊，迷茫淡蓝，人影闪动。

"没问题！"还是那个很粗的声音。

我知道这是长时间见不到阳光，瞳孔扩大的缘故。我心里一阵激动：我为能够重新见到阳光而兴奋异常！

当我躺在病床上浑噩挨延的时候，当我笼罩于痛苦、绝望之中，当我回首往事重新品味幸福的刹那间，我并没考虑到大自然的一线阳光对我多么重要。只有现在，只有当医生剪开我缠在头上的纱布时，我才觉得我是多么需要阳光，需要明亮！

几天后，在白衣天使的呵护下，我的视力渐渐恢复了。那天，我的心情还好，我把临床一位病人支在小桌上的镜子借来。天呐，我简直不能相信自己：镜子中出现的是人还是鬼？头顶是凹陷下去的一块块伤疤，左鬓角那块疤痕像个小孩手掌；左眼已经变形，被鬓角那块伤痕拉得有点倒立；眉毛不复存在了；鼻子好像被削去了一块，鼻孔明显地露在外面，黑洞洞的，像两眼无底的枯井；粗糙凸凹不平的嘴唇也向左歪去。一副可恶、丑陋的面目，一副令人惊惧、让人作呕的头颅！我的心在收缩，血液好像停止了流动——哦，人非人，鬼非鬼，我非我……

镜子掉在地上碎了。

好半天我才喘上一口气——梦做完了，现实是无论如何也不能用半点假设掩盖的。我难过极了，即使当时躺在被火烧过的火迹地里，面对死亡的时候，我也没有这么痛苦、伤心。我扑到床上，用被子蒙住头，号啕大哭起来。

意外的，强硬的外在力量毫不留情地将美丽的东西转瞬间变成了丑陋的，能不让人悲苦万分，肝肠欲断吗？大火烧毁了我的面容、我的身体，可我的大脑还完好无缺。它的思维是敏捷的，它永远和那些正常的人们一样，懂得什么叫快乐、喜悦；什么叫痛苦、哀伤；什么叫美丽、丑陋……

完了！我彻底绝望了，生之勇气和愿望一扫而光。我从床上爬起来，尽管身上的伤还没完全愈合，行动还很不灵便，但我咬牙冲到窗前——死可以解脱！我住的是三楼，只要纵身一跃，一切悲伤、痛苦、担忧、绝望都会随之而去。

窗外蓝天高远。楼下的街道上传来阵阵汽笛声。街道两旁高大的白杨树迎风摇动，枝条已经发芽吐蕾。啊，春心在大地里萌动，生机盎然的时刻，我却要挥手告别了……

有人喊我。有人拽我。

我可以想象出当时的模样：丑陋的面目被泪水掩映着，杀猪那样嚎……终于，我被人按倒在床上了。

恍惚中，我看到了燕子那一对虎牙，那两个酒窝……忧伤、酸楚、悲凉——我想起了栖居于我屋檐下的那只燕子，就现实而言，我怎么能忍心再让那只充满活力、向往美好、自由的可爱的燕子筑巢于我破旧的房舍呢？我心似刀剜，泪如泉涌。

一棵秋天里的枯草，没有生机、没有活力，无望而可怜。

又一个早晨来临了。阳光从窗子伸进手臂，轻轻地抚摸着我这个不仅仅是外表、心灵也受到严重创伤的人儿。我好奇地看着从我头顶斜射过来的光线。它们像一块大水晶石，明净、温和、透亮。我把手臂伸进光瀑里，我感觉到了温热。哦，太阳，谢谢你！你公正如初，永远给每一个人以同样的温暖。我的心里得到了一丝慰藉。

顺着斜射的阳光，我看到了脚下的床头上挂着一个小木牌。我支起身子，影子与我的身子折叠在一起，我看到了牌子上写着号码"7"，后面是三个字"张佑柱。"我很纳闷："柱子？"我愣愣地坐了好一会儿。怎么回事儿？柱子！可我是祥子……怎么会这样？我思索着。大概是我在昏昏沉沉中一直喊柱子的缘故？或者纯粹是误会？我琢磨了好长时间，百思不得其解。"张—佑—柱"我苦笑了一下，琢磨着。

我毕竟是我。

顺其自然，我长出一口气，把身子放倒在床上。

不知为什么，自从我看到了那个小牌子以后，我的脑海里不时闪现出头皮开裂、惨不忍睹的柱子。也许人生真是命中注定？我们一起冲进大火，为了一个共同的目的——逃生，我们一起去拼、去搏，可是大火为什么对我如此偏爱呢？我有燕子，我爱她；柱子有母亲，他不热爱自己的母亲吗？假如，我也像柱子一样一别而去，那么，我的身，我的心，我的思想……

恍恍惚惚中，我看到一个老年人坐在了我的床头，她的面容是那么憔悴，两眼像两个泥坑，暗淡、潮润、呆滞无光。是柱子的母亲。"儿呀，想死我啦……儿呀……"老人的双手颤抖着在我身上胡乱摸着。

我打了个激灵。世界上的事情往往就是这样，突来的事件让人难以置信，以为是在梦中，但那却是真的。

柱子的母亲真的来医院看望自己的儿子来了。

面目全非的我莫名其妙地成了柱子。

我控制着自己的情绪，伸出两手抱住老人，我不知该向老人说些什么。我说我不是柱子，是祥子？我说柱子虽然死了，我就是您的儿子，可我一个字也没说出口。在老人悲痛万分又喜出望外的情绪中，我的喉管似乎被什么堵住了。我不敢直面老人，只把头埋在老人怀里不住地抽泣……

原来，我们这些重伤号在火场被发现后，立即由直升机运往大庆治疗。现在家属根据通知，前来探护病人。这样，柱子的母亲前来看望儿子——多有意思，一场大火把我涅槃成了柱子，跟小说家编撰的故事一样，妙不可言。

心里很乱，但我不能马上告诉老人家真相。老人的手在我变形的脸上抚摸着，泪水一串串往下掉，鼻翼在抽动，嘴唇在颤抖。可怜的老人！不知道儿子生死之前，思念儿子心切，急火攻心，双目几乎失明！

看着悲喜交加的老人，我也流出激动的泪水。一来我为能够在劫难之后又见到了家乡的亲人而激动；再者，老人拳拳爱子之心深深打动了我——我应该安慰安慰老人那颗为儿子担忧得破碎了的心。想到这儿，一股热流在我周身澎湃起来，我用变形的手一下子抱住老人的脖子，嘴里咕噜着，声音有点变调："妈——"我喃喃地叫了一声。畅快的心里令我一阵激动，我听到了喜悦的小溪在我年轻的血脉里哗哗流淌；也听到了老人胸腔里那湾海水涌起了隆隆波涛。幸福感和满足感使我忘记了一切，心灵深处仍在默默地呼喊着：妈妈——

老人紧紧拥抱着我，喜泪横流……

四

我决定了：就按着当初的误会走下去。一个美丽的谎言，也是一个多么现实的谎言啊！这不仅为了柱子的母亲，同时也为了燕子。她是一个好姑娘，是一片没有被污染的草原。我已不配做一匹马儿去那片草原放牧了。虽然这样令我肝肠欲断，痛不欲生，可我又有别样选择吗？我只有去蜕变、去涅槃、去新生才能对得起柱子的母亲，还有燕子。这样才能面对现实，面对余生。

半年后，我出院了。回归的列车在大兴安岭中穿行。望着窗外移动着的大山，葱绿的山间看不出兴安岭大火的残痕，这使我想起了"野火烧不尽，春风吹又生"的诗句，我默默赞叹着大自然的神力。

当夕阳将最后一抹阳光洒向森林的时候，列车长喘了一口气，在我熟悉的小镇停下了。走出车厢，一股林子清爽的空气迎面扑来。我好像嗅到了白桦嫩叶的苦香，落叶松的油脂味儿也直钻鼻孔。久违了，大山；久违了，森林；久违了，家乡的人们；久违了——我被人群涌下车来。人流中，我看到了燕子，她挽着柱子的母亲正向我迎来。

"燕子——"我不顾一切地向她们跑过去。

"柱——子——"柱子母亲的一只手向前伸过来。

"柱子!"燕子喊我一声,并没显得多么激动。

噢,我应该明白:我是柱子。她们是来迎接柱子的。我的体温开始下降。

燕子还是那么楚楚动人。两眼纯净、明亮,像弯弯的月牙儿;嘴抿着,看不到虎牙,却把深深的酒窝镶嵌在脸蛋上;头发在她的脑后拢住了,几绺被微风吹拂着,不时在那鼓溜溜的额头上扫来扫去;淡灰色的裤子紧绷着丰腴的两腿,温柔的线条从两胯自由延伸到两脚,脚穿一双乳白色的高跟鞋;淡黄的上衣,开领处翻露着碎花衬衣的领子,像一束粉红的达紫香花,衬着她椭圆、美丽的脸庞……

我真想冲上去,紧紧抱住她,吻她,告诉她我是祥子……

燕子在我异样的目光中低下了头。我知道从现在起祥子在燕子的心中,不,确切地说,是我自己在自己的心中应该消失了,而让真正死去了的柱子重新展现在柱子母亲的面前,展现在燕子的面前!

简单的误会,却要让我付出多大的代价啊!

"柱子,好利索了?"柱子的母亲打断了我的思索。

"好——全好了,您看。"我勉强苦笑着,晃着老人的手臂。

"走,外面有车接你。"老人高兴地拉住我的手臂,她的另一面是燕子。人们的目光不约而同地向我扫来——美丽和丑陋都会惹人注目,在人们的目光中,我更加坚定了离开燕子的决心。

夜晚,辗转反侧。

苦、辣、酸、甜,我的脑海里折腾着那些过去了的,令我一生铭记的往事。

那还是我在汽车队的时候。

花开了,真红。那是大兴安岭上的达紫香花。运材公路两旁是清一色的花儿,像一簇簇火。

汽车拉着从山场上撤点儿的家什正在公路上奔驰。一路上我都想和她说点儿什么，可我又不知说什么好。

"那花儿，真好看！"我终于没头没脑地冒出了一句。

"是。"她没有什么表情，两眼望着窗外。

"这一带都是红色的。"

"是。"

干吗总是一个"是"字？我看她一眼。实话说，我喜欢身边坐着的女孩。她不止一次坐过我的车。每当她上山或者下山时，她都要搭乘我的车。对运材的司机来说，一两个小时的路程有个漂亮的姑娘陪伴着，那是啥滋味？车队里帅气的小伙子可不少，可她偏偏搭我的车，我每次都尽量把身子让过来，给她倒出很大的地方。只是在坑坑洼洼的路上，车子颠簸起来，身子相互碰擦一下，我都觉得很不好意思，但她好像看出了我的心思，无所谓地笑笑："这路真不好走。"听着她的安慰，我的心里踏实了不老少。

有一次，车子太快了，在一个拐弯处，她的身子竟贴到了我的身上。我用一只手推着她，把她扶起来，她那丰腴的肩头，肉嘟噜的很有弹力，使我想入非非了好几天。她那次脸红了，两眼盯了我好一会儿。也就是那一次我才真正发现了她的确很美。脸是椭圆的，酒窝深深的，一笑露出两个白白的虎牙。睫毛不长，笼不住橘黄的眼仁儿，眼睑美妙得体地弯曲着。从此，那弯弯的小船儿便永久地泊在我的心湖里了。

那以后，我们又打过好多次交道。我中午有时也在山场上吃饭，每次我都看到她用长长的铁勺子在大盆里一舀，我的大碗里便比别的司机碗里多了几块肉。气得那些司机嗷嗷直叫，我的心里却格外香甜。

"山场那边的花儿都是粉色的。"我依然和她搭话。

"是。"

"你好像有什么心事儿？"

"我在想，咱们什么时候还能在一起。"

"现在不是在一起吗？以后……机会很多，只要想到一起。"我瞟了她一眼。她的脸有点微红。

我放慢了车速。"想去看看吗？"

"很想。"这次她回答了两个字。

我们来到山坡上。阳光照在花丛中，清香顺着光线爬上来，让人大开胃口。

"远看，挺迷人。近看，也不怎么打眼。"她折了一束达紫香花递给我。

我接过来，观赏着。枝上除了铜钱大小的花朵，绿叶刚刚鼓包。我把它放到鼻子底下嗅了嗅，一股春的气息钻进鼻孔。我看着她，觉得姑娘的脸庞像火红的花朵一样，清新、明艳、香甜。于是，我的周身一阵灼热，春的大潮通过脚下五月的兴安岭传遍周身，血液带着一种原始的野性开始沸腾，我把羞怯于心中的许多话向姑娘倾诉，姑娘温顺地接受了，没有拒绝，没有反抗，最后，我们勇敢地抛弃了羞赧的羁绊，一下子相拥在一起……两颗年轻的心鼓在兴安岭上擂响了，爱情的强音在遍野的达紫香花丛中震荡。

这就是燕子，这就是我们的初恋。

可是——就要和我心爱的姑娘分手了……舍不得你，燕子；我心痛，燕子；原谅我吧，燕子！

五

我终于摆脱了嘈杂。几天来，领导的看望，亲朋好友的探视——当然他们是来看望柱子的，而我和柱子从小长大，我知道该对谁说一些什么话。

这几天，燕子每天都来柱子家，而我却处处躲避她，我怕她猜破这个迷。当她锐利的目光刺向我，我的心跳就会加剧。要知道，我既然埋葬了祥子，就不会轻易再把他放出来。

恨可以出奇迹，爱也一样。

我应当到墓地上看一看柱子了，对我来说这是一件正经事儿。不是吗？

阳光很暖，夏风撩人。柏油路从镇子里向西伸延跨越一条水泥路，下了山坡又上山坡，山坡上是一片黑绿的樟子松。松林后面是绿油油的大草坪，开阔而宁静。山火中牺牲的扑火队员们就长眠在这里。

坟地上空有几朵白云，阳光从云朵间的缝隙里正好照射着坟地，一排排水泥墓碑非常耀眼、格外醒目。

我在第二排一个墓碑前停住脚，那块碑和其他的没有什么两样，上面雕刻着我的名字。我感到一阵心酸。

我的良心和做人的准则早已告诉我在今后的生活中去扮怎样一个角色，尽管是一出假戏，但我已担当了绝对的主角。咬定青山不放松，我不能反悔，愿我成功！我再一次紧咬牙关。

一阵微风吹来，墓地旁的松林间传出阵阵声响，打破了墓地死一般的沉静，阳光直射着洁白的墓碑，墓碑折射的光线刺痛了我的双眼。我把两眼闭合起来。恍惚中，我似乎又看到了柱子的童年：虚弱却极有耐力，我们在林间小路上迎着初升的太阳，踏着满地的落叶在疯狂地奔跑……长大后，他开着卡车在运材路上急驰……而我也看到了他倒在大火中的凄惨的情景……

随着风儿的沙沙响，从林间传来了脚步声。我抬起头。哦？这是真的？燕子鬼使神差般地站到了我的眼前。她穿着淡黄色的连衣裙，手中攥着一束野花。

"你？燕——子！"我很麻利地爬起来。

"祥子——"燕子举着手中的野花，向我扑来。

"不！燕子，我是柱子！"我有点惊慌失措。

"你骗不了我，祥子。你永远骗不了我！"燕子跑过来抱住我，香腮贴在我满是疤痕的脸上："对我来说你这样做是没用的，祥子，我爱你！你骗不了我！"燕子泣不成声。

完了。燕子认出了我。没想到我经过千辛万苦垒砌的堤坝会坍塌得这么快。

我抱住燕子，心窝里的自私之鸟不停地扇动起来——我是人，是一个虽然被大火烧得面目丑陋，但躯体里却仍奔流着热血的年轻的男人。

"我知道你不会死。真的，我一直这么认为！那天下车，我的心都碎了，可我一眼就认出了你的眼睛，你的眼神骗不了我，它在我心中扎了根，定了格。"

她的泪水滴在我的胸脯上。我搬过她的脸，我看到了粉红色的达紫香花，也嗅到了那淡淡的花香。我的眼里也潮湿起来。

我们就这么拥在一起，谁也不出声，恐怕一有响动，幸福的鸟儿就会惊飞。

良久，我才从梦幻中惊醒过来，我首先感觉到的是燕子那柔软的胸脯，它在我怀抱里有韵律地起伏；接着是光滑的很有弹力的脸庞贴在我麻木的遍布疤痕的脸上——我这是在干吗？我一下子把她从我的怀抱中推出去。

"不！"我惊叫了一声。

燕子揽住我的手臂，"祥子，我理解你。我知道你难过，可是你毕竟是祥子！你能隐瞒一时，能隐瞒一辈子？你爱柱子的母亲，你怕她老人家伤心，怕她难过，怕她无法生活下去，你做对了，我很赞成，并且佩服你！这阵子，我也一直往老人家里跑，一是看你，再就是看老人，她的确需要人帮助，以后更是。咱们一起来个以假乱真，一直把她老人家养老送终，行吗？"她的目光可怜巴巴地带着企盼、希望。"我完全能够理解你，什么都别想，祥子，我会和从前一样，爱你！"

燕子的话是真诚的、发自内心的。一个少女，当她的心扉一旦向情人敞开，她就会毫不顾及、执着无畏地去寻觅、去热爱、去追求！

以往，在我体魄健全，面目完好的时候，我和她无论谁说什么，我都感到那么坦然，甜蜜——我知道，我们那时是多么平等和谐啊！

可是现在，我苦笑了一下，心头涌起淡淡的酸楚。

我心一横，强行推开燕子。

"记着：瞒、愚弄、欺骗，有时是一种解释，但有时的性质根本不同！祥子死了，站在你面前的是柱子——柱子的身，柱子的心，一个丑八怪！你，要是还想念祥子，热爱祥子，就把那份爱情埋葬了吧！"我似乎想做一个掷地有声的男人，有骨气，有意志，大爱无疆啊！

燕子愣愣地看着我，她颤抖着，面部抽搐："不——绝不！"她"哇"地一声大哭起来，转身跑开了。

泪眼模糊中，我看到燕子踉踉跄跄地向公路上跑着，风儿吹着她淡黄色的连衣裙，她真像一只燕子。我觉得一阵头晕，泪水涌出来，转回身，不远的墓碑上刻着我的名字，黑漆漆几个大字特别显眼，我感到它像一座山。我挣扎着跪在石碑前，盯着刻在上面名字，把满腔热泪洒在了柱子的坟头上……

六

经过申请，领导终于同意我去小乌尔其汗进山防火检查站工作。那儿在大山深处，远离小镇，是进山的一道岗卡。

柱子的母亲很高兴和我一起去。作为母亲，她现在一步也不想和儿子分离了。再说，由于老人这一阵子对儿子的牵挂，眼力越来越差，也离不开人照料。

一周进山一次的中巴车明天出发。

趁着夜色，我又来到那幢楼下。

窗子里的灯还亮着。那是楼左边的第三个窗子。我记不清这是第几次来这儿了，反正这几天晚上，我都来这楼下徘徊。有时，我能看到燕子拉动那粉红色的窗帘，她身子在窗前一闪，袅娜的身影在灯光下透露出美丽的轮廓。

现在，那个窗帘早已拉上了，灯光透过粉红色的纱帘，温柔的光线倾泻而下，在所有的窗子中，那道光线醒目、显眼。我看到燕子的身影，她的头发披散在脑后。恍惚中，她的身旁又多了一个身影，而且，两个影子很快重叠在一起。我几乎喘不上气来——那是我们先前经常做的，现在幻觉又再现了那种情形。激动之余我很害怕，害怕这幻觉在我眼前闪现的是真实的画面——自私之鸟啊，干吗离不开你的窝巢？

我不敢在那幢楼下再待下去，更不敢过多思索。

再见了，温暖的灯光；再见了，亲爱的燕子！

路灯下，柏油路很宽敞，偶尔有对对情侣在路旁相依而过。很少有机动车往来，宁静的小城却无法探知我内心的躁动，这正如安宁的地表，掩盖着内在岩浆的动荡——呵，我内心的世界呀，你就在这动与静中永恒吗？

孤寂的身影在柏油路上拉得很长，我看着这细长的影子，仿佛看到了自己的昨天。那时，我是多么轻松、愉快，无所忧，无所虑，像那些热恋中的男女一样，拥有着青春，拥有着爱情……一辆汽车从我身旁驶过，打断了我的思索。给她写一封信。我忽然有了这种想法。对！我干吗就没想到呢？

信写得一点也不悲伤，整个夜晚我的才思特别流畅，像观看一部电影，以往的事情在我眼前闪现，我把它们罗列到信纸上。我说我怀念它们，但这是最后一次怀念。我还把能够想起来的都写下来，就这么着，我写了整整一宿，最后，我告诉她，如果她还想念我的话，就请她常去那个刻着我名字的墓碑前祭奠一番。最后一句是："永别了，燕子！"

自从上次在坟地与燕子分手以后，她再也没有露面。我就让邻居家一个认识燕子的小女孩把信送去。这回我不再有任何念想了，担子从肩上卸下来是很愉快的，心里的负重一扫而光。

临行的早晨天气真好。太阳笑眯眯地把圆圆的脸庞探露在无风的蓝天里。远处，蓝幽幽的山峦显现着朦胧的轮廓。

我和柱子的母亲登上了进山的中巴车。刚安顿好座位，就看到燕子一脸严肃地从过道里向我们走来。

"燕子。"

"你——"我和柱子母亲同时都感到了疑惑。

燕子来到我们的座位前，什么也没说，一把拉住柱子母亲和我的手，两个亮点从她的眸子深处悄悄地向外滚动，渐渐地、渐渐地，亮点一闪，泪珠滴落下去。

"我决定了，跟你们一起去！"她哽咽着，很坚决。柱子的母亲更加疑惑："这怎么行啊，燕子，这不行！"老人家紧紧握着燕子的手。

我和燕子四目相对。

刹那间，多少情、多少爱、多少柔肠和相思，都在我们相对的目光里沉落海底；多少困惑、多少隔阂、多少委屈和无奈，都在我们相对的光波中荡漾无存。

我握着燕子的手，松开再握紧，摇着，眼睛里的小虫痒痒地向外爬，我尽量抑制着它们，不让它们蠕动，可它们却执拗地探出头，坠落在我的衣襟上。

进山的汽车却很欢快，它勇敢地带着我们走进兴安岭那博大的怀抱……

冻 雨

一

李凤菊躺在床上给了刘晓一个惊喜：跟他回东北老家，看看他的老人和孩子，并过一个团圆年。

刘晓的第一个感觉是，李凤菊是不是在跟他开国际玩笑，或者说纯属于让他开开心，解解闷儿而已。

"我可不是跟你说着玩儿，哥，妹子可是下了决心的。把电话递给我。"李凤菊躺在刘晓的怀里，一节白藕似的胳膊伸向床头。

刘晓盯着那节白藕，觉得她的身子哪一处都比她的面色润白。要是脸色也那么白净该有多好啊！

"快点啊，把手机递给我。"李凤菊看到刘晓没动，自己扭过身子，要起来。

"急什么呀？"刘晓用一根手指在李凤菊的腋窝处轻轻戳了一下。

李凤菊马上双手夹住胸脯。

"流氓，哎呀呀，痒死我了，快，把手机递给我！"

李凤菊往四川老家打电话。

刘晓听四川话挺费劲，但李凤菊的话他还是能听懂的。

李凤菊向家里通报了近况，告诉家里人，春节她将去东北，过了春节她就带刘晓回四川老家。

刘晓真的被感动了。其实，他并没奢望和李凤菊发展到这一步。他出来打工，一是想挣点钱，再一个就是想闯荡一下，散散心。

没想到在这陌生的地界，他还真就遇到了知音。李凤菊的确对他不错。

春节将至，公司放假了，李凤菊把他约到了住处。两个人开心地聊着，聊他们各自的过去，又如何沦落到现在，然后是喝酒，一杯一杯的白酒，两个人喝了一瓶。又开始喝啤酒。刘晓这个豪爽的东北汉子，还是头一次遇到这么有酒量的女人，都说南方人不胜酒力，未必！刘晓端起酒杯："来妹子，一年了，大哥还真没像今天这样喝这么多的酒，碰到你也是缘分，真高兴，来，今天多喝两杯。"

李凤菊的脸上带着红晕，她双手端着杯，笑眯眯地看着块头硕大、满脸汗津津的刘晓："也是碰到哥高兴，不然，妹子哪能喝这么多的酒？你以后喝酒别太实惠了，喝多了伤身体。"李凤菊用一只手捋了捋粘在额头上的头发，欠起身子和刘晓撞了杯，又把酒杯填满。刘晓觉得李凤菊是一个彬彬有礼、知情达理的女人。她真诚、厚道、爽快又不失善良。真是一个难得的女人。朦胧的酒意中，刘晓一下子抓住了李凤菊的手："你，你……你真是一个不错的女人……"他的心通通跳着，用力把她拉到怀里。李凤菊并没有躲闪，她含情脉脉地盯着刘晓，已经感觉到对方嘴里喷出来的热流是那样的强烈，无法阻挡。她喃喃着："妹子有你想象的那么完美么？"她小鸟依人，顺势靠在了刘晓的胸脯上……

心猿意马过后，刘晓突然冒出一个想法：这个女人会不会欺骗他呢？他谨慎地回忆起和她相识的前前后后，两个人认识快一年了，他的感觉是，这个女人还真不是那种风风火火的女人。她很自重，几次下夜班，他送她回住处的时候，她都显得格外谨慎小心，从不约他到自己的出租屋里面去。有一次，她脚下不知被什么东西磕碰了一下，差点跌倒，自作多情的他上前扶住她的胳膊，想搀扶着她走，但她停住脚，仰脸看了他一会儿，最后把他的手拿开，独自向前迈动了步子。

夜色中，看不清她的表情，但他自己却涌起一阵躁动。都是在婚姻湖泊中沐浴过来的男人和女人，出门在外，她的举措和与异性的这种若即若离的交往的确还很令他敬佩。

特别让他佩服的是，那一次吃海鲜，他本来要结账的，但当他走到吧台前，李凤菊早就把钱押在那儿了。这一顿饭真的没少花钱，两个人，贰佰壹拾元。在外打工的人，一顿饭却如此铺张，是不是有点儿太装大瓣蒜了？李凤菊很开通："你们那边是吃不到这么新鲜的海味的。"一句普普通通的话，说得他心里非常热乎：这一切都是为了他。从那以后，他对李凤菊真的很有好感。酝酿了好长一段时间，他回请了她一次，同样是那家海鲜餐馆，他学着她的样子，提前把钱押在吧台上。她连菜谱都没碰一下，随口就点了几样海鲜，结果这一顿饭才花了捌拾元钱，他有点过不去。

李凤菊说："海鲜这东西尝一次就行了，种类繁多、花样翻新，都是一个味道。再说，男人不像女人，出门在外，兜里没有几个过河钱怎么行啊。"

她说得实在，做得也真诚。当今人心浮躁的时代，像她这样不想在男人身上揩二两油的女人实在太少见……

李凤菊感觉到了刘晓的异样，用头砸了一下他的胸脯："想啥呢？"

刘晓缓过神儿，用力把女人抱紧了："我感谢你！"

李凤菊从他怀里挣脱了，面对面地看着刘晓："哥，知道吗？我看你是一个厚道人，能吃苦、很本分，所以我才决定把我的后半生托付给你，和你认识那一刻起，我就有了这种感觉，知道吗？"

"真能折磨人，干吗不早说呀？"

"考验你呗，看你是不是一个有责任心的男人！"

"感觉怎么样啊？"

"没有好印象能达到这种程度吗？别说，你这家伙，跟（儿）马子似的！"

李凤菊的挑逗使刘晓又开始心旌摇荡……

二

当李凤菊把两张回东北的车票放在刘晓的手上时，刘晓别提多么感动了：她独自去车站把两个人的车票买了回来。这更增添了他的信心，也足以证明李凤菊办事干练、果断以及她选择的坚定决心。车票的终点站是牙克萨，那是他的老家。就要回老家了，而且还带着一个知痛知爱、善解人意的年轻女人，他有一种成功感和自豪感。

龚梅——你他妈能滚多远滚多远，他马上想起了离他而去的前妻。二年前，他的前妻龚梅不顾他的苦苦哀求和挽留，毅然离他而去，远走高飞，到长江边上的一座城市去打拼。

两年了，他们之间没再联系过，他只是偶尔从熟人那里得知一些有关她的只鳞片爪。这之前他还是很怀念龚梅的，不然，他不会寻着龚梅的足迹也来到南方的城市打工，很大程度上他幻想着，不知什么时候能够和龚梅邂逅，或者，龚梅会回心转意，他们能够言归于好呢。

可是现在，他没有那种愿望了。李凤菊已经决定和他一同回东北，这正是踏破铁鞋无觅处，天涯何处无芳草啊！刘晓现在的心里阳光普照，什么东西也阻挡不住他的快乐和兴奋。

再过两天，他们就要起程了。李凤菊把所有要带的东西都收拾完毕，放到了刘晓的出租屋里。现在他们俨然就是一对夫妻了。

刘晓把车票钱送给李凤菊时，她有点生气了："看不起谁呀？开玩笑啊，外人吗？一家人，什么你的我的，人都是你的了，有钱就一起花么。"她很慷慨地把钱塞给刘晓，然后又把挎包里的一个信封拿出来，往外一抽，是一沓崭新的大票子。"这是刚开的五千元钱，我明早不是要去老乡家吗，来回走路不安全，你存着。"她把大信封递给刘晓。

刘晓犹豫了一下："这个……"

李凤菊爽快地："拿着啊，咬手啊？让你存着你就存着，你这两天也抓紧到公司把你的工资取回来。"

"已经取回来了。"刘晓说。

"我还真小看你了，取回来就好，钱千万放好了，出门在外，以防万一，可得注意。"

"放心吧，都在这拉杆箱的二层格里，我随身带着，看着它就是了。"

三

天空一丝阳光也没有，阴沉沉的。冷风从黑压压的云层里挤出来，吹向江南大地。这是刘晓打工以来感到最凉爽的一天，也是最闹心的一天：李凤菊去看老乡，一直没有回来。他打电话，无法接通；再打，还是无法接通。

他坐卧不安。

又捱延了一个上午，仍然不见李凤菊的踪影。他手里握着火车票，票是她买的，时间她当然知道。可是她到底去了哪里？

电话仍然无法接通。他心里涌起一个不祥的预兆：她会不会出事儿了呢？或者她又改变了注意，不肯和他回东北了？这不可能，她的钱还放在他的拉杆箱里。她能轻易地说不走就不走？就是不跟着他回东北，她也应该回来取钱吧？肯定出事了。刘晓决定出去找李凤菊去。到哪里去找她呢？李凤菊要去的那个老乡家在西郊的柳塘巷。她跟他说过。

他决定去柳塘巷。

收拾好东西，他上了一辆出租车。他住的是东郊，离柳塘巷一百多公里，坐公交车去，往返很费时，没准堵车就赶不上火车了呢。在这焦急又难熬的时刻，他必须慷慨起来。

天空已经下起了淅淅沥沥的小雨。雨刷器不住地扫荡着风挡玻璃，规律性的摆动让刘晓的心里乱糟糟的。

"你这么大老远的，去串亲戚？"出租车司机不紧不慢地问了一句。

刘晓这才发现出租车司机是个女的。一顶贝雷帽遮住了她的头顶，耳后和脖颈处飘散着卷曲的黑发。她的鼻梁挺高，眉毛又弯又细，小巧而丰满的嘴唇肉嘟噜的。

他还想再仔细观察一下这个女司机，有一股暗香袭过来。

"讨厌！"他想，"女人大都喜欢将香水喷在身上来讨男人们的喜欢。"但他马上就瞥见出租车仪表盘顶盖上放置着一瓶红色的香水，他不由自主地咧咧嘴。

心境不好，思绪就会紊乱。关键的是他怎么就没发现出租车司机是个女人呢，就是往后备厢里放东西，他都没有发觉，司机在驾驶室里操纵了一个按钮。他自己打开了机器盖子，把东西放了进去。

刘晓心里依然乱七八糟的。打李凤菊的手机，总是那句话：不在服务区。接着打，接着打，还是。真是够闹人（心）的，找不到李凤菊，怎么办？

黑压压的云越积越厚，越厚越低，压得人喘不过气儿来。雨点大起来，打在风挡玻璃上传来噼噼啪啪的响声。

"能不能快点开？"刘晓心里着急，感到车速也缓慢。

女司机瞟了他一眼："找死啊，这速度还慢？你看看路上还有几辆车在跑？"

的确，要是好天气，这样的主干道上汽车就会像汇聚在一起的甲壳虫，挤在一起慢慢地爬行，可眼下，道路上只有少量的汽车打着双闪在奔跑。

刘晓又开始胡思乱想：也许，李凤菊被老乡扣留了呢，一个四川妹子上什么东北啊，人生地不熟的，一年四季有七个半月是冬季，两条腿的蛤蟆没有，两条腿的男人遍地都是。有什么稀罕的？有这种可能。也说不定手机没电了呢，可总该借一个电话报平安吧？

"到柳塘巷的什么地方？"司机专注地盯着路面。

刘晓沉吟了一会儿，是啊，柳塘巷的地界大了，去哪儿找她呢？想了半天，他还是想起来了，柳塘巷的大禹超市，李凤菊那个姓安的老乡就在超市的后院住，李凤菊跟他提起过这件事，是另一个老乡管李凤菊要柳塘巷老乡的地址，就是这么回事儿。

于是，他抬起头看着司机："柳塘巷大禹超市后院。"

女司机放慢了车速："我可把话说前头了，你得给我加点钱，这样的天气，这么远的道我可不跟你白遭罪。"

刘晓没吭声。他的感觉是，城市里的出租司机没几个好东西，看到外地人，拼命地带你兜圈子，他们车轱辘转转的就是那点钱。所以，他对女司机的唠叨并没有正面回答。他想，只要找到李凤菊，加点钱就加点呗。

大雨点子还是不紧不慢地往下砸。气温越来越低，车子里，因为人的体温，雾气已经蒙上了风挡玻璃。

司机打开暖风，不住地吹着风挡玻璃。她嘟嘟囔囔："从小长这么大，我还是第一次赶上这么个天气，是不是要下雪啊？"她瞟了他一眼。

对刘晓来说，这样的天气算什么呀，家乡这样的天气司空见惯，冬天最冷时能达到零下四五十度，可是在南方，这样的天气却是罕见的。

刘晓对司机说："下雪，你们南方人见过雪吗？"

"没有啊，电视里面见过啊。"

"我们呼伦贝尔的冬天可是太美了，银装素裹，别有一番风味。"

"你是呼伦贝尔人？就是骑着马上班、下班，整天吃手扒肉，身穿蒙古袍的人？"女司机像欣赏一个玩具那样看着刘晓。

刘晓勉强笑了笑，没有去过呼伦贝尔的人都有这种误解。当今的草原，游牧的蒙古人早已定居下来，草原上的城市和江南的城市，没有什么差别。

刘晓看着女司机："去过草原吗？"

"我一直向往草原，可我没去过，我喜欢骑马，在跑马场上练过。"

"看不出来，你敢骑马？我们草原上的三河马，那可不是一般的马，全国知名。"

"那有什么呀，别说是骑马……"女司机的车速慢下来，"就是骑人，又有什么呀？那才叫绝！"

女司机忽然把车停下来。鬼才知道她什么时候把车开到了一个小山丘的后面。这里很静，远远地可以看到公路上汽车尾部的红灯。

刘晓心里一惊："你想干什么？"他想到了皮箱里的钱。女司机摘下了贝雷帽，甩了一下头，蓬松的黑发飘起来："不想干什么，想玩玩，怎么样？"

"我，我可没有时间，不抓紧的话会误了火车的。"刘晓惊恐着，哀求着说。

"误不了，只要你听话，我会送你上车的，准误不了点。"女司机打开一把小伞，离开驾驶室，又迅速坐到了后座上。

"你，你真的会误了我的火车，别、别、别……"刘晓扭回身，女司机正淫笑着伸出两个手臂勾住了他的脖子。

"人吗，活一天，就得快活一天，你们男人，挣钱干吗？不就是享受的吗？要离开这个城市了，来，别留下什么遗憾啊，来，让老妹陪陪你。"

"不行，不行，千万……"刘晓扒开女司机搂在他脖子上的双臂。"我，我没有心情，真的，我什么想法都没有。"

刘晓说的是实话，他现在什么欲望都没有，他只想找到李凤菊，跟他回不回东北无所谓。只要她安安全全的就行，她的钱存在他的皮箱里，而她人到现在还杳无音信，他能不着急吗？

"到后座上来！"女司机拽着刘晓的耳朵。

"我说了，我没有兴趣。"刘晓试图把女司机拽自己耳朵的手拿开，却抓住了她的手。手很凉，但很柔软。他斜眼看了看她的手。这一看，令他一振。这的确是一双美丽的手：修长秀美、丝绒似的滑润；粉嫩，细腻，柔若无骨；鼓溜溜的指甲上带着一些小图案。刘晓若有所思，松开了女司机的手。这哪里是一个出租车司机的手，这应该是一个艺术家的手。

"来吧，到后座上来。"她把花伞递给他。

天空还是那么灰暗，雨滴已不那么急促。但气温还在下降，有风刮过，很凉。

"二百。"女司机靠着他的肩头。

"太贵，一百。"

"胡闹啊，你这大哥。这么水灵的妹子就值一百？二百！"女司机冰冷滑腻的手已经伸进了他的腋下。

刘晓感到很无奈："这算什么事呀，跟打劫有什么两样？"

女司机看出了刘晓的不满，长出一口气："我容易吗？身子献出去了，这才几个钱儿？"

"可没谁逼你啊，开车不是很好吗？"

"你没在大城市里生活，买房子，供孩子念书，得有一笔好收入才行。凭工资，到死只能供上这张嘴。"

"这，这，这也不是正路啊……"刘晓在蛇一样美女的缠绕下，忽然想起有点对不起李凤菊，但闪念过后，他的身体里已经涌来了隆隆奔腾的大潮。

四

刘晓彻底绝望了。他在柳塘巷大禹超市后院并没有找到李凤菊那个姓安的同乡，人家早就不在那里居住了。李凤菊的电话仍然无法接通。活不见人，死不见尸，怎么办呢？

他沮丧透了，顶着雨打开车后备厢，把拉杆箱拿出来放在后车座上。他想拿一件衣服穿上，身子有点凉。掏出钥匙去开锁，他心里咯噔一下：

怎么？锁头为什么开着？钱！他全身开始发抖，两只手也不听他的支配，抖起来。

刘晓控制着自己的慌乱，伸手一摸，他差点儿昏厥过去：钱不翼而飞了。

一年的辛苦付之东流，一年的收获转瞬皆无。

刘晓傻呆呆地坐了一会儿，一股怒火突然冲上心头，他咬牙切齿地："李凤菊，别让我逮着，看我不把你撕个稀巴烂！"

李凤菊的确把刘晓一年的收入席卷一空，从他身边蒸发了。

这个女人用同样的方法欺骗了无数善良又怀揣美好愿望的打工者。

她很聪明，也很毒辣。她每年年初开始选择目标，撒下网去，不急不躁，年底开始收网。她与猎物之间的分寸把握得相当好，甜言蜜语，小恩小惠吊着你的胃口，一旦时机成熟，就会不惜使用任何手段，将对方的财物席卷一空。

刘晓被骗了。

刘晓回忆，那天李凤菊把五千元钱递给他时，他打开过拉杆箱，当面把钱放进去的，这个细节他记得很清楚。可她什么时候下的手呢？

一定是她离开的那个上午。他们在出租屋里喝了酒，他把她按在小窄床上，他们拼命地疯了一会儿。后来他感到很累，连眼皮都抬不起来了，就闭了一会儿眼睛。醒来后，他把李凤菊送上了公交车。

是的，李凤菊一定是那个时候下的手，而且那酒也一定被她做了手脚，不然，那一刻怎么会那么疲劳呢？竟昏昏然睡得如此深沉？唉，当初为什么没好好看看拉杆箱呢？换句话说，当初干吗和这个女人结识啊？去他妈的，知道现在，何必当初？快考虑一下现在该怎么办吧。

好在他手里还有回家的车票，这也算李凤菊留给她最后的念想吧。他身上还有几百元钱，足够回家了，可是在外拼搏了一年，又被一个女人欺骗到如此境地，他怎么去面对江东父老呢？自认倒霉吧！

刘晓的心里除了气，还是气。怨谁呢？自作自受，脚上的泡自己走的，活该！

他长出一口气，看着身边麻木不仁、若无其事的女司机心想：也他妈不是一个好饼。"走！回火车站。"他对女司机说。

"就这么走吗？看看外面。"女司机很平静，没有发动引擎。看着有点窝囊的刘晓，女司机也想趁机敲他一竹杠。

车外光线的确很暗，天空像个大筛子，无数的小颗粒从空中落下来，掉在车窗上，有的滚落下去，有的粘在玻璃上慢慢融化。

"不加钱，走不了。这样的天气我从小都没经历过。路面太滑，危险！"女司机看到刘晓一幅落魄沮丧的样子，落井下石。

刘晓愤怒地瞪了女司机一眼："没看着吗？我现在让人骗得够惨的了，死的心都有，还提什么钱？"

"关我屁事？我又没欺骗你，加不加？不加立马下车！"女司机虎着脸，那纤细美丽的手指变成了鹰爪，指着刘晓："下去！"

"你让我上哪去？我还要赶火车呢，你们这些人，没有一点人情味儿，残酷！走吧，走吧，快点给我送到车站。"刘晓无奈。货到地头死，在这举目无亲的地方，只能任人宰割了。

女司机发动了引擎，粉嘟噜的脸上闪过一丝狡谲的微笑。

五

真不走运。

高速公路封路了。

刘晓可怜巴巴地哀求女司机："老妹子，看看能不能想点别的法子，你怎么也得送我到火车站吧？"

女司机挺着胸脯："这怨我吗？你以为我不急呀，我女儿自己在家，我还惦记孩子呢。"

"可火车不等人呐，你看看，是不是还有别的什么路？"

"别的路？那可得绕太远了，从北郊区绕进城里，再去南站。"

"绕呗，还有两个多小时，能赶上火车就行。"刘晓看到了一线生机。"再给你加一百元钱。"他主动说。

"一百元？你打发要饭花子呐，得绕一百多公里，都是土路，再加二百元吧，同意咱就走。"女司机干净利索。

刘晓这次没再显得多么畏缩，不当机立断的话，他真的就赶不上火车啦。他从衬衣兜里又掏出二百元，拍在女司机温润、滑腻的手上："行了吧，走！"

出租车下了便道，一路向北开去。

天空越来越暗，灰蒙蒙的。雨水在道路两旁的高压线上开始结晶，高压线凝成了一根根粗草绳子。空中的雨水变成了杨花儿，一团一团地向下飘落。

气温骤降。山岭、田地、道路、村庄，转眼间变成了一片洁白。这是江南上百年来从没发生过的一次冻害。

出租车在土路上缓慢地颠簸着。女司机神情紧张地握着方向盘。

车子突然停住了，前轮掉进了一个土坑。

减挡，加油，车轱辘与土坑摩擦散发出一股刺鼻的胶皮味儿。

司机摘掉贝雷帽，甩到座位上："真倒霉，下车啊。"

刘晓莫名其妙："干什么呀？"

"推车啊！死人似的。"

车轱辘终于跳出了土坑，甩了他一身泥水。

女司机的脸像两张僵硬的玉米饼子："恐怕你真的赶不上火车了，没想到这土路太难走。"

刘晓想，要是换一个男司机就好了，最起码没有这么多啰唆。看看时间，他真是心急如焚。"跟你说，车钱我可都如数给你了，能不能再开快一点？赶不上火车，那麻烦可大了。"

"你以为这是柏油路哇，这破土路，又颠又滑，能安全回去就不错了。"

"我可没少给你钱呀。"

"要知道碰上你这么个倒霉蛋，你以为给钱就拉你呀，笑话，在城里，碰到这样的天气早就收车了。"

"可现在说什么都来不及了，这前不着村，后不着店的，咱们还是快一点吧。"刘晓一半是乞求，一半是催促。

天空还是一片昏暗，空中降落的那些一团一团的晶体已经不再掩饰自己的身份，露出了本来面目，满天弥漫着鹅毛一样的雪花，这些雪花翅膀搭着翅膀，从黑压压的云层里悄无声息地慢慢飘落。

南国满眼的绿色被另一种景色替代了。冰雪使生机盎然的城市和村庄寂静下来。静静飘落的鹅毛大雪砸蒙了从没有见过这种场面的女司机，就连她驾驶的出租车也预感到自己的日暮穷途，在连续喘息了几声之后掉进了一个深土坑里，再也爬不上来了。

刘晓来到车外，任怎么推也无济于事。一股冷风将他包围，他看到白雪已经覆盖了车辙，大地一片白茫茫。

"怎么办呢？"刘晓想，距登车时间还有一个多小时。

"你要想赶火车，只有自己走过这个山岗，下坡不远就是公路，那里一定会有车经过，你自己看着办吧。"女司机说。

"可你，你怎么办？"刘晓说。

"只能等救援车来了，已经打过电话了，现在所有高速路都封了，等着吧。"

刘晓把自己的东西收拾妥当。自认倒霉吧，只能按女司机说的办，他扛起拉杆箱，背上挎包。

"你真走哇？"女司机从车窗探出头。

"不走咋办？赶火车啊！你没把我送到地方，能不能……能不能给我退点钱啊？"

"没劲!"女司机立马把车窗玻璃摇上去。"退钱?没门儿!"

刘晓看到女司机的头被玻璃窗子挡住了,张了张嘴,没再和她计较,自己向山坡那边走去。

六

脚下很凉,脚踩在雪地上,转眼就融化了。这远不像他家乡的落雪,家乡的雪,落在身上不会融化,脚踏在雪地上是坚实的,还会发出咯吱咯吱的响声。

刘晓走出一段路,回头看去。红色轿车在密密麻麻的雪花中变得朦胧起来。他放下拉杆箱,想喘口气,却忽然听到不知什么地方传来了鞭炮一样的声响,抬头看去,他看到一团团火球在高压电线上蹦跳,起先是一根高压线上冒着火花,蓝色的、黄色的,转眼间是几根高压线一起跟着蹦跳,大团大团的火球开始爆炸,像放响的礼炮,震耳欲聋。

惊颤中,他看到高大的钢架高压线塔随着高压线上蹦跳火球的爆炸,也正在地慢慢倾斜,最后轰然倒塌。

他感到震惊,怎么了?无比紧张中,他想看看时间,一摸裤兜,手机不见了。肯定是掉到出租车上了,他想。眼前发生的事情太恐怖,他感到胆怯和孤单。他没有多想,马上扛起拉杆箱,转回身向出租车走去。

当他气喘吁吁地来到出租车前,女司机早已摇下了玻璃窗,笑吟吟地:"我知道你得回来,你走不了啦!"

刘晓放下箱子:"我的手机落车上了。"

"是吗?我告诉你,从现在起,所有的航班、火车、汽车全停运了。知道吗?我们江南现在碰到了冻雨,百年不遇。看到了吗?就是现在这个样子。来吧,上车,这回不收你的钱。"

刘晓松了一口气。他明白了,刚才他看到的高压线上冒出的火花,完全是冰雪所致,高压线上结满了冰坨,两根线碰到一起,当然会出问题了，还有那倒塌的高压线铁塔，同样不堪冰雪的重负。这之前，他还以为遇到了地震，或者是星外来客在袭击地球呢。

刘晓把拉杆箱重新放到座位上，在脚垫上找到了手机，打开一看，没信号。

女司机摆弄着自己的手机："都没信号，还好，刚安排好家里的孩子，信号就断了，现在就靠它了解外面的情况了。"女司机指着车载收音机说。

"你刚才说的都是真的？"刘晓对女司机的话有点将信将疑。

"你指什么？停运的事儿？收音机里刚播送完，又不是我造谣。走不走，你自己说了算。别枉费心机了。"女司机在那儿喋喋不休。

刘晓没有再争辩，他知道，现在碰到的绝不是一场普通的自然灾害，很可能是一场灾难。

刘晓决定不走了。

外面的大雪还在没完没了地下着，汽车风挡玻璃上已经挂了一层冰。

刚才在外面的一阵折腾，他的浑身上下湿透了，冰凉，他从拉杆箱里掏出了上衣，换上；"真他妈倒霉！"他说。

"你倒霉？我呢？我是跟着你倒霉。跟着凤凰走都是俊鸟，跟着乌鸦走都是小笨鸡。我是受你牵连了。"

"你不是为了挣钱吗？我这一趟可没少给你。"

"我为你跑路，陪你找人，这么点儿散金碎银，值得一提？你是碰到我了，要是碰到了一个坏司机，保不住你身上的钱都得让人拿下。"

刘晓没吭声，女司机的话，他信。现在的人，把钱看得太重，有奶便是娘。有钱了，跪着叫祖宗都行。闯荡了这一年，真是让他大开眼界，异地他乡，哪里还有什么人情？世态炎凉，尔虞我诈，自己的经历不就是活生生的例子吗。哑巴吃黄连，忍气吞声吧，怨得了谁呢？侥幸加上贪心，还有一点不识时务，活该！他恨自己。

雪越下越大。由于冰冻，雨刷早已无法清扫风挡玻璃上的积雪。

女司机放下车座,眯着眼睛半躺着。她在听音乐。车载喇叭里传来的是一曲节奏很快的曲子,还伴着一个嘶哑的嗓音在喊叫,听不出是男是女。

去他妈的,等吧,等雪一停,骄阳立马就会让这些落雪融化得一干二净。得有耐心,天塌大家死,过河有矬子,豁出去了。刘晓知道,弄不好,他就要和这个女司机在车里过夜了。他偷偷地把兜里的钱集中一起,放在贴身的衬衣兜里。然后他拿出方便袋里的吃喝,那是他准备在回老家的火车上享用的。酒、香肠、花生米、面包、方便面……很多样。他拧开那瓶北京二锅头。

"喝点不?"他对女司机说。

"不会。"女司机一摆手。

"不吃点儿?"

女司机不不屑一顾地闭着眼睛:"减肥。"她有点不耐烦。

"上赶子不是买卖。"刘晓想,"装什么装。"

酒劲儿挺冲,一口下去,喉咙、食道、胃里热辣辣的。好酒,刘晓自斟自饮着。

天黑了。外面的雪还在下。

女司机看到吃饱喝足的刘晓,抬起身子,放下了车座。

"够浪漫的吧,两个素不相识的人,而且是一个很有魅力的女人和一个男人,抛锚在雪天里等待救援,不想再发生点儿什么故事吗?"

刘晓的心凉透了,他什么都不愿想,想多了,心烦、难受、生气。他有点累了,身心疲惫。他时刻提醒自己:"警惕,再警惕。"

尽管身旁这个女人很有姿色,花枝招展、百般柔情,但他已经看到了她的险恶用心,目前已经在她身上花了不少钱了,一而再,再而三地涨车费,还有那两百,打水漂都不响。他不能再花钱了,身上仅有的几百块钱,不能再有什么闪失,不然,真就回不去家了。

"就这么睡觉吗?我怎么看你不像男人?"

"男人什么样？难道我像个娘们儿？"

"有几个男人见着漂亮的女人两眼不放光的？你连一点血性都没有！"

刘晓心想："血性？哪个爷们没有血性？刮风下雨不知道，兜里有几个子儿还不知道？再说了，这他妈无情无义的，这就叫有血性？"

女司机从驾驶座上爬过来。贴着刘晓坐下。

"看得出来，你是个本分的男人，这次少要点，一百元怎么样？"

女司机温馨、细腻的圆脸蛋已经贴在了他的脸颊上，两只手臂蛇一样簌簌地爬上了他的胸脯，他又嗅到了那股香味，这迷人的芳香啊！他紧闭的心扉悄然开放。在美丽漂亮的女司机勾引下，他自以为垒筑得非常牢固的心里堤坝，不费吹灰之力就坍塌了。

七

天亮了，雪还在下。出租车被积雪掩埋了一半。

发动机不知什么时候已经熄火，仪表盘上汽油指示针无精打采地耷拉下来。

冷气毫不客气地涌入车内。

女司机双手抱肩，满脸煞白，浑身开始颤抖："把你皮箱里多余的衣服借我穿一件。"她的嘴唇发紫，牙齿上下磕打着。

刘晓看着狼狈的女司机，幸灾乐祸。从小在高寒地区长大，这样的天气，对他来说无所谓，可是对生长在江南、从没有经过这种阵势的女司机来说，她是难以承受的。

刘晓打开拉杆箱，想把里面的衣服拿给女司机，可转念一想，他又改变了主意："你也有求人的时候？钱，你不就认识钱吗？"

他把衣服拿出来。女司机蹙在一起又弯又细的眉毛一下子舒展开来："太好了，我快冻僵了！"她伸手就抓衣服。

刘晓挡开了女司机的手,那手冰凉,石头似的。

"这是我的衣服,不能白穿。"

女司机愣了一下:"你想要啥?"

"钱?"

"卖给我?"

"不,租给你。"

"你他妈的也是个男人?"

"男人都该死吗?"

"好了,别啰唆了,遇到你这样抠门的男人算我倒霉!出个价儿!"女司机抽回手,从拴在腰间的小钱包里掏钱。

刘晓牙一咬:"五十块钱一件。"

女司机一震:"你他妈那是金缕玉衣,这么值钱?"

"穿不穿由你。"

女司机气急败坏地挑了三件:一条薄毛裤、一条外裤,还有一件运动服上衣。

"不就是向钱看么,哼!"刘晓得意地将钱放进衬衣兜里。价钱再高点儿她也得租!他想。

女司机穿上肥大的衣服,面色渐渐恢复了红晕。

又一个上午过去了,雪还在下。厚厚的积雪几乎淹没了出租车。四周静悄悄的,死一般沉静。

刘晓和女司机都急切地盼望天气快快好转起来,没有外来车辆救援,再拖延下去,会出事儿的。

女司机开始担心家里的女儿。女儿上三年级了,放学回家该怎么样呢?屋子里有空调,可要是停电了呢,她虽然已经告诉自己的妹妹去照看女儿,可是她还是放心不下。遇到这么个鬼天气,连家都回不去,还拉着这么一个古怪的乘客,晦气!

她把身上肥大的衣裤裹紧了,可还是冷。熄火的出租车里像一个冰窨，四周都是一个温度，温热点的就是自己的屁股底下。她感到肚子咕咕叫了起来。她已经三顿没有吃饭了，只喝了点儿矿泉水，那个该死的乘客。一个面包要五十元，一袋方便面也是五十元，干吗呀？钻钱眼儿里住好了。她才不肯出那五十元钱呢？等着，等太阳出来了，救援车来，走着瞧！

雪没停，天空更加暗淡。

女司机实在受不住了。她的两脚像猫咬似的麻酥酥的，几乎失去了知觉，肚子里已经不再咕咕叫，有一只手把里面的五脏六腑掏了个干干净净，肚子里太空了，胸腔似乎贴到了后背上。她不能再坚持了。再硬挺下去，不被冻死，也会饿死。她从钱包里掏出钱。看了看身边麻木而无动于衷的刘晓，她挺纳闷：这家伙怎么这么抗冻？

"买一个面包！"她有点气急败坏，但听上去并不十分生硬。

刘晓看着疲倦不堪的女司机手里拿着一百元钱，心想：真是牵着不走，打着倒退。就幸灾乐祸地说："挺着呗，这样减肥有效果啊。再说了，这不一定什么时间才能出去，我自己还不够吃呐，不卖。你挺一阵子，女人比男人有耐力。"他不提价钱，他想让这个女司机自己说出那句话。

女司机实在熬不住了。两只明亮、美丽的眼睛，现在已经暗淡下来，那种霸道、居高临下、高傲和自以为是的目光被乞求和讨好的眼神所取代："一百元钱给一个面包总成吧？"她把钱递过去。

刘晓并不想难为她，他并不是一个视钱如命的人，他只是想给那个不管在什么样的场合及心境下永远不把别人的自尊放在眼里的女司机一点颜色看看，让她感觉一下自身的尊严受到歧视时的心理感受。尤其是那种心理承受达到极限时，却硬要强加给另一种负担时的沮丧和无奈。他在想：看看刀子割了你身上的肉，疼不疼？

女司机张口闭口就是二百元的讨价还价，他马上就学会了："一个面包二百元，买就卖给你。"刘晓毫不犹豫就狮子大张口。

"什么？"女司机弯弯的细眉毛紧蹙在一起，丰满的小嘴扭歪了，"你怎么这么黑心？你是人吗？"女司机说着，两眼有点潮湿。等了等，看到刘晓没有还价的余地，又无可奈何地从钱包里拽出一张："拿去！"

刘晓暗自高兴："此一时，彼一时，三十年河东，三十年河西，还牛粪不？"他接过钱，递给女司机一个面包，又给了她一些小咸菜。正要给她拿矿泉水，她却一把夺过面包，赌气地吃起来。

刘晓毕竟是男人，他把矿泉水打开，递过去。碰了她的肩膀一下，女司机耸了一下肩头："我没钱！"她气急败坏。

"不要钱。拿着吧，干吃噎人。"刘晓把矿泉水递过去。

女司机很快就吃完了那个面包，又喝了半瓶矿泉水。她突然打了两个喷嚏，有清鼻涕流下来。

"你感冒了。"

"冻的呗。"

"我包里有感冒药。"刘晓说。

"要多少钱买？"女司机小心翼翼地盯着刘晓。刘晓也同样盯着眼前这个看上去大方而又美丽的女司机，她的骨子里已经染上了洗却不掉的铜锈。

刘晓拿出感冒药递过去。

"多少钱？"女司机接过药。他们的手触到了一起。女人的手是冰凉的，男人的手是温热的。

"你不冷吗？"她说。

刘晓摇摇头。眼前的女司机，她的确冻坏了，她的嘴唇是紫的，面色苍白，两手没有一丝血色，肥大的衣服裹着她的身子，看上去落魄畏缩而又可怜。

"我给你捂捂手吧，看你的手冰凉。"刘晓伸出手。

女司机机警地缩回手："干什么？你想占便宜？"

刘晓很失望："这是哪和哪儿的事儿？你想错了，我只是看你冷得可怜。"

"得了吧，你们男人，我可领教过，见利忘义，得便宜就上，掉价！"女司机说："你要碰我的手也行，碰一下五十元，怎么样？"

女司机把双手伸过来。她那柔若无骨的手，现在看上去已经僵硬了，毫无血色，没有生机，宛如两节洁白的象牙雕。

刘晓把那双手握在自己的双手里，他觉得自己握着的是两块儿冰疙瘩。

"你得给五十元钱。"女司机撒着娇。半依半就地让刘晓握着她的双手。

在宽大、温热手掌的包裹下，女司机冰冷的手开始慢慢复原。刘晓渐渐感觉到那双手又变得无比细腻和柔软，手指肚圆润而富有弹性。

他忽然想起了他的前妻——龚梅。那是家乡的一个中秋节，他们约定在那个不算热闹又不少游人的花园里见面，树影婆娑，圆月当头。微风阵阵吹过，树叶沙沙飘落下来，月光下飞落的叶影似蝴蝶。池中的水已所剩无几，但圆月的倒影却依稀可见。水中的月亮似个大玉盘，树的倒影，稀疏斑驳。他和龚梅的身影也倒映在池水中，两个人静静地观赏着池中的美景，这不是月宫吗？他和龚梅，就是嫦娥和吴刚啊。

离开水池的时候，龚梅说冷，他就握住了她的手，那手确实很凉，他把它们放到自己的面颊上，又放到自己的腋窝里……这是他们的初恋。那一去不复返的、令他永生难忘的初恋啊。

现在，他手中同样握着另一个女人的手，可以说，这双手比前妻龚梅的双手受看又讨人喜欢。它饱满、细腻、白皙、润泽。如羊尾脂那样油滑、光润，似和田玉那般温和、晶莹、透明。可是时过境迁，他现在握着这双手，完全是另一种心境，当年那种恋爱时的激情和那种对人生、对生活美好的憧憬，在他心底已所剩无几了。他对眼前这个唯金钱是从的女司机没有什么好感。要是不遇到这种境地，他早就会像躲避瘟疫那样远远地离开她。可碰巧的是，天气突变，大雪封路，他只能与她为伍，现在他握着她的手，完全是出于一种同情，一种可怜，一种落难时的互相帮助。

八

又挨延了一个夜晚，对刘晓和女司机来说，每一分钟都是一种考验——太冷了。不知道车里的温度是多少，反正出奇地冷。这样的天气对江南来说是绝无仅有的，女司机从小长这么大也从没经历过。

她感冒了，发烧，一阵阵哆嗦，一阵阵咳嗽，浑身抖得厉害。

刘晓带来的那些吃的东西，被两个人一扫而光，只剩两瓶矿泉水和半瓶酒。

女司机已经不顾什么体面，贴在他的怀里，这样刘晓的体温能给她一些温暖。

"我……我能不能……死啊……"女司机断断续续地说。

"怎么会？不会的。等天晴了，太阳出来了，就会有人营救我们，别害怕。"

"我觉得……够呛……"女司机说，"给我点儿水。"

刘晓把一瓶水打开。里面已经结了冰，晃了晃，还能流出来。

女司机喝着水，水流使她平滑的脖颈蠕动了一下。"还有没有吃的？"

刘晓告诉她，带来的东西都吃光了，还有半瓶酒。"你喝口吧，管事儿。"他说着打开盖子。

女司机很听话，她椭圆的嘴唇对准了瓶口，一嘬。"辣！"她吐出了嘴里的酒，"咽不下去。"她说："太辣了！"

刘晓给她卫生纸擦着吐在手里的酒。"这玩意儿管用，闭着眼睛喝下去，一会儿就暖和。"

女司机用暗淡的眼神看了他一眼，她面色苍白，一脸的疲倦。

"喝几口。"刘晓再次把酒瓶子递给她。

她饮了一口。闭上眼睛，一扬脖子。随着一股辣气，她的胃里一阵燥热。

眼泪从她的眼角流了出来："不喝了！"她把酒瓶子递给他。

女司机回想起那段往事。那是让她刻骨铭心的，永生不会忘记。

那时她中专刚毕业，她应聘去了一家公司，那是一家化妆品公司，她的文笔非常好，公司安排她做秘书工作，那是一段开心、阳光的日子。由于她的工作非常出色，老总越来越赏识她，经常带着她去洽谈业务，参加社交场合。

也就是在那个时候，她结识了一家外企的白领，他们一见面就陷入了爱河。不久，他们就到了谈婚论嫁的程度。速度为什么这么快呢？她不想失去遇到的这个白马王子，她要走出那个阴影，不久前，她失去了自己的贞洁，她被公司老总奸污了。

老总带她去招待几个客人，酒桌上，客人们轮着向她敬酒，小高脚杯，牛眼珠儿似的。她从不会喝酒，每次跟老总出去，她都象征性地喝一点红酒。可这次，因为公司谈成了一笔大买卖，老总高兴，喝起了五粮液。

这次招待的客人们，个个好酒量，不到半顿饭的功夫，老总已经大醉。客人们反客为主，疯狂地把公司几个陪酒的人一个个撂倒。看她清醒，又马蜂一样向她冲来。她哪经过这种阵势，几杯酒下肚，她已经头重脚轻，虽看上去仍然面若桃花儿，但两条腿已经软得如面条一样。

她醉得一塌糊涂，酒是好酒，五粮液，她第一次喝这种名酒，可是她同时也付出了沉重的代价。

当她醒来。她是躺在一间豪华的宾馆里。

她赤裸裸地躺在床上，身上盖着华美的罩单。她感到头疼，一翻身，两条大腿也疼得厉害。怎么啦？

老总穿着睡衣幽灵一样走过来："湘红，你醒啦？昨天晚上，你我都喝多啦。"他坐到了床边。

她一下子什么都明白了：完了！她知道自己的一生就这样毁了，她还没有来得及和自己的白马王子同床共枕啊！悲伤，难过，痛苦，她想哭，但她一滴眼泪都没有。她忽然产生了另一种想法：绝不能饶了这个王八蛋。一定要报复他，让他以牙还牙！

她用罩单遮住身子坐起来，愤怒地盯着色眯眯的老总："你强奸了我！"

"强奸？湘红，别说话那么难听，你答应和我一起来的宾馆，你不记得了？"

"胡扯，这绝不可能！"

"你看，你看，我这么大一个老总，还能强迫人家去做什么吗？什么样的女孩子我没见过？我还用求人家吗？"

"你以为你是谁？你趁着我喝多了，来占我的便宜，你——"

"可不是么，不都喝多了么？事到如今，你说，你需要什么？你吱声，我满足你。再说了，女人早晚都是那么回事儿，有啥神秘的，你还小，慢慢就会懂啦。"老总说着走到桌子旁，打开手拎包，拿出两叠钱，往她身边一扔："先拿着，两万块，你总该平衡了吧？"

她看着那两叠钱，眼泪一下子掉了下来。她的贞洁，她的青春就值这两万块钱吗？……

她就这么和她的白马王子闪电似的结了婚。

婚后的两个人彼此恩爱、幸福。不久，她就怀孕了。丈夫百般地呵护，关爱备至，常常使她高兴之余，又非常惭愧。她心里的那块阴影一直笼罩着她，使她无法走出那个魔洞。有时他们躺在床上，她想把曾经发生过的事情全盘告诉丈夫，这样她的心灵深处就会好受一些，最起码她是真诚的，直面的，坦率的。可话到嘴边，她都忍住了。丈夫是那样爱她，他知道了这个秘密，还能和她相爱如初吗？

当她的女儿三岁的时候，灾难降临了，她突然接到了一个电话，说丈夫约了另外一个女人去了一个宾馆，并且连房间的号都告诉她了。她半信半疑地打车去了那个宾馆。

她不愿看到的一幕发生了。丈夫真的和另一个女人在一起。那个女人比她年轻，比她漂亮。

她的心碎了。爱情对每一个人来说都是这样：它是独有的、自私的。

丈夫没有和她吵。只是平静地告诉她：你和那个老总不是也有一腿吗？

她就这么一怒之下和她的丈夫分道扬镳了。

她没来得及把自己的隐私告诉丈夫，却在不经意间发现了丈夫的秘密。是谁葬送了他们的婚姻呢？自私？狭隘？反正都无法超然物外。

从那以后，她把那个阴影深深地埋藏在心底。她不能告诉别人，她无法告诉别人，她永远不会告诉别人。

她独立带着孩子开始生活。有两次，她还真的去找了那个给她留下阴影的老总，这之前，她早就离开了那个公司。她知道，她心灵的痛苦和生活的不幸与他有着千丝万缕的联系。她来找他，是想告诉他，他那两万块钱是不够的，他应该给她一生的补偿！

那个老总很镇定，走到她的跟前："怎么样，这可是你自己找上门来的。"他恶狼见到小羊一样，把她按倒在转椅上。

她的挣扎是徒劳的，她的叫喊毫无意义，老总独立的办公室封闭得不透一丝灰尘。这些，她都知道。

老总又给了她好多钱。下楼的时候，她的心在流血。三十年河东，三十年河西。转眼间，她不成了妓女了吗？

后来，她就放纵了自己。她用积攒的钱买了出租车，这样既自由又方便接送女儿上学。她觉得自己没有什么希望了，她把希望寄托在女儿身上，她要攒很多的钱，去打造女儿，让女儿多读书，小学、初中、高中、大学、研究生、硕士、博士……只要女儿能学到的，她一定都要满足女儿，让女儿替她实现人生的自我价值。这就是她对钱的兴趣。再说。她拉的乘客，五湖四海、三教九流、五花八门，她从这些人的身上又沾染上不少市侩气。有啥别有病，没啥别没钱。在她眼里，钱，真他妈是好东西呀！

一口酒，引起了女司机痛苦的回忆。刘晓已不再使她厌烦。现在他是一棵救命草，她不能放弃他，她要牢牢地抓住他，不然她就会死无葬身之地。

"我的脚……你能不能……捂捂我的脚？"她现在觉得她的两条腿像两节木头棒子。没有一点知觉。两只脚像有无数根针在刺着，一会儿这蹦一下，一会儿是另一个部位。她就要被冻僵了。

刘晓把她的鞋脱掉，那是一双平跟的绿皮鞋，脚板尖而薄，似两只犁铧。刘晓把那冰冷彻骨的脚板放到了自己的肚子上。那还是两只脚吗？他的肚皮上感到了凉意，身上起了一层鸡皮疙瘩。他掏出酒瓶子又猛灌了几口。

九

天，晴了，阳光很远。光线照在风挡玻璃上，车子里透过一丝亮光。

女司机的高烧还没有退，哆嗦，刘晓抱着她，就像抱着一个孩子，她温顺地依偎在他的怀抱里，相依为命，他们只能靠互相的体温来取暖。

女司机憔悴的面孔对着刘晓，看上去她有气无力："你……你恨我吗？"她吃力地睁开眼睛，目光虽然很暗淡，但却透露出一种歉意和羞涩。

"你恨我吗？"刘晓把她的头扳到了他的胸脯上。

女司机摇摇头："我看你挺傻，是个外地人。就……"

刘晓打断了她的话："你我现在都挺幸运，四天了，我们还活着，知道吗？这是最重要的。"

女司机的眼角里流出了眼泪："没有你，我恐怕……"

"咱们是互相的。"刘晓说。

"我真的……真的害怕……死去。"

"只要我活着，就一定让你活下去。"刘晓的脸颊贴了贴女司机的额头。他看她的烧是不是退了。还好，那额头并不太热。

女司机的手紧紧地抓着刘晓的身子："我感谢你！"

刘晓的心里一热。难道他自己不应感谢这个女司机吗？

两个人紧紧地相拥着。经过了猜忌、苦难、生死的较量，两颗邂逅的心在坚强地跳动！

朦胧中，刘晓听到了一阵引擎声，透过风挡玻璃的缝隙，他看到了解放军的装甲运兵车正隆隆地开过来……

荒原情

故事发生在上个世纪八十年代。

一

雨，还是雨。

下甸子没三天就遇到了连阴雨，真恼人。我躺在窝棚里，雨点拍打着窝棚顶上的草，传来一阵有韵律的响声。孤独、百无聊赖的思绪，搅得我心乱如麻。

窝棚口的帘子没挡，雨丝如线，草地分外绿。晶莹的雨珠被各种草叶驮着。远方，草地被白雾笼罩了，就连那个窝棚——干吗提那个窝棚呢？

那是蘑菇气草地上离我最近的一个窝棚。这是当地林场的草甸子，我们按着林场划分的界线，各打各的羊草。那窝棚里住着两个人，男的叫大彪，女的叫二平，是两口子。我记着那女人的模样：腰直，高个儿，脸椭圆，杏核眼儿。

她挺有风韵。

潮湿，加上从没干过打羊草这活儿，腿脚发紧，浑身肌肉酸痛。仰面平躺在桦木杆子铺成的地铺上，眼睛望着窝棚顶，树条的梢子拧在一起成了一个拱，几个拱并排挨着。这拱就是那女人拧的。

来草甸子那天，车老板子把我领进那女人的窝棚，还吃了饭——油饼、瓜片汤。

　　车老板子把我介绍给他们。我看到那女人盯了我一会，又喝她的汤。后来是他们两口子帮我搭的窝棚，选择了离他们有两里路远的地方。

　　那女人干活真利索。她把两根树条子对个儿插进地里，梢子拧在一起，并不时抬头看我一眼，甩一甩脑袋，梳着的头发耸动起来，像马尾。

　　我惊讶她会使用草刀打草，而且是九号刀，足有半个马车轱辘大。她身子晃着，把手中的刀抡起来——"唰"地一声响，两米宽的草趟子就静静地躺在那里。真厉害！心里这么钦佩着，目光就更集中到她的身上。她穿着粉红的衬衣，微风吹来，衬衣贴在身上，使她身上的轮廓呈现着柔和的线条美，尤其那凸鼓的颤巍巍的胸脯，还有那摆动的臀……

　　雨没有停的意思，满天一片铅色。

　　苦闷和孤独在我心里绕来绕去。真难熬。没有书读，没有音乐——没有什么可以消磨时间的东西，只有思维的翅膀一会儿飞向东，一会儿飞向西。可展翼归来，仍然是草棚、雨丝、孤独。

　　七八月份是打草的季节。天气这样闹腾，能出几垛草？一千普特，值多少钱？像现在，只能混碗饭吃。而我可不能光混饭。我是从松辽平原上的一个小村庄跑到这兴安岭上来的，我也不甘心只顺垄沟找那几枚破铜子儿——我年轻，有力气，没少读那些探险家找宝的故事书。于是我抱着一种愿望，一种摇身一变就能成为富翁的念想，跑进这莽莽的兴安岭。

　　我是通过一个远房亲戚介绍，来到这个人烟稀少的地方打羊草的。亲戚说一季草打下来就能挣到千儿八百的——这在我们老家是一年也挣不来的。我就这么不顾一切地下了甸子。可拿惯了锄头的手不会用草刀。多亏来到草甸子上就遇到了好人——大彪两口子对我不错。

　　"跟你说，干这玩意儿呢，谁都会干。"女人曾经很正经地对我说。

　　开始用那草刀，我一点也不习惯，半天过去了没打下几趟子草。草茬高高低低，有些地方刀只是把草蹚倒了。那女人来到我眼前，把我的手掰开放在她要求的位置上。"手握在哪儿，决定刀的角度。"她说，"角度不对，刀揽草。"她的手一次次往我胸脯上触，麻酥酥的。没有一个异性这样接触过我，因此，我心跳得厉害，脸发热，不敢看她。

仅仅是她帮我砸刀的时候，我多看她几眼。有一回，我的目光和她的目光正好碰到一起了，那眼神牛虻一样，盯得我浑身直发痒，只好先躲开了，好半天才听到锤子和刀片碰击的声响……

外面的雨点儿大起来，窝棚里开始昏暗，不知不觉又一天。肚子叫起来，可我慵懒得一点儿也不愿动弹。我想等到雨停，虽然我不知道会什么时候停——外面的柴火点不着，再说还做那黏糊糊的疙瘩汤？我仍然把头放在反扣的两手上，曲着两腿仰着面。眼下我能干啥呢？只有挨延下去，别无选择啊。

忽然，伴着雨丝抽打草地的声音，传来一阵脚步声。我坐起来，一个人影闪进窝棚。

"雨真他妈大！"来人脱去雨衣，是大彪。粗壮的身子占据了窝棚的一大半，他转身坐在我的身边。

我一下子兴奋起来，在这样孤寂的时刻能有人来，真是难得。大彪是个开朗的人，我们热烈地聊起来。他给我讲打猎，什么狍子啦，鹿啦，野猪啦……他都打过。

"那回，碰上一头孤猪，皮子贼他妈厚。一枪没伤着要害，蹿上来。树橛子穿透了我腿肚子，好他妈险，倒在地上。把枪嘴子插进那家伙嘴里，哈，脑壳给崩开了。"

他还会钓鱼。"大兴安岭这地界，他妈水凉，没污染，有细鳞。钓上来一条两三斤。肉细嫩，味鲜活，棒着呐。"他讲着，喉结上下滑动，粗粗的眉毛舒展开，像两把扫帚。两眼眯着，好不得意。

我听着他津津有味地讲，稀里糊涂的也好像跟着他去打猎，去钓鱼。不知过了多久，我们全然忘了窝棚里已经黑暗。这时，大彪的女人来了，找大彪吃晚饭；看到我这阴森、冰冷，连拉带拽把我也拉了去。

细雨蒙蒙。大彪在前，女人在后。她双手擎着一块塑料布，被风吹开，哗哗响，像一面旗。她走得很慢，让那塑料布延伸到我的头顶，挡一丝凉风，遮一点雨。我呢？不知什么原因，总想离她远一点儿。她回头看了我两次，有一回想站下来，脚一停又迈开了。

二

我有点醉了。大彪没命让我喝酒，一瓶子酒，一人一搪瓷缸子。我有生第一次感到这么快活，也第一次感到这么热。衣服沾在身上，发粘、发涩。胸脯里像有一个火炉。我管大彪女人要了几次凉水喝，像饮马那样，咕咚、咕咚，一气儿喝一大碗。还是渴。

起先我还能记着我在哪儿。蜡烛的火苗儿一串串跳着，映着大彪和他的女人。我们围在一块木板子上。大彪的脸是紫的，背心子遮不着的身子也是紫的。浑厚的嘴唇一直在翕动，花生米的白沫子黏糊着两个嘴角。

"来——喝！"他说："酒这玩意儿是好玩意儿。再者说了，人他妈活着图希啥？我没寻思能遭这份罪！"大茶缸子在他面前一晃，"嗞"地一声，喉头一动，酒从他嗓子滑下去了。

"知道吗？你年轻，有盼头。像我，还有她——"他用筷子夹起一粒花生米，点了一下身旁的女人，"我们这辈子就算扔啦！"他又把茶缸子端起来。

我头一次喝这么多的酒，但思维还很正常。大彪两口子大不了我几岁，却好像活得挺累，我有点不理解。但我来不及多想什么，因为大彪手中的大茶缸子几乎触到了我的嘴唇。最早那酒是辣的，还有点发苦。喝一口，在嗓子眼儿直打旋儿。可后来那酒不辣了，有点甜，坐在那抓缸子，好几次没抓着把儿。

也许酒这东西真能壮胆儿，这回我很仔细地看着那女人。我们喝酒她吃饭。蜡烛映着她的面孔，她两眼是那么亮亮的。我发现蜡烛的火苗在她的黑眼仁儿里跳。我也好像在那里跳。她的鼻梁子鼓溜溜的，嘴抿着，正咀嚼。

"慢点喝，哥们儿。从前我也不能喝，现在也能对付个斤儿八两。瓶下酒！"他拿起酒瓶子，晃一晃，"来！"大彪的舌头像不打弯的腿，语音模糊而缓慢。

缸子里有了水流响，我感到那酒好像倒进我的嘴里，又流进肚子。甜甜的、凉凉的，像汽水儿……没过多久，我的眼前似乎点燃了两根蜡烛。大彪躺下去了，任女人怎样叫也不再起来。醉眼蒙眬，我好像看到了好几个女人，花儿一样围着我转，陪我喝酒，陪我吃菜……

我用最大的努力克制着头脑的膨胀：我应当立即回到我的窝棚里去。

雨停了，大片的黑云还恋恋不舍地挂在西边的山峦上。而东边的天空是一汪蓝色的液体。星星似珍珠，月亮如小船儿。

出了窝棚，我感到身体是那么轻。"呼——"我长出一口气，觉得脚下失去了根基，身上什么感觉也没有，仿佛一切都不属于我。只有那点残存的思维支配着我在湿淋淋的草地中迈着步子。

风吹来了，胃直往上翻，身体开始发软；又是一阵风，脑袋没命地往下坠，两脚向前踉跄了几步，终于一头扎了下去。

我彻底喝多了。胃里火烧火燎的。早知这样，宁可灌点尿也不受这洋罪！我心里骂。刚才那种舒服感顿时一空，浑身开始说不出的难受，就像要断气儿一样，又无法解脱，无法挣扎，只好把身子仰面对着天空。地上湿凉湿凉的，四肢扔进草丛里，水珠渗透了衣服，浸润着肌肤，挺舒服。

不知过了多久，一条黑影和我的身子打了个"X"。在我半睁半闭的目光中，只感觉到那是一个壮实的人影。

"大彪哥，来，躺一会儿……来……"我哼哼叽叽地张开口，舌头硬邦邦，声音像打呼噜。

我被扶了起来。"不好受了？吐！连苦胆也吐出来。酒这玩意儿是敬神敬佛的，别以为是人都能享受！"是大彪女人在说话。

我四周寻找起来，好半天才看清楚，扶我的正是大彪女人。我心里有点发热。在北方，在北方的草甸子里，当我酒醉如泥的时候，却有人像待亲人那样来待我，怎能不让我感激呢？

我吐了，牛倒胃那样，把吃下去的再吐出来。嘴张得大大的，鼻子眼儿也张得大大的。酒味儿、臭味儿一齐涌来，弄得我像半死不活的鱼，嘴半天合拢不了一下。我被折腾得一息尚存。

女人的拳头在我背上捶着，"咚、咚、咚……"敲鼓那样，我顾不上这些，胃在急剧地痉挛，心狂跳着。

我醒来时，已经躺在了床上。是大彪女人背我回来的，当时，她把我拽起来，背一袋粮食那样，一下把我甩到她的背上去。这些我心里明白，可我没有拒绝的力量。

哦，这夜里并不静，有蛙在不远的水草里拼命地敲鼓。她的脚步在草地上沉重地击打。我趴在她的脊背上，那里的弹性使我不停地颤动；那里的温热传给我窄窄的胸脯。我既激动，又惭愧。作为男人，我一点也不比女人少愁善感，一股股热浪涌来，眼里痒痒的。我能说什么呢？

窝棚里闷得喘不上气儿来，被窝里潮乎乎的。我的嗓子眼儿直冒烟，两眼也发涩。还想吐。

窝棚外，微风不断袭来，撩拨着夜幕笼罩的草地，地上的什么草叶不时发出沙拉的声响。胃里上下翻着。酒能使人快活，也能使人痛苦。

不知为什么，我的两眼一刻也不停地望着大彪窝棚的方向。窝棚里让人受不了，我不得不又来到外面。那边什么也没有，一条线儿把空间隔断了：上边是蓝色，下边是刚犁完的黑土地一样的草场；大彪的窝棚就淹没在那片颜色里。但我似乎真切地看到了那个窝棚，一个大大的馒头似的草堆，门帘子旁边木架上擎着弯弯的草刀。我还似乎很真切地看到了大彪，不，是他女人。她的脸被烛光照耀着，椭圆的图案上闪着光亮。这是一个强健的女人，一个丰满的女人，不知怎么的，自从来到这草甸子，这女人就像走进了我的生活。在我人生的十八个春秋里，好像我真正迎来了春天——情感的种子在悄悄发芽。我好像有了男人的那种思想了，但我不敢过多思索。大彪女人真好！将来也娶个这样的媳妇。这么想着心就跳，脸就发热。

不知又过了多久，风强硬起来。回头看去，东方的天空又有大团的黑云幽幽袭来。北方的雨季像孩子的脸，无常变换着喜、怒、哀、乐。雨又来啦！

三

朦朦胧胧中，冰凉的水珠滴在我的身上，我打着激灵，坐起来。

"睡死啦？滚起来，发水啦！"大彪女人慌慌张张地揭开我的被子，头上的雨珠滚落在我身上，真凉。

我的心"悠"地一下提起来，蹬上裤子、穿鞋。脚插进了水里。

连日的大雨，海拉尔河暴涨，河水滚出槽正向草甸子漫溢，山水又直泻而下，我们的处境是两面受敌。地上已有一尺来深的积水。

夜，漆黑。雨还在下。草地上一片白亮亮。走出窝棚，前面正是一股水流子，水打在腿上，哗哗响。

我们顾不上带太多的东西，把家什放在窝棚顶，风风火火地向大彪的窝棚奔去。

大彪喝多了酒还没醒来。大彪女人不住地骂："操他八辈祖宗！淹死也活该。尿盆子也是装酒家巴事儿？"看不清女人愤怒的脸，从她的喉管中喷出的热流"咳儿、咳儿"喷在我的后脑上。我们一前一后往回走，现在没别的，得赶紧把大彪弄到安全的地方去。

前面是一个水沟子，山水从里面流过，水很急。"慢点儿！"女人从后面拽我一把，但我的脚已迈了出去。没等我弄清怎么回事儿，身子就像一块被水冲得翻滚的木头，转眼被冲出两三米远。我惊魂不定地连连灌了好几口水，一探头，又一股水灌进了肚子。

"站稳！"恍惚中我听到了大彪女人的叫喊。

其实，我会游泳。长白山脚下的汇流河，我的童年时光就献在了那里。眼下是太突然了，加上水急，几个跟斗翻过去后，我才发现水刚没腰部。

大彪女人跑过来，拽住我的手，"三天爬不到河岸——笨鳖。来，抓住我！"她拽住我的手，迎着激流向前晃动。

我小孩子一样被她拽着。惊吓加上冷使得我像被风吹颤的草叶。她的手真有力，又那么有温度，我想拽出来，但她把我的手攥得更紧了，而且把我拽近她的身体，挽住我的胳膊。

大彪的窝棚里灌了半下子水，他正在骂女人，将自己的东西往一个袋子里装。子弹袋子和那条七点六二枪斜背在肩上——大彪说，是给林场当官的送了两个鹿胎才借出来的。他在窝棚里骂着，转着，就是迈不动步子。当我们把他搀扶到坡地上的时候，太阳已经升得很高。我们疲惫地躺在坡地上。一宿没睡，加上在水中泡了这么长时间，我精疲力竭，肚子饿，浑身冷，很希望有点什么吃喝，即使没有这些，能有一堆火烤烤，也能解除不少痛苦。我这样盼望着，看到大彪女人望着前面的大水，寻思了一会儿，站起来向水边走去。她从水边捞了一些漂浮的木棍，用刀子削成片片碎屑。我看着她，心里更加敬佩她——她定是想点火，可四周都是水淋淋的，能点起火堆吗？她削了堆碎片，又从大彪腰间的子弹袋子里拽出一颗黄色的大屁股子弹，将那弹头在枪管上别掉了，把里面的药倒在木屑堆上，接着又拽出一颗子弹别掉弹头。看到她这样做，我忽然想起了读过的苏联作家乌斯季诺维奇的《大森林的主人》，书中猎人做的跟大彪女人做的一模一样；更让我惊讶的是，她竟然走到我的跟前，递过刀子："割一绺头发。"她将脑袋伸过来，我不解地看着她。"快点儿！"她不耐烦了。

我接过刀子，看着她乌黑的马尾巴一样的秀发，有一种奇特的味儿扑进我的鼻孔——这是女人身上特有的一种芳香。我的心又开始像草地上奔驰的马群。

"你等啥？快弄下一绺来！"她转过头，面庞和我相对了。我看到她的脸色那么憔悴，那么惨白，只有那眼睛狠狠盯了我一下，"要冻死了！"从她发紫的嘴唇中冒出了既委屈又埋怨的话。

我按她说的做了。她将那头发团成一个小团儿，塞进拔出弹头的子弹里，然后将那子弹推进枪膛。子弹喷出的火星儿点燃了木屑上的枪药。火，燃起来了。

我的心像那火堆上蹿起的火苗儿，升腾起一股热流：男人应该比女人更有耐力，更坚强，更勇敢，而我和大彪……惭愧！

大彪慵懒地站起来，蹭到火堆旁，将宽大、弯曲的手伸向火堆，一种厌恶感使我站起来，走到水边捞那些漂浮的木棒。

篝火燃得挺旺，橘黄的火苗儿把热量传递给我们。我们身上冒着白气儿。当我抬起头，突然发现大彪女人已脱去上衣，红色的挎栏背心紧兜着丰腴的胸脯。她两手擎着衣服正在烘烤，肉乎乎的乳房和她的头一样向下垂着。

大彪视而不见，麻木地烤着火。我立即把头低下来，一阵慌乱。

"来，透透。"大彪在火堆的烘烤下又有了精神，从后腰间拽出一个行军扁壶来——这家伙，谁知什么时候又别在腰后一个酒壶呢？饕餮之徒！我第一次有点厌烦。出于什么原因呢？大概是他对自个儿的女人太漠不关心，太冷酷无情的缘故。

我勉强咧咧嘴、摇摇头以示拒绝。

"干吗？你这小子，今儿个有酒今儿个醉，谁知啥时候活到头？像夜里那场水，淹死了又是多大个事儿？来，透透！"大彪的手钳子一样抓住我的肩头，把我拽过去。我心怀不满地看了他一眼，发现他的脸是那么疲倦，眼角已有条条皱纹堆积着，鼻梁的凹陷处明显地聚着三条肉梭子。也许都是男人的缘故，以前我并没有仔细打量过他。我不知大彪为什么那么悻悻不乐，而且那么满面哀愁、双目呆滞、暗淡无光。总之，大彪好像一个打了败仗的将军，一副沮丧的样子，这是我以前没有发现的。

大彪拧开壶盖子，嘴一张，脖儿一扬，"咕咚、咕咚"喝了几口，没等把壶递给我，大彪女人抢先一步夺过去。

"不要脸的东西！酒是你祖宗还是你亲娘？"她把酒壶摔在草地上，里面的液体一股一股从壶嘴流出来。

大彪豹子一样站起来，咆哮着扑向酒壶："操你血奶奶！你是要找死吧？"他拎起酒壶，拧上盖子，冲女人抢去。

我不知怎样站起来的，反正我什么也没顾地冲上去。酒壶长着翅膀一样重重地甩在了我的腰上，像一根钎子钉了进去。我的腰部像是被击打碎了，全身一下子瘫软下去。

四

"死鬼走啦！"大彪女人来到我的跟前，半跪下来。

其实，我早知道大彪拿着枪走了，他说要去弄点东西吃。顺坡能望见山上的树木，大彪去那边打猎去了。

"疼吗？"她撩开我的衣服。我的鼻子有点酸，似乎受了多少委屈。后腰杆被大彪打起了个青包，很疼，好半天才喘上那口气儿。我咬牙向她摇摇头，因为我是男人，而男人的尊严不是轻易就能被什么所破坏的！

"王八犊子，心黑啦，可狠啦！"女人拎过地上的酒壶，倒出一点酒抹在我的伤痛处。她开始给我揉。

我觉得身上像有许多针在扎，弄得心都发颤。但她一只手按着我的后脖梗，另一只手在我的腰上揉动，使我无法拒绝。好半天，疼变麻了。我抬起头，脸儿正和她的脸对了。这时，我看到她和刚从水中出来时的模样一点也不同了——椭圆的脸上泛着一层淡淡的玫瑰红。嘴微张着，由于吸烟而熏得发黄的牙齿露出来，很齐；梳着马尾的头发蓬松着，一绺松开了，从额头垂到左脸颊上。两眼蕴含的是什么？是火？是水？是悠悠白云？是绵绵情思？在她奇怪的目光中，我觉得自己渺小起来，宛如大山脚下的一颗沙粒。

夕阳即将沉落于山后，一片红晕抹向草地，草红了，甸子里的水没再上涨。我们的窝棚像两个馒头，顶尖露在外面，隐约可见。

"把水里的东西捞出来，袋子里的面泡不透。"女人说着，毫不犹豫地脱去了上衣，又解裤子。

真让我难堪：她穿着短裤，小肚子鼓着，大腿的肉真厚。我有点受不住女人这样的刺激，但我又担心大彪会马上回来，他看到这个场面后果会怎么样呢？我打了个激灵，"穿上衣服！"我冲她喊了一声。

她站住脚，也许是感觉到了我的特殊的神情，转过身。胆怯，但我忍不住看她。她像一条美人鱼，轻飘飘地向我靠拢来，那腰身和肌肤在傍晚的火烧云中，流露着剽悍和强健，显现着亮亮的白光。

我心里装着的小兔在不停地窜动，回头看看坡地，那里略显得有点苍黑，远远的坡地死一般沉寂。

"看啥？没他的影。放心！"她很肯定地说。

近了，女人和我只有一拳之隔了，我嗅到了菊花的香气；不，是米兰，抑或是含笑？哦，勾魂摄魄的女人！

"抱住我吧——"她这回很平静，"没人真正爱过我。现在，我爱你啦！真的，我不是坏女人。"她的声音有点哽咽，带着企盼和希望。

我浑身发紧，面颊发热。我无法看清自己的表情，不过想象的画笔勾勒出的绝不是清醒如故的"我"。

她一把把我抱住，我也不自觉地伸出手将她揽在怀里，就在我的嘴和她的嘴相碰的时候，我忽然嗅到了一股烟油子的干辣辣的呛人味儿——是她嘴中喷出来的，这气味和大彪嘴中的气味一模一样。我打了个冷战，似乎我怀中蠕动的正是大彪。刹那间，我又异常清醒起来，我看到了大彪，看到了他那紫色的脸，那背心子遮不住的紫色的身子……我的手不自觉地松开了。

"祥子，你——还等啥？"

"嫂子，别这样……大彪哥……"我语无伦次地低下头。她的手来触我的腰，我猛然把她推开了。她不顾一切又冲上来，"你——要什么？"她的媚态一扫而光，"钱？我给你！怎么样？"她说完，跑到清烟飘拂的火堆旁，三下两下解开袋子，从一个黄色的挎包中抽出一叠钱来，都是拾元的大票子。

"来，这些都给你！"她的脸色又恢复了橘红，身子又贴在了我的身上。

钱，的确诱人，特别是我专门想挣大钱的小伙子。而女人呢？在某种程度上说不比钱更诱人吗？可此时此刻，我心慌意乱，脑麻体软，一切欲望都离我而去。

"怎么样？祥子，你真的什么也不要？"她的双手搂住我的脖子，我的身子随之"弓"下来。"我说过，我不是个坏女人。真的！我没得到过真正的爱。祥子，我们女人不比男人……"她的脸贴上了我的脸，泪水热辣辣地沾在我的脸上。

"既然你什么都不肯要，你给我一句话行吗？爱着我！"她把最后三个字咬得深沉而清晰。

我的心里涌来了酸意，似乎受到了莫大的委屈。我可怜她，却又不理解她——既然什么也不妨碍，什么也不损害，我没有理由再拒绝她这小小的乞求。我终于点了点头。

"那么，来，就吻我一下吧。"她的手劲又上来了。我知道应该尽快地结束这个场面。我用两手搬过她的脸。泪水掩映的面容令人心碎，我不忍多看她一眼，只把我纯洁、弹力旺盛的唇伸向她的嘴巴。

一秒钟，抑或几秒钟，她并不情愿地松开了双手。然而，也就在这时，我的眼泪也禁不住滴落下来——当她赤裸的身子和我的身子贴紧的时候；当她的手指轻轻划动着我的脊背，那感觉就像阵阵微风抚摸着我年轻的心房的时候；当我的大脑中只有一种渴望、一种激情、一种燃烧的火焰的时候；当我的全身已融入了海潮一样轰响之中……我没因为一时的冲动而对不起我自己，对不起大彪。我为我非凡的冷静而流泪，甚至自豪！

我不是伟人，也不是哲人，不会升华自己的思想，但我的良心告诉我：随意的占有或过多的索取都是罪恶！

北方，兴安岭脚下的草地里，我情愿又不情愿地给了大彪女人一个吻。即便是这样，我还是非常惧怕——像初次偷情的人，从心底滋生出惊骇和不安……

五

三天后水消了。草地过水，草有腥味，牲口不爱吃，我们只好搬家，搬到坡地上没有过水的甸子。

一连几天，生活不错。大彪从山上打回了犴，我们把犴肉用盐水炸熟，吃了好多天。我头一次吃这种东西，感觉肉丝像木渣子，非常粗。

大彪对我还像以前一样，可我由于那一个吻而心虚，行为也特别谨慎起来。我们每天都要到一起，特别是晚间，酒将我们麻醉得如一摊泥。而我每次来，不单单是为了喝酒，只是为了多看那女人一眼——自从那次以后，我虽然很怕她，却又抑制不住自己的感情。打完草，手一停，心里总是慌慌乱乱的，想她，想看她，见不着心里就发空。

夜晚，躺在窝棚里，眼前总要浮现出女人的面孔，我不止一次地自问：我和她，我们之间发生的是真情相碰吗？爱情，这个折磨人的字眼儿，真让人费解。我无法隐瞒我热爱这个女人了，而且是有夫之妇。有几次，我狠狠心：我不能这样继续下去啦！决心不再去理她。我就发疯地抡响手中的草刀，不知不觉中气在心里聚集，然后变做满身臭汁，直到弄得像散了架子。然而，当我空寂于草地里，或者窝棚中，痛苦就犹如一片云、一团雾悄悄袭来，使我站立不稳、坐卧不安。这时，那女人就像了解我的心思似的，不知从哪来到我的眼前。她是那么大度，尽管我常装出一脸阴沉，她还是笑眯眯的。我心里的冰冻就会被她太阳一样的笑脸融化得一干二净。我知道我已经爱上她了。爱情，它让我发狂，不是么？

时光染在草叶上，甸子里的草有点发黄了，这是北方的九月。

灿烂的早晨。我们决定打趟猎，打猎是大彪的拿手戏。大彪女人提议我们一起去，这正应了大彪的心思；我对打猎又怀有好奇，正跃跃欲试，加上那女人又要亲自前往，我干吗不响应呢？

大森林，雄浑、悲壮而冷峻。

我从没见过如此壮观的林子：大片的落叶松比赛似的全是盆子粗细，主干笔直、刚健伸向苍穹。树梢子的枝杈如伞，割断了阳光。偶尔有一道金灿灿的光柱从高耸的树上穿下来直插地面，给凉爽、寂静的林子增加了几分神秘。

我走在林子里，脚下像踩着海绵。潮湿、发霉的烂叶的气味钻进鼻孔，发辣、发苦。细细一嗅，又有一种松树的油脂味儿。我跟在大彪女人身后，而她总是被大彪甩得远远的。

实话说，走在这样的林子里，我真有点害怕，倒不是别的，大自然的神奇力量震慑着我。

渐渐地，林子稀疏起来，松树低矮下来，有树冠很大的桦树掺杂进去，林子里有了斑驳的阳光。我松了一口气，回头看一眼森林，心想，生人走进去，一定出不来。当我收回思绪，大彪女人已离开我十几米远了，我加快脚步追上去。

一个上午，我们的收获仅仅是一身臭汗，什么动物也没碰到，只好坐在一棵大树下面午餐。树下是一块青石，很平。我们将带来的食物拿出来。

真奇怪，从出来到现在，我没听到大彪女人说一句话，而且，她的脸色也很难看。起先我以为她累了，但看她强有力的双腿上紧发条一样向前迈着，我猜想她的心里一定装着什么事儿。

大彪又和我喝起酒来。大彪女人既不看我，也不看大彪。一会儿就吃完了饭。看着她那么无精打采，那么快快不乐，我也有点惶惶不安，因为我不知道她的不快是不是我引起的。大彪毫不理会自己女人的变化，在他，也许这一切都习惯了。他的脸又开始涨红了，酒兴正浓，我无法脱身，只好硬着头皮将那带着曲子味的很辣的液体一口一口咽到胃里去。

大彪女人从背壶里喝了一口水，仰起头，咕咕一阵响，又把水吐出来。我看到她仰脖时光滑的喉管在微颤。

她来到石头旁，将靠在石头上的枪拎起来。我对那玩意儿一点不感兴趣，人家都说打东西要三点成一线，我端起枪来却只能看到准星。大彪女人端起枪，枪口对着密密的树林。她的脸贴在枪把子上，枪口在微微抖动。

我睥睨着她的举动，觉得有点反常，但这只是瞬间的想法。也许她想在今天的打猎中露一手。想着，心里有了点儿快意。女人，干吗也那么争强好胜？也许她就是做来给我看，不会错。可是，我错了！女人的枪口对准了大彪。与此同时，大彪也发现了，他吐出了刚喝到嘴里的酒，"放下！"他打雷一样喊了一声，站起来。

女人像一尊木雕，一动不动，枪口直指大彪胸膛。"坐下，如果我这指头一动，你可就得乖乖地倒在地上了。"她左眼闭着，右脸贴在枪把子上。

"二平，你疯啦！这是闹着玩的？"大彪有点变调了，他一把拽过我，挡在他的身前，我感到了他全身都在抖。

我没有紧张，我一直认为二平是在开玩笑。我盯着她，她的脸一下子绷紧了，枪嘴子上下点了点，终于她把肩上的枪拿下来。

"胆小鬼，跟你闹着玩儿。"她笑了，看得出来，那笑很勉强。

山，很陡。两山之间是一个宽敞的沟子。大彪说里面有那玩意儿——杜柿。的确，当我们刚刚走下山坡，我就看到了一片片膝盖高的棵子。指甲般大小的叶子硬挺挺的，紫黑、椭圆的小颗粒羞羞答答地在秧子的小枝上半遮半露出来。大彪把他那宽大的手掌伸出去，五指张开在棵秧里向上一提，手掌中便堆积着很多小颗粒。然后，他把这些小东西往嘴里一扔，嚼起来。

我和大彪女人也学着吃起来。这东西我没见过，更没吃过，那小小的颗粒真甜，也真酸。紫红的果汁粘在手上，擦也擦不掉。就在吃得上劲的时候，大彪在我身后冷笑了几声。我回过头，简直无法相信自己的眼睛：大彪恶狠狠地站在几步之遥，枪端平了，枪口直冲我的胸口。

"你小子，祸根！都他妈是你的事儿。今儿个，你活到头了！"他咳了一口痰吐在草地上，那每一个字都像一颗落雷，震得我木呆呆的。

"大彪哥……你是……"我手足无措，的确，我没有任何思想准备。厄运当头，可我的思维却异常活跃：我没有什么过头的地方，仅仅是他的女人逼迫我吻了她一下，至于我爱她很深沉，那是我自个儿的事，心里的事。于是我想向他解释。

"少啰唆！问我想干啥？要你的命！你来到了蘑菇气，我可就倒了霉了，我拼死拼活跑到这，是来给你送老婆来啦？"

"不！"

"什么'不'？我全他妈知道！少跟我玩轮子！"

他不允许我解释，不听我说话，我感到一阵绝望。我周身开始麻木，开始发软，嘴唇哆嗦起来。死神的突然降临打碎了我探险求富的黄金梦。刹那间，我看到了三间草房，粘泥涂壁的屋子里，父亲背驼腰弯地坐在炕头，母亲坐在硬板凳上，哥嫂站在门外。他们都眼泪汪汪，满脸的不高兴——这是我出走时家里的情景。而今我真的要与他们永别了吗？心，发酸；眼，发涩，悔不该当初哇！

"大彪，你干啥？"大彪女人窜到我的跟前，用她宽厚的身子挡住我。

"哈，臭娘们儿，你也找死？滚开！不然连你也一勺烩了！"大彪向前迈了几步，枪嘴子触着女人的胸脯。他的脸像一块生了锈的铁，两眼血红。

"打吧！谁怕死谁孙子。祥子哪点儿对不住你？让你当王八啦？可你没那个命！"

"住嘴，再骂？"大彪的枪口使劲向女人胸脯触了一下。女人"哼"地喘了一口，"操你血祖宗！"她还在骂。

"老子不采取行动，就得死在你们手里，狗男女！你先滚开！"大彪用枪嘴子使劲儿扒拉着女人。

我浑身像散了架子，一点儿力气也没有，大脑一片空白。整个慌乱得像一团麻，顾不上哪儿是头，哪儿是屁股。

枪响了。大彪女人嚎叫一声向后顿了一下，大彪是在扒拉女人时不慎走了火。

女人后仰的身子撞在了我身上，我不自觉地抱住了她。子弹从她左肩头上擦了过去。我嗅到了一股皮肉烧焦的气味，接着血从她肩头上流淌下来。好险！

一股怒火从我胸膛中窜起，软弱和胆怯一扫而去，我不知是爱大彪女人太深还是出于别的什么，一把推开她，有如一个侠客那样冲上去。我想把大彪手中的枪夺过来，因为枪响过后他并没再拉枪栓。也许是枪子儿意外击中了自己的女人，使他震惊。

当我的手就要触到枪管时，一件更意外、更惊骇的事情发生了：一头黑熊从我们侧面像山一样压了过来。那速度之快令人防不及防。我倒吸一口凉气，接连后退了几步。

在黑熊一蹿而过的刹那间，我看到它胸前有块白色斑毛。它后腿挺立起来，身子抬高，尖利的耳朵像两面三角小旗。鲜红的口腔里，舌头半隐半露，白森森的牙齿裸露出来，样子凶恶极了。"呜——"它怪叫一声，地动山摇！当它的前掌将要落地的时候，枪响了，那声音就像锥子穿透了萝卜，"扑——"黑熊以其不可阻挡的惯力冲下去，碗口粗的小树在它身下发出一阵脆响。有一棵树向大彪横扫过来，使他和黑熊同时倒在地上。

惊吓，再惊吓。当我恢复神志的时候，首先听到了大彪女人在抽泣。她倚着一棵小树，右手捂着左肩头。我跑过去抱住她，她趴在我的肩上放声大嚎。

我看着她血淋淋的左肩，从那里滴下的血已浸湿了她的衣襟。我又回头看看大彪，他仰面朝天，一棵树压在他的肚子上，另一棵压着他的腿，两棵树的另一端恰巧压在黑熊身下，枪斜躺在离他五六米远的地方。

大彪脸色惨白，喘息微弱。我赶忙从躺倒的树枝下钻过去，伸手去抬压在他肚子上的那棵树。我当时什么也没想，只希望大彪能够从树底下爬出来。于是我使足了力气，我不知哪儿来了那么大的劲儿，小树竟有点起动。可是大彪已昏死过去，再说他腿上还压着另一棵树。就在我力不从心，不得不将手中的树干渐渐放回原位时，黑熊突然颤动了身子，掉过头。它虽然中了枪子儿，却没有死。

"呜——"一声尖叫，吓得我差点跌倒。那声音真大，简直要震破耳膜。它的前掌想向前爬，身子却在原地打转。

我惊恐地看着这个庞然大物，没想到在这里会碰到这玩意儿。我的脑海里出现了一幅图画：一个猎人被一头黑熊坐在身下，他的屁股、脸被黑熊带刺的舌头舔得鲜血直流；或者一个女人被黑熊抱起来，呼哧、呼哧走进森林……这是我先前听到过的故事。现在，黑熊就在眼前，它被大彪的枪子儿击中了，胸前白色斑毛一片殷红。

起初，我的浑身起了一层鸡皮疙瘩，心跳气短、四肢无力。可是当我看到倒在地上的大彪时，我的勇敢又一涌而起。我跑过去，捡起枪，我不知是怎样上的子弹、瞄的准儿，反正我把枪口对准了黑熊。开火！枪在我手中颤动了一下，枪子从黑熊肋叉子穿过去，传来一声闷响。

大彪醒了。他躺在地上呻吟，看见我手中拎着枪，他挣扎着想站起来，却被身上的树挡住了。他的左手支着地，上身努力向上抬着，两眼老鼠见到猫儿一样，怯生生地望着我。我看得出来，他害怕我。

我们面对面地沉默了好一会儿。能对他说什么呢？几分钟之前，他还凶神恶煞地将枪口对准我，想把我彻底毁灭掉。如果不出现这个意外，我就会像地上的黑熊一样躺在那里，流尽满腔的鲜血。可是，不得不承认：

活这么大，我没黑过良心，大彪反而自食其果——枪声惊动了黑熊，自己却差一点儿魂上九霄。看得出来，他的右腿一定是断了，他一动不动地垂着头，没有一点儿生机。如果我现在想报复，完全可以给他一个枪子儿，谁也不会说出什么，因为我完全是在自卫。可是我不能这么做。杀人，我没想过，也不敢想，更没有理由这么做。虽然大彪对我不仁，可我不能对他不义！尽管我理不出为什么。

看着大彪那狼狈而沮丧的样子，我有点恶心。我想把压在他腿上的小树搬起来，或者把他搀扶起来，但这只是瞬间的想法。我不是傻子，我无法强迫自己这么做。

我把枪扔在一旁，一声没吭地转回身。我听到了大彪女人喊我的名字——但我没有再回头……

六

夜晚来临了。我蜷缩在窝棚里，一点也没有累和饿的感觉，只有惊恐和不安占据着我的思绪。我如惊弓之鸟，站着、坐着、躺着——无论什么样的姿势，都无法驱除我内心的恐怖。我担心大彪会再来找我的麻烦。虽然他伤得不轻，但我知道像他这样小心眼儿的男人，什么事情都做得出来。他绝不会轻易罢休！人往往都是这样：当时经历的可怕场面并不太在意，可过后一想，却越想越怕。我好像不止一次地看到大彪端着枪，站在我的窝棚口，黑洞洞的枪管像深渊，慑魄惊人。我同时还为那女人担忧，不是杞人忧天，因为……我爱她！

恍惚中，我觉得门帘子扇动了一下。我的心一抖，看到大彪女人走了进来。

"你吃了？"她的身子很疲倦。

我把她让到床前。点蜡烛，手在发抖，点了几次才点着。

"怎么？还生气？"她的手伸过来，拽住我的手。

"你，走吧。"我心一横说出了不情愿的话。

"干吗撵我？"烛光跳着，她有点不解。

"回到你的窝棚，别再来这儿。"

"你厌烦我？"

"别这么说，我是说……咱们不要再来往了。"

"我知道是我不好，连累了你，可我是真心的，我爱你！真的，一心一意！"

"可你知道，这不可能！"我摇了摇她的手，"伤口怎么样？"我把她拽过来，看着她的左肩。她已换上了另一件衣服，可是血还是从肩头上洇出来。

"擦掉块肉，真狠！"她抓住我的手盯着我。微弱的烛光中，她又露出了楚楚动人的面孔。

"你来这儿，他呢？"我有点紧张。

"断了一条胳膊，腿也肿得站不起来，活该！早死早好。"她把头靠在我的脖子上。

心开始平静，刚才还觉得很惊骇的事情，现在好像跑得遥远了。她的头发触着我的脖颈，有点痒。我没有动她。我知道，此时她的内心也一定不比我好受多少。按一般的常理，今天发生了这样的事情，她会感到难过、悲伤、痛苦，可是这个倔强、坚强、心硬如铁的女人仍然一如既往，好像什么事儿也没有发生……我这样想着，不小心碰到了她的伤肩。

"轻点儿。"她换了个姿势，还是把头靠在我的胸上。

"得去医院，还有他，不然会发炎。"

"别提他，自作自受，谁让他心太黑！"她的右手插进我的头发，"祥子，跟我走吧！离得远远的。咱们一起过日子，行吗？"

"不！"我的心里又慌乱起来。

"你说过，你爱我，难道你在骗我？"

我长出一口气，在这个吐口唾沫也当钉儿的女人面前，我又能说什么呢？"我说的是心里话，可是你毕竟是有夫之妇，再说，爱就非得在一起过日子？"

"你嫌弃我是吧？我是个老娘们儿，不配你对不对？"她可怜巴巴地流出了眼泪。

"你理解错了。人都有良心、道德，我怎么能什么也不顾呢？"

"得了，良心、道德，你有，我有，可大彪有吗？你不了解他，我可了解他是个什么玩意儿！"她的右手晃着我的肩膀。

"我和大彪根本就不是两口子，他也是有妇之夫。他原来是我们大苏河乡乡办厂的厂长，有钱有地位，没有求不着他的人。那年，通过一个亲戚的介绍，我们认识了，去他们厂里干活儿。后来……"她扭扭身。烛光跳着，可以看出她茫然和追悔莫及的神情。"他经常来缠我，给我钱，最后我们就干了那事儿，不久，我怀孕了，也就在这时有人告了他——是他老婆，她知道了我们的事儿，找人收拾我，也有人乘机告他贪污、受贿——他的确弄了不少钱。眼看大势已去，我不得不跟着他跑了出来。我们先到了一个城市，可时间不长，他又和一个旅店的老板娘干上了，被人家爷们逮住，吊着打，溺了裤子，那玩意儿也让人家削下去一截。没别的出路，就来到这山沟。这里肃静，干点活儿，惹不了是非。后来不知怎么折腾的，孩子死在肚子里，遭了一个多月罪。他没那命，是个小子，长全了。"她又抽泣起来，并将她的右手放在我脸上蹭。

一种同情心油然而生——每个人都在追求幸福，而女人就更强烈。这个命运多舛的女人现在爱我了，而且爱得发狂，以至于毅然决然地不顾一切，我呢？我懵懂、踌躇、惊骇……我和她逃走吗？

在女人的泪河里，我痛苦、难过。我把她的手挪开，发现那手抖得厉害。本来我有很多话要和她说：诸如我们鲁莽地逃走会导致的后果；诸如我和她之间的关系仅仅出于——呵，同情的蜘蛛在我心之网上爬动，我不能在她痛苦不堪时再落井下石啦！我把要说的话咽了回去。

"答应我，咱们一块走，行吗？"她盯着我，泪水汩汩地流着。泪眼中，目光是那么疲倦，但却那么真诚，充满了乞求。

我无法回答她，在我同情之网中，也有一把小刀在偷偷割拉着本不牢固的丝线。忽而东，忽而西，不牢固的思绪，矛盾的心理，弄得我这个男人一点也没有了汉子气。

七

夜晚的窝棚里，我又失眠了。我决心离开这里，离开那个女人。因为我知道自己已经卷入了一个可怕的旋涡里。继续下去，强大的旋力将使我无力挣扎，我会沉沦、窒息乃至死亡。

太阳文静地升起来，甸子里弥漫的雾在渐渐散去，阳光透过浓雾射下来，湿淋淋的。遥远的甸子的边缘，大团的白雾还在涌动，像天上的云。

我站在窝棚边，望着隐隐约约的大彪的窝棚。别了，女人！我心里很不是滋味，毕竟有过那么一回儿——爱过。其实我很早就起来了，虽然下了决心离开这里，可是那窝棚像吸力极强的磁铁，将我吸引住。我徘徊了很久，我觉得应当和她见一面儿，当面告个别。这么想着，见她的欲望就愈强烈了。

露水打湿了裤腿子，浑身发凉。忽然，我心里又一阵发紧：我看着大彪手中端着枪，正等待在窝棚口……我的双腿立即软下来。

现在离大彪的窝棚不远了，以至于能看到上面压顶的几根横木。

多数人都有一个毛病：要是想起一个人的好处来，他的前后左右都是好处；而一旦想起这个人的坏处，那么他的前后左右就都是坏处了。我就属于按这个观点看人的人。每次想起大彪，我的心里都格外厌恶，恨他，不仅恨他自己，连那女人也让我恨得牙根直痒。而她对我的情，对我的意，对我的那片滚跳的心海，就早已被我抛至九霄云外了。于是我的心硬起来，一走了之的心绪又急切起来。我转回身，像一条被碰了裆的狗，夹着尾巴，颠儿颠儿地一路小跑。

别了，北方；别了，蘑菇气草地；别了，我既爱又恨的女人！我站在就要走下洼地的小坎儿上，望着那个即将消失的小黑点儿。不知为什么，一看到那个小黑点儿，我的心里就有点难过、发酸。"抱住我！抱住我，我就是你的啦！"这声音像从草地里冒出来的，又像从天空中飘过来的，在我的耳畔回荡着。我又想起了我来时她帮我搭窝棚的情景；想起了她帮我砸刀：那笑容、那眼神……她对我无所求，而我呢？我就这样不辞而别吗？就这么负心离去吗？心又开始抽搐。自私、软弱，我恨我自己。于是我又不顾一切地转回身。

在清晨的草地上，我疯了一样往回跑去。露水溅了我一脸，裤子湿到了大腿。大彪的窝棚静得如同一块石头。窝棚口没有挡，我提心吊胆地走进去。真没想到，窝棚里只有大彪女人一个，她睡得那么安详：碎花棉被将她的身子裹在杆子铺成的铺上。她的头朝里，头发堆在杏黄的枕头上。阳光照进来，线条温柔、明亮。

我浑身紧张，四周寻找着，我担心大彪会从我背后扑上来。

女人并没睡着，她从被子中伸出手，抓住我。"我知道你能来。"她身子没动。

"他呢？"我伸出手，担心地回过头。

"走了。我们断了！"女人仍然没动，只把声音送给我。

"去哪儿了？"我不相信这是事实。一个贪得无厌的男人，会轻易放过自己爱着的女人？

女人摇摇头，"他自个儿走的，什么也没要。"她又抓住我的手。"我想了你一宿，真的，冷一阵，热一阵，我也要完了。"她把我的手放在他的脸上。我感到她的手很烫，脸也一样。

"怎么了？"我发现她有点抖。

"冷。"她说："从里往外冷！"

我把被子给她向上提了提，她却哽咽起来。但我发现她这次和以往悲伤、愤怒时的哭泣不一样——也许这是她多年来第一次流出惊喜的泪？我这才发现，仅仅相隔一宿，她已经变得和从前判若两人了。两眼大大的，周围泛着青晕；目光暗淡、呆滞，嘴唇也不是那么光滑润泽了，几个水灵灵、鼓溜溜指甲般大小的水泡使本来很薄的嘴唇向外翻着。也许是由于发烧，面色并不难看，只是很憔悴。

"我知道你能来，又怕你不来……女人，真难……"她抓住我的手，在她脸上不停地蹭。

同情心像开化的小溪在我周身奔涌起来。我似乎看到了大彪女人天真烂漫的少女时代：她穿着粉红色的连衣裙，袅袅娜娜的身子迎着太阳在奔跑。她的脚下是姹紫嫣红的花朵——本来她也应该像那些幸福的人们一样，过着美满、舒心的生活。然而，命运将她抛到了眼下这个地方。适者生存，她由一个柔弱的少女变得泼辣起来，变得能抽叶子烟，能喝白酒，脏话如豆，胆大心硬，敢恨敢爱……

她病了。这些不用她表白。我为难了：本来，我准备看她一眼道个别，可现在，我怎么可以走呢？

人在什么时候最需要帮助？最困难、最危险、最痛苦的时候。她正处在这样的时候，生命像被狂风刮断了的琴弦，我不能再继续拨弄了。让她安静一下吧！人生的旅途中，她太疲倦了。

我打定主意：等她病好了再走。

暴风雪

一

郑之江的母亲反对郑之江与姜莹结合，母亲说：大男人找小老婆，早晚是别人碗里的菜，何况那个狐狸精小你十六岁呢？

郑之江没有听母亲的话。

姜莹不仅年轻漂亮，还在医院里上班，有公职。要模样有模样，要工作有工作，哪样不好？不就是差在年龄上吗？可老夫少妻，少夫老妻结婚的少吗？古往今来多少帝王将相，多少英雄豪杰，就连在延安时期的那些领袖们，其中也不乏有娶小老婆的。自己一介草民顾及什么？人生在世几十年，苦也，累也，穷也，富也……想开了是天堂，想不开是地狱！睁开眼睛是自己的，闭上眼睛爱谁的是谁的。他扒拉着自己的小算盘，义无反顾地和姜莹走到了一起。

郑之江在牙克萨属于成功人士。牙克萨是大兴安岭北麓的一座森林小城，东南面是高高的大兴安岭林区；西部与著名的呼伦贝尔大草原接壤。这里蓝天白云，森林草原相互交融，林间草地土质肥沃。郑之江就在牙克萨东南的一个号称十二里沟的山谷坡地里开垦了几千亩麦田，成立了家庭农场。经过多年的不懈努力，他在当地已经是响当当的农场主了。

郑之江和姜莹的结合，当然是二次革命。他和姜莹结识没多久，就快刀斩乱麻和前妻办理了离婚手续。留给前妻一套房产，还有一笔钱。不仅如此，还给女儿存上了一百万元人民币。行吧？在兴安岭深处的小城里有几个离了婚的男人出手这么阔绰？

现在，郑之江为难了。母亲几次来电话催他回根河过年，并嘱咐：不许带姜莹。他知道母亲至今不接受姜莹，郑之江有点进退维谷。

自从和姜莹结合在一块儿，母亲就毅然决然地搬到了弟弟居住的根河市。那是大兴安岭深处的一座小城，夏季凉爽短暂，冬季寒冷漫长。这种自然环境很恶劣的城市，不适合老年人居住。而母亲已经八十一岁了，人生七十古来稀，老人家已经是耄耋之年了啊！拌嘴也好，打骂也好，不管他和母亲之间发生了什么不快，母子之间的隔阂都不会产生什么仇恨，虎毒不食子，母子连心啊！对他而言，他也确实有点想母亲了。一想起母亲，郑之江就有负罪感，要不是他突变的婚姻，母亲是不会离开这个城市搬到根河的弟弟家去居住的，而且，离开他的时候，母亲异常愤怒和悲伤，是那么无奈又无助。她稀疏的头发散乱而灰白，浑浊的眼睛里泪花闪闪，颤抖着毫无血色的双唇，紧咬着满口假牙：江子，你记住，不听老人言，吃亏在眼前！从现在起，你甭管我叫妈！

母亲的话对他当时的心境并没有什么影响，换句话说，当时他任何人的话都听不进去——母亲的，前妻的，女儿的，弟弟的，各色各样朋友的……他们的话就是一阵风，在他耳际打了个呼哨儿，马上就消失了。他怎么能听得进去呢？

他就喜欢听姜莹的话。

姜莹温柔而爽朗的声音是那样的入耳入心，令他如醉如痴：似夏日里迎面吹过来的凉爽和煦的风儿，似泉水透过树丛传出的隐隐约约的叮咚，似天空中燕子斜翅飞过抛下的几声呢喃，更似一只慵懒初醒的猫咪漫不经心的融融絮语——喵——呜——

总之，深陷恋爱中的人儿，智商几乎等于零，这句话千真万确……

姜莹坚决反对郑之江回根河过年：你去了，我怎么办？大过年的，我孤零零一个人怎么过啊？

　　这的确是一个难题。姜莹和他结合，娘家人也都一直在反对。她毕竟也有家室，离一家，进一家，总归羊皮贴不到狗的身上。姜莹的父亲甚至到公证处去公证和她断绝父女关系。他坚决反对女儿离异，他认为做教师的女婿并没有什么不好，而相反女儿的爱富嫌贫简直就是受到时下社会腐化之风的蛊惑。那个家伙不就是有几个臭钱吗？他才比我小几岁？你跟他在一起，就等于一棵白菜被猪给拱啦！再说了，这不简直就是乱伦吗？走出了这个家门你就永远别回来！

　　姜莹是个有主意的女人，为了郑之江，她一意孤行地离开了父母，昂首挺胸走出了自己亲手编织的巢穴，什么也不顾忌，什么财产都没要，净身出户……

　　而郑之江的母亲仍然固执己见，几年过去了，还是不承认姜莹，这个难题左右着郑之江。

　　那天晚上，郑之江把姜莹揽在怀里，她滑腻的身子拥着他的胸脯，他感到怀里抱着的是一个宠物。她那头乌黑的长发刚刚洗过，透着淡淡的香气，那面庞光滑白皙得令他不忍转睛，他把嘴唇凑过去，姜莹看着馋猫儿一样的郑之江，用纤细的手指抵住了他的额头：胡子——

　　郑之江憨憨地咧咧嘴，是啊，他一天没刮胡子了，那坚硬的胡茬子会扎伤她细嫩的面庞。刚结婚不久，有一次他们疯过了头，他的胡子让她的下颌红肿了好几天。

　　人都有这种感觉：当相互的欣赏、相互的好奇、相互的冲动过后，就是相互的平静了。郑之江和姜莹也不例外，当姜莹的手指抵在他的额头上，郑之江没再做让姜莹不高兴的事情，而是抓住了姜莹光滑如玉的手指在自己的面颊上蹭了一下：闹心，一天光想过年的事了，胡子也忘了刮。

　　姜莹侧目扫了一下忧心忡忡的郑之江，用她温润鲜嫩的手掌从郑之江高挺的鼻梁上一直摸到他厚厚的嘴唇和他宽阔的下颌。

　　去吧，谁让我嫁给你了。姜莹的声调有点颤，她哭了。

郑之江扳过姜莹的头,他们脸对脸:别这样,乖,我不去了还不行吗?我陪你在家过年。

她摇了摇头。我难过……姜莹似乎受到了莫大的委屈,竟嘤嘤哭出声来。

郑之江的两眼也一阵潮热,心里涌来了酸楚。

二

郑之江和姜莹商量好了,过了初一他就回来。姜莹也找到院领导,要求春节值班,这样她的春节就不会因为一个人而孤单。

一上午他给姜莹置办了好多年货。她自己在家,又值班,得给她预备一些现成的吃喝。饺子、馄饨还有煮好的一些熟食,特别是姜莹最爱吃的麻辣鹅头、鸭脖子……他都准备得一应俱全。

吃过午饭,郑之江把带给母亲的礼物都装在后备厢里,最后他又想到应该给弟弟带点什么礼物。带点什么呢?他想到了橱柜里的两瓶茅台酒。这是他准备送给一个官场朋友的。六十年的陈酿,价钱不菲。对弟弟来说,半辈子在林场当工人,自己花钱是一辈子都舍不得买这样好酒喝的,就让弟弟潇洒一回,也是当哥的一份心意。对,就带那两瓶茅台酒!

一切准备停当,他出发了。从牙克萨到根河不过三百公里的路程,就是冬季道路不好走的话四个小时也能赶到。他没有从南面的森林防火砂石路去根河,那条道路相对少走几十公里,但是那条砂石路路面窄,冬季常有风雪阻路,所以他选择了从海拉尔到额尔古纳再到根河。这条路是柏油路,宽敞,往来的车辆也多。

三年了,郑之志江是第一次过年离开姜莹。平常去麦点儿,他都要给姜莹找一个朋友做伴。来往最多也深得姜莹信任喜欢的是郑之江的乡友唐凤仙,可现在是特殊时期,谁家不过年呢?

天空有点灰暗,风夹着细碎的雪屑顺着公路像一条条小白蛇迅速地蜿蜓爬过。车过海拉尔向北就是额尔古纳，此时，郑之江看到额尔古纳的上空黑沉沉的，凭他在林区多年的经验，他知道那里正在下雪，但愿不是暴风雪，他想。

汽车在加速。雪花打在风挡玻璃上，转瞬就被风吹落，兴安岭的冬天是寒冷的，尽管车子的暖风在不停地吹着车窗，但车子越往北，宽大的风挡玻璃四周还是挂上了一层薄霜。偶尔有往来的车辆经过，卷起雾一样的雪沫子，使得眼前白茫茫一片，他的车速时缓时快。

应该给唐凤仙打个电话。他琢磨着：虽然家家都过年，就让唐凤仙抽空陪陪姜莹，通通电话什么的也能减少姜莹的寂寞。女人不能让她们孤独了，孤独了，女人就会忧郁，忧郁了就会胡思乱想……

他找出唐凤仙的电话拨过去。电话里的声音很泼辣。人熟了，说话就不忌讳：大过年的干啥呀？

想了呗。他说。

怀里抱着那么嫩的小娘们儿，一挤就出水儿，还想老娘？

这个娘们儿敢扯，郑之江是知道的。他把要说的话向唐凤仙一股脑地说出来，他怕一给她说话机会，这个家伙就开始打情骂俏。最后他承诺，回来给她买礼物，并承诺陪她搓三圈麻将。

放下电话，他自己咧了咧嘴：女人在物质面前没有一个不被俘虏的……

他和唐凤仙可是多年的朋友了。他们是最后一批下乡的青年，是乡友。

下乡的时候，他们一起被分配到养鸡场。这之前，养鸡场里是一批老知青，队长认为这些老知青不可靠，工作马马虎虎，鸡越养越少，对鸡场发展不利，就派了新来的知青，而且是从团员里挑选出来的尖子。

他夜班，唐凤仙白班。

不多久，鸡栏里就发现了死鸡。偌大的筒子房四周都是鸡栏，而且是上下两层。喂料，饮水，起粪便，打扫卫生，捡鸡蛋……工作很辛苦。

队长检查鸡场发现了死鸡，就批评唐凤仙。唐凤仙就说那些死鸡也不都是白天死的，夜班也有责任。队长来问郑之江，郑之江当然有一百个理由：交接班的时候可没有死鸡啊。

队长想想也是，就狠狠批评了唐凤仙，并让她向郑之江学习。唐凤仙心有不服，但郑之江当班的时候的确很少发现死鸡。她向郑之江请教，郑之江煞有介事地遮遮掩掩，表明他的经验怎么能随便外传呢？讨价还价后，唐凤仙答应每周给他三个鸡蛋。因为每天的捡蛋员是唐凤仙的好姐妹，再说，郑之江虽然也在鸡场，但他是夜班，鸡是很少在夜间下蛋的。

唐凤仙很讲信誉，在一个交接班时，她给郑之江递了一个眼色，郑之江从她那忽闪着的大眼睛里早已领会了其中的含义，待白班的一干人马离去后，他从墙角的水桶里取出了三个鸡蛋。真是让他欣喜若狂，那个年代，三个鸡蛋多么奢侈啊？

已是深秋，鸡舍的铁炉子开始取暖。那是一个大油桶切割过后改装的铁炉子。郑之江兴匆匆地把三个鸡蛋埋进热灰里。

真让他意想不到，就在他满怀信心准备用木棍扒开炉灰时，一声爆响，把他的希望炸得灰飞烟灭，他还没有彻底醒悟过来，第二声爆炸又开始了，热辣辣的东西喷溅到他的脸上，烫得满脸生疼。他终于明白过来，是埋在热灰里的鸡蛋爆炸了。他慌忙爬起来，十分狼狈地跑开了，接下来，随着爆炸声，他看到一股热灰从炉膛里飘散出来。

唐凤仙看到郑之江脸上的烫伤，忍不住笑出声来。他们这批知青里面都知道郑之江聪明，可聪明的郑之江反被聪明误：傻子都知道把生鸡蛋埋在热灰里会爆炸，可郑之江却不知道，非要亲身体验。

下一次，你用那个水桶。唐凤仙暗示了郑之江。

郑之江这回变得聪明起来。他把水桶放在大铁炉子上，随着热水嘶嘶的响声，他看到水中的鸡蛋不规则地上下浮动。

以后唐凤仙当班的时候就很少有死鸡了。

唐凤仙对郑之江的工作技巧颇感意外，这简直就是雕虫小技。

原来，郑之江当班时，也会有鸡死去的，不过郑之江把死去的鸡埋在了储存的鸡食料堆里，半夜，再把死鸡扒出来扔到大铁炉子里焚烧掉。

有一次队长似乎发现了什么。

晚饭队长不知吃什么东西坏了肚子，半夜起来，拉稀，蹲在雪地里的队长闻到空气中有一股燎毛的味道，疑惑中的队长本想去亮着灯的鸡场转转，可是肚子太难受，拧劲儿疼，就取消了这个念头。

第二天，队长找到郑之江，郑之江诡称：晚上打扫卫生，把鸡栏下面自然脱落的鸡毛倒进铁炉子里，飘出去的烟正好让队长闻到了，就是这么回事儿。队长半信半疑地敲打郑之江：小郑啊，你可是我信得过的人，这个鸡场有你在，我放心！

队长的话没错。这时的郑之江已经是负责鸡场的知青小组长了。

这以后，郑之江不敢再把死鸡烧掉，而是把唐凤仙和自己值班时的死鸡偷偷藏在食料堆里，晚上用食料袋子装起来，背到后山的雪地里埋掉。为此，唐凤仙对郑之江很感激。

开春的时候，积雪融化了，堆积的死鸡暴露出来，后山上聚集了成群的乌鸦，生产队养的几条笨狗也每天往后山跑。郑之江整日惴惴不安，唯恐事情败露。但正值春播在即，队长已经忙碌得顾不上鸡场这边了。

唐凤仙和郑之江的真正友谊是通过那次生产队里吃"爱社蛋"开始的。

五月节，生产队里煮了一千个鸡蛋，号召知青们吃"爱社蛋"。可是知青们每人也就象征性地买两三个。一来生产队开资不及时，知青们吃饭全靠饭票，二来鸡蛋卖得也实在太贵，每个鸡蛋三角钱，三个鸡蛋就是一天的工分啊。

鸡蛋没卖出去多少，看到剩余的鸡蛋，队长皱起了眉头，随即队长把知青们召集起来开会，决定：所有的男知青都得吃"爱社蛋"，女知青不限。

队长告诉大家，晚上不开火了，大家把肚子空起来，第二天早晨都吃

"爱社蛋"。每人定额三十个鸡蛋，都吃了，放假两天，工分照记。吃不了的，按个付钱。

年轻的知青们初生牛犊不怕虎，大家跃跃欲试，都想享受两天假，白得工分。

第二天早上，郑之江等三十几个男知青饥肠辘辘地一字排开，每个人身边站着一个女知青剥鸡蛋皮，队长一声令下，大家开始吃"爱社蛋"。

唐凤仙站在郑之江的身旁，通过一冬天的合作，两个人的感情比其他的知青深厚了许多。唐凤仙把泡在水盆里的鸡蛋剥掉皮一个一个递给郑之江。起初大家都在狼吞虎咽地吃着，渐渐速度慢了下来，再一会儿，有的人已经走下了擂台。

队长手拿笔记本走上前查看鸡蛋数。

最早吃完三十个鸡蛋的，是李大个子。这小子高似铁塔，壮似牤牛，一顿能吃五六个大馒头，还得外加两大碗菜。他把最后一个鸡蛋放到嘴里，嚼着，腮帮子鼓得像个气球，他拍着胸脯，将军一样腆着肚子走了下去。

紧随其后又有一个家伙趾高气扬地走了下去。

围观的人们有的鼓掌喝彩，有的高喊加油，有的幸灾乐祸地打着口哨。

郑之江吃到第二十五个鸡蛋的时候，他感到胃里就像装满的面袋子，怎么塞也装不下去了。擂台上的男知青大都下去了，他看着唐凤仙的手又毫不犹豫地伸向了鸡蛋盆，他的两眼里好像有什么东西往外推眼球，眼睛开始往外凸，他摇了摇头，示意唐凤仙不要再剥了。唐凤仙的大眼睛这时瞪得格外奇特：还剩五个啦，最后五个，你就要有两天假啦！还有两天工分呢！吃了，来，快吃了！她不容郑之江拒绝，就把剥好的鸡蛋塞进他的嘴里。

无奈的郑之江艰难地咀嚼着。

水！他向唐凤仙嘟囔了一句。胃里饱和了，他只是用水把嘴里的鸡蛋稀释一下。

不行，不行，不行……吃不下去了。他的头仰着，缓慢地晃动着。他准备离开擂台。

老郑，还剩四个啦！不能功亏一篑，你能行，坚持住！唐凤仙伸手一把拽住郑之江。

郑之江两腿发软，身子发颤。

上去两个人，搀着小郑。队长抽着纸烟，冲知青们喊。

郑之江已经感觉不到鸡蛋的味道了。他满嘴里就像吃进了鸡粪，恶心要呕吐。他苟延残喘，满脸蜡黄。

最后一个！唐凤仙把最后一个鸡蛋塞进郑之江的嘴巴里。

郑之江咬着那个鸡蛋，既不想吞咽，也不想吐出，进退维谷中，队长笑嘻嘻地走向前。

小郑啊，实在吃不下去就算啦，别逞能啦！

唐凤仙在郑之江的身后用手指捅了他一下：熊货！还差这最后一哆嗦呀？吃了！

郑之江从鼻子里喘息了一会儿，又开始慢慢咀嚼。就像一条极度缺氧的鱼儿一样，他的嘴巴艰难地翕动着，一张一合，停顿一会儿，再一张一合……

最后，两个人架着他的胳膊，几乎是连拉带拽把他弄下了台子。

掌声响起来。

其实郑之江当时不知道，擂台上吃"爱社蛋"的知青们只有三个人完成了任务，其余的都半途而废了。队长略施小计就给生产队减少了损失：一千多个鸡蛋啊，值不少钱呢。

这以后，郑之江不敢吃鸡蛋，看见鸡蛋嘴里就闻到一股鸡屎味儿……

三

天空暗下来。

风夹着雪花扑打着飞奔的越野汽车。从额尔古纳到根河的路上已经看不到来往车辆。今天就是除夕了，没有极特殊的情况谁不在家里过一个安稳年呢？

他随手看看手机，屏幕上显示的是15点40分。由于风雪路面，他的车速并不快，再有一个来小时的路程就到目的地了。他想给姜莹打个电话告诉她一切都很顺利，可是没信号。这一路段是兴安岭北麓的森林地带，盲区……

吃完"爱社蛋"，郑之江在生产队躺了两天，上吐下泻，他的胃没有被撑爆只痛了一个多月。唐凤仙看他时告诉他，他吃的三十个"爱社蛋"是她在那些鸡蛋里挑出来的个头最小的鸡蛋。

从那次后，他和唐凤仙之间就有了一种莫名其妙的关系。可是好景不长，唐凤仙不久就回城了，并通过关系进了石油公司，最终和一个复员军人结了婚。

多少年后他们乡友聚会，唐凤仙酒后半开玩笑半认真地说：知道你现在这么出息，当年说什么也得嫁给你呀。那次吃"爱社蛋"冒险做手脚，挑小鸡蛋给你，到现在还没感谢我呢。

郑之江就把嘴靠近唐凤仙的耳朵：说吧，想要啥？

唐凤仙忽闪着眼皮上已经带着细碎褶皱的大眼睛：说话算数？

郑之江在她肥厚的腋下掐了一把，一言既出……

唐凤仙还是直盯盯地看着郑之江：操，驷马难追！她一口把杯里的酒干了，起身走向其他的乡友。

最终，郑之江去哈尔滨，给唐凤仙买了一件貂皮大衣，了却了他多年对乡友的一份心愿。

他和姜莹也是在唐凤仙家认识的。唐凤仙的弟弟是姜莹医院里的同事，唐凤仙常去弟弟那儿看病买药什么的，一来二去就结识了姜莹。姜莹休班时的爱好除了逛街就是打麻将，唐凤仙就约姜莹去家里玩牌。

郑之江的生活习性就像兴安岭的黑熊一样，夏秋忙碌过后，冬天就开始享受，猫冬。他成了唐凤仙家牌桌上的常客，也就和姜莹有了接触。姜莹的美貌让郑之江心动，郑之江的阔绰令姜莹羡慕。有时候牌玩得太晚了，郑之江就开车送姜莹回家。

一天，姜莹在半路上提出吃点夜宵，郑之江感到既惊喜又意外。多少次他送姜莹回家的路上都想提出这样的要求，可是每当要开口，他的内心就特别忐忑，他怕姜莹拒绝，一个半大老头子约一个年轻美丽的少妇半夜三更的吃夜宵总有点底气不足。现在姜莹主动提出来，郑之江当然喜出望外，他把车开到了林城最好的夜色生活广场，上了十楼的包房。

两个人边吃边喝边聊。温柔的灯光，静静的包房，爽口的红酒，姜莹款款地与郑之江频频举杯对饮，毫无羞涩、拘谨和做作。杯来盏往，一会儿，姜莹白皙的面庞上笼罩了一丝淡淡的玫瑰红，美酒穿心过，红云脸上来，她更显得神采有加，妩媚迷人。

郑之江感到很满足，很幸福，对他而言这真是天上掉下个林妹妹，他要抓住她。

小姜，你真漂亮。郑之江鼓足勇气，看着长发飘飘的姜莹。

姜莹扬起脖颈，翘着灵巧光滑的下颌。

好多男人在我面前都这么表述。

我说的是真心话。像我这样的男人还有什么必要向女人讨好吗？

郑之江想把自己和别的男人区别开来，意思是自己是有实力的那种男人，但一转念，他马上又补充了一句：我是说，像我这样一个老男人。

姜莹抿嘴一笑，碧玉一样的手臂摆了摆。

我看你不是那种妄自菲薄的男人，干吗那么不自信？

我不是不自信，我是自重！夕阳无限好，只是近黄昏啊。郑之江把杯中的酒干了。

看不出来，像你这样成功的人士却还有如此悲悯情怀，难得。姜莹也把杯中的酒喝了。

今天让你破费了。她说。

破费？挣钱不就是为了消费吗？

他们两个人，花了两千多元，对工薪阶层的人来说是难以承受的，但对郑之江来说，这算什么事儿啊？简直就是九牛一毫毛！

从此，郑之江和姜莹越走越近。姜莹的生日，郑之江给她买了一个贵重的白金钻戒，要过年的时候，郑之江又给姜莹买了一件雪白的貂皮大衣，姜莹穿上它简直就是白雪公主。

四

美好的回忆让郑之江忽略了外面的天气。车窗外已经刮起了风雪，他的越野汽车像一个黑色的甲虫在满是白雪的山谷里向前爬动。狂风搅动着雪粒在公路上不时形成一道道积雪，汽车艰难地撞开积雪，轰鸣着在暴风雪里前进。在一个拐弯的地方，汽车猛然颠簸了一下，倾斜着向路边冲去。郑之江心里咯噔了一下，他紧握方向盘，急踩刹车。随着刹车片和车毂紧急摩擦发出刺耳的声响，惯力使汽车滑下了柏油路。还好，路基下面是一个缓坡，缓坡的下面是一条水沟，汽车的两个前轮掉进了沟子里，真悬！越过小沟就是山坡啊！

郑之江下车查看了一下，完了，右前面的车轮胎瘪了下去。他长出一口气，抬头看看天空，天空中好像有无数条白龙在厮打，呜呜的风声搅得漫天都是飞雪，看不到远山，飞舞的雪花在柏油路上淤积，柏油路面呈现着斑驳的黑白，偶尔才能辨清路中央一段一段黄色的斑马线。他这才意识到，天气已经骤变了。必须马上行动，道路让暴风雪封死，就赶不到根河和母亲团聚过年了。郑之江深知大兴安岭冬季的白天是多么的短暂，下午四点多钟，太阳就开始落山了，赶上这样的暴风雪天，黑夜就会来临得更快。

怎么办？郑之江马上做出决定：换备胎！眼下只有这一条路可走。换好备胎，爬上路面，立即掉头回家。虽然离母亲居住的根河没有多远了，但这样的暴风雪天气，前方的道路恐怕已经被暴风雪阻断了。

天真冷。郑之江还没有卸下一个螺丝帽，两手就麻木了。他现在的着装完全对付不了外面的暴风雪。一身保暖的衣裤，一双夏季的悍马皮鞋，只有那件羽绒服能带给他一丝慰藉。平常在城里，他的穿着很简单。进屋是楼房，出门坐车，冷不着，也热不了。

没想到现在半路上碰到了这样的鬼天气，车外风雪施虐不减，落在车窗上的雪花在暖风的吹拂下，融化了，拉成长线在风挡玻璃的某一个地方又开始凝结。

他艰难地拧下了两个螺丝帽后，又不得不再次钻进车里。他搓着僵硬麻木的双手，颤抖的腮帮子使牙齿磕碰在一起传出不规则的响声。这时他看到了后视镜上拴着的平安吊坠，吊坠是用一块和田玉石雕刻而成的，姜莹的一帧小照被镶嵌其中。他看着笑眯眯的姜莹，用冰冷的唇吻了一下那个吊坠：小丫头，看我倒霉吧？

那是一个寒假的午夜，郑之江打完麻将把姜莹送到了她的楼下。以往他只是把车一停，姜莹就会下车，走到楼门前一跺脚，感应灯亮了，姜莹向他摆摆手，他就会一踩马达离开那栋楼。可是这一次，车子停下了，姜莹却没有动。

不上楼坐坐吗？姜莹盯着郑之江。

上楼？郑之江感到很意外。

他没在家，到海拉尔教师培训中心参加骨干教师培训去了，来吧。姜莹打开车门下了车。

郑之江犹豫了片刻。这么多年，见过的女人太多了，他从来没有在意过，留恋过，换句话说与那些人在一起仅仅是逢场作戏吧。可是遇见了姜莹，他却时时放心不下，姜莹有一种能穿透他心灵的东西牵扯着他，让他魂牵梦绕。要不然郑之江也不会在她身上出手那么阔绰。姜莹的一颦一笑、一举一动、一言一行、一招一式都令郑之江心动。是的，姜莹的确是一个不可多得的女人，而且是个美女。

郑之江把车停到楼下的僻静处。

脚前脚后进了楼门，门还没锁，姜莹就转过身，急不可耐地抱住了郑之江的脖子。

郑之江没有躲，他伸开双臂把蛇一样扭动的姜莹搂在怀里，一只手梳理着她的长发，另一只手轻拍着她的细腰。

郑大哥，你对我真好！姜莹泪花闪闪，妩媚娇柔地翘起她美丽的下颌。

小姜，你不后悔吗？郑之江扳过姜莹的面庞，两手捧着她的头。

姜莹的头在郑之江的两手间摇了摇：我喜欢你这样有担当的男人。

郑之江托着姜莹的头就像托着一块价值连城的珍宝。他咽了口唾沫，用浑厚的嘴唇亲吻着姜莹那高傲而光滑的额头，那粉面桃花般的脸庞，那润泽而令人心荡神摇的小鹿一样的眼睛……最后，他把嘴唇贴向姜莹那喷着热流、丰满而勾人心魄的双唇……

郑之江放下吊坠。一定得在最短的时间内换好车备胎。

天空越来越暗。飞雪在暴风里像一个个小刀片儿，快速而尖刻地削向大地。

郑之江拧好最后一个螺丝帽，他已经没有力气再把瘪了的车胎装进后备厢。他快速地钻进车里，摘掉薄薄的羊皮手套。他看到手指尖发白了，是冻了。他马上打开车门，抓起一把雪，两手搓起来。

从小在林区长大，处理冻伤郑之江是有经验的。手脚被冻伤了，不能马上烤火，更不能立即放入热水中，要冷处理，最好的办法就是用雪搓。否则，会适得其反，冻伤周围的肌肉会坏死，腐烂，后果不堪设想。

暴风雪依然肆虐着，远方已经看不出哪儿是群山哪儿是峡谷，灰蒙蒙的天空里，四周一片洁白，狂风和雪花厮打在一起，呼号声此起彼伏。

公路几乎全被白雪覆盖了。

郑之江小心翼翼地倒着车子，因为水沟挡住了汽车的滑行，出了水沟，缓坡一直延伸到山下，汽车若滑下山坡，是无论如何也爬不上来的。车轮在雪地里不情愿地空转着，由于积雪的缘故，车轮已无法抓住地面，打滑、空转。郑之江尝试了几次，车轮空转传出刺耳的声音，让他心急如焚。看看时间，已经是二十点三十分了。完了，他已经无法陪母亲过年了，他有点后悔为什么没有上午出发，那样的话，他就不会赶上暴风雪了。郑之江意识到了事态的严重性，汽车很难再爬上公路了，就是上了公路，在这样凶猛的暴风雪里，没有救援也是很难走出去的。

周围漆黑一片，在车灯雪白的光柱里，飞雪还是那样急速地飘落。

他左冲右突，忙活得出了一身汗，又徒劳，又疲惫，汽车还是没能爬上公路。郑之江彻底失望了，看样夜晚只能在车里度过了。他感觉饿了，就拿出给母亲准备的糕点吃起来。

郑之江打开收音机，想听听天气预报或者新闻什么的。可是收音机里传来了一片噪音，什么也收不到。他索性打开了车载音响，扬声器里传来了悠扬的草原歌曲。姜莹最喜欢草原歌曲，郑之江车里的歌碟都是姜莹给他买的。

他和姜莹有了那种关系以后，他们经常去歌厅包房，在那里，他们喝酒、唱歌、跳舞……灯红酒绿，纸醉金迷，那里简直就是天堂啊！姜莹喜欢草原歌曲，他就给姜莹唱《呼伦贝尔大草原》：

"我的心爱，在天边，天边有一片美丽的大草原，草原母亲我爱你，深深地祝福，深深地眷恋……"

姜莹还喜欢那首《陪你一起看草原》：

"陪你一起看草原，草原多灿烂，陪你一起看草原，让爱留心间……"

郑之江有唱歌的天赋，歌声雄浑优美，调子节拍韵律拿捏准确无误，注重抒情，投入非凡。

郑之江还最喜欢刚刚唱红了的那首《为你等待》：

"天边走来一片片云彩，是你把眷恋落在我心怀，阳光知道我的情怀，那一片花海在为你盛开……我爱你就像天边的云彩，心随你远走，走到天之外……一生一世为你等待……"

每每这时，姜莹就陶醉在郑之江的歌声里，她翩然舞动，踏着节拍扭动起白桦一样的身躯，两只颀长的手臂柔软如蛇，那姣好的身材在歌声中演绎着肢体语言所表达的美感。每次，郑之江看着姜莹如此尽兴，他就会更加卖力而动情地歌唱……

暴风雪对麻木而毫不退缩的越野汽车格外恼怒，从四面八方汇聚在一起，不分前后左右，不分东西南北，无情而毫不吝啬地抽打着，打累了，又抱住两个倒车镜，在那儿哭号，呜呜……呜呜……声音传进郑之江的耳朵里，让他心烦意乱，毛骨悚然。

五

郑之江感到自己像被一个偌大的苫布围了起来，外面的东西什么也看不见，在他眼前最醒目的就是汽车的仪表盘，那里有油量指示表，发动机转速表，以及一些机油啦、紧急制动啦等等标示灯。他看了一眼油量指示表，还不错，来时加了一箱油，到现在还剩大半箱。这样的处境要节约用油，他一会儿关掉发动机，感觉车凉了再打着火。

这样的夜晚真难熬！

大概是午夜两点多吧，郑之江实在坚持不住了。车里的温度很低，能看到呼出的气流变成白色的哈气儿。

他打开钥匙门，发动机传来了活塞均匀的抽动声。在这有韵律的声响中，郑之江困意袭来，闭上了眼睛。

恍恍惚惚中，他梦见了父亲。

好像是在林区的老房子里。

父亲还是老样子，清癯的脸绷得很紧。父亲永远保持着他的不苟言笑。额头的褶皱很深，头发黑里泛白，一身洗得掉色的劳动布服装，脚上仍然穿着一双黄胶鞋。

父亲看到他，从院子里迎出来。郑之江看到父亲，哇地一声哭起来。多久没有见到父亲啦？他快步跑过去抱住父亲：爸，我想你！郑之江已经泣不成声。父亲没有回答什么，用浑浊的两眼上下打量着郑之江。

郑之江跟着父亲走进屋子，那屋子他既熟悉又陌生，冷森森的。他就脱了鞋盘腿坐到了炕上。父亲哈腰拿起他的悍马皮鞋，眉头皱了皱，把鞋放到了火墙子上面。父亲显然感觉儿子穿的皮鞋有点不合时宜，放在火墙子上面烤一烤，温热一下。他向父亲说起了家里的情况，又特意介绍了姜莹，他想让父亲说句公道话，因为在他们家里，一直都是父亲说了算。在他的记忆里父亲从来都是说一不二的。母亲在父亲面前总是那么唯唯诺诺，即使父亲有时候喝多了酒胡搅蛮缠，母亲也是大度和忍让。母亲从来不和父亲争吵，她一味地操持家务，把一个家庭妇女应该干的活计弄得井井有条。

郑之江絮絮叨叨地向父亲表白。父亲一直没有吭声，背着手，在屋子里来回踱着步子。

郑之江有点生父亲的气，想走，可说什么也找不到鞋子，正当他要发作的时候，他看到父亲早已走出了屋子，在院子里侍弄着什么，他就赤脚走出了屋子……

睁开眼睛，郑之江感到很奇怪，他的两脚动了一下，脚上的悍马皮鞋还在，只是两腿有点麻木。

父亲已经去世十几年了，以往很少梦见他。这一次在这样的环境下梦见父亲，郑之江觉得有点不吉利。他的鞋留在了父亲的屋子里，难道……郑之江一阵惊悸。

暴风雪已经停了。外面漆黑一片，很静。

漆黑的夜晚，郑之江心乱如麻。他告诉姜莹到了根河就给她打电话，可是直到现在，因为没有信号，无法与她联系。母亲那边也一样，临走的时候他已经给弟弟打过电话，告诉他晚上就能到达根河。可是现在他前不着村，后不着店，孤零零被暴风雪挡在半路上，大家一定都很着急。

郑之江有点后悔，当初，他听姜莹的话不回根河过年就好了，目前的处境他心里一点底都没有，这样的风雪路什么时候才能抢通呢？

车子里面又凉了下来，他打开钥匙门儿。

当郑之江再次睁开眼睛，天亮了。车厢里暖融融的。他关掉了发动机，车窗上挂满了霜花，从缝隙里向外望去，他简直惊呆了。大雪几乎淹没了机器盖子，推推车门，车门已经被积雪堵住了，费了好大的劲儿才推开了一道缝，一股雪花随着冷气钻进车内。

郑之江挂上倒挡，握紧方向盘，加大油门，汽车气急败坏地耸动了几下，然后就纹丝不动地在原地轰鸣。他越给油，汽车的身子却开始侧滑，他还闻到了轮胎摩擦地面冒出来的胶皮的味道。经过一番折腾，汽车周围的积雪一片狼藉。汽车撞开的雪地里，露出了他换下来的那个备胎。他钻出车子，站在那个备胎上张望。

白雪改变了整个世界。太阳出来了，挂在高远的天空。

周围已经没有道路的痕迹了。大山、森林、峡谷，统统都蛰伏在白雪的下面。威武的山岭在厚厚积雪的覆盖下，失去了往日的庄严，看上去像一个个小丘。广阔的雪原犹如一面偌大的镜子，反射着赤裸裸的阳光。

耀眼的洁白使郑之江目眩，他辨不清哪面是左，哪面是右，更弄不清自己所在的位置。现在怎样才能把自己的处境透露给外界呢？这真是个难题！从额尔古纳到根河一路上没有村庄，好像有一两个牧业点。他记得自己路过了一个牧业点。在山坡下方的河圈子里，毫不规则的栅栏里圈着牛啊、羊啊什么的，旁边被雪压弯了腰的土坯房子的烟囱里飘着缕缕白烟，两只嬉戏的大狗看到道路上的车辆，猛地抬起头来，耷拉着两只大耳朵在那儿狂吠。郑之江只是在驾驶室里草草地扫过一眼,他并没有把这些放在心上,他琢磨自己现在离那个牧业点最近也得有三十公里。

油量表的指针也似乎显得疲惫不堪了,明显地耷拉下来。郑之江很清楚,油箱里的汽油燃尽了,他就将面临绝境。

六

郑之江孤独无助地坐在汽车里。外面的世界似乎一切都静止下来,千山鸟飞绝,万径人踪灭。他的眼前除了白雪还是白雪。按照他和姜莹的商定,今天应该是他回家的日子。姜莹在约定的时间里没能见到他,一定会像一头暴怒的狮子和他没完没了地闹。对母亲来说,他没能按约定陪老人家一起过年,母亲也一定会很失望和忧伤。该死的暴风雪啊!

汽油报警的黄灯亮了起来,怎么办?平常暴风雪封住了往来的交通,打通这样的道路最少也得几天,现在是过年,所有的单位都在放假,初八才能上班。再说,大过年的谁能想到有人会被暴风雪困在半路上呢。

郑之江想到了那个路过的牧业点,那里离他最近,能走到那里,他就有希望,就能得救。看看自己的穿着,他又有点胆怯:夏天的皮鞋,秋天的外装,只有一件羽绒服还能为他遮风挡雪。

郑之江在越来越凉的汽车里犹豫不决。

天色已近中午,再不采取措施,就会被冻死。应该想办法向外传递消息,他急中生智,对,得想办法!可有什么办法啊?手机完全失去了作用,他的目光一下子扫到了那个雪地里的车备胎,他灵机一动。

郑之江准备把那个车备胎点着,点燃的车备胎会冒出黑烟,附近有人看到黑烟,也许他就能得救。

怎么才能点燃那个车备胎呢?他点着了一把卫生纸放到那个备胎上,冻得发白的车备胎只有堆放卫生纸的地方稍微改变了一点颜色。他试了几次,毫无作用。他想起了那两瓶酒,目前的处境,他已经顾不上酒的价值了。他从袋子里拿出一盒茅台酒，看了看包装，六十年的陈年老酒，的确不是一般的酒啊。他从车扣手里拿出那把随车带着的弹簧刀，打开酒的包装，用刀子挑开红绸子包着的酒瓶盖子，一股酒香飘进他的鼻孔。他常喝茅台酒，但这种六十年窖藏陈酿的味道他闻起来似乎更加绵软醇香。郑之江仰头喝了几口，他的食道和胃里就像浇上了汽油，感到一阵灼热。他又拽出一大把卫生纸，浇上酒，点燃。

蓝色的火苗在车备胎上燃烧，火苗的四周似乎有热气飘散着，渐渐火苗暗淡下去。郑之江赶紧往火苗处再浇上一些酒。

火苗熄灭了。

郑之江重复了几次，蓝色的火苗终究没有燃烧起来。他忽然想起了屁股底下和靠背上的皮毛坐垫，犹豫了片刻，他用刀子在副驾驶的座位上割下了一大块皮垫子。现在对郑之江来说，只要能逃出困境，一切都在所不惜。他把割下来的坐垫子浇上酒，在车备胎上点燃。蓝色的火苗透着燎毛味蹿了起来，备胎上蒸汽袅袅。坐垫的皮子被火苗儿烧得皱巴成一团，像一只被烧焦的麻雀，随着火苗的升腾嘶嘶鸣叫。终于，绷紧的车备胎在火苗的烧烤下出现了褶皱，渐渐褶皱的周围鼓起了气泡儿，不一会，气泡儿开始融化，缕缕黑烟开始升腾。

郑之江感到了一丝快慰，酒精和燃烧的车备胎让他温暖了许多。

火苗变成了火堆，大团大团的浓烟像一根粗大的柱子直插高远的天空。

车备胎下面的积雪在融化。郑之江心里的积雪也在融化——要是周围有人看到这里冒起了黑烟，就会想办法来救他。他渴望着。

燃烧的车备胎最后变成了灰烬，圆圆的铝车毂像被焚尸过后的骸骨静静地躺在那里，郑之江望着那堆残骸，升腾起来的希望也随着那堆燃尽的篝火破灭了。

踌躇的郑之江呆呆地望着渐熄渐灭的火堆，怎么办？郑之江已经被施虐的暴风雪围困得失去了斗志，但是他不断地告诫自己：不能再坐以待毙，必须得想办法冲出去！他想起了那个公路下面河圈子里的牧业点，现在只有那个牧业点离他比较近，想脱离窘境，就得徒步走到那里才能获救。

他的目光再一次打量着躺在地上无辜而又冷漠的铝车毂，又慢慢把目光移到那台抛锚的越野车上。这个装着钢铁心脏，平时在公路上耀武扬威的家伙，此时跟一堆废铜烂铁没有什么两样，它垂头丧气地被大雪围困着，显得那么落魄，那么猥琐，往日的威风一扫而光。

郑之江长出一口气，把目光投向远方。太阳远远地挂在空中，惨白的阳光斜斜地照射下来，雪地上反射着炫目的光芒。郑之江知道，这是林区的太阳留给大地最后的几抹光芒，因为大兴安岭冬季的白昼是很短的。

郑之江决定：立即行动。

七

积雪太深了。

郑之江疲惫不堪地在没过膝盖的雪地里艰难地向前挺进。刚开始，他信心十足，从被围困的地方一口气就走了足足有几公里，回头向抛锚的汽车望去，隐隐约约还能看到被雪覆盖的车顶在阳光的照耀下有的地方还一闪一闪泛着光亮。他驻足歇息，浑身上下湿漉漉的，抬起一只脚，这才发觉他的皮鞋里灌满了雪粒，两只脚和两条小腿是麻木的。他坐在雪地里，想把灌进鞋里的雪粒倒出来，可刚打扫完，穿上鞋再插进雪地里，鞋里马上面又灌满了雪粒——他穿的皮鞋本来就不是冬季的皮鞋啊。他索性咬紧牙，站起来义无反顾地继续前进。

在一个山岗上，郑之江发现不远的雪地里有两个灰白的东西在蠕动。他好奇地停住脚，用手擦去睫毛上的霜花，定睛看去，不由得一惊。

那是两只森林狼。

它们从右面的雪坡上急速地向下奔跑，深深的积雪丝毫没有阻碍它们奔跑的速度，它们像两只滚动的大雪球，转眼就来到了郑之江的面前。一只停在了郑之江的左边，另一只站在他的右边。显然，大雪封山，它们很难找到猎物，两只灰狼饥肠辘辘，已经到了穷凶极恶的地步，大老远就盯上了蹒跚在雪地里的郑之江。

郑之江胆怯地站在雪地里，他知道，两军对阵勇者胜，只要他坚持住，灰狼畏惧了，它们自己就会溜之大吉。他后悔为什么没有把车里的弹簧刀带在身上。现在他赤手空拳，看着挡在面前的两只灰狼，他不敢贸然行进。

两只灰狼一动不动地立在雪地里，若不是嘴巴里不时向外喷着白气儿，它们简直就是摆在城市玻璃橱窗里的两只装腔作势的标本。可以看得出来，这是兴安岭上两只非常狡猾的大灰狼，它们阴险狡诈，诡计多端，足智多谋，以静制动。

林区里长大的郑之江非常清楚，面前的两只灰狼是在观察他的动静，在寻找他的破绽。他还清楚，这的确是两只饿急了的灰狼，不然，它们是不会主动攻击人类的。

郑之江心里的防线被眼前的饿狼摧垮了。

卡在山边的太阳对眼前即将发生的凶险和残酷，血腥和悲惨，没有丝毫的同情心和正义感，它很快就会冷漠无情地滚落到大山的后面去。雪地里，两只灰狼的影子被拉得长长的，他的身影也被拉得长长的。洁白的雪地被黄昏柔和的光线涂抹上了一层亮晶晶的金箔。

他不敢再坚持了，必需回到抛锚的汽车里才能躲过灰狼的袭击。不然的话，太阳一落山，两只灰狼就会向他发起攻击，咬断他的喉咙，喝干他的血液，把他撕扯得四分五裂……他转回身，惶惶不安，落荒而逃。

他不时用余光扫一眼身后的灰狼，还好，两只灰狼始终和他保持着一定的距离，而且，一直不紧不慢地跟在他身后。

钻进车里的那一刻，郑之江几乎休克了。他浑身一点力气都没有了，手脚被冻得不听使唤。

天暗下来了。钻进汽车里就不用再担心那两只灰狼了，只是冷、饿加上恐惧让他奄奄一息。

郑之江脱掉了鞋子，两只脚就像两只木头疙瘩。熄火的汽车里格外阴冷，像个冰窖，他无助地把后座位上的皮垫子用刀子割下来，裹住腿脚。现在他饿了，从后座上拿出了几块糕点嚼起来，冻硬了的糕点咬一口像雪糕。郑子江把剩下的那瓶茅台酒打开，现在只有它才能快速地给他增加热量。带来的矿泉水已经成了冰坨，无法饮用了。他想打开车门到外面弄点雪，可他又担心那两只狼，鬼才知道那两个家伙跑到什么地方去了，也许正躲在汽车周围的什么地方在窥视与等待着他呢。

饥渴实在难挨。郑之江又用刀子割下一大块坐垫子，用打火机点着，打开车门扔出去，燃烧的火苗照耀着有限的空间，夜晚里凶猛的野兽最怕火光。他巡视了一下四周，硬着头皮跑到外面的雪地里弄了一个大雪团又回到车里。

寒冷侵袭着他的身子，他不住地喝那瓶酒，头昏昏沉沉的。一直裹在皮垫子里的脚终于有了一点细微的知觉，胀，刺痒，钻心地疼起来……

时间很难熬，也很疾驰。郑之江自己都不知道这两天是怎么度过来的。现在他终于意识到了事态的严重性，如果明天再没有人来救援，他就会彻底被冻死在这荒郊野外，或者活活被饿狼吞噬。想到这些，他不寒而栗，酸楚涌上心头。现在的他什么都不缺：事业、金钱、美女、自由、快乐……他样样俱全，可就是在这不经意间，他却不知不觉地走进了这种可怕无助的窘境，是他一时疏忽，还是命中注定？

他埋怨母亲：如果母亲同意姜莹和他一同回根河过年，他们早晨出发，绝对不会赶上暴风雪。

他也怨恨姜莹：如果她不唠唠叨叨，左缠右挡，他也会上午出发，躲过暴风雪。

最终他还是恨自己：暴风雪在额尔古纳就开始肆虐了，可他并没有在意和重视，依然一意孤行，结果弄到了这样一个不可思议、更令人沮丧、又无法挽回的可怕的境地。也不尽然，要是轮胎不出现问题，他也会在暴风雪封路之前赶到根河啊。

人生不可预知的事情随处可见，谁能想到为了陪母亲过一个团圆年，郑之江会走到这么一个苟延残喘的境地？

寒冷无情地在郑之江的周身一层一层地侵袭着，以致浓烈的茅台酒只能麻醉他胸腔里那一汪仅供心脏跳动的血液。他浑身颤抖着，牙齿一阵阵磕打在一起，有几次，他好像睡着了，眼皮一沉，一机灵又缓过神儿来。不能睡，郑之江告诫自己，如果现在眼皮合上了，也许就再也睁不开了。他想到了丹麦作家安徒生的《卖火柴的小女孩》，那个小女孩就是在过度的冻饿中闭上了眼睛，结果就再也没有睁开。对，他的眼睛决不能闭上！

太冷了，四周没有一个地方能给他些许温热，就是屁股底下的皮垫子，也是那么冰冷。郑之江感觉到只有他呼出的那点微弱的气流还有一点热意。他就不时用双手捧着嘴巴，可是那点温暖太微乎其微了，来不及让他麻木僵硬的双手有丝毫的缓解，就散发得一干二净。

斑驳的汽车风挡玻璃上透出几块微亮，郑之江不时抬眼向那里张望，他盼望着天明。天亮了，总比这黑夜更让他宽慰一些，最起码除了寒冷他还能看到天空，看到雪山和洁净的原野。

就在他又一次向那风挡玻璃张望的时候，透过斑驳的车窗，他看到了鬼火一样绿莹莹的光团，那光团是移动的。起初是一团，又变成了两团，接着是三团，最后是四团。它们在车窗外忽高忽低地漂移着，一会儿向东，一会儿向西，最后与车窗定格在一条线上。

郑之江的心脏突然加快了搏动，他知道那是什么东西。小时候他们家大黄狗的眼睛在漆黑的夜里就会发出这样奇怪的光束。车窗外面的光团是白天遇见的那两只灰狼的眼睛啊。看来两只该死的家伙一直在汽车的周围逡巡和等待。

郑之江把抄在衣袖里的手拽出来，握紧那把弹簧刀。

八

又一个夜晚过去了，尽管郑之江有点神情恍惚，但他能感觉到外面早已阳光普照了。

他在一阵轰鸣中睁开了双眼。茫茫的雪山，寂静的原野，是什么声音呢？郑之江抬起身子，他的确听到了一种引擎声，那声音在空旷的山谷里格外入耳。他笨拙地推开车门，跳下车，阳光目眩着他的双眼，他向四周瞭望。大雪覆盖的山谷和雪原是那样的安谧，光线静静地抚慰着大地。对面的雪山蛰伏在那里，像一只熟睡着的乖巧的大白狗。

天空白惨惨的，高远而遥不可及。就在山谷的上空，郑之江看见了有只蜻蜓一样的小东西在那儿盘旋。引擎声就是从那儿发出来的。

是飞机！他惊喜起来：是直升机！郑之江像一条即将被冻死的鱼儿，他要做垂死挣扎。快发求救信号！激动无比的他颤抖着从衣兜里掏出打火机，这时他才感觉到，他的手指已经被冻得几乎不听使唤。他握着打火机，没法按下去，打不着火。他哆哆嗦嗦兴奋地按弄打火机，可是两只手麻木得几乎没有什么知觉。他焦急地搓着两只手。

那只蜻蜓越来越大了，声音也越来越轰鸣。

郑之江吃力地把剩下的坐垫子拽出来，他不能再等了，把坐垫子点着，给飞机报警！他咬紧牙关，重新调整了一下冻僵的手指……终于，打火机冒出了火苗儿。

直升机在离他很远的山谷上空盘旋着。

郑之江用弹簧刀挑着那块燃烧的坐垫子，声嘶力竭地向天空呼喊——这儿有人——快来救人啊——

也许空中的飞机根本就没有看到郑之江以及燃烧的坐垫子，目标太小，无法引起飞行员的注意。飞机在山谷的上空慢慢从东向西缓缓飞过，迎着对面那个高大的雪山飞去，身影也越来越小。

郑之江焦急地掉下了眼泪。是的，他要抓住这个机遇，不能失去，绝不能！不马上离开这个险境，他就会彻底完蛋！

怎样才能让飞机发现他呢？对，把车点着！一不做二不休，他把还在燃烧的坐垫子用刀子挑着扔到了车座子上，又把瓶子里剩余的酒浇向车座。

焦急的盼望中，火，终于在车座子上燃烧起来。渐渐，火苗儿越来越大。

顷刻间，汽车里透出了红光。车盖子上冒起了白汽儿。车窗子在高温的作用下开始爆裂。滚滚浓烟从车窗里弥漫出来。

直升机似乎停留在那个雪山面前，郑之江还能听到飞机嗡嗡的引擎声。

车厢里一片通红，汽车的骨架正在变形，噼啪作响的火堆里黑烟像剽悍的巨龙，张牙舞爪腾空而上，直插高远的天际。

郑之江盯着那个雪山下面的飞机，他似乎感觉到那个直升机正在折返，因为引擎声一直在他耳畔回响，而且声音越来越大。

突然，车厢里传出一声爆响，火苗四处飞溅，好像有什么东西击打在他的身上。

应该离燃烧的汽车远一点，油箱里还有残剩的汽油，发动机里还有机油，遇到明火，会引起爆炸。郑之江蹒跚着离开了熊熊燃烧的汽车。

也就在这时，郑之江感到有一阵风向他扑来，他还没来得及分辨，就被一个毛烘烘的家伙重重地扑倒在地，他仰面朝天砸在雪地里。

两只灰狼等候多时了，它们一直藏身在汽车的周围。

扑上来的灰狼的利爪死死按着他的肩膀，睁着恶狠狠的眼睛，嘴巴张得大大的。咫尺之遥，他看到饿狼的舌头在急剧地收缩，舌尖上犀利的绒毛在颤抖，尖利的牙齿白里透黄，凸显的犬牙宛若锋利的匕首。惊魂未定的郑之江终于明白了眼前发生的一切，更意识到了事态的严重性。千钧一发之际，他没有忘记手中握着的那把弹簧刀，可是他的动作还是略显迟缓。扑向他的灰狼已经无心欣赏被它征服了的对手，它已经饥不择食了，它要喝干它身下被征服者的鲜血来解决饥渴，要撕碎那些皮肉来填饱空空的肚囊。它尖尖的嘴巴无所顾忌地叼住郑之江的右脸颊。郑之江感到脸上一热，有股咸涩的东西流进嘴里。几乎与此同时，郑之江拼命把右手握着的锋利的弹簧刀插进了灰狼空瘪的肚子。灰狼受此一击并没有松口，只是在鼻孔里发出一声怪怪的尖叫。

黏稠的东西打湿了郑之江的右手。灰狼的嘴巴猛地一抬，"砉"地一声，传来了皮肉撕裂的声响。郑之江的刀子又左冲右突地搅了几下。灰狼叼着郑之江鲜血淋淋的脸颊，跟跟跄跄地逃跑了。

郑之江的眼前翻飞着无数个小星星，他感觉到了疼痛，想爬起来，刚要翻身，另一只灰狼又嗥叫着扑上来。它和同伴一样早已饥肠辘辘，忍无可忍了，看到同伴嘴里叼着血淋淋的肉块儿，饥饿怂恿着它更加凶残地扑上来，它的两个爪子死死按住郑之江的头颅，尖嘴叼住郑之江的脖子。

完了！郑之江感到灰狼的牙齿已经深深嵌进了他的脖颈，瞬间的绝望使他的肾上腺给他输送来了一股不可战胜的神力，他的左手一下子掐住了灰狼的脖颈，并努力上擎，再举！灰狼的尖嘴巴终于脱离了他的脖颈，但两只前爪在郑之江胸前拼命厮抓着，羽绒服被抓破了，羽毛瞬间飞散开来，兼葭飞花那样，四处飘落。郑之江一轱辘跪在雪地里，脸上的鲜血弄得他面目皆非，他像一个刚刚喝完鲜血的僵尸，声嘶力竭地号叫着。

第二只灰狼没有第一只灰狼那么幸运，它的舌尖刚刚在猎物身上舔到了一点血腥，郑之江的弹簧刀就刺进了它的嘴巴里。这纯属一种巧合：当郑之江的刀子刺向灰狼的时候，灰狼正张着大嘴向他反扑，郑之江握刀的手一下子刺了进去，他听到了刀子和狼牙磕碰的声响，灰狼尖利的牙齿嵌住了他的手腕。郑之江筋疲力尽了，在意识模糊的刹那间，用尽最后的力气将手里握着的刀子捅进去，再捅进去……

郑之江和那只灰狼同时倒在了雪地里。恍恍惚惚中，那只灰狼爬了起来，衔着那把弹簧刀溜走了……

九

姜莹心里空落落的。大过年的一个人在家的确很孤独。以往郑之江去麦点，有时候地里活忙，要待上一两个月，她都没有这种感觉。作为女人，她可能有点小心眼儿，她担心郑之江到了根河以后，那一家子人不定往他的耳朵眼儿里吹什么风。再说了，谁知道老太太能不能把郑之江的前妻和孩子也一起邀回去过年呢？不然，干吗坚决不让她回去呢？

三年了，她和老太太通过几次电话，当然啦，都不是她主动想和老太太通话，是郑之江和母亲通话时，有意让她接的电话，她知道郑之江的心思，是想让母亲和她之间逐渐消除彼此的误解。金钱在于流通，感情在于培养，美酒在于享用。时间长了，交流多了，感情深了，还有什么解不开的疙瘩？这就是郑之江的想法。

可每次和老太太通电话，姜莹的心里都不舒服，老太太那居高临下的口吻，和不软不硬的三七疙瘩话，深深刺激着她，话里虽没有明显的揶揄和挖苦，但也丝毫没有关心、呵护，更别说问寒问暖了，以致她不得不草草寒暄几句，把电话塞给郑之江。

每当这样的场景过后，郑之江就会嘻嘻哈哈哄她开心：那咋办啊，山东老太太，倔强。再说了，自古婆媳多不和，不看僧面看佛面吧，是不是？

姜莹能理解郑之江，一面是老婆，一面是母亲，谁是谁非啊？但她在郑之江面前还是装出一种委屈十足的样子：我嫁给你郑之江是来受气的吗？我要工作有工作，要人品有人品，我差啥啊？拿人不识数了是吧？我告诉你，我看中的就是你这个人，你要是对不起我……我可提醒你，姑奶奶我就这么任性！

郑之江双手合十，信誓旦旦：姑奶奶，小姑奶奶，我不是早就向你表白了吗？咱俩是拴在一根线上的蚂蚱啊。自古人生谁无死，老太太都多大年岁了，还能再活五十年？你我的好日子在后头呢，何必庸人自扰？

姜莹看到火候到了就再也不理郑之江，一个人跑进卧室里，趴到床上。郑之江的机会就来了：你看你看，这样睡觉可不行，能做病，走，散散心，逛街去。

姜莹喜欢逛街，喜欢购物。她就半推半就地打扮一番，下楼，上街，把早已盘算好要买的东西一股脑地买回来。

郑之江从来不阻止姜莹购物，不就是钱吗？钱是什么东西？钱就是用来消费的，没钱烦恼，有钱高兴。姜莹高兴了，他心里就踏实了。

姜莹本以为郑之江到了根河就会立即给她打电话，可是到了春节联欢节目开始了，他还是音讯皆无。若干个电话打过去，总是不在服务区，姜莹既恼又气，把他放出去就是一个错误！她愤愤着。

就在她心烦意乱的时候，来了一个急诊。一大家子人，簇拥着一位老太太。老太太坐在一把椅子上，哼哼呀呀地叫唤着。大夫做着检查，她领着老太太的家人安排病房。

早不犯病，晚不犯病，偏偏赶上大年三十犯病，连年都过不消停，烦人！跟在她身后的少妇嘟囔着。

姜莹回身瞟了一眼：老太太是你什么人？

婆婆。那个女人满头是汗，手里抱着羽绒服。

姜莹苦笑了一下，摇了摇头：把老太太抬过来吧。

就在她决定要给郑之江的弟弟拨打电话的时候，手机响了：死鬼，还他妈知道来电？她堵了一肚子的气，准备狠狠臭骂郑之江一顿。可定睛再看屏幕上的号码，挺陌生。接通了，是郑之江的弟弟打过来的。

你哥郑之江呢？让他说话！气恼的姜莹眼泪就在眼圈里。

电话里乱糟糟的：问问那个小狐狸，怎么不让老大回来过年！明显是老太太的声音。

姜莹强压住怒火：小海，我不跟你说，让你哥说话。什么……没去？

开什么国际玩笑！他下午就去根河了。

挂了电话，她发觉自己这样大喊大叫有点失态。这是单位，而且她就站在病房的走廊里。还好，走廊很空旷，只有刚入住的那个老太太的病房门前有几个人忙碌着什么。

他没去根河过年吗？那他能去哪儿呢？在一起这几年，失联这么长时间还是第一次，会不会路上出什么事了呢？姜莹脑子里开始乱套，她对郑之江绝对信任，在她的眼里，郑之江敏锐、稳重有城府，从不冒险，所以车祸之类的事儿轻而易举不会发生在郑之江身上。那这个人去哪儿了呢？

窗外，爆竹声此起彼伏，五颜六色的烟花窜向空中，漆黑的夜晚弥漫着浓重的火药味儿，空中的礼花像飘落的流星雨，霓虹闪烁，渐渐落定在参差的楼区里。

姜莹又掏出电话，找到了郑之江弟弟打过来的那个号码拨过去，接电话的不是郑之江的弟弟，而是郑之江的母亲：之江，你怎么没过来？

姜莹犹豫了一下：我是姜莹。

你让江子说话！电话里声音很冲。

他下午就开车去根河了。姜莹说。

什么？你可别学猪八戒，倒打一耙啊，你不发话，江子敢来吗？现在你是妈啦，他就听你的了，让江子说话！

姜莹气得浑身发抖，挂断了手机。这是人话吗？她咬牙切齿地嘟囔了一句。

新年的钟声就要敲响了，食堂已经给值班室的人们送来了饺子。值班领导招呼她吃年夜饭了。

十

郑之江的手机最后处于关机状态。姜莹给郑之江要好的朋友们都打了电话，结果谁也不知他到底去了哪里。他失联了。

唐凤仙却有独到的看法：别管他，在外疯够了，自然就会跑回来。兔子绕山坡，绕来绕去回老窝。说不准又带着谁家的媳妇跑到南方的什么城市鬼混去了呢。

她半开玩笑、半认真地逗姜莹。

姜莹当然知道这是玩笑话。当她听说春节期间暴风雪把额尔古纳通往根河的道路封死了，她开始担心起来。郑之江走的那个下午不久，外面就飘起了雪花，难道他被暴风雪堵在了路上？郑之江不会那么愚蠢的，遇到风雪道路，车子实在过不去不会回来吗？姜莹不相信郑之江会被暴风雪堵在路上。

郑之江的几个朋友准备开车去查看一下道路，结果车到额尔古纳就再也无法前进了。暴风雪已经把整个路面阻断了。

姜莹把郑之江弟弟的号码给了唐凤仙，唐凤仙儿次与郑之江的弟弟沟通，最后证实，郑之江真的没去根河过年。

姜莹感觉到了事态的严重性。以往，郑之江不管多忙，每天最少要和她通一次电话。这大过年的，如果不是遇到了麻烦，郑之江怎么会一连几天不跟她联系？想到这儿，姜莹有点不寒而栗，难道……

最后，她通过几番周折，医院领导出面找到大兴安岭林管局的根河航空站，那里有林区防火专用飞机。经过洽谈，姜莹同意出一笔钱，动用一架直升机，在额尔古纳到根河的风雪路面上寻找一下。

郑之江燃烧的汽车，的确让他暂时躲过了生死一劫。直升机在根河到额尔古纳的风雪路面上往返飞行了两次，最后，终于发现了燃烧的汽车……

十一

躺在医院里的郑之江惨不忍睹。他就像一棵被砍倒了的大树，树头和枝丫都被伐掉了，只留一截木段。

由于严重的冻伤，他的两条腿，两个小臂都被截肢了。被狼撕去面颊的创伤，开始溃烂，两只耳朵也被冻掉了。他的整个身体被纱布包裹着，只有两个肿胀的厚厚的嘴唇猪腰子似的露在外面。现在的郑之江苟延残喘，一息尚存。

姜莹不相信这是事实，几天来她夜不能寐。眼前的一切简直就是一场噩梦：好端端的一座山，怎么转眼之间就轰然倒塌了呢？她恨自己，为什么当初不坚决果断阻止他去根河呢？既然那一家子人都对她持有看法，她干吗还要迎合他们让他回根河过年呢？她真后悔：男无主意必受穷，女无主意必受辱！对她来说现在得到了应验，她生活的天空暗淡了，她的眼前一片迷茫。

郑之江的生命力很顽强，他就像一棵森林边缘即将枯死的霸王树，当春天来临的时候，它还想发芽，抽叶，还想枝繁叶茂。可是，它残弱的皮质导管已经老化了，甚至大多堵塞干枯，水分已经无法输送到大树所需要的地方。它的生命体征仅留半丝活力，一息尚存。这样，眼看着死亡与时间在赛跑。

而姜莹也在这样的时间里煎熬着。当然，时间不会因为幸福就会匆匆地来，也不会因为不幸而蹒跚漫步。时间是按照自己的步伐向前迈进的。从春到夏，从夏到秋，再从秋到冬。时间不会疲乏，时间是冷漠的，它感觉不到什么是幸福、美妙、甜蜜、快乐、满足；它更不知道什么是难过、痛苦、悲伤、愤怒、无助。时间简直就是幽灵，你看不到它，也抓不到它。但它无时无刻不在影响着你：或者让你神不守舍，或者让你心花怒放，或者让你昏天暗地，或者让你死去活来……反正眼下的时间暂时无法让姜莹平静下来。

农忙季节如期而至。这期间，姜莹很无奈，她不得不让郑之江的弟弟郑之海去打理郑之江的农场。事情来得突然，农忙不可耽误。

郑之江的女儿也来看望过郑之江。她正在上高中，每次前来，在父亲的床头坐一阵子，掉一些眼泪就走了。

她对父亲，说不上爱，也说不上恨。尽管母亲时常在她的脑子里灌输着杂七杂八，但她已经长大了，她已经具备了判断是非的能力。母亲的话就像自然界里刮来的风儿，吹着她的身子，却吹不到她的内心。每每母亲唠叨过后，问她：我的话，记住了吗？她微笑着点点头。母亲看到女儿对自己很虔诚的样子，会很开心：这才是我的女儿。姑娘是妈妈的小棉袄，这辈子，妈妈可就指望你啦！其实，母亲这些话她听得清清楚楚，而没完没了地说父亲那些拖拖沓沓的事儿，她听腻了，早就左耳朵听右耳冒出去了。

在她的记忆里，父亲是很疼爱她的，她牙牙学语的时候父亲有空就把她放到脖颈子上。到她懂事的时候，她记得父亲每当回到家里，就在她的小脸蛋上亲个没完没了。

那时候，家里养着一只小花猫。父亲不知为什么那么喜欢小动物，那只小花猫是他的掌上明珠。

小花猫和她也是好朋友。她有一个小皮球，图案是花瓣的，像个小西瓜。小花猫一看见那个皮球，就会把毛茸茸的细尾巴立起来，瞪起圆圆的眼睛，伸出一只爪子，小心翼翼地拨弄皮球。皮球滚动了，小花猫就会立即伸出另一只前爪去抓扑。滚动的皮球撩动着小花猫的好奇，它跳动起身子，继续扑一下、抓一下、跳一下……循环往复，乐此不疲。

有一次，母亲织毛衣的毛线球掉到了地上，母亲并没在意，可一会工夫，毛线球就乱了套。当母亲拿起扫炕的笤帚举起来的时候，疯玩着毛线球的小花猫才有了警觉，它嘴里叼着乱了套的毛线，祥和的大眼睛盯着母亲举起的笤帚。愤愤的母亲脸扭歪了，手中的扫炕笤帚像一杆标枪，投向小花猫。小花猫机灵地扔下毛线球，快速向门口跑去。毛线缠在一只爪子上，剩余的毛线球立时散了，像一团乱麻。

父亲和小花猫的感情更是如漆似胶。每当父亲进门，鞋还没有脱掉，小花猫就会喵——呜——叫一声然后扑到父亲的怀抱里。父亲常穿一件蓝色的化纤涤纶中山装，日积月累，小花猫的爪子把父亲光滑的衣襟抓出了很多小套子。父亲并不心疼，还是抓住小花猫的爪子往自己的下颌上蹭：来，小精灵，摸摸胡儿吧！

小花猫更加得意地继续向上伸出脖子，用它的舌头，舔舐父亲的下颌。

她也很想学父亲的样子和小花猫亲近，可是小花猫只和她玩皮球的游戏，最多也就是在有限的两个屋子里捉迷藏：小花猫一会儿跑到这个屋子的炕柜下面躲起来，她追过去把它抱在怀里；一会儿小花猫又跑到另一个屋子的被摞上去。她再气喘吁吁追过去，把小花猫抱回来。其实小花猫是不愿意把自己的身子放在她怀抱里的，又紧又热。

当然，这些都成了美好的回忆。

这些零零碎碎的回忆让她对父亲更加难忘。因为父亲对她绝不比小花猫差。有一次她看到父亲那么亲热地对待小花猫，她嫉妒又失落。父亲看出了女儿的心思，摩挲着她的头，笑呵呵地对她说：小丫头生什么气啊？你是老爸的小棉袄，你也是老爸的小猫咪！爸爸把小花猫放下，抱起她放到腿上：来吧爸爸的猫咪！那一次爸爸的举动让她破涕为笑，心里很热。

父亲和母亲分开不久，母亲就把小花猫送给了居住在林区的亲戚。母亲这样做让她很伤心，并为此和母亲哭闹。母亲并没有和她发火，声泪俱下地抽搐起来：孩子，一个活生生的人都没了，要一只猫有什么用啊？妈看到它，会想起很多很多事情，妈会更难过……

母亲哽咽着拥住她。她的泪水比母亲的泪水流得更加汹涌：妈妈，我知错了，我再也不要小花猫了……

她第二次去看望父亲的时候给父亲买了一个机器猫。虽然父亲一直处于昏迷状态，但她相信，当爸爸哪天醒来看到它，爸爸一定会很高兴很开心的。机器猫的两只大眼睛，活灵活现的，还能转动，似乎能把周围三百六十度范围内的所有事物，都一览无余。招人喜欢的是它就像一只鹦鹉，会学舌：你好——它也会说——你好；你坏——它也会说——你坏。声音挺脆的，非常讨人喜欢。

她含着眼泪跟姜莹说：姜姨，我爸爸非常喜欢小猫，我爸爸在家时，家里一直养着一只小花猫，现在我给他买了一个机器猫，爸爸醒来看到它，心情会好一些的。

姜莹的心思不在这些鸡毛蒜皮的小事上面。再说上高中的女儿给父亲买一个小宠物也未尝不可。现在的人们大兴养宠物之风。老的少的男的女的穷的富的，宠物养得五花八门：大到牛马羊骆驼；中到狗猫兔子老鼠；小到蜈蚣蟋虫花大姐；鱼龟虾蟹，鸟雀禽鸦……林林总总，无所不有。姜莹反对养这些东西，纯粹是神经病，吃饱了撑的。大自然里的物种放养在自然环境里去欣赏有什么不好？非得病态地去虐养，使之失性，退化？人生几十年，自己活得不知咋样，却非要添花出彩，怀揣寂寞，理想空泛，放纵有限生命！姜莹对他们小区里养宠物的人就特别反感：夏天散步的时候，不小心常常会踩到什么宠物的粪便，令人恶心又愤怒！可你又能咋着？世界上少了哪一种人都不称其为花花世界。猪往前拱，鸡往后蹬，各练一股劲儿。有一次姜莹看到一个出殡的车队，一色的白车，敞篷车里站着一个特别光鲜的姑娘，一身缟素，胸前捧着一幅照片，上面是一只白狐狸，一尘不染。车队缓缓前行，头车里播放着那首网络很盛行的歌曲《白狐》。街上行人驻足，左顾右盼，深感惊奇。原来，那姑娘养的宠物白狐狸死了，正兴师动众地为狐狸送葬，如丧考妣。姜莹那时候还没有离婚，回到家和当老师的前夫理论，结果两个人差点动了手。

现在郑之江的女儿给郑之江买了一个宠物机器猫，这有什么过分的？摆在那儿，不吃草，不吃料，不拉屎，不撒尿。再说了郑之江出事以后，姜莹的胸口里就燃烧起了一把大火，而且这把大火越燃越烈，几乎要把她烧成灰烬——多少大事在等着她啊。

所以，郑之江的女儿或者亲戚朋友谁来探望他，买了什么礼物，姜莹一概熟视无睹。

郑之江的生命力的确很旺盛，他虽然一脚门里一脚门外地在生死线上挣扎，但有一天，当他睁开眼睛的时候，他的确感觉到了那个机器猫的存在。巧合的是,那天上高中的女儿也正好来探望他。

小姑娘兴奋地把机器猫拿到郑之江的眼前,郑之江的嘴唇抽动了一下。他腮上被狼叼走的那块肉一直没有封口儿,洞口里塞着一团纱布,使他无法说话。

他看似平静,一动不动地躺在那里,当女儿的面孔出现在他的眼前时,他的眼角流淌出了一串热泪。

"爸爸……"女儿哽咽着,"爸爸……我……我给你买了一只小花猫……"

郑之江依然静静地躺在那里,眼睛一动不动地看着女儿捧在眼前的机器猫。过了好一会,他又慢慢地合上了眼睛。

"爸爸——爸爸——"女儿呼喊着,郑之江又疲倦地抬起了眼皮。

小姑娘盯着父亲,父亲的眼睛很暗淡,失去了活力,失去了过去对女儿的爱抚、呵护与温情……

哦,父亲——小姑娘泪如雨下,心碎了!

十二

又是一个早晨,阳光明媚。光线温柔地透过落地玻璃窗照射进来,抚摸着床上的郑之江。尽管柔润的光瀑温暖而亲切地拥着他,但郑之江感觉不到温暖,感觉不到明亮,他内心深处是黯淡的,苦楚的。大跌大落过后,他只剩苟延残喘了。现在他的身边不能离人,没人在身边,他就感到惊惧,恐怖。在医院的病房里,他常常在夜间惊醒,无缘无故地大喊大叫,撕心裂肺,整个走廊里都传遍了这样的嚎叫声。

后来郑之江不得不暂时回到家里休养。

母亲不信任姜莹,特意从根河赶来伺候郑之江,就连姜莹每天给郑之江打什么针吃什么药,母亲都要亲自过问,不离郑之江的床边。

这一切,郑之江的乡友唐凤仙看在眼里,更记在心上,她替姜莹捏把汗：这么厉害的老太太，一旦郑之江真的没了，说不定会起什么幺蛾子呢。

唐凤仙几次偷偷提醒：趁郑之江还明白赶紧把遗嘱立了，有了遗嘱那就稳妥多啦。

姜莹一直没有把话挑明。立遗嘱，怎么张口呢？现在的郑之江说话嘟嘟囔囔的含糊不清，就连姜莹也听不明白。智商也急剧下降，过去的很多事情提起来他都无动于衷。

当然，姜莹心里也非常清楚：现在他们家最大的一笔财产就是那个农场，虽然还有一些农业贷款，但还完那些贷款，最少还得剩余上千万元。

有一次，半夜里姜莹还真的试探性地问过郑之江后事怎么办，是否先立个遗嘱？郑之江变形的眼睛瞪起来，满脸憋得通红，哇啦了半天，头摇个不停。她只好放弃了这个想法。

其实她有一个同学在当地一家律师事务所工作，她侧面咨询过，像她现在的家庭情况，如果郑之江不在了，他的母亲，还有女儿是都应该有一份财产的。

姜莹并不是一个单纯而又没有主意的女人。这几年她早已把家里大多的存款存在了她的名下。郑之江的户头上只是他种地用的一些款项。所以姜莹对未来如何划分财产，并没有太多的关注。和尚头上的虱子，明摆着的东西，谁也抢不去。只是这样的日子太难熬，不说躺在病床上的郑之江怎么样，就是郑之江的母亲到现在还是那样对待她，真让她喘不过气来，窝囊、压抑、憋闷、她简直气冲斗牛了！所以她每日控制着自己的情绪，尽量笑脸相迎，把刚强的一面送给身边的人和同事们。

但悲剧还是发生了。

有人相信缘分，相信命运，相信注定了的因果报应。其实人生中诡异又无法解释的事件时有发生，巧合而又巧合的事情令人瞠目结舌。

姜莹每天早晨要做的就是给郑之江打针吃药。

这一天，姜莹起来略晚了一点。郑之江出事以来，她晚上经常失眠，思前想后，多少往事绕心头。有时候通宵达旦合不上眼睛，弄得第二天筋疲力尽，不得不吃安眠药维持睡眠。

姜莹吃的睡眠药是外国进口的氟硝安定，它能镇静催眠，诱导睡眠迅速。早晨她把自己晚上吃完的药盒扔在了郑之江的床头，那是一个空药盒，姜莹准备扔进垃圾桶，郑之江要喝水，姜莹就随手扔在了那里。

上班之前，她还得给郑之江打针。不凑巧，现成的棉球用完了，她就打开抽屉取出存了很久的一小瓶医用酒精，打开，手一抖，洒在床头上，姜莹并没有在意。打完针就去卫生间洗手。

走出卫生间，姜莹看到郑之江母亲用一种奇怪的目光盯着自己。老太婆这样的举措已经不止一次了，不必少见多怪。为了息事宁人，姜莹装作什么都没有看见，穿好衣服，背上兜子就要出门。谁知郑之江的母亲跨前一步，拦住了姜莹的去路：别走！干啥躲躲闪闪的？我问你：你给江子吃的是这个药？老太太举着手中的空药盒。你安的是啥心？你早起就给他吃这种药，还用酒和药，你你你……你个小狐狸精，你也太狠心了！老太太的一只手抓住姜莹肩上的兜带子，一手揪住姜莹的衣领。你给我说明白喽！

姜莹丈二和尚摸不着头脑，自己做错了什么？这老太太怎么一阵风，一阵雨的？

原来，老太太家搬到根河以后，夜晚经常失眠，吃过很多安眠药，效果都不明显。有一次郑之江弟弟打电话，问是否有好一点的安眠药，郑之江找姜莹在医院里破例买了几盒氟硝安定，因为这种药是不随便外卖的。

郑之江弟弟就把说明书读给老太太听。老太太听得仔细，记得也牢：氟硝安定，也叫十字架……氟硝安定与酒精以及其他镇静催眠药合用后可导致中毒死亡。

现在老太太看到氟硝安定的空药盒，又闻到大量的酒精气味，本来多疑的老太太断定姜莹对郑之江做了手脚——现在的郑之江已成累赘，这个女人想害死他！

姜莹恍然大悟，简直是无中生有，血口喷人！她忍无可忍，一使劲儿打掉了老太太揪着她衣领的胳膊：你个老不死的，这一切的一切不都是你亲手造成的吗？你这么狐疑和卑鄙，根本就不配做老人！

小妖精，你还敢狡辩？你把一盒药都给我儿子吃了，还口口声声抵赖？我们这个家就败在你这个狐狸精的手里，我要告发你——我要——来人呐——快——来——老太太一屁股坐在地上，上气不接下气地号叫着。

姜莹的心里乱了套，这个家还能呆吗？这个家还是她能待的地方吗？她向郑之江的床上扫了一眼，郑之江的头用力翘着，嘴里喊着什么。她整理了一下衣襟，挺起胸脯，刚要迈腿，老太太忽又爬起来：想溜？没门！看我报警去！老太太趔趔趄趄跑向自己的床边，伸手从枕头下面摸出手机。

姜莹怒不可遏，这个老太太简直就要把人捅破。她的脑袋里一片空白，冲过去，夺下老太太的手机。老太太气喘吁吁，破口大骂，并想用张开的嘴来咬姜莹。姜莹随手拽过枕头，一下子压到老太太的嘴巴上，她的两手也用力地抵住那个枕头。

多长时间呢？几十秒？半分钟？抑或一分钟？反正姜莹挪开枕头，老太太安详地半躺在床上，一动不动。姜莹如梦初醒。她马上把老太太挪到床上，跳将上去，把学到的急救方法都用上了：掐人中、压胸、人工呼吸……躺在床上的老太太双眼紧闭，早已驾鹤西去了。

发生的这一切郑之江都看到了，母亲的屋门敞开着，母亲休息的床和他的床相对着。母亲这样安排是随时都能看到躺在床上的儿子。郑之江躺在床上哭嚎着，他不知道母亲为什么总是和姜莹争吵。他知道母亲和姜莹水火不容，可也不至于大打出手啊！他呜呜哭着，拼命号叫着来阻止婆媳之间的大动干戈。他的努力无济于事，他不是以前的郑之江了。以前的郑之江谁都给面子，而现在他的面子就是鞋垫子……他悲伤，他难过，他痛苦，他无助，他欲生无望，欲死不能，眼泪和鼻涕在他畸形的面颊上模糊得一塌糊涂……

姜莹像一个僵尸，两眼直勾勾的，坐在地上一动不动。还是郑之江撕心裂肺的嚎叫，让她回到了现实。

是的，一切都无法挽回了。人生就这样落幕了么？她还多么年轻啊？好日子刚刚开始啊！

姜莹相信眼前发生的一切郑之江都会看在眼里，记在心间的，虽然他无法清楚地表述所发生的事情，但他是不会善罢甘休的。她循着郑之江的呜咽声来到了他的床前，看着瑟瑟发抖的郑之江，她的心里一阵狂跳：这怨我吗？这都是老太太一手造成的，她喃喃着坐在他的床边。郑之江看到面无血色、披头散发的姜莹格外惊惧，刚刚发生的事情让他无法原谅这个自己深深爱着的女人。人面桃花，温柔似水背后竟是这么的恶毒和凶残！他摇着头，惊恐使他畸形的面孔更加难看。

姜莹长出一口气。是的，开弓没有回头箭！眼下的郑之江什么都知道了，她只有一意孤行！老太太怀疑她用酒精和着氟硝安定给郑之江吃了，这倒是给她提了醒，就这么办！

折腾了半天的郑之江累了，躺在床上安静下来。姜莹把和好的氟硝安定放到那个郑之江特制的吃药的工具里。由于郑之江脸上的肌肉让狼叼走了，他的吞咽功能受到了严重影响，那个特制的药具像个漏斗，可以直接插到食道口，药汁就会顺利地沿着食道流进胃里去。

姜莹像往常一样，端来一盆清水，用毛巾把郑之江鼻涕眼泪模糊了的脸擦干净，然后给他喂药。郑之江没有拒绝，只是满眼含满了泪水，当带有刺激味道的药汁就要流进喉咙时，他本能地挺直了脖子——要知道，这是多么迷人的脖颈啊！当年吸引姜莹的不仅仅是郑之江的财富和阔绰，还有那个脖颈。那颈子不长也不短，不瘦弱也不过于肥硕，它就像一匹雄马的脖子似的充满了高傲与弹力。夏日紫外线照射过的皮肤透露着一种色彩，那是什么颜色呢？黝黑？古铜色？栗子色？姜莹说不清那是一种什么色彩，反正别致的色彩加上色彩下面带有弹力的光滑，让她想到了一匹绸缎。是的那雄健、高傲，又魅力迷人的脖颈，姜莹是不会忘记的，永远不会忘记——药汁很顺利地通过那迷人脖颈下面的食道，流进了郑之江的胃里，传出了咕噜声。他还不知道，他吃完这些过量的氟硝安定就再也不会醒来了。

人生是绝版的，生命不会从头再来！

十三

姜莹用科室的座机给唐凤仙打电话：唐姐，是我，姜莹。

听筒里传来了粗声大气的唐凤仙的声音：咋地呀妹子，也学会了精打细算来了，我还以为是我弟弟打过来的呢。

姜莹告诉唐凤仙，上班走得匆忙，手机落在家里了。中午和科室的几个同事约好了，准备请大家撮一顿呢。郑之江住院的日子，大家可都没少付出，所以她要尽一下地主之谊啊。这样就得让唐凤仙帮忙去家里一趟，把手机给她送到医院来。

姜莹思虑再三，想出了这么一个上策，这也是不得已而为之。她是想让唐凤仙为她取手机时，第一时间发现死亡了的郑之江还有他的母亲。这样能减少对她的嫌疑。从郑之江的身体现状来说，身边的人都清楚，郑之江的死亡是或早或迟的事儿，没有人会怀疑什么。老太太呢，八十多岁的人了，时阴时阳，也是朝不保夕。一点点的心衰或者大脑缺氧都可能导致命赴黄泉。郑之江的弟弟是一个很淳朴的下岗职工，现在又打理着哥哥的农场，他不会有过多想法的。而郑之江的女儿正上高中，她又能怎么样呢？

姜莹的算盘是：把他们先送到殡仪馆，再通知郑之江的亲朋好友，有唐凤仙为她作证，外人是不会起什么疑心的。

一切都按着姜莹安排的时间表行进。当唐凤仙来到郑之江家按门铃的时候，屋子里没有半点回音。再按，能听到门铃的滴答响。难道老太太睡着了不成？再按，回答唐凤仙的依然是清晰的门铃声。十多分钟后，唐凤仙才感觉有点蹊跷，给姜莹的科室打电话，没人接听，又拨过去，还是没人接。唐凤仙思索了一下，匆匆出了住宅小区，拦下一辆出租车……

十四

郑之江的女儿来到父亲曾经住过的屋子里，空旷的屋子带给她的是无尽的哀伤，小姑娘很刚强，她没有落泪。她一进屋就看到了那只机器猫，这让她惊喜。机器猫还活灵活现地蹲在床头柜上，两只水灵灵的大眼睛亲切和蔼地望着她，似乎在请求：抱走我吧，别让我自己孤孤单单地蹲在这儿啦！小姑娘看懂了机器猫的心思，伸出双手捧起机器猫，直面姜莹说：姜姨，这个我拿走，做个纪念。

姜莹苦笑了一下，以示回答。是的，屋子里父亲用过的东西都被收拾得一干二净。没有什么留给她了。小姑娘抱起机器猫猫，眼含热泪离开了。

殡仪馆里庄严肃穆。

前来吊唁的人络绎不绝。姜莹单位的同事、小学初中高中大学的同学，社会杂七杂八的朋友们，以及郑之江生前的方方面面的朋友，尤其是牙克萨周边那些地主老财们都腆着肚子来到吊唁厅。人声鼎沸，熙来攘往。痛苦者有之，应付者有之，观风望景者不乏其人——他们是来探听郑之江这一去他的农场将何去何从。他们盼望乱中取利——说来说去，就是希望郑之江留下的小寡妇在浑浑噩噩中，低价出售郑之江的农场，幸灾乐祸中他们也能分到一杯羹！

这时的姜莹只留下一副美人坯子的身影，失去了往日的光鲜。她一身缟素，面色暗淡，头发胡乱地扎在脑后；她美丽的蛋形脸已经瘦削下去，没有一点血色；两只眼睛也不那么明亮了，空空洞洞的，毫无活力，细细看去，眼角也似乎爬上了几条细碎的褶皱；那两片很有弹力，红嘟嘟的嘴唇也干瘪了，没有了魅力和色泽。

郑之江这半年来的折腾，让姜莹从天堂跌进了地狱。她的生活完全失去了规律，一切都乱了套。她不知道自己这几个月是怎么熬过来的。就像做了一场梦，稀里糊涂的，可是这个梦做得让她大伤元气，她简直就要崩溃了。但她的内心深处却时时提醒自己：不能倒下！尽管现在看上去她就像一朵被严霜摧残了的花儿，失去了鲜活，失去了风采。另一方面，她骨子里却坚信，风雨过后是彩虹，生活的前头，美好的东西还在召唤着她！姜莹知道，现在她必须保持清醒的头脑，不能出现任何纰漏，抓紧时间把郑之江和老太太的后事处理完。过了这一关口，她才能松一口气，这是个一脚门里一脚门外的门槛，她必需谨小慎微！

姜莹真的感谢唐凤仙，家里发生的这一切，都是唐凤仙在帮忙处理。诸如死亡证明啦、销户证明啦、火化通知单啦等等一系列烦琐的手续，唐凤仙不到一天就办理得井然有序。而且她还很顺畅地做好了郑之江弟弟的工作，郑之江弟弟表示，家里的一切后事都由嫂子做主，嫂子说怎么办就怎么办。这让姜莹很高兴，几年来，郑之江的弟弟头一次称呼她为嫂子，而且对待这样的大事又如此通情达理。

不仅如此，唐凤仙暂时还成了姜莹的新闻发言人，给众人答疑解惑，诸如郑之江死亡时的无奈状，还有老太太安详的猝死等等不一而论。

一切安排就绪，姜莹长出了一口气。

再熬过一个晚上，明天，把郑之江和老太太送到火化场，待到那一缕青烟爬上云霄的时刻，压在她心头的负荷就能如获重释啦。

可是，姜莹的算盘打错了。

傍晚，当她和陪同的唐凤仙刚刚从殡仪馆回到住宅小区，站在门口还没等拿出钥匙打开防盗门，她的身边突然站出来两个警察，她一愣：你们……

你是姜莹吗？其中的一个高个子警察亮了一下警官证：公安局刑警队的，我们在调查案件，请你配合，跟我们走一趟。

诧异中的姜莹大脑像转子一样，急剧地旋转了片刻，从头到尾回忆了一下自己的所作所为，是的，她没有留下什么破绽，也许碰到这样蹊跷的家事，什么人过于敏感，胡乱告诉了警察，警察不过是例行公事罢了。想到这儿，她调整了一下略微慌乱的心态，自信地抬起她的头颅。这一刻，她抬起的头颅显得既高傲又美丽，长发飘飘，面带微笑：什么事儿，不可以在这儿谈么？

说话的警察随手把警官证放到衣袋里：不可以，这里不方便，上我们的车吧！

刚刚锁上车门的唐凤仙急火火地跑过来：干什么，干什么？你们怎么随便抓人？

另一个警察迎住唐凤仙：我们在执行公务，你是她什么人？

唐凤仙瞪着大眼睛，细碎的褶皱在上眼皮处堆积着：朋友啊！

这不关你的事，警察说。

跟我们上车吧？高个子警察向姜莹一摆头。

坐在车里的姜莹思索着：难道自己露了什么马脚？他们能够掌握什么证据呢……

姜莹自始至终没有想到，也不会想到，事情的败露，是由于郑之江女儿送给郑之江的那个活灵活现的机器猫，玄机就在那双眼睛里……